MW01227613

CARNÍVOROS

MARK L'ESTRANGE

Traducido por
JC VILLARREAL

Dedicación: A mi hermosa princesita Beauty, ¿por qué tuviste que romper el corazón de tu padre? Duerme en paz mi pequeño ángel, hasta que nos encontremos de nuevo.

1

Los deslumbrantes faros del vehículo que se acercaba penetraron el bosque oscuro, iluminando los enormes árboles que cubrían amenazadoramente con sus ramas el estrecho camino por el que circulaba el coche.

Al acercarse a un claro que ya conocía, Dennis Carter detuvo el coche y apagó el motor. Sin molestarse en interactuar con su compañera de viaje, salió y caminó hacia la parte trasera del coche.

"Oye, Dennis, ¿qué haces ahora?"

Podía oír el tono quejumbroso de Sharon Spate que venía del asiento del pasajero delantero cuando abría el maletero y tomaba la vieja manta que guardaba allí para estas ocasiones.

Aunque la voz de su pasajera le parecía intensamente molesta en general, Dennis entendía que había que hacer sacrificios si se quería un acostón decente, y Sharon ya había demostrado ser una follada increíble. Así que, por su parte, era sólo cuestión de lo desesperado que estaba por conseguir su fin, comparado con el tiempo que podía soportar soportar sus quejas.

Dennis fingió su sonrisa más desarmante al abrir la puerta de

Sharon. "No podemos dejar que ese precioso trasero tuyo se congele, ¿verdad?" Levantó la manta y le mandó un guiño pícaro.

Sharon se acobardó en su asiento. "Aquí no," protestó, "es tétrico, y he oído cosas sobre este lugar."

Dennis frunció el ceño. "¿Qué cosas?"

Sharon puso una cara. "¿Recuerdas esas historias de esos excursionistas que se perdieron el verano pasado? La policía nunca resolvió nada de eso.".

Dennis podía sentir que su paciencia comenzaba a agotarse. Sólo había llamado a Sharon en primer lugar porque Rita estaba de mal humor con él, y ahora, después de haberle comprado bebidas y una pizza, la pequeña zorra se hacía la difícil.

Tuvo que luchar contra el instinto de agarrarla por el brazo y arrastrarla fuera del coche. Pensó que hacer eso, sin duda mataría cualquier última oportunidad que pudiera tener de cambiarla de opinión.

En cambio, se las arregló para ampliar su falsa sonrisa aún más. "No seas tonta, esas historias resultaron ser un montón de tonterías escritas por uno de los reporteros del periodicucho local para aumentar su circulación. Mi viejo me dijo que sacaron la verdad allá en la comisaría."

El padre de Dennis, Ron Carter, era sargento en la comisaría del pueblo. Estaba cerca de jubilarse, y todos sabían que justo cuando el Sargento Carter se fuera, la tasa de criminalidad en la zona disminuiría casi de la noche a la mañana. Ron Carter era sospechoso de recibir sobornos de los villanos locales a cambio de avisarles cada vez que se enteraba de una operación contra ellos.

Cómo había logrado durar tanto tiempo en la Fuerza sin ser despedido era, en sí mismo, una cuestión de misterio y conjetura entre sus colegas.

Dennis pudo ver por la expresión de su cara que Sharon no estaba del todo convencida de su explicación.

La cálida brisa nocturna crujía a través de las ramas sobre sus cabezas, y traía consigo un acogedor frescor. Había sido un caluroso día de verano indio, y la humedad había empezado a bajar sólo en las últimas horas.

Aún así, el calor siempre había hecho que Dennis se sintiera cachondo. Incluso de joven, una vez que descubrió la masturbación, se encontró a sí mismo haciéndola mucho más durante el calor.

Sharon se mordió el labio inferior y tembló involuntariamente. Claramente no estaba cómoda con su entorno y se volvió hacia Dennis con una mirada casi suplicante en su cara.

Dennis fingió no darse cuenta. "Vamos, Shar, sé buena, te llevé a pasear por la noche cuando podría haber estado con mis amigos viendo el fútbol, ¿no? Seguro que me debes algo por eso."

Sharon estaba resultando ser mucho esfuerzo esta noche y Dennis no estaba seguro de cuánto tiempo más aguantaría su temperamento. Ella no era lo que la mayoría de los tipos de la ciudad clasificarían como "novia", pero tenía la reputación de complacer si le dabas una buena noche. El mismo Dennis había recibido sus favores en el pasado, cuando estaba desesperado, y le había mostrado más que suficiente consideración esta noche para ser recompensado de nuevo.

Entonces tuvo una idea.

Metió la mano en el bolsillo de su chaqueta y extrajo un pequeño sobre de plástico que contenía un par de onzas de cannabis. Colgó la bolsa entre sus dos dedos y los ojos de Sharon se iluminaron inmediatamente.

Ella alcanzó la bolsa, pero Dennis fue demasiado rápido.

"No, ah, lo primero es lo primero," dijo tentadoramente.

Sharon extendió su mano y la enroscó en su nuca. tirando de él hacia ella hasta que sus bocas abiertas se encontraron. Se besaron durante un par de minutos con Dennis agachado al lado del coche. Girando en su asiento y acercándose a él, Sharon dejó que su otra mano serpenteara hacia la entrepierna de Dennis, y cuando pudo sentir la dureza dentro de sus jeans, le dio un suave apretón, lo que provocó un gemido de placer de su compañero.

Cuando se separaron, Dennis le dio un suave tirón a la mano de

Sharon, lo que fue suficiente para sacarla de la relativa seguridad del coche. Bajaron una pendiente hacia un claro a un par de cientos de metros del coche.

Era una noche clara y el cielo estaba lleno de estrellas.

Dennis colocó la manta en el suelo y se arrodilló para alisarla, de modo que cubriera la mayor cantidad de terreno posible. Sentado en el suelo, Dennis sacó una máquina enrolladora y algunos papeles de su otro bolsillo, y procedió a crear un gran porro para que lo disfrutaran más tarde.

Sharon sonrió con anticipación mientras miraba a Dennis trabajar. De pie ante él, empezó a quitarse lentamente la ropa, pieza por pieza, balanceando las caderas y los hombros como si bailara con una música que sólo ella podía oír.

Dennis levantó la vista de su tarea y sonrió con aprobación mientras su cita se desnudaba y quedaba solo con su sostén, bragas y zapatos.

Se quedó allí un momento con las piernas separadas y las manos en las caderas.

Dennis puso su tarea a un lado, con cuidado de asegurarse de que el porro estaba todavía en la manta. Se puso de rodillas y se arrastró hasta donde estaba Sharon. Empezó a besar la parte superior de sus muslos y frotó las manos por la parte posterior de sus piernas.

Al seguir explorando con la lengua, pudo sentir a Sharon empezando a humedecerse bajo el endeble algodón de sus raquíticos calzones.

Sharon cerró los ojos y puso la cabeza hacia atrás mientras él sondeaba más y más dentro de ella.

Metiendo sus pulgares dentro de la cintura de sus bragas, Dennis los removió lentamente por las piernas de la chica y los sostuvo allí mientras ella levantaba cada pie por turno y los deslizaba hacia afuera.

Con la barrera descartada, Dennis insertó su lengua dentro de la ansiosa apertura de Sharon, girándola y lamiendo su vulva como un hombre reseco desesperado por saciar su sed.

Sharon se acercó y agarró la parte posterior de la cabeza de Dennis con ambas manos, forzándolo más profundamente dentro de ella, emparejando sus empujes con sus caderas hasta que llegó al orgasmo con un fuerte grito en la noche oscura.

Después de unos pocos movimientos más con la lengua, Dennis se recostó en la manta, satisfecho de haber hecho más que suficiente para ganarse el polvo que tanto deseaba.

Siguiendo su ejemplo, Sharon se arrodilló y desabrochó el cinturón de sus pantalones antes de apretar el botón y liberar lentamente su miembro palpitante de los confines de su cremallera. Deslizó sus jeans por sus piernas y los arrojó sobre sus hombros, antes de bajar sus calzoncillos con los dientes.

Al avanzar, Sharon apretó sus largos dedos alrededor del falo de Dennis y lo acarició suavemente con un movimiento deslizante. Dennis se apoyó en sus codos y observó cómo sus dedos hacían su trabajo. Sintiendo que su semilla comenzaba a salir, Dennis decidió que no quería desperdiciarla cayendo en cascada sobre los dedos de Sharon, así que se inclinó hacia adelante y guió su cabeza hacia su erección.

Sharon no se resistió. Abrió la boca y lo metió en ella, moviendo la cabeza arriba y abajo mientras lo chupaba.

Pasado el punto de no retorno, Dennis agarró el cabello de Sharon para asegurarse de que sus labios se mantuvieran en su lugar cuando él eruptára en su boca.

En ese momento, escucharon un grito lejano interrumpir la noche.

Sonaba más animal que humano y, antes de que Dennis tuviera la oportunidad de reaccionar, Sharon había alejado su cabeza de su pene y se arrastró a su lado para protegerse.

Juntos escucharon en la oscuridad.

El grito había sonado bastante lejos, aunque no lo suficientemente lejos como para no preocuparse.

Después de un momento, Sharon preguntó: "¿Qué diablos fue

eso?" Mantuvo el volumen de su voz por encima de un susurro, pero aún así fue suficiente para irritar a Dennis.

"¡Cállate, perra estúpida, estoy tratando de escuchar!" le espetó.

Lo brusco de su respuesta golpeó a Sharon como una bofetada en la cara, pero no lo suficiente como para hacerla alejarse de la seguridad que daba su cuerpo. En todo caso, ella lo apretó más, lo que fue suficiente para molestar a Dennis.

"¡Suéltame!" exclamó, alejándola, "Dije que estaba tratando de concentrarme."

Sharon podía sentir sus lágrimas brotando.

Sin el confort del cuerpo de Dennis, ella se dio cuenta de su desnudez y quiso desesperadamente alejarse de él y encontrar su ropa. Pero, incluso con su actitud, el pensamiento de dejar su lado en ese momento no era algo que ella encontrara atractivo.

Ahora deseaba que se hubiera mantenido firme y haber insistido en que Dennis la llevara a casa, en vez de dejar que la convenciera de venir aquí. ¿Por qué era tan débil? Todo lo que siempre quiso fue ser amada y cuidada por un buen hombre. En vez de eso, siempre terminaba con bastardos como el maldito Dennis Carter, que sólo quería una cosa, la cual ella era lo suficientemente tonta como para dársela.

Observó los alrededores, buscando cualquier cosa que se moviera, sin importar lo insignificante que fuera. Pero aparte del aleteo ocasional de los árboles, no había nada.

Cuando Sharon se volvió a mirar a Dennis, pudo ver por su comportamiento que se había relajado considerablemente, desde que oyeron el grito por primera vez.

Sharon tiró suavemente de la manga de su camisa. "¿Podemos irnos por favor? No me gusta estar aquí." Había una súplica en su voz de que no se avergonzaba de mostrar. Estaba realmente asustada y estaba dispuesta a hacer o decir lo que fuera para convencer a Dennis de que los llevara a casa.

Dennis no respondió inmediatamente, pero continuó mirando hacia el frente.

Finalmente, dijo: "Eso sonó a kilómetros de distancia, probablemente vino de algún lugar cerca de la ciudad. No hay nada de qué preocuparse."

No sonaba nada convincente, y Sharon no se dejó engañar ni un poco por su intento de dureza varonil.

"No," ella argumentó, "vino de más allá de ese camino." Hizo un gesto a su derecha. "Hacia la aldea."

Dennis consideró su sugerencia. Tuvo que admitir, ahora que Sharon lo había dicho, que el ruido sonaba como si estuviera más a un lado que detrás de ellos. Pero como no habían oído nada desde entonces, sospechó que, fuera lo que fuera, no era una amenaza inmediata para ellos.

"Lo que sea que haya sido," ofreció tranquilamente, "ya se ha ido". Extendió la mano y puso una mano reconfortante en el brazo de Sharon. Podía sentir la piel de gallina, así que frotó suavemente su mano arriba y abajo para calentarla.

"¿Podemos irnos ahora, por favor?"

Se dio cuenta de que ella no se iba a rendir sin luchar.

Ella ya estaba satisfecha, al menos la había hecho venir. Pero no había acabado con él antes de que el grito la hiciera detenerse y alejarse.

"Vamos Shar," la tranquilizó, "todo está bien, estoy aquí contigo". No dejaré que nada te ocurra. Ya lo sabes."

Sharon lo miró. Quería creerle desesperadamente. Pero ahora tenía demasiado miedo y las palabras de consuelo no iban a servir.

Pero le estaba dando la misma sonrisa que había usado para hablar con ella antes cuando no quería salir del coche. A ella le encantaba esa sonrisa suya. Siempre la hacía sentir suave y sensible por dentro.

"Te diré algo," dijo Dennis. Estiró su brazo detrás de él y se volvió con el porro en la palma de la mano. "¿Qué tal si disfrutamos de esto y luego vemos a dónde van las cosas a partir de ahí?"

Sharon miró fijamente el enrollado. Tuvo que admitir que le gustaba mucho la ocasional fumada, y después de la conmoción que acababa de tener, parecía justo lo que el médico le había recetado.

Mientras lo pensaba, Dennis sacó su encendedor y encendió el extremo del porro.

Tomó una profunda bocanada, succionando la droga en lo profundo de sus pulmones, y la mantuvo allí por un momento antes de liberar lentamente el humo.

Le entregó el rollo a Sharon, que lo tomó sin dudarlo.

Los dos se turnaron para hacer fumar profundamente del porro hasta que no quedó prácticamente nada. A estas alturas, ambos se sentían completamente tranquilos, y todos los pensamientos del aterrador grito que habían escuchado antes habían desaparecido.

Se acurrucaron juntos en la manta, y Sharon comenzó a frotarse contra Dennis hasta que pudo sentir que se ponía duro una vez más.

Dennis la empujó de vuelta a la manta y Sharon usó sus dedos para guiarlo hacia su deseosa apertura. Una vez dentro de ella, Dennis se empujó a sí mismo hacia atrás y adelante hasta que sintió que explotaba. Sharon, por su parte, hizo todos los ruidos adecuados aunque, en realidad, a él no le preocupaba si ella lo disfrutaba o no.

Se durmieron, envueltos en un abrazo.

El sonido de otro grito los despertó a ambos con un sobresalto.

Dennis se sentó, empujando a Sharon a un lado otra vez como si fuera basura desechada. Ninguno tenía idea de cuánto tiempo habían estado dormidos, pero el aire se sentía mucho más frío ahora que cuando llegaron allí, y los dos temblaban cuando el frío viento de la noche los envolvió.

Esta vez, ninguno de ellos tenía la ilusión de que el grito viniera de la dirección de la aldea o del hecho de que ahora sonaba mucho más cerca que antes.

Sin decir una palabra, Dennis se arrastró sobre la manta para recuperar sus pantalones.

A diferencia de antes, ahora había una cubierta de nubes bajas que eliminaba mucha de la luz que antes les daban las estrellas.

Dennis buscó a tientas en la oscuridad alrededor del borde de la manta, extendiendo sus manos a lo ancho mientras barría el pasto en busca de su ropa.

Después de un momento de búsqueda infructuosa, se volvió hacia Sharon que estaba sentada en la manta abrazando sus rodillas al pecho. "¿Qué diablos hiciste con mis jeans, perra estúpida?"

Ahora sentía que las lágrimas empezaban a correr por sus mejillas. "No lo sé," sollozó, "deben estar en algún lugar". Luego, como un pensamiento posterior, añadió. "¿Puedes arrojarme la falda y el top también, por favor?"

"¡Jódete!" Dennis gritó, volviendo a su tarea. "Encuéntralos tú misma."

"Oh, maldito bastardo, todos ustedes son iguales." Estimulada por una combinación de su odio hacia Dennis y su disgusto consigo misma, Sharon se arrodilló y se unió a la búsqueda de la ropa.

Inicialmente, los dos se mostraron reacios a dejar la relativa seguridad de la manta debajo de ellos, pero finalmente, al darse cuenta de que no había opción si querían tener éxito en su tarea, ambos se levantaron y caminaron, agachándose cada vez que uno de ellos veía algo que podría ser una prenda de vestir.

Después de un par de minutos, se miraron el uno al otro, perplejos.

"¿Qué carajo está pasando aquí?" Dennis exigió retóricamente.

"¿Crees que alguien se coló mientras dormíamos y robó nuestras cosas?" Sharon preguntó, tímidamente, no queriendo realmente una respuesta.

"¡Cabrones!" Dennis espetó con la realización de lo que Sharon había sugerido se impuso como el escenario más probable.

"¿Dennis?"

"¡CABRONES!" Esta vez gritó la obscenidad en la oscuridad, casi como para incitar a los ladrones se presentaran y se enfrentaran a él.

Sharon se abrazó a si misma, tanto para calentarse como para consolarse. Tendría que dar algunas explicaciones cuando llegara a casa vestida sólo con su sujetador y sus zapatos, pero ahora mismo, esa parecía la menor de sus preocupaciones.

"Podemos irnos, por favor, tengo miedo de que el que se llevó nuestras cosas vuelva."

Dennis luchó contra el impulso de gritar otro desafío hacia la noche. Era un hecho que él también se sentía vulnerable sin nada puesto, y sabía que en una pelea sus genitales expuestos serían un blanco fácil.

Girando, agarró la manta. "Vamos, pues,", ladró mientras se dirigía a través de los árboles en dirección a su coche.

Sharon pensó que Dennis podría envolver la manta alrededor de ella en el camino, pero parecía no darse cuenta, o no preocuparse, de cómo se podría sentir ella.

Con lágrimas en los ojos, Sharon fue tras él. Ella estaba contenta de haberse dejado los zapatos puestos, al menos. La idea de caminar por el bosque en la oscuridad con los pies descalzos no le atraía en absoluto.

Sharon se apresuró a seguir a Dennis hasta que sólo estaban a un cuerpo de distancia. No se molestó en tratar de agarrar su mano o unir sus brazos con él ya que adivinó que no estaba de humor para tal familiaridad.

Cuando se apartaron del camino del bosque y el coche de Dennis apareció a la vista, de repente golpeó su mano contra su muslo desnudo y se detuvo en su camino, casi causando que Sharon se estrellara contra él.

"¿Qué pasa?" preguntó, tímidamente.

"¡Mis malditas llaves!" Dennis gritó. "¡Estaban en mis jeans!"

El significado de su revelación no se perdió en Sharon. Sintió que su corazón se hundía al mirar el coche cerrado. Tan cerca y sin embargo tan lejos de su alcance.

Esperó a que Dennis dijera algo más. Cuando él permaneció en silencio, Sharon se sintió obligada a hacer la pregunta obvia, dadas las circunstancias.

"¿Qué hacemos ahora?"

Dennis se dio la vuelta. Había una mirada de odio grabada en su cara.

Sin previo aviso, lanzó un golpe contra Sharon y la impactó por la mejilla con el dorso de la mano.

La fuerza del golpe hizo que la chica se estrellara contra el suelo.

Sostuvo una mano contra su mejilla adolorida y miró a Dennis, ahora con lágrimas brotando en torrentes por el rostro.

Tanto si Dennis se arrepintió de su acción como si no, no dijo ni mostró ningún signo externo de remordimiento. En su lugar, volvió en la dirección de la que ambos acababan de venir, tirando la manta como si fuera un estorbo del que podría prescindir.

Sharon lo vio irse sin decir una palabra.

Ya no le importaba estar casi desnuda, temblando con frío o a kilómetros de casa. Ya había llegado al límite de lo que estaba dispuesta a soportar del Sr. Dennis Carter, y ahora decidió que él podía buscar sus malditas llaves por su cuenta.

Iba a envolverse en la manta y quedarse cerca del coche por si pasaba un buen samaritano y le ofrecía llevarla.

¡Dennis podría quedarse aquí toda la noche y morir congelado, ise lo merecía!

Cuando Dennis volvió al claro para buscar sus jeans, creyó ver de reojo que algo desaparecía detrás de un arbusto a su derecha.

Se quedó allí un momento y miró fijamente en la semioscuridad, pero no hubo más movimiento en esa dirección.

Si alguna vez lograba poner sus manos en los imbéciles que se habían escabullido hasta aquí y tomado su ropa mientras dormían, les haría pagar. Se encargaría de que se arrepintieran de esto por el resto de sus vidas.

Dennis continuó mirando en la dirección en la que creía haber visto algo moverse segundos antes durante uno o dos minutos más, antes de continuar con su búsqueda.

Se preguntaba si los bastardos estaban escondidos en algún lugar de la maleza, observándolo en su búsqueda infructuosa, tratando desesperadamente de no reírse y delatarse.

Dennis encontró un gran palo y lo usó para hacer a un lado la larga hierba delante de él. Le reconfortaba el hecho de que ahora también tenía un arma que podía usar si los perpetradores decidían mostrarse.

Por supuesto, culpaba a Sharon por todo esto.

Si se hubiera dejado como estaba planeado en primer lugar, podrían haber vuelto a la seguridad del coche para fumar el porro. Pero no, ella tuvo que fingir que se hacía la difícil y actuar con miedo cuando escucharon el primer grito.

¡Puta estúpida!

Se alegró de haberla golpeado. Incluso podría darle otro cuando volviera al coche, sólo para darle una lección.

Un crujido de atrás hizo que Dennis se diera la vuelta para ver lo que había.

No fue nada.

Pero él lo había oído, y era más fuerte que el sonido de los árboles que soplan en el viento.

Esperó, con el arma en la mano derecha, listo para defenderse.

Entonces se preguntó si era Sharon la que estaba detrás de él. Volviendo a ayudar en la búsqueda ahora que había terminado de llorar y de comportarse como una mocosa consentida. Tal vez se estaba escondiendo porque tenía miedo de la reacción de Dennis al verla de nuevo. Y bien que debería tenerlo. Pero ahora mismo, dos pares de ojos eran mejores que uno.

"Sharon, sal de ahí y ayúdame a buscar." Esperó. No hubo más movimiento de los arbustos.

Al diablo con ella. Dennis continuó con su búsqueda.

Otro sonido unos segundos después lo hizo saltar.

Se dio la vuelta. Esta vez, el ruido sonaba más cerca que antes, pero lo que era peor, le parecía como si viniera de todos lados, no sólo de un punto.

¿Había más de uno de ellos?

¿Se habían separado y decidieron divertirse con él?

Dennis ya había tenido suficiente. Medio desnudo o no, se agarró fuertemente al extremo de su bastón y se dirigió hacia la maleza delante de él.

"Ahora sí, pequeños bastardos, ¡se arrepentirán!" Dennis dio unos pasos más antes de que los arbustos a su alrededor comenzaran a temblar violentamente, ya que algo se movía a través de ellos.

Dennis se detuvo en su camino, entrecerrando los ojos en la semioscuridad para tratar de ver lo que había allí.

"¿Quién está ahí?", exigió. "¿Quién carajo está ahí?"

Cuando las criaturas emergieron de la maleza, Dennis no podía creer lo que veía.

Antes de que tuviera la oportunidad de defenderse con su bastón, o incluso de darse la vuelta y correr, estaban sobre él, desgarrando su piel y arrancándole grandes trozos.

Dennis no tenía idea de cuántos eran, ya que parecían estar en todas partes.

Mientras caía al suelo, Dennis pudo ver algunos de ellos de cerca.

Parecían ser más bajos que él, pero muy fornidos y sus cabezas parecían estar casi encaramadas directamente sobre sus hombros sin tener cuellos en medio.

Sus cuerpos y rostros estaban cubiertos de gruesas y ásperas cerdas, y sus ojos eran de un amarillo brillante, con diminutos puntos negros en el medio.

Las criaturas no hacían más que gruñidos mientras despedazaban a Dennis.

Afortunadamente, perdió el conocimiento antes de que le arrancaran la vida.

Sharon esperó en el frío con la manta envuelta alrededor de sus hombros. Desafortunadamente, no era lo suficientemente larga para cubrir sus piernas expuestas también, así que de vez en cuando la bajaba y la llevaba como una falda larga.

No había pasado ni un solo vehículo desde que Dennis desapareció en el bosque, y empezaba a pensar que estaría atrapada aquí hasta que volviera con las llaves.

Si es que volvía.

En un momento dado, Sharon incluso consideró la posibilidad de volver a la ciudad. Pensaba que sólo le llevaría una hora más o menos, y que la caminata la ayudaría a mantenerse caliente. Pero tuvo que admitir para sí misma que tenía demasiado miedo de aventurarse sola por el camino.

Dennis podría ser una completa basura, pero al menos actuaría como un elemento disuasorio si algún maníaco pasara y la viera allí sola. Incluso con sus tacones, suponía que podía correr de vuelta a Dennis antes de que un tipo raro pudiera saltar de su coche y agarrarla.

Desde la oscuridad, Sharon podía oír un ruido.

Se esforzó por escuchar, y luego su corazón dio un salto. Era el sonido del motor de un coche acercándose.

Sharon se paró en medio de la carretera. La idea de entrar en un coche caliente y ser transportada a casa parecía demasiado buena para ser verdad. Se volvió en la dirección que Dennis había ido a llamarle, pero luego cambió de opinión y decidió dejarlo sufrir.

A medida que el motor del coche se hacía más fuerte, podía ver los faros que alumbraban los árboles que atravesaban la sinuosa carretera. Definitivamente se dirigía hacia ella.

Sentía escalofríos, pero no podía decir si se debían al frío o a la emoción sobre el vehículo que se acercaba.

Luego recordó su preocupación por algún lunático que se dirigía hacia ahí, y ella sin poder depender de la protección de Dennis.

Sharon se movió de un pie a otro, estaba dividida entre su miedo a ser secuestrada, y su odio por Dennis y la forma en que él la había tratado esta noche.

Antes de que tuviera la oportunidad de decidir sobre su mejor decisión, el vehículo dio la vuelta a la curva y se puso a la vista.

Parecía una vieja furgoneta y, al acercarse, Sharon la reconoció como perteneciente a los hermanos Craven. Trabajaban en la carnicería de su padre en la calle principal y ambos eran amigos de Dennis.

Qué suerte la suya.

Aún así, deberían servir para llevarla a casa, si era la única opción.

Cuando la camioneta se acercó, Sharon corrió hacia adelante y comenzó a agitar sus brazos frenéticamente en el aire. Después de un par de pasos, se detuvo y se las arregló para coger la manta antes de que se deslizara de sus caderas para revelar su mitad de abajo desnuda.

La camioneta se detuvo y Colin Craven se asomó a la ventana del conductor.

"Bueno, ¿qué tenemos aquí?" se burló, lamiéndose los labios de manera exagerada.

"Oh, parece una entrega de carne fresca" le dijo a su hermano Don desde el asiento del pasajero.

Sharon se acercó renuentemente a la ventana abierta del conductor. "Hola chicos, estoy en problemas. ¿Pueden ayudarme, por favor?"

"Oh sí, ¿en qué clase de problemas podría meterse una vieja zorra como tú para nosotros ayudar? No somos malditos doctores de abortos, ¿sabes?"

Don carcajeó ante la broma de su hermano mayor.

Sharon se las arregló para mantener la calma. Había oído cosas peores de algunos de los otros tipos del pueblo, entonces era como quien oye llover.

"Vamos, chicos, por favor, estoy atrapada aquí. Llévenme a la ciudad, no es como si estuviera fuera de su camino."

Colin echó un vistazo al coche y lo reconoció de inmediato. "¿Dónde está Dennis?" preguntó, levantando las cejas.

Sharon se dio la vuelta un momento para comprobar que no estaba a punto de resurgir de los árboles. "Oh, perdió sus llaves, así que se fue a buscarlas."

"O más bien tuvo una mejor oferta y te dejó aquí al lado del camino esperándolo," comentó Don con una mueca de desprecio.

Sharon suspiró. "Como sea, ¿me pueden llevar o no? Me estoy congelando."

Los dos hermanos intercambiaron miradas sin hablar, luego Colin se volvió para enfrentar a Sharon. "Te diré que, dale a mi hermano una mamada en la parte de atrás de la furgoneta, luego déjame metértela por el culo, y te llevaremos a donde quieras. ¿Es un trato?"

Sharon no necesitó un segundo para considerar su oferta. "¡Vete a la mierda!", gritó indignada.

Colin se encogió de hombros. "Como quieras, arréglatelas tu sola para regresar." Y, con eso, apretó el acelerador y se fue a toda velocidad por la carretera.

Por un momento, Sharon estaba convencida de que Colin se detendría.

Seguramente no era tan cruel como para dejarla abandonada aquí en medio de la noche.

Pero para su consternación, las luces de la furgoneta desaparecieron en la siguiente curva y, mientras esperaba que los hermanos cambiaran de opinión, Sharon pronto se dio cuenta de que el ruido del motor se alejaba cada vez más.

Sharon estampó su pie en el camino con exasperación.

Sin otra alternativa, volvió al auto y se desplomó contra la puerta del conductor.

No vio ni oyó a las criaturas que salían del bosque hasta que fue demasiado tarde.

No es que Sharon hubiera podido huir de ellas pero, al menos si los hubiera visto con suficiente anticipación, podría haber tenido tiempo de llamar a gritos a los chicos Craven y ceder a sus desagradables demandas a cambio de un pasaje seguro.

Cuando Sharon se dio cuenta de su presencia, estaba rodeada por todos lados.

Por un momento las enormes criaturas se quedaron mirando a su indefensa presa, como si estuvieran considerando cuidadosamente su próximo movimiento.

Sharon gritó para que Dennis viniera a ayudarla pero, sin que ella lo supiera, ya había pasado tiempo desde que Dennis había dejado de existir.

Dejando caer la manta en su prisa por escapar, Sharon corrió primero en una dirección y luego, cuando le bloquearon el camino, dio la vuelta e intentó escapar por otra ruta. Pero, cada vez que daba unos pasos hacia delante, aparecían más criaturas, evitando su escape.

Sharon gritó y gritó histéricamente, hasta que perdió la voz.

Una vez que la tuvieron rodeada, las criaturas se detuvieron en su camino como si esperaran una orden.

Desde atrás, una versión más grande de las criaturas emergió de los árboles y avanzó hasta llegar al círculo. Sin ser comandados, las criaturas más pequeñas se hicieron a un lado para hacer una abertura para que el recién llegado pasara.

Sharon estaba de pie, congelada en su lugar, aterrorizada, mientras la criatura se acercaba a ella. Se paró a pocos metros y comenzó a olerla, como un animal tratando de identificar un objeto familiar.

Con su mente incapaz de procesarlo todo, Sharon se desplomó al suelo, inconsciente.

2

"¡Ay... ay... me estás haciendo daño!" Karen Taylor gritó lastimosamente mientras el hombre sudoroso de mediana edad encima de ella se impulsaba con más fuerza.

"Por favor, para ... sácalo ... soy virgen."

El hombre parecía completamente ajeno a su angustiosa protesta. En todo caso, sus objeciones parecían aumentar su excitación.

"Ow... por favor, señor... no quise hacerlo... sólo tengo 15 años... no lo haré de nuevo."

Eventualmente, Karen sintió que él entraba en erupción dentro de ella. El cuerpo del hombre convulsionó por unos segundos antes de dejar caer todo su peso sobre su pequeña estructura.

Karen sintió el aire salir de su cuerpo. Le dio un par de segundos para terminar de liberar su carga, y luego le dio un suave golpecito en el hombro. Tomando la indirecta, el hombre rodó hacia el otro lado y se acostó exhausto de espaldas, tomando enormes bocanadas de aire.

Karen se salió de la cama y sacó un par de toallitas húmedas del paquete de la mesita de noche. Con cuidado, sacó el condón usado del pene flácido del hombre, y tiró el desecho empapado en el cubo de basura.

Agarró su bata del gancho y la colocó sobre su cuerpo desnudo, antes de ir al baño a lavarse las manos. Karen pudo oír los resortes de su colchón rechinar mientras el hombre movía su considerable bulto a través de la cama para recuperar su ropa. Para cuando ella regresó, él estaba completamente vestido.

El hombre la miró con una sonrisa radiante. "Eres muy buena," dijo, agradablemente. "Si me dices tu talla, te traeré un traje escolar para que lo uses la próxima vez, si te parece bien, claro."

Karen logró una media sonrisa. "Ya veremos," respondió sin compromiso.

En ese momento, ambos escucharon el sonido de un bebé llorando desde la habitación de al lado.

"Mira, tendrás que disculparme, mi hija necesita ser alimentada," explicó Karen, casi disculpándose.

"Sí, sí, por supuesto." El hombre salió de la habitación y caminó por el pasillo hacia la puerta principal. Esperó allí hasta que Karen lo alcanzó. Cuando ella llegó a la puerta, él extendió su mano. Karen la tomó y la sacudió, mientras giraba la perilla con su mano libre.

"Encantado de haberte conocido," dijo el hombre al cruzar el umbral, "Sinceramente, espero poder volver a verte."

Karen logró otra media sonrisa cuando cerró la puerta detrás de él.

Entrando rápidamente a la sala, Karen se inclinó sobre la cuna de viaje y levantó a su bebé en sus brazos. La niña dejó de llorar y comenzó a gorgotear al reconocer la cara sonriente de su madre. Karen sostuvo a su hija en su pecho y la besó tiernamente en la parte superior de su cabeza. Moviéndose hacia el sofá, Karen se quitó la bata y expuso su pecho para permitirle alimentarse.

La sensación de su hija bebé amamantándose suavemente el pezón se sintió increíblemente diferente a la repulsión que había experimentado sólo momentos antes, cuando el sudoroso hombre de negocios estaba realizando la misma acción.

Karen sabía que, si iba a continuar con su régimen actual, tendría que encontrar una manera de compartimentar sus sentimientos para que sus actividades cotidianas no se volvieran demasiado odiosas para ella, especialmente cuando necesitaba el dinero para alimentar a su bebé.

Karen miró alrededor de su escasamente amueblado apartamento de vivienda social. Apenas había suficiente para llamarlo hogar, pero era todo lo que tenía. Reflexionó sobre las circunstancias que la habían llevado a este estado, e inmediatamente sintió la necesidad de llorar. Era un sentimiento al que se había acostumbrado en los últimos tres meses y medio, prácticamente desde que nació su hija.

Miró la dulce cara querubínica de su niña mientras amamantaba con satisfacción. Aunque la bebé no había sido planeada, Karen sabía que había tomado la decisión correcta al decidir quedarse con ella. Estar con el padre biológico de la bebé había sido un error que ella cometió una noche después de beber demasiado en la fiesta de cumpleaños de una amiga. Se había puesto en contacto con él cuando le dijo que estaba embarazada porque creía que tenía derecho a saberlo. Pero estaba claro por su reacción que no tenía ningún interés en ser parte de la vida de su hija.

La última vez que Karen supo de él fue que había tomado un trabajo en el extranjero, y Karen no pudo evitar preguntarse si era porque tenía miedo de que ella pudiera tratar de mandarle a la Agencia de Manutención de Menores.

Si él se hubiera tomado la molestia de preguntar, ella le habría informado que si no quería estar cerca de su hija, entonces no iba a tratar de forzar la situación.

A decir verdad, Karen sabía que había una alternativa sencilla a sus actuales condiciones de vida. Sólo el mes pasado, su madre le había hecho una oferta para volver a vivir con ella. Y como su madre vivía sola en una enorme casa victoriana con cuatro grandes dormitorios, Karen se daba cuenta de que al negarse a irse le negaba a su hija un mejor comienzo en la vida.

Pero también sabía que volver a casa sería el mayor error que podría cometer.

Su madre nunca perdonaría a Karen por la muerte de su hermana, Josie.

Tanto si era consciente de que lo hacía como si no, su madre había adoptado un tono de voz y una mirada en sus ojos cuando estaba en compañía de Karen que exudaba acusación hasta el punto de odio.

A decir verdad, Karen siempre supo que sus padres preferían a su hermana mayor que a ella, incluso desde una edad temprana. Pero Josie, por otro lado, hizo todo lo posible para que Karen se sintiera amada y querida, y a menudo desafiaba abiertamente a sus padres cuando sentía que estaban siendo injustos con su hermana menor.

Cuando el padre de ellas murió, su madre recurrió a Josie sola para que la consolara. Fue casi como si Karen hubiera dejado de existir. Pero Josie, por mucho que lo intentara, no podía soportar la forma en que su madre la asfixiaba sin permitir que su hermana compartiera la carga.

Así que, finalmente, incapaz de soportar la abrumadora sensación de asfixia, se alejó. Por supuesto, su madre culpó a Karen, y se negó a creer que Josie no había sido influenciada por ella.

Después de que ella se fue de casa, Josie y Karen se acercaron aún más. Hablaban por teléfono todo el tiempo, se enviaban mensajes de texto y WhatsApp a diario, y se reunían siempre que podían, aunque sólo fuera para tomar un café rápido.

Cuando Josie murió, le pegó a Karen mucho más fuerte de lo que su madre aceptaría. En lo que a ella respecta, Karen fue la causa de todo su dolor y, aunque nunca pudo perdonarla, la sangre seguía siendo más espesa que el agua, por lo que se sintió obligada a ofrecerle a su hija y a su nieta un techo adecuado sobre sus cabezas.

Karen miró a su hija, y frotó la parte posterior de su dedo contra su suave mejilla. La niña sonrió mientras continuaba con su alimentación. ¿Podría Karen someter a su pequeña a la vida con su abuela? Sólo como último recurso, se aseguró.

Incluso si eso significaba recurrir a la prostitución para llegar a fin de mes.

En ese momento, el móvil de Karen cobró vida ruidosamente.

Era un número desconocido, como ella esperaba. Con un profundo suspiro, Karen respondió.

"Hola".

Hubo una ligera pausa en el otro extremo, luego una ronca voz masculina dijo. "Vi tu número en Internet, ¿es el lugar correcto?"

"Sí, así es," respondió Karen, tratando de sonar lo más alegre y acogedora posible. "¿Le gustaría tener algunos detalles?"

"Sí," fue la seria respuesta..

"Bueno, como dice el anuncio, estoy en la zona de Stockwell, mido 1,60 m, soy delgada con cabello largo y rubio, y mis honorarios empiezan a partir de 30 libras por un masaje básico."

Karen esperó. Podía oír a la persona que llamaba respirando fuertemente por la línea. A pesar de que sólo había estado haciendo esto durante un tiempo relativamente corto, Karen había aprendido a no dar su dirección hasta después de estar segura de que la persona que llamaba era genuina. No siempre era fácil descifrar con qué clase de hombre estaba tratando, especialmente porque no podía ver sus caras, así que tenía que confiar en su instinto durante la mayor parte del tiempo.

Aún podía oír al hombre respirando como si estuviera decidiendo si proceder o no.

"¿Le gustaría hacer una cita?" se ofreció.

"Sí... por favor."

El "por favor" le sonó más bien como un pensamiento de último momento, pero al menos mostró un poco de modales.

Karen estaba a punto de recitar su discurso cuando una repentina sensación de terror la invadió. No se trataba de un incidente aislado, ya que desde que anunció sus servicios, a menudo se había sentido lo suficientemente incómoda como para no decirle a la persona que la llamaba dónde vivía, y el abuso que solía recibir como resultado le decía que había tomado la decisión correcta.

Esperó un momento, aún decidiendo cómo proceder.

La persona que llamó se mantuvo en silencio, pero su pesada respiración hizo que Karen se sintiera más incómoda al segundo.

Finalmente, se decidió. "Lo siento mucho", se disculpó, "Acabo de darme cuenta de que estoy llena para los próximos días. ¿Quizás podría llamar la semana que viene?"

El que llamó hizo un ruido extraño como si intentara extraer un trozo de comida que estaba atascado en sus dientes. Su respiración seguía siendo lenta y pesada.

El silencio comenzaba a poner nerviosa a Karen.

Sabía que a algunas personas, especialmente a los hombres, les resultaba incómodo comunicarse con un miembro del sexo opuesto. Pero, cuando no podías ver su expresión facial, añadía un cierto aire de amenaza, que hacía que Karen se sintiera muy incómoda.

Sin darse cuenta de lo que estaba haciendo, Karen instintivamente cruzó sus tobillos uno sobre el otro. Pensó en desconectar la llamada, pero incluso en una circunstancia como ésta, no quería parecer grosera.

"¿Sigue ahí?", preguntó tímidamente. "Si vuelve a llamar la semana que viene, estoy segura de que tendré un hueco libre para entonces."

Ella esperó.

La respiración se hizo más fuerte como si la persona que llama estuviera tratando de comerse su teléfono.

"¡Te voy a joder!"

La declaración gruñida golpeó a Karen como una bofetada en la cara. Por un momento, no podía creer lo que acababa de oír. Apartó el móvil de su oreja y lo miró fijamente, como si al hacerlo pudiera encontrar algún tipo de respuesta al repentino arrebato de agresión de la persona que llamaba.

Su instinto inmediato fue apagar su teléfono, pero al mismo tiempo había incrustado en ella una vena de indignación que no permitía que tal comportamiento quedara sin abordar.

"Disculpe," dijo, tratando de evitar el pánico en su voz. "¡No aprecio su lenguaje, y no hay excusa para que sea tan grosero!"

Esperó para permitir que su declaración se asimilara.

La persona que llamó no respondió.

"Sólo intento ganarme la vida aquí ofreciendo un servicio a caballeros amables y agradecidos, así que creo que debe buscar su comodidad en otra parte."

"¡Te voy a joder!"

Karen apagó su teléfono.

Ahora se sentía tonta por tratar de razonar con el hombre. Evidentemente, él estaba acostumbrado a tratar con otro tipo de mujer, tal vez una de las que había visto ejerciendo su oficio cerca de los muelles, donde los camioneros a menudo se detenían por la noche.

Karen estaba tan contenta de no haberle ofrecido su dirección.

Aún así, con la tecnología moderna, había oído que la gente podía conseguir dispositivos como los que usaba la policía, que podían rastrear una llamada incluso cuando el número estaba retenido.

Se preguntaba si debería denunciar al hombre a la policía ella misma.

Tal vez rastreen su llamada y le avisen.

Por supuesto, entonces ella tendría que confesarles las circunstancias que rodearon el motivo por el que la había llamado en primer lugar, y eso no era algo que ella estaba dispuesta a hacer.

Karen sabía que lo que estaba haciendo no era técnicamente ilegal, pero de todas formas no estaba orgullosa de ello, y sin duda demasiado avergonzada para explicarse ante el Viejo Bill.

Karen dejó caer su teléfono en el sofá y le devolvió la atención a su bebé.

La niña había terminado de amamantar, así que Karen la levantó sobre su hombro y suavemente comenzó a darle palmaditas en la espalda. Mientras lo hacía, Karen se levantó y caminó por el pasillo hasta la puerta principal. Se asomó por la mirilla a lo largo del pasillo que conducía al banco de ascensores en el otro extremo. El lente cóncavo distorsionó su vista, haciendo parecer que todo lo que estaba fuera de su puerta estaba atrapado en un túnel plegable.

Esperaba ver a un maníaco con un cuchillo salir de la escalera y dirigirse directamente a su puerta. Pero el corredor estaba desierto.

Karen deslizó el cerrojo de seguridad a casa, y continuó su vigilia por unos momentos más, antes de finalmente llevar a su bebé de vuelta a la sala de estar.

3

"No querrás ir allí, mi viejo amigo, el lugar está lleno de raros".

Thomas Sheffield puso los ojos en blanco e intentó desesperadamente mantener su temperamento bajo control. Su médico le había advertido sobre su presión sanguínea en más de una ocasión, y no iba a dejar que un ignorante local lo llevara al hospital por un derrame cerebral o un ataque al corazón.

"Sí, gracias, es muy interesante." Thomas sonrió, débilmente. "Ahora, si tiene la amabilidad de indicarme la dirección correcta, seguiré mi camino."

El viejo granjero se frotó la barbilla sin afeitar, pensativo. "¿Qué fue lo que dijiste que querías hacer ahí, cucharas o algo así?"

"Cubiertos," repitió Thomas por tercera vez, deseando nunca haber sacado el tema en primer lugar. Si su compañía suministrara a sus vendedores navegadores satelitales decentes, no habría tenido que detenerse a pedir direcciones en primer lugar. Tuvo la suerte de que la única alma en kilómetros a la redonda resultara ser un granjero curioso con demasiado tiempo libre.

"¿Cubiertos?" repitió el viejo, quitándose la gorra plana para revelar un paté calvo cubierto de manchas cutáneas. "¿Tienes alguna muestra que te sobre?" miró detrás de Thomas a los dos maletines en su asiento trasero.

Thomas suspiró, profundamente. "No, me temo que no, ¿podría indicarme el camino a la aldea?"

El viejo se encogió de hombros. "Está bien, pero no digas que no te lo advertí."

Thomas anotó las instrucciones del hombre, luego le agradeció, bruscamente, antes de irse a toda velocidad. No quiso darle al viejo tonto otra oportunidad de ofrecerle el beneficio de su experiencia sobre la sabiduría de aventurarse en el pueblo.

¿Por qué, se preguntó, estos pequeños lugares apartados parecían engendrar tantos entrometidos sin nada que hacer en todo el día, sino inventar historias sobre alguien que no encajaba en su forma de vida?

Bueno, raros o no, tenía la oportunidad de un pedido muy lucrativo del dueño del restaurante y la hostelería local, y por eso, atravesaría las puertas del mismo infierno.

A los 52 años, Thomas Sheffield sabía que su forma de vida estaba lejos de ser ideal. Pasando la mitad de su vida en el camino, conduciendo de un lado a otro con sus maletas de muestra a bordo, ganando la mayoría de su salario por comisión, pero era a lo que se había acostumbrado, y llevaba mucho tiempo en ello para cambiar ahora.

La gran mayoría de sus colegas de la empresa optaron por cómodos trabajos de escritorio donde hacían llamadas no solicitadas a clientes, o respondían a consultas hechas en línea para las vajillas, ropa y la cubertería que fabricaba la empresa. Pero Thomas siempre había creído que, si realmente querías hacer un contacto de negocios de por vida, tenías que reunirte con tus clientes cara a cara.

La calidad del producto que ofrecía era excepcional y de alta gama, pero tenía un precio. Como explicaba a menudo a sus clientes, si querían crear la impresión adecuada para su clientela, entonces la cuchillería común y corriente producida en masa no era el camino a seguir.

Todavía se enorgullecía de tener el don de la charla cuando se trataba de cerrar un trato, y eso era un arte que muchos de sus colegas más jóvenes no tenían ni idea de cómo aprender. Esa fue una de las razones por las que le pasaron tantos clientes potenciales. Eso y el hecho de que eran demasiado perezosos para mover sus traseros y conducir para reunirse con los clientes en persona si se encontraban a más de 20 millas fuera de la ciudad.

Después de pasar por el bosque, Thomas llegó a una bifurcación en el camino. No había señales para ninguna dirección, pero recordó que el viejo granjero le había dicho que tomara el camino de la izquierda. Thomas siguió la ruta, que se parecía más a un camino de tierra que a una carretera, ya que serpenteaba a través de arbustos y árboles. Bajó la velocidad por miedo a chocar con un gran bache no detectado. Lo último que necesitaba era estar varado en medio de la nada.

A media milla del camino, Thomas pasó lo que parecía ser un cementerio abandonado hace tiempo, justo al lado de la ruta principal. Echó un vistazo mientras avanzaba, y pudo ver la parte superior de unas 12 lápidas en ruinas, la mayoría de las cuales estaban cubiertas de musgo.

A lo lejos, notó una pequeña cabaña de dos pisos, que desde esa distancia parecía haber sido abandonada hace tanto tiempo como las lápidas. Un pensamiento repentino cruzó inexplicablemente por su mente. Se preguntó si la casa de campo estaba habitada por una vieja bruja y su hijo medio loco, que acechaban en las noches oscuras para atacar y matar a los automovilistas errantes, robándoles sus posesiones y enterrando sus restos entre las tumbas olvidadas.

Thomas sintió una repentina necesidad de dar la vuelta a su coche y volver, pero se encogió de hombros y siguió su camino. Se regañó a sí mismo por permitir que su imaginación se escapara de él.

Cerca de media milla después del cementerio, la ruta se abrió a lo que podría describirse como un camino apropiado de nuevo. Thomas inmediatamente comenzó a relajarse al ver varias propiedades residenciales a la vista. Al inspeccionarlas más de cerca, Sheffield notó que todas parecían estar construidas más bien toscamente en piedra, con techos de paja, casi como si el constructor de entonces recibiera una comisión por un lote de trabajo. Al pasar por un puente de piedra con un arroyo abajo, vio finalmente un cartel que anunciaba que había entrado en el pueblo.

Mientras Thomas conducía por el pueblo en busca de la posada, no pudo evitar notar que las cortinas revoloteaban en las ventanas de las casas al pasar. Esto no era inusual en una pequeña comunidad donde los extraños probablemente no se aventuraban muy a menudo. Pero Thomas esperaba que esta fuera una zona más vibrante, que acogiera a los vacacionistas, y que se jactaba de una buena y cálida bienvenida por parte de los locales. De lo contrario, dudaba que el propietario de la posada pudiera atraer suficientes clientes para hacer que la inversión en un servicio de restauración de calidad valiera la pena.

Más adelante en el camino había un par de tiendas a cada lado. Sheffield vio un quiosco, una verdulería y una ferretería. Al pasar, pudo sentir el peso de varios pares de ojos que monitoreaban su progreso.

Eventualmente, dobló una esquina y encontró su destino.

El gran letrero de madera anunciaba "Hotel, restaurante y bar Beanie's."

Thomas dio un suspiro de alivio. Desde fuera, las instalaciones eran ciertamente impresionantes tanto en tamaño como en estructura, aunque parecían un poco fuera de lugar en un pueblo tan pequeño.

Había un amplio estacionamiento en la parte trasera de la propiedad, así que Sheffield tomó el espacio más cercano a la entrada trasera, y comprobó su apariencia en su espejo retrovisor antes de entrar al bar.

Como esperaba, todos los ojos se volvieron en su dirección al entrar.

Thomas sonrió y asintió con la cabeza a la dispersión de los lugareños mientras tomaban sus pintas, y recibió algunos reconocimientos en respuesta.

Se dirigió al bar donde una mujer robusta de mediana edad estaba secando vasos con un trapo.

"Buenas tardes, señora," comenzó Thomas, cortésmente, "Me llamo Sheffield, Thomas Sheffield, creo que tengo una cita con el propietario de este magnífico establecimiento."

Sin previo aviso, el hombre que estaba en cuclillas en un taburete del bar cerca de donde Thomas estaba, se levantó de repente para enfrentarse a él. El hombre estaba considerablemente más alto que él, y Thomas sintió que daba un paso instintivo hacia atrás.

El hombre mantuvo la mirada por un momento más, antes de darse una media vuelta y salir del bar. Thomas, al darse cuenta de que había estado aguantando la respiración, la dejó salir lentamente entre los dientes para no hacer el movimiento demasiado obvio.

En ese momento, sintió que una mano le agarraba la muñeca.

Se volvió hacia la camarera que ahora tenía una amplia sonrisa en su cara. "Oh sí, por supuesto, querido, te está esperando. Por favor, sígueme."

La mujer llevó a Thomas a través de una puerta en la parte trasera del bar y a un espacioso y bien presentado comedor. Le hizo señas a Sheffield para que se sentara en una mesa cerca de la ventana, y él le obsequió una sonrisa.

"Ahora bien, amor, espero que quieras un buen trago de cerveza casera después de tu viaje. Despejarte de la carretera."

Antes de que Thomas tuviera la oportunidad de responder, la mujer se había dado vuelta y comenzó a salir al área del bar.

Se sentó allí un rato, disfrutando del encantador ambiente del restaurante. Los muebles eran de madera oscura de aspecto robusto, y había un mantel de cuadros azules y blancos a juego que cubría cada mesa, con una vinagrera en el centro de cada una.

Thomas estudió el techo del restaurante. Había sido diseñado para parecerse a un barco volcado, decorado perfectamente con diversos mapas, ruedas de barcos, telescopios y otras formas de equipamiento naval que estaban esparcidos por las paredes.

"Hola, me llamo Jodie, ¿y tú?"

Thomas se sorprendió y salió de su ensoñación al ver a una joven rubia que había aparecido mágicamente a su lado.

Se giró en su silla para mirarla. Parecía tener unos 12 o 13 años, y estaba vestida con una camisa de cuadros, que casualmente - o tal vez no - parecía hacer juego con los manteles y un pantalón de mezclilla azul. Su cabello rubio estaba trenzado en dos coletas que colgaban por encima de sus hombros.

"Bueno, buenas tardes jovencita," respondió Thomas, extendiendo su mano, "mi nombre es Thomas, y es un placer conocerte."

Satisfecha de que él la tomó en serio, la joven le estrechó la mano.

"¿Has venido a cenar?" Jodie preguntó. "Llegas un poco pronto, pero puedo hablar con mi padre y preguntarle por ti."

Thomas sonrió. "Es muy amable de tu parte, pero estoy aquí por negocios para ver al dueño de este fino establecimiento. ¿Será su padre?"

La chica asintió con entusiasmo.

En ese momento, la mujer reapareció del bar con una gran jarra de cerveza.

En cuanto vio a la chica que estaba al lado de Thomas, gritó. "Jodie, espero que no hayas estado molestando a este agradable caballero."

Thomas levantó la mano. "No, en absoluto, ella ha sido una compañía extremadamente encantadora."

Jodie se volvió hacia él y sonrió tímidamente.

La mujer puso la jarra de cerveza en la mesa delante de él.

"Aquí tienes, la bebes y hay otro esperando," le aseguró la mujer. Puso una mano en el hombro de la chica. "Sé buena y ve a buscar tu papá para este caballero."

La joven le dio a Thomas otra sonrisa y se escabulló a través de las mesas, desapareciendo por una doble puerta batiente detrás de una gran escalera en la parte trasera del restaurante.

Thomas agradeció a la mujer por su bebida. En realidad, estaba muy sediento y una pinta ciertamente daría en el blanco. Dicho esto, la jarra de cerveza le pareció a Thomas un poco más grande que la medida habitual de una pinta, y se preguntó si incluso este trago podría ponerle por encima de su límite.

Ciertamente no pretendía pasar más tiempo del necesario en este lugar.

Thomas levantó su copa a la mujer que estaba expectante como si esperara oír lo que pensaba de la bebida. Tomó un par de tragos grandes. La cerveza ciertamente cayó bien, y cuando terminó de beber, la felicitó por el brebaje.

"Ese es nuestro especial de la casa," le informó la mujer. "Lo preparamos aquí mismo."

Con eso, se dio la vuelta y volvió al bar.

A pesar de sí mismo, Thomas tomó otro par de grandes tragos. Podía sentir el efecto del alcohol que ya empezaba a hacer efecto, así que decidió ir más despacio porque no quería hacer negocios con su discurso mal pronunciado.

Mientras se sentaba solo en el restaurante, Thomas notó a través de las ventanas que el sol casi se estaba poniendo. Distraídamente tomó varios sorbos más de su jarra de cerveza mientras esperaba en silencio al propietario.

Después de un rato, Thomas oyó abrirse las puertas batientes por las que Jodie había desaparecido antes, y se preparó para ponerse de pie y conocer al dueño. Pero en vez de eso, vio a otra joven caminando hacia él. Por un momento pensó que era Jodie que volvía, pero al acercarse a su mesa, Thomas se dio cuenta de que, aunque estaba vestida de forma idéntica a la joven, hasta sus coletas, era definitivamente mayor.

Thomas sonrió, ampliamente, mientras ella se acercaba.

"Hola", dijo ella, dulcemente, "Oigo que estás esperando a mi papi, no tardará mucho, sólo está supervisando el primer lote de pasteles de la noche."

Thomas estimó que la chica debía tener 17 o 18 años. A diferencia de Jodie, ella usaba maquillaje, nada demasiado pesado, pero lo suficiente para realzar su considerable belleza.

En su prisa por ponerse de pie y presentarse, Thomas terminó topando la parte inferior de la mesa con su estómago sobresaliente, causando que las patas de la mesa se rasparan en el suelo de piedra mientras se movía hacia adelante.

Miró a la chica, avergonzado por su propia torpeza, y vio que ella le sonreía.

"Lo siento," se disculpó, reajustando la mesa a su posición original. "Creo que necesito perder algunos kilos."

"No seas bobo, nos gustan nuestros hombres con un algo de carne encima por aquí."

Thomas sintió que sus mejillas estaban más calientes.

La chica se rió. "Soy Polly. Creo que conoces a mi hermana pequeña, Jodie."

Se acercó, ofreciendo su mano.

Desde esta distancia, Sheffield pudo ver que no llevaba sujetador. Su camisa de cuadros estaba desabrochada lo suficiente como para darle un tentadora vista de la parte superior de sus pechos perfectamente redondeados.

Thomas aclaró su garganta y ofreció su mano. Mientras temblaban, no pudo evitar ver sus vivaces pechos moverse de arriba a abajo sin restricciones.

Podía sentir que una erección comenzaba a crecer.

Tímidamente, Thomas trató de cubrir su vergüenza doblando sus manos sobre su regazo antes de volver a su asiento.

Pero era obvio que la chica había notado su bulto.

Cuando le llamó la atención, le guiñó un ojo y le sonrió.

En ese momento, Thomas quiso que la tierra se abriera y se lo tragara. Se recordó a sí mismo que estaba allí para hacer negocios con el padre de la chica, y si pillaba al vendedor actuando de forma inapropiada con su hija, Sheffield sabía que podía despedirse de esta comisión.

Thomas trató de establecerse y recuperar la compostura. Pero Polly parecía tener ideas diferentes. Ella se acercó y se posó en el borde de su mesa.

"¿Te quedarás a pasar la noche, entonces?" preguntó seductoramente.

Thomas sacudió la cabeza, más severamente de lo que había pensado. Después de todo, no quería ofender a lo que era simplemente una pregunta inocente.

"No... no, dudo que nuestro negocio tome más de una hora o algo así."

Polly se acercó, como si estuviera a punto de decirle algo que nadie más debería oír, a pesar de que estaban muy solos.

La parte superior de su escote estaba ahora a pocos centímetros de su cara.

Thomas apartó la mirada y se obligó a mirarla a los ojos.

Los hermosos y brillantes ojos azules de Polly brillaban sobre él como la luz del sol después de una tormenta.

"Mi papi nunca hace negocios con nadie que rechaza su hospitalidad." Ella asentó con la cabeza. "Y además, tenemos las camas más cómodas del pueblo." Polly miró al techo como para enfatizar lo cerca que estaban las camas en ese momento.

Sheffield tragó saliva inconscientemente. Se encontró de repente, incapaz de hablar en su compañía.

Sonriendo a su torpeza, Polly se inclinó un poco más y puso una mano sobre su muslo. Mirándole a los ojos, la deslizó un poco más arriba del muslo, hacia la zona de la entrepierna.

Thomas quería desesperadamente que se detuviera, por miedo a que su padre o su madre los sorprendieran. Pero, al mismo tiempo, a una parte de él no le importaba.

"Es una hermosa noche," le informó Polly. "Después de que cerremos, podríamos ir a dar un paseo, sólo tú y yo. Creen que habrá buena luna esta noche, es una lástima desperdiciarla".

Thomas tragó fuerte, otra vez. "Pero, ¿qué pasa con tus padres? ¿Qué tendrían que decir?"

Polly levantó su mano del muslo y le envolvió los dedos en la nuca. Lo arrastró hacia ella hasta que su boca estaba a sólo unos centímetros del centro de su oreja.

"No diré una palabra, si no lo haces tú" le aseguró provocativamente.

Antes de que pudiera responder, Polly movió la punta de su lengua hacia atrás y adelante contra el lóbulo de la oreja de Sheffield.

Thomas cerró los ojos y gimió suavemente.

Asegurada de su captura, Polly se bajó de la mesa y volvió a las puertas batientes. Cuando llegó a la escalera, se detuvo y miró a Thomas por encima del hombro.

"Como dije, sería una lástima desperdiciarla".

Con un último guiño, salió de la habitación.

4

Karen fue a revisar a la bebé Charlotte por tercera vez en 15 minutos. Como las veces anteriores, su bebé estaba profundamente dormida. Karen sabía que se estaba volviendo paranoica, pero después de esa obscena llamada telefónica que había recibido, no podía evitarlo.

En su mente, tenía visiones de la persona que llamó entrando por la ventana de la habitación de su hija, y ella encontrándolo parado sobre ella con un cuchillo en su mano. El hecho de que estuvieran a ocho pisos de altura y que fuera físicamente imposible que alguien los alcanzara no ayudó a disipar sus temores. En lo que a ella respectaba, ese desconocido obsceno podría ser un acróbata, o uno de esos idiotas de los que había leído en los periódicos que escalaban edificios altos por diversión.

La peor parte era que no podía borrar la voz del hombre de su mente. Su vulgaridad era ya bastante vil, pero era la furia pura detrás de sus palabras lo que aún le ponía los pelos de punta.

Su profundo tono gutural le había recordado a un demonio que había visto en una película cuando era más joven. Karen se había metido en un cine con un par de amigos de la escuela para ver una película para mayores de edad cuando sólo tenían 15 años. La voz del actor que interpretaba al demonio se había quedado con ella todo el camino a casa, y esa noche tuvo la pesadilla de que él venía detrás de ella.

Karen tembló al recordar.

Se levantó de su silla para ir a ver a Charlotte de nuevo, pero se convenció a sí misma a detenerse e ir a la cocina a poner la tetera.

Cuando su café estaba listo, Karen lo llevó a la sala y se sentó en su sillón para beberlo. Mientras le soplaba al líquido caliente, Karen reflexionó sobre las circunstancias que la habían llevado a donde estaba ahora.

Siempre había soñado con viajar, ver el mundo antes de cumplir los 25 años, y en un momento dado estaba en camino de hacerlo. En ese momento, tenía un gran trabajo con excelentes oportunidades. Todavía vivía en casa con su madre y su hermana, así que podía ahorrar para su futuro sin tener que restringir sus gastos demasiado.

Pero todo salió muy mal la noche que fue a una fiesta con algunas de las chicas de la oficina. La noche comenzó de una manera bastante convencional pero, después de un tiempo, un grupo de ellas decidió extender la noche yendo a la ciudad a visitar un club nocturno.

En algún momento de la madrugada, después de haber bebido demasiado, Karen se separó del grupo y, mientras se tambaleaba por el club chocando con la gente en busca de sus amigas, fue repentinamente agarrada por uno de los cadeneros y arrojada a la calle.

Con su bolso todavía en algún lugar dentro, Karen no tenía dinero para un taxi. Afortunadamente, todavía tenía su móvil en el bolsillo de sus jeans, así que se las arregló para llamar a casa y convencer a su hermana Josie de que viniera a recogerla.

En su camino a recogerla, Josie fue golpeada de frente por un conductor ebrio.

Murió incluso antes de que la ambulancia llegara a la escena.

La madre de Karen la culpaba hasta el día de hoy por la muerte de su hermana y, siendo honesta, Karen se culpaba a sí misma también.

Desde ese momento, la vida de Karen nunca fue la misma.

Su madre se negó a permitir que su hija menor le ofreciera algún consuelo. De hecho, apenas le dirigía la palabra Karen durante tres meses. No parecía comprender que Karen no sólo había perdido a su hermana, sino también a su mejor amiga, y su dolor era tan doloroso como el de su madre.

Cuando Karen no pudo soportar más la atmósfera de su casa, se mudó.

Por un tiempo se mudó a una casa compartida con otras tres chicas, y lentamente comenzó a sentirse humana de nuevo.

Pero cuando Charlotte llegó, todo cambió.

Karen tuvo que mudarse de la casa porque lo último que querían las otras chicas era un bebé gritando en la vivienda. Durante un tiempo, el consejo social la alojó en varios hoteles hasta que hubo un piso disponible. Aunque su empresa le dio una licencia de maternidad remunerada basada en el tiempo que había trabajado para ellos, no duró mucho tiempo. Y, como no podía volver a su trabajo porque no tenía a nadie que cuidara de Charlotte, Karen se registró a los beneficios sociales.

El personal de las prestaciones consideró que Karen afirmaba que no podía - o no quería - nombrar al padre de su hija para poder ir buscarlo por dinero, por lo que sus pagos se mantuvieron al mínimo, sin duda en un esfuerzo por hacerla revelar la identidad de él.

Así que no pasó mucho tiempo para que las facturas empezaran a acumularse, y Karen se encontró haciendo cola en la oficina de beneficios al menos una vez a la semana, buscando ayuda.

En una ocasión, Karen comenzó a hablar con una de las otras madres que le confió que ganaba dinero extra por estar en el juego. A pesar de que era algo que Karen nunca hubiera soñado considerar, estaba en un punto tan bajo que la perspectiva de la prostitución como solución a su problema casi sonaba atractiva.

La otra chica tomó el número de móvil de Karen y prometió añadirlo a la página web donde ella misma se anunciaba.

El teléfono de Karen sonó con su primer cliente al día siguiente.

El dinero era bueno, y ciertamente fue muy útil. Pero ahora aquí estaba, sola en casa y demasiado asustada para encender su móvil por miedo a que el mismo asqueroso la llamara.

Sabía que no podía mantener el teléfono apagado indefinidamente. Sin teléfono no habría clientes, y sin clientes no habría más dinero.

Karen giró su móvil una y otra vez en su mano.

Mientras se tomaba lo último del café, decidió que no iba a ser una prisionera en su propia casa. El que llamó no tenía ni idea de dónde vivía y, si volvía a llamar, le colgaría la llamada y seguiría haciéndolo hasta que se cansara de perder el tiempo.

Decidida a sentir que tenía el control, Karen volvió a encender su teléfono.

Por un momento estudió la pantalla, viendo como aparecían todas sus aplicaciones.

Esperó con anticipación a que el asqueroso probara su suerte de nuevo.

Respiró hondo, esperando que el teléfono volviera a la vida.

En ese momento, llamaron a la puerta principal.

Karen salió disparada de su silla y corrió a la cocina para armarse. Abrió el cajón de los cubiertos y agarró el cuchillo más grande que tenía.

Podía sentir que su corazón se aceleraba cuando se giraba para caminar hacia su puerta. Ya se había convencido a sí misma de que era el obsceno de la llamada el que estaba afuera, y sabía que tenía que hacer todo lo posible para proteger a Charlotte.

Incluso a costa de su propia vida.

Karen agarró el mango del cuchillo con firmeza, temiendo que se le cayera mientras sus manos temblaban tanto. Miró su móvil con la otra mano, con el pulgar sobre el botón nueve. Si llamaba a la policía, había una pequeña posibilidad de que llegaran antes de que tuviera que enfrentarse a quien estuviera fuera de su puerta. Aunque la policía visitaba regularmente cerca de su propiedad, parecía que, cuando los necesitabas, se tomaban su tiempo para aparecer.

Karen recordó haber oído que una mujer de la siguiente cuadra los había llamado desesperadamente mientras su ex-marido trataba de derribar la puerta del baño para llegar a ella. Para cuando respondieron, el hombre la había apuñalado hasta la muerte y se había escapado.

Karen se abrió paso a lo largo del pasillo, tratando desesperadamente de no hacer ruido y de alertar a su visitante no deseado. Sin darse cuenta, contenía la respiración mientras se acercaba de puntillas para ver a través de la mirilla.

El hombre de afuera le daba la espalda.

Karen esperó, aún negándose a respirar, hasta que él se dio vuelta.

Karen exhaló un fuerte aliento al ver la cara de Daniel Sorenson mirando el ojillo.

"¡Dan!", gritó, sin esperar una respuesta mientras escondía rápidamente el cuchillo en el cajón de la mesa del pasillo y jugueteaba con la cadena y el pestillo, antes de tirar de la puerta para abrirla.

Karen se arrojó a sus brazos antes de que Dan tuviera la oportunidad de hablar.

Ella lo abrazó fuerte. Más fuerte de lo que lo había hecho antes.

Karen conoció a Dan en el funeral de su hermana. Josie y Daniel habían estado juntos en la universidad, y, aunque salieron un tiempo, llegaron a la decisión mutua de que su relación debía seguir siendo sólo de amigos.

Karen se sintió inmediatamente atraída por Dan, pero debido a lo incómodo de la situación, Karen entabló una conversación cortés con Dan, pero su atención se centró principalmente en tratar de consolar a su madre, que estaba inconsolable por la pérdida de su hija mayor.

Cuando Dan fue a presentar sus respetos por última vez antes de dejar el funeral, Karen quiso llevarlo a un lado y pedirle su número. Pero sabía lo inapropiado de tal acción para los demás, especialmente para su madre. Así que en vez de eso, le dio la mano educadamente y le agradeció por asistir.

Aunque Karen nunca se olvidó de él, hizo lo mejor que pudo para sacar a Dan de su mente ya que no tenía forma de contactarlo. Intentó rastrearlo a través de redes sociales, pero sin éxito.

Después de eso, quedó embarazada de Charlotte, y su vida se descontroló.

Entonces, de la nada, Dan se puso en contacto con ella. Explicó que había llamado a su madre para preguntar por ella, y que ella le había explicado la situación de Karen y le había dado se número de móvil pidiéndole que interviniera para persuadir a Karen de que volviera a casa.

Independientemente de las circunstancias, Karen estaba encantada de escuchar su voz, y desde entonces la llamaba regularmente y la visitaba al menos una vez a la semana, siempre trayendo un juguete o una prenda de vestir para Charlotte.

Cuando Karen finalmente liberó a Dan, pudo ver por su expresión que estaba un poco sorprendido por su entusiasta bienvenida. Karen sintió que sus mejillas se sonrojaban, pero aún así fue incapaz de ocultar su euforia por su llegada. Lo agarró de nuevo y lo sujetó con fuerza.

"Me alegro mucho de verte." confesó, "pero ¿por qué no me llamaste primero para decirme que ibas a venir?"

"Lo intenté, pero tu teléfono estaba apagado."

Karen se mordió el labio.

Ella quería desesperadamente confesárselo todo a Dan en ese mismo momento. Aunque lo conocía desde hacía poco tiempo, Karen confiaba en que él no la juzgaría, y se sentía tan segura ahora que él estaba allí para protegerla a ella y a su bebé.

Pero ella luchó contra el impulso, y decidió guardar su secreto culpable para sí misma.

Lo besó en la mejilla y soltó su mano.

"Lo siento," se disculpó, "mi teléfono ha estado fallando, así que lo apagué por un tiempo".

Ambos fueron a ver a Charlotte, y Dan puso su más reciente regalo para la bebé en la orilla de su cuna. Era un conejo rosado que automáticamente tocaba una canción de cuna cuando el bebé lloraba.

41

Karen le agradeció mientras lo regañaba por haber malcriado a su hija. Dan se encogió de hombros como si estuviera perdiendo el tiempo reprendiéndolo.

Se sentaron en la sala y charlaron tomando café.

Durante este tiempo, el teléfono de Karen sonó tres veces.

Tratando desesperadamente de ocultar su incomodidad, Karen desconectó cada llamada en un par de timbres, antes de cambiar el teléfono a silencio.

"Veo que está funcionando de nuevo," observó Dan.

Karen asintió. "Sí, malditas llamadas molestas, probablemente una de esas compañías de seguros dudosas que tratan de convencerme de que he tenido un accidente que todavía puedo reclamar."

Hablaron hasta tarde en la noche.

Karen les hizo pasta para la cena, y cuando Charlotte se despertó para alimentarse, Dan la recogió y la cargó.. Aunque no eran amantes, y ni siquiera habían compartido un beso de verdad, Karen no sintió ninguna molestia en exponer su pecho para alimentar a su hija delante de él.

Después de alimentarla, Dan insistió en que Karen le dejara arrullar a la bebé, lo cual logró con bastante éxito, tras lo cual Charlotte se volvió a dormir acunada en su cálido abrazo.

Karen sintió un ligero pinchazo de celos.

Ahora mismo, no quería nada más que acurrucarse con Dan en el sofá y quedarse dormida. Pero a pesar de que se habían abrazado y besado varias veces, él nunca había avanzado con ella, lo que Karen creía que podía deberse a que Dan se sentía incómodo por su anterior relación con su hermana.

Empezaba a pensar que si algo iba a suceder, ella tendría que ser la que lo instigara. No es que eso fuera un problema, pero lo que no quería era malinterpretar las señales y que terminaran en alguna escena embarazosa con los dos sintiéndose demasiado incómodos para volver a verse.

Necesitaba a Dan en su vida ahora mismo.

Pero la situación actual de Karen era tan desordenada que parte de ella se sentía demasiado culpable para permitir que su relación avanzara a la siguiente etapa.

Por ahora, ella tendría que permanecer contenta de que él estuviera aquí.

5

Thomas Sheffield amontonó otro trozo de pastel de carne en su tenedor y se lo metió en la boca. Cuando Thaddeus Beanie le dijo que nunca había probado nada parecido, pensó que el hombre sólo estaba exagerando.

Pero tenía que admitir que era el pastel más delicioso que había probado.

Su encuentro con Thad Beanie había sido demasiado breve pero, para cuando el hombre salió de detrás de la puerta de su cocina para presentarse, el restaurante se estaba empezando a llenar con los primeros platos de los comensales de la noche.

Tal como su hija le había asegurado, Thad Beanie insistió en que Thomas pasara la noche como su huésped, y prometió que concluirían sus negocios con un desayuno.

Thomas no estaba en posición de rechazar una oferta tan amable. Por un lado, desde que conoció a la hija mayor del dueño esa noche, no podía pensar en otra cosa que en el paseo a la luz de la luna que ella había sugerido, y en la posible diversión y juegos que podrían surgir.

Sheffield no se consideraba una persona tonta. Nunca se engañaba a sí mismo diciendo que era particularmente atractivo para el sexo opuesto y, como tal, una parte de él se preguntaba si la oferta de Polly era sólo una artimaña para adormecerlo en un falso sentido para que bajara la guardia y terminara ofreciendo a su padre un descuento masivo cuando hiciera su pedido.

Pero había algo en la forma en que ella se pavoneaba a propósito delante de él cada vez que pasaba por su mesa, y le guiñaba un ojo cuando nadie miraba, que le hizo pensar que podría terminar siendo un ganador, después de todo.

Había oído decir que en algunos de estos lugares apartados, las mujeres apreciaban a un hombre con una figura más completa, y Polly ciertamente había expresado esa opinión cuando se conocieron.

Pero aunque todo fuera una artimaña, la comida era excelente, y la esposa de su anfitrión se empeñó en aparecer con otro tarro lleno de cerveza cada vez que se bebía el anterior. Además, le otorgaron una estancia totalmente gratuita en lo que iba a ser una cama extremadamente cómoda, y con la promesa de una orden sustancial al día siguiente.

No podría quejarse.

Cuando terminó su plato de comida, Jodie apareció con una gran porción de tarta de manzana y helado. Le quitó el plato vacío y puso el postre delante de él.

Sheffield dejó caer su mirada en su nuevo plato. En realidad, estaba en muy satisfecho pero cuando volvió a mirar a la joven para disculparse por tener que rechazar su hospitalidad, ella se inclinó y le susurró al oído.

"Esto es de nuestra Polly. Dice que necesitarás toda tu energía para lo que ella ha planeado."

Thomas se sonrojó y agradeció a la joven por su amabilidad.

Incluso después de terminar de comer, el restaurante seguía lleno de clientes. Durante la noche, Thomas había notado que el restaurante también ofrecía un servicio de comida para llevar y vio a varios clientes pidiendo los pasteles de carne de la casa en varios tamaños.

Thomas pensó que era extraño que el restaurante pareciera prosperar tanto cuando sólo ofrecía un platillo en su menú. Pero supuso que con el tiempo, la reputación de la comida se había extendido y tenía curiosidad por saber hasta dónde podían viajar algunas personas por un manjar así.

Tenía la intención de preguntarle a Thad por la mañana.

Habiéndose excusado de su mesa, Sheffield se aventuró a salir del restaurante para disfrutar del aire nocturno, y ayudar a su comida a digerir. Mientras caminaba por el área del bar, Thomas notó que varios de los clientes estaban disfrutando de pasteles con sus pintas. Fueron dirigidas hacía él un par de extrañas miradas de reojo a algunos de los clientes masculinos mientras pasaba por sus mesas, pero eligió fingir que no se había dado cuenta.

La esposa de Thad le sonrió desde el bar, mientras llenaba otro tarro de pinta del barril. Thomas la saludó alegremente.

Afuera, respiró profundamente el aire fresco del campo antes de abrirse paso hasta unos bancos vacíos en el patio. Se sentó y encendió uno de los grandes cigarros que normalmente guardaba para cuando había firmado un trato. Pero en lo que a él respecta, éste estaba casi listo, así que sintió que se merecía darse el gusto un poco antes.

Después de terminar su cigarro, Thomas esperó un rato más escuchando el sonido de las criaturas nocturnas corriendo y escabulléndose entre el follaje circundante antes de volver al bar. Esperó a que la casera terminara de servir a su cliente antes de preguntar si podía ser mostrado a su habitación.

La mujer lo llevó de vuelta al restaurante y le hizo una señal a su hija mayor para que llevara a Thomas.

Thomas siguió a Polly por la escalera de caracol que llevaba a los pisos superiores. No pudo evitar concentrarse en sus firmes y apretadas nalgas mientras se asomaban seductoramente por debajo de las cintas de su delantal.

Atravesaron un conjunto de puertas batientes que bloqueaban el ruido del ajetreo de abajo.

Polly abrió una puerta al final del pasillo y le entregó la llave a Thomas. Habiendo comprobado que no había nadie más, deslizó una mano detrás de su cuello y lo bajó a su altura para darle un beso. Aún preocupado por que pudieran haber testigos, Thomas intentó protestar, pero antes de que tuviera oportunidad, la lengua ansiosa de Polly se deslizó por sus labios, y Thomas no pudo resistirse.

Cuando la joven finalmente se alejó, dijo: "Hasta luego", antes de volverse por el pasillo.

Una vez dentro de la habitación, Thomas vio que alguien había desempacado su maleta, y colocado su ropa en el armario.

Eligió una sudadera suelta y un par de tenis para su viaje al bosque.

Antes de cambiarse, decidió ducharse. Lo último que quería era que Polly se alejara de él por su olor corporal.

Una vez que se había duchado y vestido, Thomas se acostó en su cama, contemplando la noche que se avecinaba. Después de un rato, escuchó ruidos en el pasillo exterior, seguidas de puertas que se abrían y cerraban. Era obvio que el hotel tenía otros huéspedes esta noche después de todo.

Eventualmente, Thomas escuchó un suave golpeteo en su puerta.

Sacó las piernas de la cama y se tranquilizó antes de abrirla.

No podía creer lo nervioso que se sentía.

Abrió la puerta para encontrar a Jodie, no a Polly, parada afuera. Se había cambiado de uniforme de servicio y ahora iba vestida con un grueso mono de algodón con varios animales representados en él, y zapatillas en forma de conejo.

Sheffield trató de no parecer muy decepcionado. "Hola joven Jodie," susurró, "¿y qué puedo hacer por ti?"

Jodie hizo una señal con su dedo índice para que Thomas se agachara a su nivel, para poder susurrarle al oído.

"Polly dice que te reunirás con ella en la parte de atrás. Te mostraré el camino para bajar las escaleras de atrás."

Sin esperar una respuesta, la joven se movió por el pasillo hacia la salida de incendios al final.

Thomas cerró su puerta y siguió las instrucciones. Una parte de él todavía no podía creer que esto estaba sucediendo realmente, pero decidió seguirle la corriente y no descorazonarse demasiado si resultaba ser nada más que una travesura juvenil.

Jodie abrió la puerta de salida y se quedó afuera en la escalera de hierro forjado.

Thomas la siguió, y una vez allí, la joven señaló hacia un área en la parte trasera del estacionamiento. Mientras entrecerraba los ojos en la oscuridad, Thomas pudo ver la forma de una figura de pie en las sombras, justo fuera del alcance de la luz emitida por las luces mercuriales.

Miró a Jodie, que le sonrió con una sonrisa descarada.

"Dejaré esto abierto para que ambos puedan volver a entrar sin molestar al resto de la casa", le aseguró.

Thomas no pudo evitar preguntarse qué razón le había dado su hermana mayor para su escapada de esta noche. Pero fuera lo que fuera, la pequeña Jodie parecía estar completamente a gusto con ello.

Le agradeció su amable ayuda y esperó a que volviera a entrar antes de empezar a bajar la escalera de emergencia.

Incluso mientras caminaba por el aparcamiento, Thomas no pudo evitar preguntarse si era Polly la que le esperaba a lo lejos. No fue hasta que estuvo a pocos metros de ella que se relajó.

Polly le sonrió. "Me encontraste." Ella lo jaló hacia ella y sus bocas se encontraron. Thomas podía sentir su miembro palpitante empujando implacablemente contra el material elástico de sus pantalones, como un viajero frustrado desesperado por bajar de un tren lleno.

Polly le permitió pasar sus manos sobre su esbelto cuerpo mientras se besaban.

Ella también se había cambiado de su ropa de trabajo pero, a diferencia de su hermana pequeña, Polly estaba ahora vestida con una blusa sedosa y una minifalda.

Cuando Thomas dejó caer sus manos debajo de su falda para acaricia su trasero, se dio cuenta de que no llevaba ropa interior. Se empujó contra ella, retorciéndose en éxtasis mientras ella le clavaba las caderas en la ingle.

Sin decir una palabra, Polly se retiró. Ella le tomó la mano y lo llevó al bosque detrás del estacionamiento. Thomas podía sentir escalofríos de emoción que le atormentaban al pensar en lo que estaban a punto de hacer.

Cuanto más se adentraban en el bosque, más densos se volvían los matorrales. Thomas podía sentir ramitas crujiendo bajo sus pies mientras intentaba desesperadamente seguir el ritmo de Polly, que parecía tener más prisa que él por llegar a su destino.

Thomas podía sentir su corazón bombeando salvajemente en su pecho mientras trataba de mantener su laboriosa respiración bajo control. Tenía miedo de llamar y pedirle a la chica que fuera más despacio en caso de que de repente perdiera el interés en él por ser demasiado viejo para seguirle el ritmo. Pero no estaba seguro de cuánto tiempo más podría mantener este ritmo sin caerse al suelo.

Para su gran alivio, llegaron a una abertura en el bosque y Polly se detuvo en seco.

Los dos se quedaron allí un momento, Thomas hizo todo lo que pudo para mantener el sonido de su respiración al mínimo.

Notó que Polly estaba mirando a su alrededor, casi como si esperara que algo o alguien apareciera de la oscuridad.

Thomas supuso que ella pudo haber oído algo que él no. Después de todo, ella estaba familiarizada con estos bosques y sin duda más en sintonía con los sonidos de la noche.

Por su parte, se sentía mucho más tranquilo después de haber descansado, y estaba listo para continuar con su aventura.

Tomando la mano de Polly, Thomas le dio la vuelta y se acercó para darle otro beso.

Un repentino crujido de los arbustos a su izquierda hizo que Thomas se detuviera y mirara hacia esa dirección. Con las luces del estacionamiento muy lejanas, sus ojos aún no se habían ajustado a la oscuridad. Escuchó atentamente. Definitivamente había algo allí.

Probablemente sólo un animal salvaje corriendo en busca de comida, fue su pensamiento inicial. No había nada de que preocuparse.

Aún así, Thomas todavía se esforzaba por ver lo que podría estar delante de ellos.

Pero la densa masa de follaje a pocos metros de distancia parecía mezclarse con el cielo nocturno para formar una oscuridad uniforme que sus ojos no podían penetrar.

Otro sonido, esta vez viniendo de atrás, hizo que Thomas girara. Soltó la mano de Polly y estuvo a punto de perder el equilibrio y tambalearse. Se las arregló para enderezarse, pero aún no podía ver lo que había hecho el sonido.

Miró a Polly.

Sonreía con su habitual sonrisa dulce y sexy, obviamente sin ser perturbada por su entorno.

Dando unos pasos hacia atrás, ella extendió sus brazos como si lo invitara a acercarse.

Thomas estaba a punto de acercarse cuando algo cayó de los árboles de arriba y aterrizó directamente sobre sus hombros, enviándolo al suelo del bosque.

La cosa que tenía en la espalda se alejó, permitiendo a Thomas arrastrarse por el suelo para intentar escapar de las garras de su atacante. Mirando hacia la oscuridad, Thomas sintió que su mano aterrizaba en algo desconocido. Movió la cabeza y se dio cuenta de que sólo era el pie de Polly. Ella se agachó y le tomó la mano antes de ayudarle a ponerse de pie.

Thomas estaba agradecido, pero aún preocupado por lo que le había golpeado momentos antes.

Una vez de pie, Thomas rodeó a Polly con sus brazos como para protegerla, mientras sus ojos escudriñaban la oscuridad que los rodeaba.

Era capaz de distinguir algo en las sombras, pero era demasiado indistinto para que pudiera determinar exactamente lo que estaba mirando.

Entonces Polly comenzó a acariciarlo entre sus piernas.

Thomas se volvió para mirarla, pero ella le devolvió la sonrisa.

La situación era absurda. Polly parecía no estar afectada por el hecho de que algo le acababa de atacar y estaba sin duda al acecho justo fuera de su línea de visión, esperando otra oportunidad para atacar. En su lugar, ella parecía decidida a continuar con su encuentro como si nada hubiera pasado.

Por un momento, Thomas se perdió en el placer que sentía por los rítmicos movimientos de Polly en su región baja. Aunque sus instintos le advertían del peligro, Thomas pudo sentir que su erección crecía en respuesta a su toque.

Cerró los ojos y gimió, en voz alta.

La deseaba tanto.

Tal era su excitación que Thomas no se dio cuenta de las figuras cercanas que se reunían a su alrededor, cortando cualquier medio de escape para los amantes.

Justo cuando podía sentir que estaba llegando al clímax, Polly apartó su mano.

Thomas gimió y abrió los ojos.

Retrocedió ante las miradas malévolas de los espectadores no invitados.

Las criaturas estaban a pocos metros de ambos. Thomas se dio la vuelta, dándose cuenta inmediatamente de que estaban rodeados. Las criaturas se movieron ágilmente de un pie al otro, como si esperaran la señal para arremeter hacia adelante y atacar a sus víctimas indefensas.

Thomas nunca había visto nada como las cosas que le rodeaban. Podía sentir la amenaza en sus miradas, le hacían pensar en animales de la selva acechando a sus presas.

Miró a Polly, esperando que estuviera al borde de la histeria. Pero en vez de eso, ella estaba de pie tranquilamente, con las manos en las caderas y sonriéndole, como antes.

Thomas abrió la boca para hablar, aunque no estaba seguro de qué decir en ese momento. Esperaba que se le ocurriera algo que le permitiera escapar de esta horrible escena antes de que las cosas se pusieran feas.

Pero antes de que una sola palabra saliera de sus labios, escuchó un sonido que venía del follaje detrás de él.

Thomas se giró para ver otra de las criaturas, esta ligeramente más grande que las otras, emerger de la cubierta que le proporcionaba los árboles.

La criatura miró a Thomas con horribles ojos amarillos y, mientras se movía hacia él, Thomas pudo ver los enormes colmillos puntiagudos que salían de detrás de los labios de la cosa mientras le gruñía.

"Thomas, me gustaría que conocieras a mi primo, Gobal."

La voz venía de atrás, pero Sheffield tardó un momento en darse cuenta de que era Polly la que hablaba. En su pánico, casi había olvidado que ella seguía allí.

Debido a lo absurdo de la situación, Thomas se vio a punto de dar un paso adelante y ofrecer su mano para saludar a la criatura educadamente.

Pero, estaba paralizado y aterrorizado.

Thomas pudo escuchar la risa familiar de Polly mientras ella pasaba junto a él y lanzaba sus brazos alrededor de la criatura, dándole un cariñoso abrazo.

La criatura no respondió pero mantuvo sus ojos fijos en Thomas.

Como si hubieran recibido alguna comunicación telepática, las otras criaturas comenzaron lentamente a converger en su víctima indefensa.

Thomas, al darse cuenta de lo que estaba a punto de suceder, sintió un chorro de calor corriendo por el interior de sus pantalones. Todo su cuerpo comenzó a temblar incontrolablemente. Sabía que no tenía ninguna posibilidad de huir, y que intentar luchar contra las criaturas sería inútil. Para empezar, eran demasiados.

Por desesperación, se dirigió a Polly, con una mirada de súplica en su rostro.

Pero todo lo que hizo fue reírse de él mientras abrazaba a su criatura otra vez.

Con un coraje nacido del miedo, Sheffield se impulsó e intentó abrir un camino a través de las criaturas. Poniendo todo su peso en el esfuerzo, tuvo éxito en golpear a un par de ellas de lado, pero sus compañeros se las arreglaron para mantenerlas erguidas ya que estaban tan cerca una de la otra.

Thomas se balanceó salvajemente con sus puños, haciendo contacto con un par de puñetazos, pero todo fue en vano.

En segundos las criaturas lo tenían en el suelo, y esta vez todas convergieron en su cuerpo golpeado como uno solo, desgarrando su carne y despedazándolo con colmillos y garras.

Thomas trató de gritar a través del insoportable dolor, pero el sonido se perdió en su garganta cuando una de las criaturas le arrancó la laringe.

Cerró los ojos y esperó la muerte.

Thomas no tuvo que esperar mucho tiempo.

6

Karen puso sus manos alrededor de la taza de café humeante. Se la llevó a la boca y sopló el líquido, causando que se ondulara, antes de tomar un sorbo. El líquido negro y amargo le quemó la garganta al deslizarse hacia abajo, pero aún así saboreó el sabor.

Se había acostumbrado a beber su café negro durante su embarazo. El sabor de los lácteos la había hecho sentir asco durante los últimos seis meses y, para cuando Charlotte nació, ya estaba acostumbrada al sabor.

Era casi la una de la mañana, pero Karen todavía no se sentía cansada.

Su mente tenía una mezcla de pensamientos que intentaba desesperadamente organizar de alguna forma coherente.

Dan se había quedado hasta casi medianoche y, todo el tiempo que estuvo allí, Karen tuvo que luchar contra el impulso de desahogarse con él y contarle todo. Pero algo la retenía. ¿Era la vergüenza? No podía estar segura.

Aunque Dan era dulce y amable, Karen no pudo evitar preguntarse si era el tipo de hombre que podía hacer frente al hecho de que su novia había estado prostituyéndose.

La mayoría de los hombres no serían capaces, y los que sí lo eran eran probablemente los que se excitaban con la idea. Eso era lo último que necesitaba.

Pero si dejaba de prostituirse, ¿cómo se iba a gestionar financieramente?

No podía esperar que Dan la ayudara, aunque estuvieran juntos como pareja.

Podría ser diferente si hubieran estado juntos por un tiempo, pero ¿cómo podía esperar que él la ayudara a pagar sus cuentas al comienzo de su relación?

Karen sabía que la decisión obvia, si quería una relación con Dan, era volver a vivir con su madre. De esa manera, al menos estaría cómoda, sin más preocupaciones de dinero. Tendría que dejar de venderse, lo que sería maravilloso, y su madre podría ayudarle de niñera cuando ella y Dan salieran.

Pero tan pronto como se convenció de que era su mejor opción, pudo oír la voz de su madre en su cabeza, regañándola por todos los errores que había cometido con su vida, y recordándole que Josie nunca habría sido tan tonta.

Karen suspiró y tomó otro sorbo de su taza.

Afuera, la lluvia comenzaba a salpicar las ventanas. Ella se levantó con su bebida para ver los edificios de alrededor a través del vidrio manchado. Así es como le gustaba ver el área donde vivía. Húmeda y empapada. Había algo en los edificios de alrededor que hacía que Karen se sintiera deprimida cada vez que el sol brillaba sobre ellos.

Ella siguió el rastro de una sola gota de lluvia mientras se abría camino por el cristal exterior.

De repente, escuchó un suave toque en la puerta de su casa.

Por un momento se quedó donde estaba, conteniendo la respiración.

¿Quién diablos podría estar llamándola a esta hora?

Oh Jesús, no es un cliente, seguramente!

Karen respiró hondo y puso su taza sobre la mesa. Se dirigió hacia la puerta, con cuidado de no hacer ningún movimiento brusco que pudiera hacer que la oyera quien estuviera fuera.

Si era un cliente, tenía que ser alguien que ya había estado en su casa, de lo contrario ¿cómo sabrían dónde vivía?

¿O era el maníaco que la había llamado esa noche? ¿Esperando a que Dan se fuera para hacer su jugada?

Karen se regañó a sí misma. Ya había decidido que ese asqueroso no sabía dónde vivía, y no había forma de rastrearla desde el sitio web, así que no podía ser él.

Quitándose sus zapatillas para no hacer ruido, Karen se arrastró por el pasillo hacia su puerta. Se sintió golpeada por una repentina sensación de déjà vu mientras se concentraba en la mirilla de la puerta. Cuando su ojo estaba sólo a un par de pulgadas de distancia de ella, el golpe volvió. Todavía era suave y apenas audible, casi como si la persona que estaba fuera supiera que tenía un bebé dormido.

"Karen."

Reconoció la voz susurrada. "¡Dan!"

Ella miró a través del agujero y seguro que era Dan el que estaba esperando fuera.

Karen abrió rápidamente la puerta y la abrió.

Por un momento los dos se limitaron a mirarse fijamente sin hablar.

Al ver la expresión de perplejidad en su rostro, Dan finalmente rompió el silencio.

"Lo siento," dijo, disculpándose. "Me doy cuenta de que esto debe parecer un poco ridículo, considerando que me fui hace menos de una hora."

Karen se apartó y le hizo entrar de nuevo. Podía ver por su chaqueta que había sido mojada por la lluvia, y se preguntaba cómo, ya que su coche debería haber estado estacionado lo suficientemente cerca de su cuadra para que él pudiera llegar antes de ser empapado.

Además, no había empezado a llover hasta mucho después de que se hubiera ido.

Tal vez su coche no arrancaba y había estado fuera todo este tiempo tratando de arreglarlo.

"¿Olvidaste algo?" Karen susurró.

Dan se quedó allí de pie, temblando ligeramente en su húmedo abrigo. "Algo así," se encogió de hombros, "Siento que esto parezca tan raro, pero necesito hablar contigo de algo y no quería esperar a otra ocasión."

Karen le ayudó a quitarse el abrigo mojado y lo colgó para que se secara en el armario ventilado.

Karen sintió que se empezaba a formar un nudo incómodo en su estómago. ¿Qué podría ser tan urgente que Dan no pudo esperar para llamarla por la mañana?

Su peor temor, se dio cuenta, era que él había descubierto su secreto.

Cuando entraron a la sala, Karen encendió la luz, y usó el interruptor del regulador para mantenerla baja. Cerró la puerta detrás de ellos porque sabía que todavía podría oír a Charlotte si empezaba a llorar, y de alguna manera, sintió que lo que Dan estaba a punto de revelar podría terminar en voces elevadas.

Se sentaron juntos en el sofá y se giraron para mirarse a la cara.

Dan respiró profundamente antes de empezar. "Para empezar," comenzó nervioso, "Quiero decir que me doy cuenta de que he sido un completo cobarde en esto pero, desde que nos conocimos, el momento nunca se ha sentido apropiado."

Karen pudo notar que él estaba nervioso. "OK.".

"La verdad es que creo que te amo... ¡No, Dios, qué estupidez! Sé que lo creo, y aunque nunca hemos tenido una cita juntos, necesito saber si me estoy engañando a mí mismo o si hay alguna manera de que tú puedas sentir lo mismo."

Karen se apartó, no intencionalmente, como si se estuviera alejando de Dan, sino más bien por pura sorpresa por su revelación.

Pero Dan también creía que el movimiento significaba que ella lo rechazaba.

Se levantó y comenzó a dirigirse hacia la puerta, disculpándose en voz baja mientras se iba.

"No, Dan, por favor vuelve," suplicó Karen, dándose cuenta de lo que su acción debe haberle parecido. "No quise reaccionar de esa manera, es sólo que me tomaste un poco por sorpresa."

Dan se dio vuelta. Incluso con la luz tenue, Karen podía ver por su tez que se sentía avergonzado.

Sonrió cálidamente y dio una palmadita en el asiento de al lado.

Dan volvió al sofá y se sentó a su lado. "Bueno, he hecho el ridículo, ¿no es así?" dijo con resignación.

Karen se acercó y puso su mano sobre su rodilla. "No, no lo has hecho, pero ciertamente sabes cómo tomar a una chica por sorpresa, te lo concedo."

Dan sonrió, a pesar de lo que sentía. "Es difícil de creer cuánto tiempo he querido decirte eso. Incluso anduve por ahí desde que te dejé hace rato, tratando de pensar en la mejor manera de abordar el tema, y luego ¿qué es lo que terminó haciendo? Sólo lo solté todo de una sola vez."

Karen sintió que se calmaba. Ahora que sabía lo que Dan quería decir, se sintió en control de la situación. En realidad, la revelación de Dan la hizo sentirse feliz por dentro por primera vez en mucho tiempo. Sabía muy bien lo brillante que sería como padre para Charlotte, y aunque se conocían desde hacía poco tiempo, sentía que podía confiar en que él sería fiel a su palabra.

Pero ese seguía siendo el problema. Sólo se conocían desde hacía poco tiempo, y Karen no era de las que se metían en algo así sin considerar todos los posibles resultados.

"¿Qué te parece?" preguntó Dan, que aún no era capaz de mantener la mirada durante mucho tiempo. "Por favor, di algo, aunque sea: 'Sal de mi casa, bicho raro.'"

Karen se inclinó y le plantó un beso en la mejilla.

Dan se giró para mirarla, y esta vez no miró hacia otro lado.

Ambos se movieron para darse un beso completo, el primero desde que se conocieron.

Karen lo sintió bien. Se sintió real, como si ambos lo quisieran, sin que ninguno de ellos esperara demasiado del otro.

Dan miró profundamente a los ojos de Karen. Su beso le había dado la confianza para llevar esta conversación al siguiente nivel.

"Para que lo sepas," comenzó, aún con algunas dudas, "si quieres, tú y Charlotte pueden mudarse conmigo cuando estén listas. No vivo en un palacio, pero heredé una casa de mi abuela cuando falleció el año pasado y, aunque está un poco deteriorada y necesita mucho trabajo, es más que suficiente para los tres..."

El volumen de voz de Dan se disminuyó. De repente sintió que estaba apurando demasiado las cosas. Una cosa era dejar escapar sus sentimientos, pero pedirle a Karen que se mudara con él tan pronto como se dieron su primer beso, temía que era suficiente para espantarla.

Se recordó a sí mismo que la había amado durante mucho tiempo, mientras que la perspectiva era completamente nueva para ella.

El silencio de Karen le dijo que debería haber esperado.

Decidió no seguir con el tema y esperar a que ella lo considerara a su debido tiempo.

Karen no podía entender la propuesta de Dan. Sí, resolvería todas sus preocupaciones inmediatas, tanto financieras como de otro tipo. Pero, ¿podría estar enamorado de ella después de que se conocieran por tan poco tiempo? Y lo que es más, ¿estaba ella enamorada de él?

Tenía que ser fiel a sí misma, y el hecho es que, por mucho que le gustara Dan, era demasiado pronto para que ella siquiera contemplara estar enamorada de él.

No es que Karen fuera tan poco romántica como para no creer en el amor a primera vista. Tampoco era el hecho de que todos los hombres que la habían hecho caer de pie durante su adolescencia sólo habían ido tras una cosa. Era más bien el hecho de que necesitaba asegurarse de sólo tomar buenas decisiones por el bien de Charlotte. No es que Karen considerara que convertirse en prostituta fuera una buena decisión, pero era un medio para un fin, y un sacrificio que estaba más que dispuesta a hacer por su bebé.

Además, si ella y Dan tuvieran algún tipo de futuro juntos, no podrían empezar su relación con una mentira.

Aunque su mente estaba en un revoltijo de emociones, Karen sabía que había que abordar un tema antes de que pudieran avanzar más.

Ella extendió su mano. "Ven aquí, por favor, Dan. Hay algo que tengo que decirte."

Dan parecía perplejo. La experiencia previa le había enseñado que tal anuncio no auguraba nada bueno para lo que vendría después.

Se acercó y tomó la mano ofrecida, sosteniéndola firmemente en la suya, y se sentó a su lado.

Karen sintió una repentina opresión en su garganta. No había una manera fácil de decir esto.

"Dan, de verdad eres muy importante para mí, y me encanta el hecho de que estés dispuesto a abrir tu casa y tu corazón a Charlotte y a mí, pero el hecho es que..." Karen respiró otra vez y cerró los ojos. Tenía que ser todo o nada para que esto tuviera una oportunidad de funcionar.

"¿Qué pasa, cariño? Puedes decirme cualquier cosa." El tono de Dan era suave y reconfortante, pero Karen sabía que él no esperaba la respuesta con la que ella estaba de soltarle encima.

Abrió los ojos y miró profundamente en los suyos. "Dan, hasta hace poco, he estado trabajando como... prostituta."

Por unos momentos, Dan no habló.

Mirando su cara, Karen pudo ver que él estaba tratando desesperadamente de procesar lo que acababa de decir.

Abrió la boca para hablar, pero no salió ninguna palabra.

Antes de que pudiera detenerlo, Dan le soltó la mano y se levantó del sofá. Se acercó a la ventana y se quedó allí de espaldas a Karen, viendo la lluvia caer por el cristal.

Karen sintió que el aire le era succionado, como si se tambaleara por un golpe en el estómago. En un instante, pasó de ser demasiado cautelosa para considerar la oferta de Dan a desear haber mantenido la boca cerrada sobre cómo se había estado alimentando a sí misma y a su bebé últimamente.

Mientras miraba la parte de atrás de la cabeza de Dan, deseaba por encima de todo que se diera la vuelta y se reuniera con ella en el sofá. Se imaginó que él la abrazaba y le decía que no se preocupara y que todo iba a estar bien, y que todo lo que ella había hecho estaba en el pasado.

Pero en vez de eso, se quedó como estaba, mirando hacia afuera.

A medida que el tiempo pasaba y Dan seguía sin moverse, Karen se resignó al hecho de que, después de esta noche, probablemente no lo volvería a ver. Pero por mucho que le doliera, supuso que no podía culparlo. A la mayoría de los hombres les costaría aceptar el hecho de que la chica de la que estaban enamorados había estado en el juego.

Karen podía sentir el comienzo de lágrimas rebosando, pero luchó para mantenerlas en sus ojos.

Aunque nunca habían empezado oficialmente una relación, Karen ya podía sentir la pérdida, y le dolía.

Finalmente, Dan se volvió para enfrentarla.

Para su asombro, Karen pudo ver que él también había estado llorando. Como si de repente se diera cuenta de que se estaba delatando, Dan se frotó la mano en la cara para eliminar las lágrimas.

Karen luchó contra el impulso de correr hacia él y sostenerlo.

Su expresión mostraba una combinación de pena y lástima, pero pronto cambió a una de ira. Dan metió la mano en el bolsillo del pantalón y sacó un par de billetes de 20 libras. Los arrugó en su puño antes de tirarlos al suelo.

"¿Qué obtengo por eso, entonces?" Casi escupió las palabras, su cara se enrojeció de rabia.

Ahora Karen sintió que su propia ira se elevaba. ¡No se merecía esto!

"Una mamada, pero tendrás que usar un condón como todos los demás!"

Se miraron el uno al otro por unos segundos, sin hablar, pero ambos respirando fuertemente, como si estuvieran desesperados por mantener el control.

Finalmente, Dan caminó hacia Karen, hasta que estuvo parado directamente frente a ella.

Karen miró hacia un rostro que apenas reconoció. Sus labios estaban apretados con fuerza, sus ojos aún ardían de furia.

Se acobardó en el interior, pero se negó a mostrar signos externos de miedo. Estaba convencida de que Dan iba a golpearla antes de irse.

En cambio, cayó de rodillas y tomó las manos de Karen en las suyas, y las besó suavemente.

Dan volvió a mirar a Karen.

Su expresión feroz fue reemplazada por una que muestra comprensión y un deseo de consolar.

"Si necesitabas tanto el dinero, ¿por qué no me lo pediste?" Era más una súplica que una simple pregunta.

Karen le apretó las manos. "No pude... por favor, entiéndelo, no pude".

Podía sentir que sus lágrimas volvían. Karen bajó la cabeza hasta que su barbilla golpeó su pecho. Parte de ella todavía estaba demasiado avergonzada para mirar a Dan a los ojos.

Dan puso ambas manos de Karen en una de las suyas, y usó su mano libre para levantar su barbilla suavemente para que pudieran hacer contacto visual una vez más.

"No tienes que ir a la cama conmigo sólo porque necesites dinero. Con gusto te daré lo que necesites, sin condiciones."

Karen podía oír la genuina sinceridad de su voz. Mirándolo, ella sabía que él decía en serio cada palabra.

Karen enjugó sus lágrimas. "Y no tienes que darme dinero para ir a la cama contigo, eres bienvenido en cualquier momento."

Dan se levantó del suelo y los dos se besaron.

Aunque fue su segundo beso real desde que se conocieron, ambos le pusieron mucha pasión.

7

El inspector Keith Jacobs levantó la vista de los archivos de su escritorio y se esforzó por escuchar de qué se trataba la conmoción afuera de su oficina. Incapaz de distinguir el contenido exacto a través de la puerta de su oficina, se levantó de su silla y decidió investigar.

En el vestíbulo encontró a su sargento de guardia tratando, sin éxito, de calmar a un hombre furioso que se apoyaba en el mostrador y agitaba el puño en el aire mientras gritaba.

Jacobs reconoció al hombre como Charlie Spate, el hombre con empleos esporádicos y el borracho del pueblo. A juzgar por el estado del hombre, era obvio para el inspector que ya había disfrutado de matar su sed, aunque todavía no era ni mediodía.

Cuando Jacobs se acercó al escritorio, el sargento uniformado se giró y le echó una mirada que indicaba que casi había dejado de intentar razonar con el borracho. Jacobs asintió con la cabeza para que el oficial se hiciera a un lado y le permitiera probar su suerte.

"Muy bien, Charlie, baja la voz, hay oficiales allá atrás tratando de trabajar," Jacobs mantuvo su expresión severa, aunque sus palabras trajeron una sonrisa a la cara de su sargento.

Charlie entrecerró los ojos a Jacobs como si tratara de verlo a través de la luz del sol. Le llevó un momento darse cuenta de quién estaba delante de él. Charlie Spate era un visitante semi-regular de la estación, normalmente como resultado de ser arrestado por causar disturbios en los hostales locales o, en ocasiones, a los corredores de apuestas.

Jacobs había sido el oficial que había dejaba libre a Spate en más de una ocasión, por lo que los dos se conocían, aunque sólo fuera profesionalmente.

"Oh, Inspector Jacobs, gracias a Dios." El hombre intentó levantarse sin el apoyo del mostrador, casi perdiendo el equilibrio en el proceso. Se las arregló para agarrar el lado de la mesa justo a tiempo para mantenerse erguido. "Se han llevado a mi niña, mi Sharon," colocó un dedo manchado de nicotina sobre su hombro para dar énfasis. "Esos bastardos de ahí abajo en esa maldito nido de ratas han secuestrado a mi niña. Tiene que ayudarme."

"¿Quién exactamente ha secuestrado a su hija?" Jacobs preguntó, perplejo.

Charlie se limpió la nariz en la manga de su chaqueta, untando un rastro de moco a lo largo de su piel sin afeitar.

Jacobs hizo una mueca, sacó un par de pañuelos de la caja del escritorio y se los entregó.

Charlie tomó los pañuelos sin usarlos. "Sabe de lo que hablo, esos malditos raros en esa mierda cerca del bosque."

"Se refiere a Thorndike, jefe," el sargento se inclinó y susurró. "Cree que su hija estuvo allí la otra noche y ahora está siendo retenida como rehén por los aldeanos."

Jacobs miró al oficial, frunciendo el ceño.

El sargento de guardia simplemente se encogió de hombros en respuesta, y giró su dedo índice junto a su oreja para indicar que Spate estaba loco.

Charlie vio el gesto y se volvió hacia el sargento. "No me tomes el pelo, cabrón, todavía puedo ocuparme de ti y de esos cabrones en ese lugar de mierda. Les mostraré a todos ustedes."

Con eso, el hombre soltó la partición e intentó hacer una postura de boxeador con los puños en alto. No le dio un puñetazo a nadie en particular, y el movimiento salvaje le hizo perder el equilibrio. Antes de que cualquiera de los oficiales pudiera agarrarlo, Charlie golpeó el mostrador con el lado de su cabeza, antes de deslizarse hacia el suelo.

Ambos oficiales se dirigieron al frente y levantaron a Charlie del suelo de linóleo frío, antes de llevarlo al banco de la sala de espera.

Para entonces, Charlie había empezado a lloriquear, y las lágrimas rodaban por sus mejillas. De alguna manera, todavía estaba agarrando los pañuelos de papel que Jacob le había dado, así que el oficial los señaló y le dijo que se limpiara la cara.

"Tienen a mi niña, jefe, tienen, sé que la tienen." murmuró Charlie a través del suave papel mientras intentaba sonarse la nariz al mismo tiempo.

"¿Lo meto en una de las celdas, jefe?" preguntó el sargento. "Están todas vacías en este momento, puede espabilarse ahí dentro."

Jacobs ignoró la oferta.

En lugar de eso, se puso en cuclillas delante de Charlie. "¿Cuándo fue la última vez que viste a Sharon, Charlie?" preguntó, con genuina preocupación en su tono.

El hombre lo miró con los ojos llenos de lágrimas. "Hace un par de noches, se fue a trabajar al Perro, como siempre, pero nunca volvió esa noche. Fui allí y hablé con Toby de la barra. Creía que se había ido con un chico, pero no sabía dónde."

"¿Qué te hace pensar que terminó en Thorndike?"

Charlie se acercó como si estuviera a punto de revelar un secreto.

Jacobs se sintió culpable por retroceder, pero el hedor del aliento del hombre lo forzó.

"Me encontré con esos hermanos Craven en la calle principal, creen que los vieron en el pueblo cuando volvían a la ciudad. Dijeron que estaba con alguien pero no sabían quien. Le ofrecieron llevarla a casa, pero dijo que volvería con el chico. No la he visto desde entonces." Charlie se lanzó hacia adelante y, antes de que pudiera detenerlo, Jacobs sintió las manos sucias de Charlie tirando de las solapas de su chaqueta. "Tiene que ayudarme," imploró lastimosamente.

Jacobs se liberó de las manos de Charlie y se puso de pie.

Volviendo al sargento, dijo. "Tal vez las celdas no sean tan mala idea, sólo hasta que se duerma. Necesitaremos una declaración coherente ya que esté sobrio."

El oficial parecía confundido. "¿Qué, quiere decir que se está tomando su historia en serio, señor?"

Jacobs asintió. "Sólo hasta que podamos verificar que su hija está bien y a salvo. ¿De casualidad la conoce?"

El sargento se rascó la cabeza. "Bueno, la he visto por la ciudad un par de veces, realmente no habla mucho, sino para pedir una bebida cuando estoy en el 'Perro y Pato'."

Jacobs pensó por un momento. "Bueno, para empezar, llevemos a alguien al bar para hablar con este Toby que mencionó, y luego veamos si esos hermanos Craven pueden verificar su historia."

El oficial uniformado extendió los brazos. "¿Habla en serio, jefe? Tengo a dos en la corte, otros tres escoltando a esos ladrones a Londres, uno está enfermo, y todos los demás ya están de guardia."

Jacobs levantó sus ojos al cielo. "Bueno, esperemos que nadie decida cometer un crimen en un futuro próximo, de lo contrario estaremos en el rio Swanee sin un remo."

Jacobs ayudó al sargento a meter a Charlie en una celda.

El hombre estaba obviamente angustiado y, en la opinión de Jacobs, no era justo asumir que estaba diciendo tonterías sólo por su condición.

Sabía que el sargento de guardia no le estaba engañando diciendo que no tenía a nadie disponible para empezar la investigación. Desde que se trasladó a esta pintoresca, si no remota, parte de Cornualles, Jacobs se había acostumbrado a suplir la falta de policías uniformados cuando era necesario. Los recortes habían reducido el personal de la estación hasta el límite pero, para ser justos, la falta general de delincuencia en la zona fue una de las razones por las que Jacobs amaba el ritmo de vida aquí.

Estaba muy lejos del ajetreo que había experimentado en Liverpool cuando fue ascendido a inspector. Y, aunque había muchos en su antigua estación que opinaban, a sus espaldas, que se iba porque no podía aguantar la presión, en el fondo, no le importaba lo que pensaran los demás.

A los 42 años, Jacobs le había dado su vida a la Fuerza. Había pasado suficiente tiempo en el frente tratando con todo tipo de matones y escorias y sentía que merecía un cambio antes de agotarse por completo.

Nunca se había casado, ni había tenido una relación que durara más de un par de años. Su vida amorosa, tal como era, estaba llena de relaciones de una noche y de relaciones de corto plazo, de nuevo como resultado directo del trabajo. De hecho, para cuando llegó a los 30 había llegado a la conclusión de que la Fuerza estaba en su sangre y que, sin importar qué, siempre pondría el trabajo en primer lugar.

Ninguna mujer iba a aceptar eso.

El bar del Perro y Pato se estaba empezando a llenar con la multitud de la hora del almuerzo cuando Jacobs llegó. Se ordenó una cerveza y un sándwich y se sentó junto a la ventana, con vistas al jardín.

Cuando el barman le trajo su pedido, Jacobs mostró su identificación y preguntó por Toby.

"Yo soy Toby," contestó el barman, mirándolo sospechosamente.

"Parece que habló con Charlie Spate recientemente sobre el paradero de su hija, Sharon."

Toby se relajó físicamente. "Así es, vino aquí buscándola pero, como le dije, no la he visto desde que se fue la otra noche con uno de nuestros clientes habituales. La tonta me ha dejado tirado. Me faltan dos empleados y ahora ella decide hacer un acto de desaparición."

"Entonces, ¿sabes con quién se fue?" Jacobs levantó las cejas. "Sólo Charlie parecía pensar que no sabías."

El barman parecía avergonzado. Tomó el asiento frente a Jacobs. "Mira, le dije eso a Charlie porque no quería que se fuera precipitadamente. Vino aquí enojado como siempre, y Dennis Carter es un buen tipo. Debe conocerlo, su padre trabaja en su estación."

"Sí, ahí trabaja," confirmó Jacobs, sorprendido por la revelación.

"Aha," le aseguró Toby. "Ron Carter, viejo, bigote blanco, ha estado ahí desde siempre."

De hecho, Jacobs conocía a Ron Carter. Se decía en la estación que, si no estuviera a punto de retirarse, lo mandarían a una junta disciplinaria.

"Vamos Toby, nos estamos muriendo de sed."

Toby se dio la vuelta y vio a un hombre grande en mono de trabajo apoyado en la barra. En su mano había un vaso de pinta vacío.

"Dame un minuto, imbécil impaciente. ¿No ves que estoy ocupado?" El tono de Toby tenía un toque de humor, y Jacobs adivinó que el cliente debía ser un habitual ya que parecía aceptar el insulto amigablemente.

Toby se volvió hacia él. "Mire, lo siento, Inspector, pero necesito volver antes de que hagan un motín aquí." Empezó a levantarse.

"Sólo una última cosa," Jacobs levantó la mano, y Toby se sentó de mala gana. "¿Has visto a Dennis aquí desde que se fue con Sharon esa noche?"

Toby pensó por un momento antes de sacudir la cabeza, lentamente. "No lo creo, pero para ser honesto, podría haberse colado para tomar una cerveza rápida cuando yo estaba en la parte de atrás."

Jacobs le agradeció su tiempo, y Toby volvió a sus ansiosos clientes.

Mientras comía, Jacobs llamó a la estación. El sargento de guardia que le había ayudado con Charlie Spate respondió. Jacobs hizo preguntas sobre Ron Carter, y fue informado de que había estado de vacaciones la semana pasada y que debía volver al día siguiente.

Jacobs le pidió su dirección, decidiendo que valdría la pena visitarlo ahí por si acaso encontraba a Dennis y Sharon viviendo juntos.

Al salir del pub, Jacobs le dio a Toby su tarjeta y le pidió que le llamara si Sharon o Dennis aparecían.

8

Karen vio como su madre jugaba con Charlotte, acunando a la bebé en sus brazos y haciendo sonidos de gorgoteo para emular los de su nieta.

A Karen le dolió que sintiera una punzada de celos porque no recordaba que su madre le mostrara tanto afecto cuando era pequeña. Pero entonces, razonó, si hubiera tenido la misma edad que Charlotte, difícilmente lo recordaría.

Ciertamente no había ningún recuerdo sobre los años posteriores.

Enid Taylor se veía muy en forma para su edad. Pero algunos podrían haber atribuido eso al hecho de que ella nunca había pasado por adversidad o trabajo físico a lo largo de su vida.

La carrera de su marido les proporcionó amplias finanzas para permitir a Enid pasar sus días como ama de casa. Incluso entonces, ella tenía un pequeño ejército de empleados domésticos para completar las tareas más mundanas de la casa, como limpiar, cocinar y planchar. Incluso contrató *au pairs* para ayudar con las chicas, principalmente para darse el lujo de centrar su atención en organizar cenas y desayunos, para uno de los muchos grupos sociales a los que pertenecía.

Karen no podía recordar ni una sola noche de su infancia en la que su madre subiera a arroparla o le leyera un cuento para dormir.

Ella siempre había sentido que sus padres tuvieron hijos sólo porque era lo que se esperaba de una joven y prometedora pareja. Además, Karen estaba convencida de que sus padres habrían sido muy felices de detenerse después de que su hermana mayor hubiera nacido. Nunca se lo dijeron directamente, pero en el fondo, Karen siempre sintió que había sido un error.

Enid Taylor siempre había vivido según sus propias reglas de dignidad y diligencia, y había trabajado incansablemente para inculcar esas virtudes a su descendencia. Ella creía en honrar a tu madre y tu padre, dando las gracias antes de las comidas y rezando a la hora de acostarse, y adhiriéndose a una estricta formalidad en todo momento. Según ella, había un lugar para cada cosa, y cada cosa pertenecía a su lugar.

El hecho de que Karen hubiera tenido un hijo fuera del matrimonio ya era bastante grave, pero ni siquiera estar en contacto con el padre, a los ojos de Enid, eso hacía todo diez veces peor.

Karen esperaba que la idea de que se mudara con Dan le agradara a su madre. Después de todo, significaría que Charlotte tendría una figura paterna y, con el tiempo, si las cosas funcionaban, se casarían y, a los ojos de su madre, serían respetables.

Pero como en todo lo que concierne a su madre, Karen no tenía idea de cuál sería su reacción hasta que le explicara sus planes.

"Mamá," comenzó Karen, tratando de mantener su voz lo menos nerviosa posible.. "He conocido a alguien, y... bueno, hemos decidido mudarnos juntos."

Enid Taylor dejó inmediatamente de prestar atención a su nieta y miró hacia Karen, con la frente fruncida. "¿De qué estás hablando?", exigió. "¿Por qué apenas estoy escuchando sobre esto?"

Karen se sonrojó. No pudo evitarlo, pero en presencia de su madre siempre se sentía reducida a una niña de ocho años.

Respiró profundamente. "Para ser sincera, acabamos de empezar a salir, aunque lo conozco desde hace tiempo..."

"¿Y ya están pensando en mudarse juntos?" su madre se entrometió, no dándole a Karen la oportunidad de terminar su frase. "No seas tan absurda, no puedes conocer a alguien un minuto y mudarte con él al siguiente. ¡Te crié mucho mejor que eso!"

Karen había estado temiendo este momento desde que decidió venir.

Es cierto que no esperaba que su madre se alegrara mucho por la situación, pero aun así, esperaba algo un poco más alentador que la habitual rutina indiferente o incluso hostil de su madre.

"Pensé que te alegrarías por mí," aventuró Karen, esperando pasar al lado comprensivo de su madre.

"¡Feliz!" casi gritó su madre, entonces, al darse cuenta de que podría molestar a Charlotte, acunó a la bebé de un lado a otro hasta que estuvo segura de que su ira no la había afectado. "¿Quién es este hombre de todos modos?" continuó, manteniendo su voz baja y firme. "Supongo que no es el verdadero padre de mi nieta."

"No, no lo es, pero está feliz de asumir el papel. Se llama Dan".

"¿Y dónde conociste a este caballero de brillante armadura?" Aunque su voz estaba tranquila, no hubo ningún intento de disfrazar el sarcasmo en el tono de Enid.

Karen se mordió el labio inferior. Había jugado con la idea de mentir acerca de donde se habían conocido ya que no quería causar a su madre una angustia excesiva. Pero parte de ella pensó que sería mejor dejar salir la verdad desde el principio, por si acaso surgía el tema después y causaba otra discusión.

"Siendo honesta, lo conocí en el funeral de Josie. Trabaja en la biblioteca."

La mención del nombre de su hija fallecida en la misma frase que el hombre con el que Karen planeaba mudarse, era toda la munición que Enid Taylor necesitaba para llevar a cabo su arsenal de indignación.

"¿En el funeral de tu pobre hermana? ¿Hablas en serio?"

Karen sabía que el incendio se había encendido, y todo lo que podía hacer ahora era sentarse y tratar de calmar la situación cuando se presentara la ocasión.

Su madre iba a dar su opinión, sin importar lo que pasara.

Enid se puso de pie y colocó a Charlotte suavemente en su portabebé.

Se giró y puso sus manos en sus caderas. "¿Me estás diciendo que mientras tu pobre hermana estaba siendo enterrada, estabas ocupada coqueteando con un completo extraño en la tumba?"

"Oh Madre, no fue nada de eso, por el amor de Dios." La exasperación de Karen era evidente, y su plan para tratar de calmar las cosas había caído en el primer intento.

El rostro de Enid se ensombreció. "¡No digas el nombre del Señor en vano en esta casa, jovencita!" Sacudió su dedo índice hacia su hija para enfatizar. "Tu hermana ni siquiera estaba enterrada, y estabas preparada para huir con ese tipo. ¿No tienes vergüenza?"

Karen tuvo que obligarse a permanecer sentada.

Si no fuera por el hecho de que no quería molestar a Charlotte, habría estado más que lista para darle a su madre una probada de algunas de sus verdades.

En cambio, Karen se mordió la lengua. "Madre, haces que suene como si él estuviera con Josie y yo se lo robara. Sólo eran amigos, nada más."

"Porque tu hermana tenía más dignidad que huir con el primer vagabundo que le echó el ojo."

"Dan no es un vago," respondió Karen, a la defensiva. "¿Cómo puedes decir tal cosa cuando ni siquiera lo conoces?"

"Puedo adivinar su tipo," insistió Enid. "¿Qué joven decente le pide a una chica que se mude con él sin que le presenten a su madre de antemano, eh? ¿Me respondes a eso?"

Karen podía sentir que su ira aumentaba. "Oh Madre, deja de fingir que vivimos en el último siglo. Los tiempos han cambiado, y tú también tienes que hacerlo."

Enid se acercó. "Si tu pobre padre viviera hoy, le mostraría a este joven el significado de la palabra respeto. ¿Por qué no está aquí ahora, presentándose? Si sus intenciones son honorables, ¿qué tiene que esconder? Respóndeme a eso, si puedes."

"Él quería venir a conocerte, pero yo estaba demasiado avergonzada para traerlo."

"Ah-ha, así que ahora la verdad sale a la luz. Estás lista para mudarte con él, pero estás demasiado avergonzada para mostrarlo en público."

"No es de él de quien me avergüenzo, ¡es de ti!" Las palabras habían salido de los labios de Karen antes de que tuviera la oportunidad de pensarlas.

En el momento en que habló, se arrepintió.

Más aún cuando, en segundos, su madre comenzó a llorar.

A lo largo de su vida adulta, Karen había sido de la opinión de que su madre podía encender su sistema de riego a voluntad. Sin embargo, a pesar de eso, era una línea de defensa que siempre servía para destruir la determinación de Karen, y estaba convencida de que su madre conocía ese hecho y lo explotaba.

Aún así, Karen se sintió inmediatamente culpable. Se levantó y caminó hacia su madre con la intención de darle un abrazo y disculparse por hacerla llorar.

Pero tan pronto como empezó a moverse hacia ella, Enid le dio la espalda a su hija y se acercó al aparador para buscar un pañuelo para secar sus lágrimas.

Karen revisó a Charlotte y vio que estaba profundamente dormida. Volvió a su silla y se sentó, esperando que su madre se calmara.

Una vez que Enid estuvo segura de que sus acciones habían tenido el efecto deseado, se acercó y se sentó de nuevo, todavía frotándose los ojos.

Se sentaron en silencio durante unos minutos hasta que Karen sintió que era seguro continuar su conversación.

"Mamá, tienes que afrontar los hechos, soy una madre soltera sin medios visibles de sustento, viviendo en un piso de mala muerte en una urbanización llena de crímenes. ¿Qué clase de comienzo en la vida es ese para Charlotte?"

El semblante de superioridad de Enid volvió. "Siempre puedes venir a vivir aquí conmigo; esta casa no es precisamente pequeña."

Karen miró fijamente al techo en busca de inspiración. Esta era una vieja conversación que habían tenido muchas veces antes, y Karen estaba decidida a no darle a su madre otra oportunidad de encender las lágrimas.

"Ambas sabemos que eso no funcionaría, mamá, así que por favor no empecemos con eso de nuevo."

Enid olfateó y se limpió los ojos. "Bueno, todo lo que puedo decir es que se llega a algo cuando una madre y una hija no pueden vivir juntas bajo el mismo techo. Sólo espero que no tengas que sufrir el mismo dolor de parte de Charlotte algún día, entonces recordarás este día."

Karen suspiró. "Bueno, si alguna vez lo hago, entonces sólo tendré que culparme a mí misma."

Enid se levantó y se acercó a un bote de basura en un rincón de la habitación para deshacerse de su pañuelo húmedo. Regresando, dijo. "Hoy es el día libre de la Sra. Coyne, así que iré a hacernos un té."

Con eso, salió determinadamente de la habitación.

Karen se desplomó en su silla y respiró hondo.

Esperaba, al menos por ahora, que lo peor hubiera terminado.

9

Jacobs entró en la carnicería de Craven e Hijos para encontrar a Pete Craven solo detrás del mostrador. Como sólo había dos clientes esperando, y no deseando causar a Pete ninguna vergüenza innecesaria en su lugar de trabajo, Jacobs decidió dejarlos terminar antes de pedir hablar con sus dos hijos.

Una vez que la tienda estaba vacía, Jacobs explicó por qué estaba allí, y Pete le mostró la parte de atrás donde sus hijos estaban ocupados cortando carne y aserrando huesos.

Los dos chicos miraron sorprendidos cuando vieron a quien llevaba su padre a verlos.

"Trata de no retenerlos mucho tiempo," dijo Pete, "a menos que quieras llevarlos a los dos y arrojar sus perezosos traseros a la cárcel." Con eso, se dio la vuelta y volvió a la tienda.

Los dos hermanos intercambiaron miradas furtivas mientras Jacobs se acercaba.

Colin apagó la sierra de huesos y se movió de manera que estaba de pie frente a su hermano. Jacobs supuso que el hermano mayor había asumido la responsabilidad de responder a sus preguntas.

"Hola muchachos," comenzó, con bastante alegría, sin querer

elevar su nivel de sospecha más de lo que obviamente ya era. Me preguntaba si podrían repasar lo que pasó la otra noche cuando se encontraron con Sharon Spate en la carretera de Thorndike?"

Don Craven se sonrojó inmediatamente y miró fijamente al suelo.

"Como le dijimos a su papá," Colin comenzó, manteniendo su voz firme, "estábamos en camino a casa cuando la vimos parada junto al auto de Dennis Carter al costado de la carretera. Nos detuvimos y le preguntamos si todo estaba bien, y ella dijo que Dennis estaba en los arbustos, haciendo pis. Le ofrecimos llevarla a casa, pero ella estaba esperando a Dennis, así que nos fuimos a casa. Eso fue todo."

Jacobs asintió. Se dio cuenta de que Don seguía evitando su mirada.

"¿También tu recuerdas eso?" Se aseguró de mirar directamente a Don cuando habló. El menor de los dos hermanos, al darse cuenta de la pregunta de Jacob de que tenía que responder, miró con timidez y asintió con la cabeza.

"¿Viste a Dennis Carter con ella?"

Ambos hermanos sacudieron sus cabezas. "No," respondió Colin, "pero definitivamente era su coche, y Sharon nos dijo que estaba con él, de todos modos."

"Entonces, cuando su padre les preguntó antes, ¿por qué le dijeron que no estaban seguros de con quién estaba?"

"Oh, vamos," Don por fin habló, "Charlie está demente todo el tiempo, no queríamos que fuera tras Dennis sin razón."

Jacobs asintió. "Sí, eso es lo que Toby en el 'Perro y Pato' me acaba de decir. ¿Alguno de ustedes ha visto a Dennis desde esa noche?"

Los hermanos sacudieron sus cabezas de nuevo.

Jacobs esperó un momento. Aunque su explicación tenía sentido, le pareció que estaba demasiado bien ensayada. Casi como si estuvieran tratando de ocultar algo.

La pregunta era: ¿Qué?

Además, el hecho de que Don Craven no pudiera mantener la mirada más de una fracción de segundo, le causaba una sospecha.

Pero aún así, en ese momento, no tenía motivos para sospechar que los hermanos habían cometido un crimen. Al menos, no en lo que respecta a Dennis y Sharon.

Jacobs sabía que, fuera lo que fuera lo que estaban escondiendo, podía sonsacárselo fácilmente al hermano menor si hablaba con él a solas. Pero decidió que no había razón para levantar ninguna sospecha por ahora.

"Bien, muchachos, gracias por su ayuda. Háganme un favor, si ven a Dennis o Sharon, pídanles que llamen a la comisaría, sólo para hacernos saber que están bien."

Jacobs notó que ambos hermanos relajaron físicamente sus hombros.

Cuando se dio la vuelta para irse, otro pensamiento le llegó..

Se dio la vuelta. "Sólo una cosa más," dijo y notó que Don dio un paso atrás detrás de su hermano mayor. "¿Qué estaban haciendo ustedes dos en Thorndike en primer lugar? Un lugar pequeño como ese, sin clubes o cualquier lugar para que jóvenes como ustedes pasen el rato, ¿cuál era la atracción?"

Los hermanos se miraron el uno al otro, como para inspirarse.

A medida que pasaban los segundos, Jacobs casi podía sentir la tensión vacilante entre los muchachos haciéndose más palpable.

Esta vez sí que los había pillado con la guardia baja. Lo que sea que hayan preparado entre ellos en relación a su encuentro con Sharon, obviamente no habían anticipado su última pregunta.

Les dio unos agobiantes segundos más, y luego dijo: "¿Y bien?"

Colin se volvió para enfrentarlo, su expresión mostraba una nube de frustración y pánico. Su hermano Don, una vez más, había adoptado su postura habitual de mirar al suelo, dejando a su hermano como portavoz de ambos.

"Habíamos estado en la posada del pueblo," dijo Colin, bajando la voz para que Jacobs tuviera que esforzarse en escuchar. "Pero por favor no se lo diga a nuestro papá, se volvería loco si se enterara de que compramos pasteles a alguien más."

Jacobs miró por encima de su hombro para asegurarse de que su padre no había vuelto a entrar por detrás de él. "¿Pasteles?", resonó, incrédulo.

Colin hizo una señal con sus manos para que Jacobs bajara la voz.

"Sí, pasteles de carne," reiteró Colin. "Los que sirven en la posada son de otro mundo, así que a veces vamos allí a por una pinta y un pastel, pero papá se volvería loco si descubriera que preferimos los suyos a los de ellos, así que por favor no le deje saber."

Ambos hermanos miraron a Jacobs, y por primera vez vio una preocupación genuina en sus ojos. Su explicación tenía cierto sentido para él, y explicaría su razón de estar allí en primer lugar, así que decidió dejarlo pasar.

Cuando Jacobs salió de la tienda, Colin se volvió hacia su hermano. "Fue una idea genial, ¿no crees?"

Don estaba visiblemente temblando. "¿Y si vuelve? Si va a la posada y habla con el dueño, y le cuenta la verdadera razón por la que fuimos allí, sabrá que estábamos mintiendo."

Colin agarró a su hermano por los hombros. "Dudo que le diga que le vendimos carne pasada ¿verdad?"

"Pero, ¿y si lo hace?" Don insistió.

"Entonces, puede perder mucho más que nosotros, ¿no? Podría perder su maldita licencia, así que, ¿por qué se arriesgaría?"

Colin sabía que su hermano no estaba completamente convencido, pero también lo conocía lo suficiente como para confiar en él para mantener la boca cerrada. Tenían un pequeño y ordenado negocio extra de mantener al viejo Beanie provisto de poco fiables cortes de carne, y les interesaba mantener sus tratos solo entre ellos.

Colin sabía que su hermano tenía más miedo de que su padre se enterara que cualquier otra cosa. Pete Craven no estaba por encima de dar algunas palizas a sus hijos si creía que la situación lo justificaba. Pero ambos conocían los riesgos cuando empezaron su pequeña actividad secundaria, y este asunto con Dennis y Sharon no era razón para que se despegaran.

Lo que le haya pasado a su amigo y a su novia no tenía nada que ver con ellos.

Karen empujó la carreola a través de los laberínticos pasillos de cemento de su edificio, con cuidado de no despertar a Charlotte cuando entrara en el ascensor. Odiaba tener que usar el ascensor, pero no había forma física de llevar a su bebé y la carreola por las escaleras hasta su piso.

El hedor acre de orina rancia asaltó sus fosas nasales en el momento en que la puerta de metal se cerró, atrapándola dentro. Se las arregló para aguantar la respiración durante la mayor parte del viaje, pero aún así le hizo sentir como si necesitara una ducha cuando salió de ahí.

El olor del ascensor era algo que Karen estaría más que feliz de dejar atrás cuando se mudara con Dan. Eso, junto con el ruido cada vez que uno de sus vecinos creía que tenían derecho a tocar su música sin consideración por nadie más, sin importar la hora. O los gritos de cualquiera de las muchas parejas de su cuadra que frecuentemente decidían que su discusión era tan fascinante que la continuaban en el pasillo comunal para que todos la apreciaran. Sí, Karen empezaba a sentirse muy agradecida por la amable oferta de Dan. Sólo esperaba que con el tiempo llegaría a sentir lo mismo por él que él por ella.

Una vez dentro, Karen dejó a Charlotte dormida en su cuna, y fue a la cocina a hervir la tetera.

Mientras buscaba una taza en un gabinete, su móvil sonó. Pudo ver que era un número desconocido, y le recordó que tenía que hablar con su amiga que había añadido su número en su sitio web de contacto, para que lo quitara.

"Hola."

"Oh, hola," respondió una tímida voz masculina, "No sé si me recuerdas, pero te llamé el otro día. Soy el que te preguntó si te pondrías el uniforme escolar por mí."

Karen lo interrumpió. "Lo siento mucho, pero me temo que ya no veo clientes. Lo siento."

Hubo una breve pausa en el otro extremo, antes de que el hombre continuara. "Oh, ya veo, es una lástima. ¿Mencioné que estaría feliz de pagar más para que lo uses, el doble, de hecho?"

Karen suspiró. "Mira, lo siento mucho pero como dije, ya no recibo clientes, así que por favor llama a uno de los otros números del sitio".

No le dio a la persona que llamó la oportunidad de decir algo más antes de desconectar la llamada.

Karen hizo su café y lo llevó a la sala. Se quitó los zapatos y encendió la televisión, manteniendo el sonido bajo para no despertar a su bebé.

Mientras lo pensaba, llamó a la chica que había conocido en la oficina social para pedirle que quitara sus datos del sitio. La llamada se fue directamente al buzón de voz, así que Karen dejó un mensaje, agradeciéndole, pero recalcando que había decidido que ese negocio no era para ella.

Mientras sorbía su café, su teléfono cobró vida.

Vio que era el número de Dan. "¡Hola!" dijo alegremente.

"Hola cariño, ¿cómo fue tu día?"

"Oh, fuimos a visitar a la abuela y le informamos de la situación."

"¿Cómo salió todo?" Karen podía sentir la tensión en la voz de Dan.

"Digamos que se acostumbrará a la idea," respondió Karen con tacto.

Dan se rió. "¿Tan bien ha ido? Debería haber ido contigo. Me siento como un cobarde."

"Probablemente fue mejor que haya ido sola. Ahora que lo sabe, no parecerá tan extraño cuando vayamos juntos."

"Sí," Dan estuvo de acuerdo, "probablemente tengas razón. De todas formas, por la razón que llamé, ¿qué te parece si nos vemos mañana para almorzar?"

"Genial, ¿a qué hora?"

"Digamos que a la una en punto. ¿Puedes verme en la biblioteca?"

"Sí, no hay problema, ya no puedo esperar."

"Yo tampco. ¿Cómo está Charlotte?"

"Todavía dormida, se perdió su siesta de la tarde en casa de mi madre, así que pensé en dejarla descansar. La despertaré pronto para su cena."

"Bien, te veré mañana, cariño, te quiero."

"Yo también."

Karen esperó a que Dan terminara la llamada.

Todavía parecía extraño oírle decir que la amaba, pero ella tuvo que admitir que le empezaba a gustar la forma en que sonaba.

Ahora que lo pensaba, Karen no había usado esas palabras ella misma. Se preguntó si en el fondo había algo que le impedía decírselo a Dan.

Se sacudió el pensamiento. Como siempre, estaba pensando demasiado en la situación. Lo diría en el momento adecuado, y Karen estaba segura de que se le escaparía de la lengua cuando lo hiciera.

Su móvil sonó de nuevo.. Sin mirar la pantalla, Karen respondió, pensando que sería Dan otra vez o su amiga a la que le había dejado el buzón de voz.

"Hola."

No hubo respuesta.

"Hola," Karen lo intentó de nuevo, "¿hay alguien ahí?"

Podía sentir que alguien estaba escuchando en el otro extremo.

Luego, escuchó su respiración mientras se hacía más fuerte.

"¡Te voy a joder!"

Karen casi dejó caer el teléfono. Estaba segura de que era la misma voz de la otra noche. Manteniendo el teléfono pegado a su oído, Karen se deslizó del sofá y volvió a salir al pasillo para comprobar que había cerrado la puerta principal correctamente.

La respiración en el otro extremo continuó.

Una vez que puso el cerrojo de la cadena a casa, Karen apagó la llamada.

Se quedó allí un momento, recuperando el aliento.

Quienquiera que fuese, ya tenía su número, así que incluso quitándolo de la página web no iba a hacer ninguna diferencia. Todavía podía llamarla cuando quisiera.

Su móvil volvió a sonar.

Esta vez Karen miró la pantalla. Era un número oculto.

Tenía que ser él otra vez.

"Hola," dijo ella con inseguridad.

Respiración más pesada.

"¿Quién es?" preguntó, tratando de no levantar la voz y despertar a Charlotte que aún dormía profundamente a pocos metros de distancia.

"¡Te voy a joder!"

Karen ya había tenido suficiente. "Escúchame, maldito pervertido, he llamado a la policía por ti, probablemente estén rastreando esta llamada ahora mismo, así que si sabes lo que te conviene, ¡será mejor que corras!"

Una vez más, Karen terminó la llamada sin dar a la persona que llamó la oportunidad de responder.

Diez segundos después, sonó de nuevo. Otro número retenido.

Karen lo desconectó sin responder.

Cambió su móvil a silencio, y lo metió en el bolsillo de sus jeans.

En segundos pudo sentirlo vibrando contra su muslo. Continuó hasta que su buzón de voz entró. Se preguntaba si el asqueroso le dejaría un mensaje. Algo que pudiera llevar a la policía. Tenían un equipo de reconocimiento de voz; probablemente podrían rastrearlo a través de eso.

Esperó a que su teléfono dejara de sonar, luego lo recuperó y buscó un mensaje.

No había ninguno.

Karen consideró llamar a la policía, y luego se detuvo.

¿Tendría que revelar cómo el asqueroso obtuvo su número en primer lugar?

Lo pensó por un momento.

No había necesidad de entrar en detalles, sólo reportar las llamadas y dejárselas a ellos.

Karen miró su teléfono, casi deseando que volviera a la vida, ya que decidió que sería el catalizador para persuadirla de pedir ayuda a la policía.

El teléfono se quedó en silencio.

Justo entonces, Charlotte se despertó y empezó a llorar.

Karen la recogió y la llevó a la sala de estar para alimentarla.

10

Charlie Spate sostuvo la culata de su escopeta con fuerza bajo su brazo mientras echaba la cabeza hacia atrás y vertía otra generosa ración de whisky en su garganta. Cuando fue liberado de la estación de policía esa tarde, decidió que la única manera de recuperar a su hija de esos malditos aldeanos era yendo y rescatándola él mismo.

No tenían derecho a encerrarlo en primer lugar, y decir que era por su propio bien era un montón de tonterías. Cuando esto terminara, planeaba demandar al condado por encarcelamiento ilegal.

Esos estúpidos polis deberían actuar con mano dura, o incluso colaborar con el ejército para registrar ese pueblo de arriba a abajo, no deberían estar engatusándolo con excusas.

Bueno, él les mostraría. Charlie Spate no era un tonto. Sabía que había algo raro en ese lugar, y nadie le iba a decir lo contrario.

Recordaba que un día condujo hasta allí para buscar trabajo. Pensó que debía haber al menos algunas propiedades que necesitaban que se atendiera su césped o que se repararan sus ladrillos. Podía dedicarse a distintas cosas y, si le pagaban en efectivo, siempre mantenía el precio bajo.

Pero aún así le hizo temblar cuando recordó la espeluznante

sensación que se le había metido en los huesos cuando pasó por el puente y entró en Thorndike. Mientras caminaba por las calles empedradas llamando a las puertas,los pocos que contestaron le hicieron saber que su presencia no era apreciada Finalmente, se rindió y fue a la taberna por un par de pintas para ahogar sus penas.

Pero incluso en el entorno familiar de un bar, Charlie nunca se había sentido tan incómodo. Se sentía como si todos los ojos del lugar lo estuvieran mirando. Se tragó su cerveza tan rápido como pudo y se fue.

Su sentimiento de inquietud no empezó a disiparse hasta que volvió a pasar por el puente.

Esa fue la única vez que Charlie puso un pie en el pueblo, y se juró a sí mismo que no volvería a hacerlo. Pero esto era diferente. Esta era su pequeña niña, su única hija. Ella era todo lo que tenía desde que su esposa huyó con ese camionero de Londres. La vieja zorra, estaba mejor sin sus quejas.

Pero su pequeña niña era otro asunto. Ella sabía que él no podía arreglárselas sin ella. Siempre cuidaba a su padre, asegurándose de que su cena estuviera en la mesa antes de irse a trabajar, y con ella sirviendo en el 'Perro y Pato', siempre le aseguraba un par de pintas gratis cuando Toby estaba distraído.

Sí, era una buena chica. Pero ahora la estúpida perra se había ido y se las arregló para mezclarse con Dios sabe qué, con esos fenómenos en el pueblo. Aún así, lo merecía por ser tan irresponsable y dejar a su pobre padre a que se las arreglara solo.

A pesar de eso, ella ya había estado allí suficiente tiempo, así que Charlie tendría que aparecer y rescatarla. Entonces ella estaría agradecida, y tal vez la próxima vez le escucharía acerca de no aventurarse demasiado lejos de casa.

Charlie tomó otro largo trago de la botella. Ya había llego al nivel de la etiqueta, así que decidió que sería mejor dejar el resto para más tarde. Colocó la botella en el bolsillo de su chaqueta y se aseguró de que tenía muchos cartuchos de repuesto, antes de salir de su casa.

La última luz del sol de la tarde se había escabullido y el cielo se había transformado de un rojo rosado a un gris plomizo apagado. Charlie se subió al volante de su vieja furgoneta de trabajo y puso su escopeta en el asiento de al lado.

Salió de la ciudad, dejando atrás la relativa comodidad de las luces de la calle, y el camino que conducía a la aldea se volvió oscuro y amenazante.

Charlie puso su mano en su escopeta para tranquilizarse, y luego la regresó para agarrar el volante mientras algo se movía rápidamente delante de él, haciéndole desviarse para evitarlo.

Más por suerte que por habilidad, se las arregló para mantener su camioneta en la carretera.

Cuando llegó a la curva que lo llevaría a Thorndike, la primera de las estrellas de la noche había empezado a asomarse a través del negro manto de la noche. Charlie disminuyó la velocidad a medida que el terreno bajo sus neumáticos se volvía más irregular, y encendió sus faros a plena luz para ayudarle a navegar la ruta.

Al acercarse al puente que llevaba al pueblo, Charlie se detuvo a un lado y apagó el motor. Decidió que era necesario otro trago de coraje holandés antes de entrar a la pelea.

Bajó la ventana y apoyó el codo en el marco mientras bebía.

Un grito repentino atravesó la oscuridad, casi haciendo que Charlie dejara caer su botella.

Tomó su arma y la sostuvo firmemente con ambas manos, con los cañones asomándose por la ventana abierta.

Eso había sonado como un grito humano, no un animal nocturno, pensó.

Charlie escuchó atentamente, pero todo lo que pudo oír por el momento fue el viento que crujía las ramas de los árboles de alrededor, y el ocasional ulular de un búho lejano.

Maldijo a los oficiales de policía por no tomarlo en serio.

Por derecho deberían estar aquí ahora, haciendo el trabajo que sus impuestos pagaron. En lugar de eso, probablemente estaban a salvo y calentitos en la estación, mientras que aquí estaba él, al intemperie, expuesto.

Charlie observaba cualquier movimiento en las oscuras sombras frente a él, pero sus ojos se esforzaban por distinguir cualquier cosa específica en la oscuridad.

¿Qué diablos hizo ese grito?

Torpemente y con una mano, Charlie logró localizar la tapa de su botella de whisky y la reemplazó, sosteniendo la botella entre sus muslos.

Una vez que estuvo satisfecho con la tapa, la puso de nuevo en su bolsillo, dando un suspiro de alivio por no haber desperdiciado nada del néctar dorado.

Algo se estrelló con fuerza contra el lateral de su furgoneta y casi volteaba el vehículo de lado. Se tambaleó sobre dos ruedas durante una fracción de segundo antes de volver a caer en su lugar.

El choque del impacto que salió de la nada hizo que Charlie soltara su escopeta y el arma se deslizó por la ventana abierta, aterrizando en el suelo afuera.

Por un momento, Charlie se sentó allí en silencio, su mente tratando desesperadamente de evaluar lo que acababa de ocurrir. Lo que se había estrellado contra él debía ser grande, por no decir fuerte, ya que no era una hazaña fácil casi volcar una furgoneta.

Charlie había escuchado a menudo historias sobre gatos salvajes que se habían visto en el área, pero esto se sentía más como una embestida de un toro. Era posible que uno hubiera logrado escapar del recinto de algún granjero, pero de ser así, ¿qué posible razón tendría para atacar su camioneta?

Se dio la vuelta y miró por las ventanas. Milagrosamente, ninguno de ellas había sido destrozado por el impacto. No había ninguna señal de nada afuera. Charlie consideró la posibilidad de que lo que le había golpeado se hubiera quedado inconsciente, o incluso hubiera muerto como resultado. Tal vez estaba muerto al lado de su vehículo.

De cualquier manera, Charlie se sentía demasiado vulnerable sin su fiel escopeta para protegerse.

Habiendo quedado satisfecho de que no había nada acechando

afuera, Charlie abrió su puerta y salió a la carretera. Se agachó y logró localizar su arma, agradecido de haber mantenido el seguro puesto, de lo contrario podría haberse disparado cuando cayó al suelo y penetrado uno de sus neumáticos con una bala perdida.

Con cautela, se abrió paso por el otro lado de su vehículo.

Incluso en la oscuridad podía distinguir la enorme abolladura en el lateral de la furgoneta. Lo que sea que la haya golpeado debió haber sido de un tamaño considerable. Inspeccionó los alrededores, pero no había señales de su atacante. Obviamente, no se había golpeado a sí mismo por el impacto después de todo.

Charlie pasó su mano a lo largo de la abolladura. A pesar de lo profunda que era, esperaba que su viejo amigo Doug en el garaje fuera capaz de repararla gratis. Le compraría una pinta la próxima vez que se encontraran en la taberna.

Aunque se sintió aliviado de que los daños parecieran mínimos, Charlie se recordó a sí mismo que si la policía hubiera hecho su trabajo no estaría en esta situación. Si su estúpida hija no se hubiera dejado llevar por un maldito idiota, podría estar en el local disfrutando de una pinta.

Su enojo con su hija y con la policía lo impulsó.

Charlie dejó la furgoneta y decidió cruzar el puente a pie. La vista de un hombre con una escopeta por la calle podría levantar un escándalo en algunos lugares, pero estaba seguro de que no sería el caso en esta extraña aldea.

Cuando se alejó de la camioneta, algo saltó de las sombras y derribó a Charlie, haciéndolo caer por la pendiente. Sintió que se quedaba sin aliento mientras se golpeaba contra el duro y frío suelo.

Antes de que terminara de caerse, perdió el control de su escopeta una vez más.

Cuando se detuvo, Charlie se quedó ahí tirado, indefenso, mientras intentaba recuperarse.

No tenía ni idea de lo que le había golpeado, pero tenía que ser algo fuerte e increíblemente rápido.

Cuando pudo tomar un respiro completo de nuevo, Charlie se

arrastró hacia el árbol más cercano, y se apoyó en una posición sentada. Mientras entrecerraba los ojos en la oscuridad, se dio cuenta de que las sombras a su alrededor cobraban vida.

Sintió un dolor punzante en el costado donde había sido golpeado, y tuvo que inclinarse para aliviar la presión. Charlie pudo sentir que la bilis comenzaba a subir por su garganta, el picor caliente del whisky mezclado con los ácidos de su estómago hasta que no pudo contenerse más. Se inclinó y un abrasador vómito caliente salió de su boca y nariz. Ahogándose y balbuceando, Charlie se puso a gatas, esperando que eso le ayudara a abrir la tráquea y le permitiera respirar más fácilmente.

Las criaturas esperaron, pacientemente, como si ya supieran que a su presa no le quedaba nada con qué luchar. Una vez que Charlie dejó de tener arcadas, la primera lo agarró bruscamente por la cabeza, torciéndola hacia un lado antes de hundir sus colmillos en el tejido blando.

Una vez que arrancó un enorme trozo de carne, dejó caer el cuerpo inerte de Charlie al suelo, mientras los demás se reunían para verlo convulsionar y retorcerse en el suelo, hasta que murió.

Una vez que el espectáculo terminó, la criatura levantó el cuerpo sin vida de Charlie sobre su hombro y lo llevó al pueblo.

Este estaba destinado para la olla.

11

Jacobs reflexionó sobre la selección de expedientes de personas desaparecidas esparcidos por su escritorio. Le pareció un poco extraño que todo eso estaba en la computadora pero, su predecesor insistiera en guardar archivos de papel. Pero supuso que era probablemente por la fuerza de la costumbre, ya que el anterior inspector era de un tiempo antes de que las computadoras fueran la norma.

Había dieciocho en total, algunos que se remontaban a diez años atrás. La mayoría se trataban sobre foráneos que podían o no haber visitado la ciudad en el momento de su desaparición.

En muchos casos, quienes habían denunciado la desaparición de sus seres queridos no podían estar seguros al cien por cien de que se encontraban realmente en las proximidades, sólo que habían mencionado anteriormente que podrían estar dirigiéndose hacia allí.

Entre ellos, había también tres expedientes relativos a residentes locales que parecían haberse levantado y salido sin mencionar a nadie adónde iban o por qué.

Jacobs volvió a leer los informes sobre esos. Parecía como si su predecesor hubiera hecho varias investigaciones y rellenado el papeleo básico, pero no había pruebas reales de una investigación adecuada.

Los tres informes se referían a malhechores locales, y por lo que pudo deducir de los archivos, nadie los echó de menos, y eso incluía a sus más cercanos y queridos. Uno de los informes de la esposa de uno de los desaparecidos mencionó en su declaración que se alegraba de no tenerlo cerca.

En esas circunstancias, Jacobs entendió por qué parecía que se había hecho tan poco para ayudar a localizar a los hombres.

Pero, lo más interesante de todo, era que en cada caso, el pueblo de Thorndike había sido mencionado como el último lugar conocido al que se dirigían los tres hombres desaparecidos.

Jacobs recogió el archivo más reciente. Estaba fechado un mes antes de que llegara a la ciudad para ocupar su nuevo puesto. Se refería a una joven pareja que iba de excursión por Cornualles y acabó alojándose en un albergue juvenil dirigido por una pareja de ancianos en Thorndike. Según el expediente, la pareja fue a cenar a la posada local antes de volver al albergue, y por la mañana el hombre se despertó y su novia había desaparecido.

El informe decía que cuando se le preguntó, nadie en Thorndike recordaba haber visto a la chica, y la pareja de ancianos, así como el personal de la posada, insistieron en que el hombre había llegado solo. El propietario declaró que al haber bebido demasiado cerveza casera, el hombre se volvió abusivo cuando se le negó el servicio, y tuvo que ser escoltado fuera por algunos de los lugareños.

A juzgar por su informe final sobre el caso, el predecesor de Jacobs sospechaba que el joven en cuestión estaba inventando la historia de estar con su novia para salvar las apariencias después de que ella lo dejara, posiblemente después de una discusión. De cualquier manera, el joven finalmente dejó el pueblo y no se volvió a saber nada de él.

Jacobs miró fijamente la pantalla frente a él. Comprobó los detalles que había introducido sobre Dennis Carter y Sharon Spate. Todavía no estaba completamente seguro de que estuvieran desaparecidos, pero sintió que sería negligente por su parte no abrir un expediente sobre ellos, especialmente con el Sargento Ron Carter volviendo de vacaciones al día siguiente. Cualquier otra cosa de la que el hombre fuera sospechoso, tenía derecho a saber que se estaba haciendo todo lo posible para encontrar a su hijo.

Todavía había una posibilidad de que los dos aparecieran mañana. Era perfectamente razonable considerar el hecho de que se habían llevado a sí mismos a una escapada romántica por un par de noches. Después de todo, Dennis podría no considerar contarle a su padre ya que él también estaba fuera, y Sharon podría habérselo contado a Charlie pero estaba demasiado borracho para recordarlo.

Pero luego estaba Toby de la taberna. Si Sharon se iba, lo habría aclarado con él primero. A menos que realmente no le importara su trabajo. Pero por lo que Toby le había dicho, no hubo ninguna discusión o pelea, así que ¿por qué iba a desaparecer así? No tenía sentido.

Jacobs se preguntó si podría haber alguna sustancia en los desvaríos de Charlie sobre el pueblo. Los chicos Craven habían dicho que vieron a Sharon allí la noche en que desapareció, y fueron firmes en que, aunque no lo vieron, reconocieron el coche de Dennis.

Jacobs echó un vistazo al momento en la pantalla. Era un poco después de las 9.30.

Necesitaba un trago. Había sido un largo día, y la posada del pueblo en Thorndike sería un lugar tan bueno como cualquiera.

Cuando Jacobs llegó al cruce de la aldea, la vieja camioneta de Charlie no se veía por ninguna parte. Al cruzar el puente de piedra en su camino hacia Thorndike, Jacobs fue sorprendido por la espeluznante quietud del lugar. Aunque había varias luces tenues visibles detrás de las cortinas y persianas al pasar por las casas de la calle principal, percibió que los que estaban dentro estaban observando su progreso desde sus oscuras ventanas de arriba para no ser descubiertos por ser curiosos.

Jacobs encontró un espacio para estacionarse cerca de la entrada de la posada y entró.

Al entrar, el volumen de las conversaciones bajó notablemente.

Todos los ojos del lugar parecían estar sobre él. Incluso aquellos que le daban la espalda, parecían girar la cabeza lo suficiente como para poder mirarlo de reojo.

Jacobs asintió con la cabeza a un par de clientes mientras se dirigía hacia el bar. Las miradas no fueron alentadoras, pero al menos el nivel de ruido de los que le rodeaban comenzó a aumentar una vez más.

La mujer detrás de la barra le dio una gran sonrisa de bienvenida. "Buenas noches, señor, y ¿qué puedo ofrecerle en esta fría noche?"

Jacobs se relajó, aunque todavía podía sentir las miradas heladas en su espalda de los que estaban detrás de él. "Gracias," sonrió, observando las bombas de cerveza que tenía delante. "Creo que me gustaría una pinta de su cerveza casera, por favor."

La sonrisa de la mujer parecía extenderse aún más por su rostro regordete. "Una excelente elección, señor, si me permite decirlo."

Jacobs pagó por su bebida y, mientras la servían, vio una mesa vacía cerca de la chimenea de leña en la esquina del bar. Llevó su bebida y se sentó en el gastado sillón de cuero.

Desde su punto de vista, Jacobs pudo inspeccionar toda la habitación. Aunque la mayoría de los clientes habían vuelto a sus conversaciones, de vez en cuando Jacobs pillaba a uno de ellos mirando en su dirección.

Esperó a que la espuma de su cerveza se formara adecuadamente antes de tomar su primer sorbo.

La cerveza sabía bien, y Jacobs se dio cuenta de lo mucho que la necesitaba mientras su sorbo se convertía en un trago, y luego en otro.

Para cuando terminó la mitad de su pinta, Jacobs ya estaba sintiendo los efectos del fuerte brebaje. Cerró los ojos por un momento y escuchó el tranquilo crepitar de los troncos mientras las llamas los lamían.

Jacobs casi se quedó dormido, cuando de repente sintió que alguien le pisaba el pie.

Miró hacia arriba. Había una hermosa joven de pie junto a él. Jacobs estimó que probablemente no tenía más de 16 o 17 años.

Sus mejillas se sonrojaron por la vergüenza. "Oh, lo siento mucho, señor. Soy la chica más torpe que jamás haya conocido." Rápidamente quitó su pie del suyo, casi perdiendo el equilibrio en el proceso.

Jacobs extendió una mano para ayudarla, agarrándola suavemente por el codo.

"Gracias," dijo ella, con gratitud. "¿Ves lo que quiero decir?"

Jacobs le sonrió. "No hay de qué," respondió.

La chica comenzó a limpiar la mesa delante de él con un paño húmedo. Estaba vestida con un chaleco de algodón y un par de pantalones de ejercicio descoloridos y Jacobs no pudo evitar notar sus pechos mientras se inclinaba para completar su tarea.

Se contuvo a sí mismo por mirar a una chica tan joven, y recogió su pinta para permitirle limpiar donde había estado el vaso.

"Creo que nunca te he visto aquí antes," dijo la joven, haciendo un barrido final de la mesa con su tela.

"No, es mi primera vez, me temo," respondió Jacobs, manteniendo los ojos en su rostro.

La chica se levantó y lo miró. "Me llamo Polly, por cierto," le ofreció su mano.

Jacobs la estrechó. "Keith. Encantado de conocerte."

"¿Eres de por aquí o estás de paso?"

"En realidad vivo en la ciudad, así que se podría decir que soy de aquí." Jacobs sonrió, sintiéndose un poco avergonzado por el hecho de que podía sentirse excitado. Casualmente acercó sus piernas para ocultar su creciente erección, pero para su horror Polly pareció darse cuenta de lo que estaba haciendo, y por un momento, dirigió su mirada directamente a su entrepierna.

Cuando ella lo miró, Jacobs no pudo ocultar su vergüenza.

Casi se encogió en la silla cuando Polly se inclinó y puso su mano en su muslo antes de susurrarle al oído. "Bueno, esperemos verte pronto por aquí, ¿eh?"

Se quedó allí un momento.

Jacobs pudo oler su aroma, una combinación de peras y madreselva que le pareció embriagadora. Con la fuerte cerveza dentro de él, le costó todo su autocontrol no plantar un beso en sus labios.

Finalmente, se enderezó, fuera de alcance.

Polly le guiñó un ojo como si supiera lo que había estado pensando, y Jacobs sintió sus mejillas enrojecidas y calientes.

Satisfecha de haber completado su tarea. Polly se dio la vuelta y se alejó para atender algunas de las otras mesas del bar.

Jacobs luchó contra el impulso de mirar a Polly mientras trabajaba. En vez de eso, se concentró en la chimenea hasta que pudo sentir que sus mejillas se calmaban.

Terminó su bebida y se levantó de la cómoda silla.

El movimiento repentino hizo que la habitación girara, y por un segundo, Jacobs tuvo que estabilizarse en el brazo de su silla.

La cerveza tenía una gran potencia, no había ninguna duda al respecto.

Él llevó su vaso vacío a la barra.

No había rastro de la joven, y Jacobs asumió que se había ido por detrás de las puertas batientes en el extremo más alejado del lugar.

"¿Otra?" preguntó la camarera amablemente.

Jacobs sacudió la cabeza. "No, gracias, voy a conducir."

La mujer asintió con la cabeza. "Más vale prevenir que lamentar, ¿eh?" Sonrió, tomando su vaso sucio y poniéndolo al revés en una bandeja delante de ella. "Cuídate".

"Gracias, lo haré." Cuando se dio vuelta para irse, Polly estaba de pie directamente frente a él. No la había notado entrar al bar de nuevo, y mucho menos acercarse a él.

Chocaron entre ellos, y Jacobs instintivamente sacó su brazo y agarró a Polly una vez más para evitar que cayera.

Dejó escapar un pequeño chillido de sorpresa antes de estabilizarse.

"¡Polly!", gritó la camarera. "Por el amor de Dios, nunca he conocido una criatura más torpe que tú."

"No, por favor," ofreció Jacobs, "fue mi culpa por no mirar a donde iba."

"Oh, eres dulce," respondió Polly, y antes de que él tuviera la oportunidad de reaccionar, se apretó contra él y le dio un beso prolongado en la boca.

Cuando se alejó, Jacobs sintió un deseo profundo.

"No me olvides," le advirtió ella, burlándose.

Antes de que él tuviera la oportunidad de responder, ella se movió y se fue detrás de la barra para unirse a su madre.

Una vez fuera, Jacobs tomó varias bocanadas profundas de aire nocturno mientras caminaba hacia su coche. Tuvo que admitir que estaba algo confundido por la atención de la joven hacia él. Pero no era tan ingenuo como para creer que ella se le insinuaba. Lo más probable es que ella estaba montando un espectáculo para divertir a los clientes habituales.

Burlándose del forastero.

Cuando se acercó a su coche, Jacobs vio algo de reojo que se movía hacia las sombras. Giró en esa dirección y sus sentidos se agudizaron mientras observaba los alrededores. Con la escasa luz que ofrecía la farola más cercana, no pudo averiguar lo que le había llamado la atención o adónde había ido.

Por un momento, sintió un escalofrío al imaginar lo que fuera, mirándolo a través de la oscuridad.

Esperó, conteniendo la respiración.

Nada más pareció agitarse, pero no pudo evitar la sensación de que estaba siendo observado.

Consideró la posibilidad de aventurarse para revisar el área, pero razonó que sin la luz adecuada es más que probable que termine cayendo en una zanja, o al menos, tropezando con algo en su camino.

Después de unos minutos, Jacobs se puso al volante y salió del estacionamiento.

Visitar Thorndike no fue una experiencia que pudiera olvidar rápidamente.

Cuando su coche salió de la posada, varias figuras emergieron de las sombras para observar las luces traseras rojas de su vehículo mientras desaparecían en la distancia.

De vuelta en el bar, una vez que la puerta se cerró y Jacobs no estaba a la vista, Mavis Beanie agarró el brazo de su hija mayor y la tiró con fuerza.

"Ay, mamá, eso duele," gritó Polly, obviamente sorprendida por la repentina acción de su madre.

La mujer mantuvo su cara directamente frente a la de su hija. "¿Qué demonios pensabas que hacías, niña? ¿No sabes que no hay que meterse con un hombre así?"

Polly parecía genuinamente sorprendida. "¿Cómo qué, mamá? Era sólo un hombre."

"Joven estúpida, ¿no puedes distinguir a un policía después de todos estos años?"

Polly podía sentir una sola lágrima saliendo del borde de su ojo y goteando por su mejilla.

Su labio inferior comenzó a sobresalir, como siempre lo había hecho desde que era una niña y era sorprendida haciendo algo que sabía que no debía hacer.

"Lo siento, mamá, sólo estaba bromeando con él."

Mavis miró fijamente a los ojos de su hija, claramente no se conmovió por su intento de ganarse su simpatía. "Ahora escúchame, mi niña. El problema contigo es que aprendes demasiado rápido. Nunca debí dejar que tu padre te permitiera ir con tu prima tan joven. Necesitas mantener el control de tu poder. Te lo dije antes, de como pueden los hombres ser tan fáciles de hechizar."

Polly asintió con la cabeza. "Lo siento, mamá, no volverá a suceder, lo prometo."

"Sólo ve que no, mi niña, o tu papá te azotará, ¿entiendes?"

Polly asintió de nuevo, más frenéticamente esta vez.

Mavis soltó su mano y le dio a su hija un beso en la frente para mostrar que había sido perdonada.

Polly enjugó sus lágrimas y sonrió antes de volver a su trabajo.

1 2

Karen miró la hora mientras subía los escalones de piedra que llevaban a la entrada de la biblioteca. Iba unos minutos tarde a su cita para almorzar, lo cual, considerando el tiempo que el autobús estuvo en el tráfico, no fue tan malo.

Ella mantuvo abierta la pesada puerta batiente para permitir que un anciano saliera, lo cual hizo sin agradecer su ayuda.

En el momento en que entró en el edificio, Karen se sintió sorprendida por el mismo sentimiento de asombro que había experimentado a menudo de niña en viajes escolares y excursiones a museos y galerías de arte. Miró las altas paredes de roble que se elevaban para encontrarse con las vigas ornamentadas que cruzaban el techo, y se hacía eco el sonido de las pisadas en el suelo de madera pulida.

Karen siempre atribuyó sus sentimientos al hecho de que siempre se sintió fuera de lugar en ese entorno. Un resultado directo -supuso- del hecho de que nunca llegó a un nivel avanzado en la escuela ya que siempre puso su energía y entusiasmo en los deportes, más que en los estudios.

Vio a Dan de pie al final de la biblioteca, hablando con otro empleado que empujaba un carrito cargado de libros de pasta dura. Tan pronto como la vio, Dan la saludó y se acercó a ella.

La besó en la mejilla.

"Siento llegar tarde," susurró, "el autobús tardó una eternidad."

Dan parecía desconcertado. "¿Dónde está Charlotte?"

"Oh, la dejé con una amiga - no quería arriesgarme a que gritara por todo el lugar. Ella odia los viajes en autobús la mayoría de las veces", explicó Karen.

"Es una lástima, podrías haberla mostrado a los demás." Dan la tomó del brazo. "Vamos, déjame presentarte, les he contado todo sobre ti."

Karen se sintió sonrojada cuando Dan la llevó hacia el hombre con el que había estado hablando cuando llegó.

"Karen, este es Jerry, empezamos a trabajar aquí juntos."

El hombre extendió su mano hacia ella, mientras intentaba equilibrar una pila de libros en la otra. "Encantado de conocerte. Dan me ha contado todo sobre ti."

Karen sonrió torpemente. "Encantada de conocerte también," respondió.

"¡Ssshh!"

Se volvieron al unísono para ver a una anciana de cara agria sentada en la mesa justo detrás de ellos. Su dedo índice fue presionado firmemente contra su boca como para enfatizar el hecho de que estaban hablando demasiado alto.

Jerry se volvió hacia Karen y le sacó una cara que casi le provoca un ataque de risa. Ella se las arregló para contenerlo poniendo su mano sobre su boca y fingiendo una tos.

Dan llevó a Karen al escritorio principal donde le presentó a las dos mujeres que trabajan detrás del mostrador. La primera era una mujer de mediana edad con canas grises y un par de gafas que llevaba alrededor de su cuello al final de un cordón. Levantó la vista cuando Dan las presentó y sonrió brevemente antes de volver a su papeleo.

La segunda, por el contrario, era una joven con pelo rubio y fibroso y una cara redonda y regordeta que aún mostraba las cicatrices del acné adolescente, que intentaba ocultar bajo un maquillaje pesado. Le sonrió cálidamente a Karen e hizo un chiste para asegurarse de que Dan le comprara un almuerzo caro.

Después de eso, Dan llevó a Karen a una gran puerta de roble al final de la biblioteca. La placa de bronce decía que era el dominio de la Bibliotecaria Jefe.

"Será mejor que te presente, o la Srta. Sharp se enojará," explicó Dan.

"Esa joven detrás del mostrador era muy amistosa," susurró Karen.

"Lucy, sí, es muy dulce, sonríe todo el día."

"A diferencia de la amargada que está a su lado," comentó Karen, manteniendo la voz baja para que nadie más la oyera.

Dan se rió. "Oh, no te preocupes por Corrine, le duele que no le hayan dado el trabajo de bibliotecaria jefe cuando el viejo se fue."

"Ciertamente parece lo suficientemente severa para el puesto," observó Karen. "No me digas que encontraron a alguien aún más severo..."

"Dímelo tú," respondió Dan, llamando suavemente a la puerta antes de entrar.

La Srta. Sharp no era para nada la imagen que Karen había conjurado. Para empezar, parecía tener unos veinte años, y era extremadamente bonita, aunque parecía estar tratando de esconder su apariencia detrás de unas gafas de montura fina de alambre, y con su pelo negro azabache atado fuertemente en un moño.

Llevaba un lápiz de labios de color rojo intenso que contrastaba fuertemente con su tez pálida.

Para sorpresa de Karen, la mujer se levantó de su asiento y se acercó para saludar a los dos, ofreciéndole su mano. Karen estimó que no podía tener mucho más de un metro y medio de altura, y eso incluía los tacones de cuatro pulgadas que llevaba en sus diminutos pies.

Le recordaba a Karen una muñeca de porcelana.

"¿Así que tú eres la famosa Karen?" dijo, sonriendo con aprobación. "Dan no mencionó lo bonita que eras, aunque habla de ti en términos muy brillantes."

"Gracias," respondió Karen, tratando de disimular su incomodidad al ser halagada de tal manera por una mujer que sonaba mucho mayor que sus tiernos años.

Aunque habían terminado de darse la mano, la bibliotecaria mantuvo sus delgados dedos envueltos alrededor de la mano de Karen mientras casualmente permitía que su mirada se deslizara por su cuerpo.

Soltó su sujeción justo antes de que se volviera demasiado incómoda, pero incluso entonces, Karen sintió que la Srta. Sharp lo había hecho con reticencia.

Dan, también, debió haber sentido el malestar de Karen, mientras aclaraba su garganta y anunciaba que se iban antes de que terminara su descanso para comer.

Para su obvio asombro, la Srta. Sharp le puso una mano reconfortante en el brazo y dijo: "Tómate todo el tiempo que necesites, Dan... una ocasión especial y todo eso."

Con eso, le guiñó un ojo a Karen antes de ponerse en marcha y volver a su escritorio.

Una vez fuera del edificio, Dan respiró hondo. "Bueno, esa no era la formal y apropiada Srta. Sharp a la que estoy acostumbrado. Normalmente es muy estricta con la puntualidad y nos da lecciones sobre cómo no sobrepasar nuestros descansos. Casi hizo llorar a Lucy el otro día cuando la pobre chica llegó cinco minutos tarde al trabajo."

"Debe ser el efecto que tengo en la gente," sonrió Karen, "aunque para ser totalmente honesta, me dio escalofríos por la forma en que me miraba."

"Sí," acordó Dan, "también me di cuenta de eso. De nuevo, no es su comportamiento habitual." Agarró a Karen de la mano. "Vamos, déjame presentarte las delicias del bufé local."

Caminaron por la calle principal, sin darse cuenta de que estaban siendo observados desde detrás de una cortina de encaje en la oficina de la Srta. Sharp.

Una vez que estuvieron fuera de la vista, la bibliotecaria volvió a su escritorio y levantó el receptor del teléfono de su escritorio. Presionó una serie de números y esperó mientras el teléfono sonaba en su oído.

"Hola," llegó una voz al otro lado.

"Soy yo", respondió la Srta. Sharp. "¿Cómo está para ti este fin de semana? Puede que tenga una pareja muy adecuada para ti".

Después de su almuerzo, Dan acompañó a Karen a la parada del autobús y esperó hasta que el autobús llegara. Mientras se despedían, chocaron sus narices, ninguno de los dos leyendo el sentido de la dirección del otro. Ambos se rieron antes de intentarlo de nuevo.

Una vez que Dan llegó a la biblioteca, Corrine en la recepción le informó que la Srta. Sharp quería verlo en su oficina.

Dan sintió un peso repentino en la boca del estómago. La Srta. Sharp no tenía el hábito de llamar a sus empleados a su oficina a menos que le hubieran causado algún disgusto.

Llamó y entró.

"Dan, por favor entra y cierra la puerta."

Hizo lo que se le dijo y se acercó para estar de pie frente al escritorio de la bibliotecaria jefe.

"Por favor, siéntate." La Srta. Sharp se quitó las gafas y se masajeó la nariz antes de continuar. "Según mis registros, están demoradas tus vacaciones anuales," le informó.

Dan pensó por un momento antes de responder. "¿En serio? Estaba seguro de que ya había tomado mi derecho para este año."

La Srta. Sharp se refirió a un archivo en su escritorio. "No según yo. Aún tienes tres días que debes tomar antes de que tu nuevo derecho comience en un par de semanas."

Dan sonrió. "Realmente, bueno, qué encantadora sorpresa. Debo decírselo a Karen. Tal vez podamos irnos a tomar un pequeño descanso."

La Srta. Sharp cerró su expediente y lo puso de nuevo en el escritorio frente a ella. Volvió a poner sus gafas y se inclinó hacia atrás en su silla, juntando sus dedos. "Bueno, en realidad, podría ser capaz de ayudarte con eso."

Dan frunció el ceño. "En serio, ¿qué quiere decir?"

"Bueno, estaba planeando visitar a unos amigos en Cornualles este fin de semana, pero desafortunadamente algo más ha surgido. El resultado es que la casa de campo en la que me iba a quedar está libre. Pertenece a una amiga que pasa la mitad del año en el extranjero, así que invita a amigos como yo a quedarse allí de forma gratuita, más para vigilar el lugar que para otra cosa."

Dan asintió. Sonaba como una idea estupenda, pero algo en el fondo le hacía sentir incómodo para aceptarla. Sospechaba que era porque la Srta. Sharp nunca había parecido del tipo de hacer una oferta así, especialmente no a uno de sus empleados.

"¿No se opondría tu amiga a que un par de extraños usen su casa para pasar las vacaciones?" preguntó, sin estar del todo seguro de querer aceptar.

"No, no, en lo absoluto," le aseguró la Srta. Sharp. "De hecho, esta tarde me he enterado de que no podría ir, así que me puse en contacto con mi amiga y le pregunté. Ella no tuvo ningún reparo, una vez que le aseguré personalmente que ustedes dos eran totalmente confiables."

Dan sonrió. "Bueno, gracias, Srta. Sharp, no sé qué decir. Es muy amable de su parte."

"No, para nada." La bibliotecaria hizo un gesto con un movimiento de su mano. "No pienses en ello. Sería una pena ver que el lugar se desperdicie, es absolutamente hermoso. La aldea en sí está a sólo unas millas del mar, y hay una encantadora vieja posada en el pueblo que sirve la más deliciosa cocina. Menciónamle al dueño cuando vayas, ellos te consentirán."

Antes de que Dan tuviera oportunidad de reconsiderarlo, la Srta. Sharp se puso de pie y pasó junto a él hacia la puerta.

Dan se levantó y la siguió.

Se detuvo con los dedos envueltos en el mango. "Ahora ve e informa a esa encantadora novia tuya y queda todo arreglado. Te daré los detalles este viernes. Si se van el sábado, no necesitas volver al trabajo hasta el jueves." Ella lo miró directamente a los ojos. "De hecho, si decides que quieres quedarte hasta el final de la semana, estoy segura de que puedo darte un pequeño adelanto de tus próximas vacaciones."

Sin darle a Dan la oportunidad de responder, la Srta. Sharp abrió la puerta y le hizo señas para que saliera.

Cuando Dan salió de su oficina, pudo ver a su colega Jerry al otro lado de la biblioteca, colocando algunos retornos en su lugar. En el momento en que vio a Dan salir de la oficina de su jefe, se acercó a él.

"¿Qué fue todo eso?" Jerry susurró. "¿Estaba molesta contigo por llegar tarde a la hora del almuerzo?"

Dan sacudió la cabeza. "No, de hecho, me dijo que me tomara todo el tiempo que quisiéramos."

Jerry lo miró de forma sospechosa. "¿Estás loco? La navaja nunca nos ofrecería algo así a ninguno de nosotros." Jerry le había dado a la bibliotecaria jefe el apodo de "Navaja-sharp" justo después de que llegara a la biblioteca. Sólo lo usaba delante de Dan y Lucy, ya que no confiaba en que Corrine no lo delatara a su jefe.

Dan asintió. "Lo sé, pero no sólo eso, nos ha ofrecido la oportunidad de quedarnos en una casa de campo en Cornualles que pertenece a una amiga suya de forma gratuita este fin de semana."

"¡Que!" La voz de Jerry se elevó por encima de un nivel aceptable, y Corrine le disparó un severo "¡Shhush!" desde su escritorio.

"Lo sé," contestó Dan, "Estaba tan sorprendido como tú. Voy a llamar a Karen ahora y decirle las buenas noticias". Dan estaba a punto de irse cuando tuvo otro pensamiento. "Oye, ¿te apetece una pinta después del trabajo?"

Jerry asintió. "Por supuesto," respondió, "necesito algo para superar el shock de lo que me acabas de decir."

13

Karen estaba bajando del autobús cuando recibió la llamada de Dan. El ruido de la calle principal le dificultaba escuchar lo que él decía, así que entró en la puerta de una tienda y se metió un dedo en el otro oído para ahogar el sonido.

Al igual que él, a ella también le sorprendió la oferta, pero un descanso de Londres sonaba demasiado bueno para dejarlo pasar, así que aceptó con entusiasmo.

Karen se detuvo de camino a casa para recoger una botella de vino del supermercado.

Cuando llegó a su edificio, tomó el ascensor hasta el piso de arriba y se dirigió por el pasillo hasta el apartamento de su amiga.

Janice Brown abrió la puerta con su habitual falda corta de cuero y su blusa ajustada. A los 55 años había logrado mantener la figura que había atraído a tres ex-maridos, sin mencionar una gran cantidad de admiradores masculinos.

Karen nunca pudo recordar un momento en el que no hubiera visto a su amiga vestida de punta en blanco. No importaba la hora del día, nunca la había visto usar pantalones de correr o jeans, o incluso zapatos planos, y nunca la había visto sin maquillaje completo.

Incluso cuando tuvo que dejar a Charlotte por la mañana temprano para que pudiera pedir una cita en el hospital, Janice abrió la puerta completamente maquillada, con su cabello como si acabara de salir de un salón de belleza.

Janice se enorgullecía de su apariencia y, para ella, la idea de comodidad era quitarse los zapatos antes de levantar los pies en su sofá al final del día.

Karen conoció a Janice en el vestíbulo del ascensor cuando se mudó al edificio.

Ella había estado tratando de hacer malabares con el cochecito de la bebé y demasiadas compras cuando Janice vino a su rescate, y las dos se llevaron bien.

Janice amaba a los niños, aunque, o tal vez porque, no podía tener ninguno por sí misma, se ofrecía a cuidar de Charlotte siempre que su trabajo se lo permitiera.

"Pasa, querida. La pequeña está dormida," le dijo Janice a Karen con una sonrisa mientras le daba la bienvenida.

Karen le entregó a Janice la botella de vino.

"¿Ahora para qué es esto?" preguntó Janice, escaneando la etiqueta.

Karen se encogió de hombros. "Sólo un pequeño agradecimiento por toda tu ayuda, no sé cómo me las arreglaría sin ti."

Janice usó su brazo libre para abrazarla. "Oh, eres una tonta, te lo dije antes, estoy contenta de cuidar de mi pequeño tesoro cuando quieras."

Karen entró a la sala y fue directamente al portabebé de Charlotte, que estaba encajado en un gran sillón adyacente al radiador. Como Janice había mencionado, la bebé estaba profundamente dormida de espaldas, con la cabeza ligeramente inclinada hacia un lado.

Karen la miró un momento y estuvo tentada de agacharse y besar a su hija. Pero en lugar de arriesgarse a despertarla, simplemente sonrió a la niña con orgullo y se acercó al sofá.

Janice sostuvo la botella por el cuello. "¿Qué dices?"

"No," respondió Karen, "La compré para ti."

Janice se encogió de hombros. "Y si no puedo compartir con mi mejor amiga, ¿qué sentido tiene?"

Karen sabía que su amiga no aceptaría un no por respuesta, así que asintió con la cabeza.

Janice abrió la botella y les sirvió un vaso a cada una.

Brindaron antes de beber. "Que cada chupada de polla valga la pena," dijo Janice con un guiño. Karen miró a su amiga y sacudió la cabeza. Estaba acostumbrada a sus modales, pero de vez en cuando decía o hacía algo que la tomaba completamente por sorpresa.

El vino sabía bien, y Karen sintió que se relajaba mientras se deslizaba por su garganta.

Janice dio un guiño de aprobación después de su primer sorbo. "Qué bueno es esto, me consiente," reconoció.

"Creo que es al revés," respondió Karen, "¿cómo está el joven Tom?"

Tom era el último novio de Janice, o "pedazo de polla" como ella lo llamaba a menudo. Era al menos 20 años más joven que ella, pero la diferencia de edad no parecía preocupar a ninguno de los dos. Karen se había encontrado con él un par de veces, y parecía bastante agradable, si no un poco tímido, y torpe en compañía.

"Oh, es adecuado por ahora," dijo Janice con un guiño.

"Entonces, ¿está en la carrera para ser el marido número cuatro?"

Janice se puso la mano en la boca para reprimir una risa. No quería perturbar el sueño de Charlotte. "Oh, me haces reír," se rió. "El pobre chico apenas tiene el cerebro con el que nació, y además, ya he terminado con esas tonterías."

"Nunca digas nunca," dijo Karen, "si aparece el adecuado."

Janice sacudió la cabeza. "Nah, no es para mí. Estoy bien como estoy. Pero hablando de eso, ¿cómo está tu joven? ¿Tuvieron un buen almuerzo?"

Karen le había contado a Janice sobre ella y Dan cuando arregló que cuidaría a Charlotte esa tarde. Sabía que Janice se alegraba por ella, pero podía ver por su cara que su amiga tenía reservas sobre que se mudaran juntos tan pronto.

"Sí, gracias," dijo Karen. "De hecho, su jefa acaba de ofrecernos el uso de la casa de campo de su amiga en Cornualles por el fin de semana, gratis."

"Oh, eso suena encantador, Cornualles es hermoso, solíamos ir allí a visitar a mi tía abuela cuando era niña. Tengo muy buenos recuerdos de allí."

"Bueno, este lugar no está lejos del mar, aparentemente, así que será bueno darle a Charlotte una probada del aire del mar. Serán sus primeras vacaciones."

Janice se inclinó más cerca y remató el vaso de Karen. "Sin mencionar que les dará a ustedes dos la oportunidad de conocerse mejor, ¿eh?" Janice sonrió, dándole a Karen una mirada de complicidad.

Karen apartó a su amiga juguetonamente. "Oh, quítate, mujer - eres terrible."

Janice tomó un profundo trago de su vaso. "Escúchame, joven Karen, he dado más vueltas a la manzana de las que puedo recordar, y he aprendido algunas cosas en el camino."

"¿En serio?" Preguntó Karen, fingiendo incredulidad. "Por favor, dime que no vas a darme un discurso sobre las flores y las abejas ahora?" Asintió con la cabeza a su bebé dormida. "Creo que es un poco tarde para eso".

"Nada de eso," le aseguró Janice. "Sólo digo que hay que permitir a algunos hombres sus pequeños caprichos de vez en cuando, de lo contrario irán a buscar la satisfacción en otro lugar."

Karen parecía sorprendida. "¿De qué estás hablando?" preguntó con curiosidad.

Janice pensó por un momento. "Te diré algo," se acercó en el sofá como si estuviera a punto de revelar un secreto, y tenía miedo de que alguien la escuchara. "Recuerdo una vez que mi primer esposo estaba viendo una de esas viejas películas porno, ya sabes, esas en las que las mujeres tienen tetas enormes y no tienen celulitis, y los hombres tienen penes como malditas salchichas alemanas."

Ahora le tocaba a Karen reprimir una risa.

Janice no se distrajo por la reacción de su amiga. "De todos modos," continuó, "mi primer esposo era un gran bruto, de 1,80 m de altura y armado como una casa de ladrillos. Así que, ambos estamos tomados viendo esta porno, y luego durante la película, esta mujer ata este collar alrededor del cuello de este tipo y comienza a llevarlo por el suelo como un maldito perro. De repente, mi marido se vuelve hacia mí y me pregunta si le haría eso.

Karen parecía sorprendida. "¿Y lo hiciste?" preguntó incrédula.

Janice la miró. "Por supuesto que lo hice, no hacía ningún daño. Pero la cosa era, que realmente lo excitaba. No hizo ninguna diferencia para mí, pero desde ese día, cada vez que quería algo de él, todo lo que tenía que hacer era susurrarle al oído que le pondría el collar esa noche y lo llevaría a pasear. Se rendía en todo momento." Le dio un codazo a Karen, casi derramando su bebida. "Y déjame decirte, chica, que la follada que me daba después de una de esas sesiones, duraba horas."

Karen vació su vaso y se tragó el contenido de un solo trago. "¿Así que Tu marido disfrutaba de ser llevado por la casa con una correa de perro?" preguntó, no queriendo permitir que la duda en su voz hiciera que Janice pensara que no le creía.

"Sip," Su amiga asintió con la cabeza. "Y déjame decirte algo, hay millones de esposas por ahí a las que les encantaría tener a sus maridos bajo tanto control, y todo lo que yo tenía que hacer era mostrar la carnada y él vendría corriendo, y haría cualquier cosa que yo le pidiera."

Karen tuvo un pensamiento repentino. "Un momento, ¿hay algo de Dan que sepas que no me estás diciendo?"

Janice sacudió la cabeza antes de vaciar su propio vaso. "En absoluto, mi patita, sólo digo que con algunos tipos, si quieres mantenerlos leales y fieles, tienes que estar preparada para jugar sus jueguitos, eso es todo."

Karen asintió con la cabeza. Aunque, la repentina imagen de ella llevando a Dan por el suelo con una correa de perro hizo que su estómago se revolviera. Ella esperaba sinceramente que después de todo lo que había tenido que soportar de sus clientes, que él al menos tuviera una actitud más de tipo vainilla hacia el sexo.

En su camino de regreso a su propio apartamento, Karen no pudo evitar reflexionar sobre lo que Janice le había dicho. Se preguntaba cuál sería su respuesta si Dan de repente se le ocurriera algún tipo de fetiche sexual que ella encontrara aborrecible o inquietante.

Tuvo que considerar la posibilidad. Después de todo, si albergaba tales pensamientos, lo más probable era que no se los revelara de inmediato. Más bien esperaría hasta que estuviera seguro de que ella estaba abierta a tal idea.

¿Pero y si ella no lo estaba? ¿Qué haría entonces? ¿Iría a buscar sus aventuras en otro lugar, como Janice había sugerido?

Karen sacudió la cabeza. Estas eran preguntas con las que en el fondo esperaba no tener que lidiar nunca. Janice era una mujer encantadora y una buena amiga, pero algunas de las rarezas que se le ocurrieron hicieron que Karen deseara poder bloquear el pensamiento y fingir que nunca la había oído en primer lugar.

Esta fue definitivamente una de esas ocasiones.

El ascensor se detuvo y las puertas de hierro se abrieron, crujiendo por el uso excesivo y la falta de mantenimiento. Karen llevó el cochecito de Charlotte por el rellano hacia su puerta.

La bebé aún estaba profundamente dormida y no había movido un músculo cuando Karen levantó su portabebé para fijarlo al armazón.

Mientras introducía su llave en la cerradura, Karen tuvo una repentina necesidad de darse la vuelta. Al hacerlo, creyó ver una sombra oscura desaparecer detrás del vidrio esmerilado de la escalera al final del rellano.

Ella esperó.

El corredor que estaba antes de ella estaba desierto. El único movimiento que pudo detectar fue el de la puerta de la escalera que se movía de un lado a otro de sus bisagras oxidadas.

Así que, había habido alguien allí.

La pregunta era, ¿fuera quien fuera, había simplemente estado en su salida, o en realidad la había estado observando?

Karen abrió rápidamente la puerta y maniobró el cochecito dentro.

Una vez que estuvo a salvo detrás de la puerta cerrada, deslizó el cerrojo de seguridad a casa y miró a través de la mirilla para ver si alguien había resurgido del hueco de la escalera.

El corredor estaba todavía desierto.

Karen se quedó allí un par de minutos antes de dejar que la tapa de la mirilla volviera a su sitio.

Karen desenganchó el portabebé y se llevó a Charlotte a su dormitorio. Colocó el aparato dentro de la cuna de madera de su hija sin levantarla primero, ya que no quería arriesgarse a despertar a la bebé dormida hasta la hora de su próxima comida.

Miró la hora en su teléfono. Dan saldrá del trabajo en cualquier momento. Karen se preguntó si debía llamarlo y pedirle que viniera, pero se detuvo antes de pulsar el botón de llamada. Respiró profundamente y esperó.

Lo último que quería era hacerle creer a Dan que estaba siendo cargado con alguien que sufría de paranoia. Después de todo, no tenía pruebas de que estaba siendo vigilada y, si no hubiera sido por esas desagradables llamadas telefónicas, Karen dudaba de que estuviera tan preocupada por una puerta que se balanceaba en su pasillo.

Karen entró en su sala y encendió la televisión.

Cuando se desplomó en el sofá, su móvil cobró vida.

Lo levantó y miró la pantalla. Era un número retenido.

Karen sintió que se le enfriaba la sangre.

Lo apagó sin responder.

Dan cerró la puerta de la biblioteca tras el último prestatario y volvió a la zona de lectura principal.

La Srta. Sharp y Corinne se habían ido por el día, lo que siempre hacía que los demás se sintieran un poco menos tensos y algo más juguetones.

Jerry Grayson estaba ocupado apilando los periódicos antes de ponerlos en el contenedor de reciclaje.

"Vamos entonces, viejo," llamó Ben, "esas cervezas no se beben solas."

Jerry levantó la vista de su tarea y sonrió. "Música para mis cansados oídos."

"Oh sí, ¿y de qué se trata todo esto, entonces?" preguntó Lucy, caminando detrás de él con un carrito lleno de libros para la estantería.

"Es nuestra noche bimensual de chicos," respondió Ben, "no se permiten chicas."

"Bueno, eso no es muy diverso," refunfuñó Lucy, junto a Jerry, "nadie me invita a salir a tomar una copa, o cualquier otra cosa, de cualquier manera."

"Te lo mereces por ser tan fea," bromeó Jerry, guiñándole un ojo a Dan.

"¡Disculpa!" Lucy exclamó indignada, mientras colocaba casualmente el tacón de su bota en medio del empeine de Jerry y presionaba con todo su peso.

La cara de Jerry se contorsionó bruscamente."¡Ay, ese es mi maldito pie!" gritó.

"Oh, lo siento mucho", dijo Lucy disculpándose, "no te vi."

Ella torció su talón hacia adelante y hacia atrás para hacer énfasis antes de quitarlo del pie de Jerry, y casualmente empujó su carrito hacia el conjunto de estantes más cercano.

Mientras Lucy procedía a guardar los libros en su carrito, Jerry se encaramó al borde del escritorio más cercano y comenzó a masajear su pie herido.

Dan no podía reprimir su risa.

Después de un momento, Lucy se acercó a los hombres y se sentó al lado de Jerry, con su trasero pegado al de él. "Sabes," comenzó, "deberíamos salir todos juntos una noche. Dan podría traer a Karen y así seríamos un cuarteto. ¿Qué te parece, Dan?"

Dan se encogió de hombros. "A mí me parece bien."

Jerry miró de uno a otro, y luego de nuevo. "Espera un minuto," protestó. "¿No tengo voz en todo esto?"

"No," respondió Lucy severamente. "Sólo tienes que hacer lo que te dicen."

Con eso, ella plantó un beso en su mejilla antes de que él tuviera la oportunidad de alejarse, y se fue de la mesa para volver a su tarea.

Jerry terminó de frotarse el pie y se puso de pie. "Ya he tenido suficiente de esto," anunció, "vamos, amigo, aléjame de esta malvada bruja."

Dan le deseó buenas noches a Lucy antes de volver a seguir a su amigo que parecía estar cojeando de una manera mucho más exagerada de lo que Dan creía estrictamente necesario.

"Buenas noches, Dan... ¡Buenas noches, miseria!" Lucy llamó.

Jerry no se dio la vuelta, sino que la saludó con la mano mientras cojeaba por la puerta.

Una vez afuera en la calle, Dan se volvió hacia su amigo. "Dios mío, hombre, ¿no te bendijo la madre naturaleza con un pene?" preguntó irónicamente.

"¿Qué se supone que significa eso?" Jerry preguntó, parado en una pierna y rotando su tobillo como si tratara de reiniciar su circulación.

Dan jadeó. "Vamos, sabes que a Lucy le gustas. ¿Por qué siempre le haces pasar un mal rato?"

Jerry puso una cara. "Ella es demasiado joven para mí, para empezar," respondió.

"¿No deberías dejar que ella sea la que juzgue eso? La diferencia de edad no es tan grande, y además, es encantadora. Podrías ser mucho peor."

Jerry miró por encima de su hombro como para asegurarse de que Lucy no les había seguido fuera. "Sí, pero nunca es bueno salir con

113

alguien con quien trabajas, especialmente en un equipo tan pequeño."

"¿Qué, tienes miedo de que Corinne se ponga celosa?" Dan preguntó con una sonrisa.

"Muy gracioso," dijo Jerry, frunciendo el ceño al comprobar que su cola de caballo estaba fuera del cuello de su camisa. "Ya sabes lo que quiero decir, si las cosas se tuercen se volvería incómodo trabajar tan cerca, eso es todo lo que quiero decir."

"Entonces, si no fuera por eso, ¿la invitarías a salir?" Dan parecía decidido a obtener una respuesta definitiva de su colega.

Jerry pensó por un momento, y luego dijo: "Supongo que podría. ¿Quién sabe?"

Cruzaron la calle y se dirigieron hacia la taberna.

Jerry se acercó a la barra para pedir su primera ronda, mientras que Dan les encontró una mesa junto a la ventana. Miró a los transeúntes en la calle mientras esperaba. Dan nunca había sido un gran fan de la calle principal. En lo que a él respecta, había demasiadas personas amontonadas en un espacio demasiado estrecho, la mayoría de las cuales no podían ni siquiera molestarse en mirar por dónde iban. Por lo general, estaban más interesados en lo que estaba pasando en sus teléfonos móviles.

Aunque era extraño, ya que él y Karen habían estado oficialmente juntos, tales pensamientos mundanos ya no parecían molestarle.

Sabía que estaba completamente enamorado de ella, y la sensación de calor que invadía su cuerpo cada vez que pensaba en ella le convencía de que ella era la indicada.

Dan consideró llamarla rápidamente para saludarla pero, antes de que tuviera oportunidad, Jerry volvió con sus bebidas.

Chocaron los vasos y cada uno tomó un largo trago.

"Chico, necesitaba esto," confesó Jerry. "Ha sido uno de esos días que pensé que nunca terminaría." Colocó su vaso de nuevo en la mesa. "Cuéntame sobre esta maravillosa oferta que te hizo la Navaja."

Dan se limpió la espuma de su boca. "Es la cosa más extraña.

Justo después de que volví del almuerzo, me llamó a su oficina y me lo soltó. Aparentemente planeaba ir y quedarse en una casa de campo de unos amigos en Cornualles, pero algo surgió para que no pudiera ir. De todos modos, me ofreció el lugar para el fin de semana en su casa. Ella también insistió bastante. Era casi como si me hiciera una oferta que no podía rechazar."

Jerry sonrió. "Cuidado, lo próximo que sabrás es que te despertarás con un Hemingway decapitado en tu cama."

Dan asintió. "Se sintió un poco así," admitió. "No sé por qué, pero siempre me siento nervioso cuando me llama a su oficina."

"Todos lo hacemos," estuvo de acuerdo Jerry. "Es como ese episodio de los Expedientes Secretos X en el que el jefe de esta oficina de marketing es en realidad un escarabajo alienígena, o una avispa gigante o algo así, y cada vez que llama a un miembro del personal a su oficina, lo infecta con un veneno, y lo convierte en criaturas como él." Jerry se estremeció al pensarlo.

Dan se rió. "Debo haberme perdido ese," dijo. "Al menos esta vez me quería para algo bonito."

Jerry tomó otro sorbo de su bebida. "¿No crees que es un poco extraño?" preguntó en serio. "Quiero decir, ¿hacerte una oferta como esa de la nada?"

Dan pensó por un momento. "Lo sé, pero no puedo pensar en qué tipo de motivo oculto podría tener para hacerlo, así que tal vez no sea tan malo después de todo."

Jerry se encogió de hombros. "Me reservo mi juicio sobre eso por ahora," ofreció, sin intentar apartar el sarcasmo de su tono.

"Sí, tal vez tengas razón," dijo Dan pensativo. "Pero ya se lo he dicho a Karen y está deseando hacerlo, así que no puedo echarme atrás."

Justo entonces, Dan notó a Lucy saliendo de la biblioteca al otro lado de la calle.

Vio como ella cerró la puerta principal, y tiró de la pantalla de la entrada. "Y hablando de buenas acciones," dijo, señalando a Jerry con un movimiento de cabeza. "¿Por qué no le pides que se nos una? Apuesto a que le alegrarás el día."

Jerry puso una cara. "No vas a soltar este asunto, ¿verdad?" preguntó, exasperado.

Dan sonrió mientras levantaba el vaso a su boca. "Es sólo un trago después del trabajo, por Dios, no le estás pidiendo que se mude contigo."

Jerry suspiró y dejó su vaso sobre la mesa. "Tu ronda, creo", dijo, empujando su silla hacia atrás mientras se levantaba.

Dan vació su pinta mientras veía a su amigo salir de la taberna y cruzar la calle para alcanzar a Lucy antes de que se fuera. Sonrió para sí mismo cuando Lucy se unió a Jerry y se dirigieron hacía la taberna.

14

Richard Drake se giró en su asiento y miró a la chica que había atado en el suelo de su furgoneta. En la penumbra, podía ver su forma. Los cables que había usado para atar sus manos y pies aún la mantenían firme.

Estuvo consciente de nuevo después del cloroformo que él había usado para noquearla hace media hora. Al principio, ella había luchado y azotado salvajemente, pero ahora se había calmado, probablemente por el esfuerzo.

A través de la mordaza que le había puesto en la boca, podía oír su gemido ahogado.

Se sonrió a sí mismo y continuó conduciendo.

Esta última víctima iba a ser su tercer asesinato. A partir de esta noche, Richard Drake sería oficialmente conocido como un asesino en serie.

Drake podía sentir su erección empujando contra la tela elástica de sus pantalones de correr mientras conjuraba imágenes de lo que pretendía hacerle a su indefensa víctima.

Él creía que la razón por la que tantos aspirantes a asesinos en serie eran capturados tan pronto en sus andaduras era resultado directo de falta de habilidades organizativas. Ahora él, por otro lado, se preocupaba por planear cuidadosamente cada ataque, y no dejar nada al azar.

Sus dos primeras víctimas aún no habían sido encontradas.

De hecho, nadie, ni siquiera esos estúpidos policías de la televisión, sabían con seguridad que estaban muertos.

Drake se aseguraba de que, cuando enterraba a sus víctimas, las enterraba profundamente. Lejos unas de otras, y en los lugares más remotos que podía encontrar.

Por supuesto, siempre había una posibilidad de que algún animal salvaje desenterrara una de ellas. Pero incluso entonces, se había pasado la vida asegurándose de nunca llamarle la atención a la policía. De hecho, no tenía ni siquiera una multa de transito a su nombre. Así que no había ningún registro de él en ninguna base de datos de ADN y tenía la intención de mantener las cosas así.

Aún así, Drake era pragmático sobre su situación. Un día sería descubierto, pero pretendía que ese día estuviera lejos en el futuro, para entonces tendría una historia que contar que mantendría a los medios de comunicación y a sus lectores intrigados durante años.

En su mente, una vez que llegará a un total de 50 víctimas, se dejaría atrapar después de enviar a la policía una serie de pistas sobre su identidad. Después de todo, no tenía sentido ser el asesino en serie más prolífico de Inglaterra sin que nadie supiera su nombre.

Sí, señor, un día el nombre de Drake estará ahí arriba junto a todos los grandes. Pero primero, necesitaba un apodo. Bundy tenía "El asesino del campus", Gacy "El payaso asesino", Ridgeway, "El asesino de Green River". Incluso Kemper, que sólo asesinó a un puñado de mujeres tenía "El asesino de las colegialas" como apodo, así que Richard Drake necesitaba un nombre a la altura de sus compañeros.

El problema era que no podía pensar en uno por sí mismo, así que tendría que dejárselo a los periódicos, una vez que se descubriera su rastro de destrucción.

Aún así, eso estaba bien - la mayoría de los otros habían recibido sus apodos por la prensa.

Llevaba poco más de dos horas conduciendo desde que atrapó a su víctima y, como era su costumbre, se había mantenido principalmente en las carreteras secundarias para evitar las cámaras. Podía oler el mar, así que sabía que debía estar en algún lugar cerca de la costa ahora, así que Richard decidió que se detendría en el siguiente pedazo de tierra desierta que encontrara.

Después de otros 10 minutos más o menos, vio un desvío que conducía a través de un campo hacia un grupo de árboles oscuros en el otro extremo. Richard no había visto a nadie en su espejo retrovisor por lo menos en el último kilómetro, así que este podría ser el lugar perfecto para divertirse. Siguió el camino a través de los árboles hasta que su vehículo quedó completamente oculto de la carretera.

Drake apagó el motor y subió a la parte trasera de la furgoneta.

La chica, sin duda sintiendo que su tormento estaba a punto de volverse aún más horrendo, comenzó a arrastrar los pies y a luchar contra sus ataduras.

Drake se rió de la inutilidad de su esfuerzo.

Montándose sobre su agitado cuerpo, Drake retiró lentamente la funda de almohada que había colocado sobre su cabeza. Con la luz tenue, se miraron el uno al otro. Los ojos de la chica estaban muy abiertos por el pánico mientras intentaba desesperadamente suplicar y razonar con su captor a través de su mordaza.

Drake se inclinó y comenzó a trazar una línea a través de la suave mejilla blanca de la chica con su lengua. La chica giró la cabeza lo más lejos posible de la suya y gimió de asco.

Sin hablar, Drake se puso de pie y tomó un largo cuchillo de caza con filo serrado de debajo del asiento del pasajero. Con un movimiento, cortó el lazo que unía sus piernas.

Antes de que tuviera la oportunidad de reaccionar a su repentina libertad, Drake la agarró por los tobillos y estiró las piernas bien separadas. Sujetando una en su lugar con el pie, ató la otra a un soporte en el panel lateral. Una vez satisfecho de que estaba asegurada, repitió la tarea con su otro tobillo, y se sentó en sus ancas para admirar su trabajo.

Usando su cuchillo, Drake procedió a cortar la ropa de la chica hasta que todo su torso quedó al descubierto ante él.

Incapaz de esperar más tiempo, se levantó y se quitó los pantalones de correr y sus boxers, tirándolos a un lado. Se acercó a la chica desnuda y comenzó a frotar su miembro palpitante contra su suave piel blanca.

Después de un rato, Drake puso sus manos callosas sobre los pechos expuestos de la chica, y los apretó y amasó bruscamente, pellizcando sus pezones con fuerza entre sus dedos hasta que la oyó gritar en agonía detrás de su mordaza.

Se movió hacia adelante y colocó su pene erecto entre sus pechos, y continuó masajeándolos y acariciándolos para que envolvieran su erección, envolviéndola en carne rosa cálida.

Cuando su excitación llegó a su cumbre, Drake no pudo contenerse más.

Se deslizó por el cuerpo atado de la chica y se forzó a sí mismo dentro de ella.

La chica gritó en agonía mientras Drake se hundía más y más. Se impulsó hacia adelante y hacia atrás con una fuerza cada vez mayor hasta que, en una última oleada de excitación, eyaculó dentro de ella.

Drake retiró lentamente su miembro antes de terminar, pero todo era parte de su ritual. Sostuvo su pene firmemente en una mano, y lo frotó de un lado a otro hasta que cada última gota de su eyaculación salió a chorros, sobre la carne desnuda de la chica.

Se sentó un momento para recuperar el aliento.

Después de eso, Drake tomó su cuchillo y, usando la punta de la hoja, comenzó a trazar un patrón a través de su semen caliente en el cuerpo de la chica. De vez en cuando, empujaba la punta, muy ligeramente, en su suave carne. Lo suficiente para hacerla temblar y chillar, pero no tan fuerte como para romper la piel.

Jugó con ella así durante casi media hora. Extendió su sustancia viscosa blanca sobre sus pechos y a lo largo de su escote como mantequilla suave sobre una tostada, hasta que finalmente se secó y se hizo imposible trabajar con ella.

Todo el tiempo que jugaba con ella, Drake sentía que su hombría comenzaba a recargarse hasta que finalmente estaba listo para el siguiente asalto.

Drake sacó un trozo de cuerda gruesa de debajo de uno de los bancos que corría a lo largo de los lados de la furgoneta. Sujetándola entre sus manos, se esforzó en columpiarla de un lado a otro delante de la chica, como una forma de crear una anticipación de su miedo.

Colocando la cuerda en su cuello, Drake la empujó contra su piel, presionando su tráquea hasta que pudo sentir que restringía su flujo de aire.

Los ojos de la chica se abultaron en sus cuencas mientras luchaba contra su mordaza para respirar.

Drake le sonrió. Trazó un camino a través de sus labios con su lengua.

Manteniendo la presión en la tráquea de la chica con la cuerda, Drake entró en ella una vez más.

Con cada empujón dentro de ella, Drake apretó la cuerda con más fuerza contra la garganta de su víctima.

El rostro de la chica comenzó a ponerse azul mientras sus ojos continuaban abultados, y su expresión mostraba que todavía no podía comprender por qué le estaba pasando esto.

Para cuando terminó de nuevo, la chica se había desmayado por falta de oxígeno.

Drake soltó su agarre de la cuerda, y continuó tirando hacia atrás y adelante dentro de ella hasta que se agotó por completo.

Exhausto, rodó de su víctima atada, y se acostó a su lado en el suelo de la furgoneta, respirando rápidamente. Drake sabía por experiencia pasada que podía hacerlo una vez más. Pero primero necesitaría un tiempo para recargar sus baterías. Una siesta normalmente funcionaba, y podía sentir que se quedaba dormido cuando, de repente, alguien tocó la puerta de la furgoneta.

Drake se sentó, sacudiendo la cabeza para despejar su letargo.

¿Fue realmente un golpe, o ya se había adormecido y lo había soñado?

Las puertas traseras eran de metal macizo, así que no había ventanas por las que pudiera mirar para comprobar si había alguien.

Esperó un momento.

¿Y si fuera la policía?

¡Seguramente no aquí, en medio de la nada!

¿Cómo diablos lo encontraron?

Drake sintió un fuerte malestar en la boca del estómago. Seguro que eran ellos. Nadie más en su sano juicio iba a acercarse a una furgoneta desierta en medio del bosque, especialmente a esta hora, y llamar a la puerta para ver si había alguien dentro.

Tenía que ser la ley.

La mente de Drake se aceleró. Podía imaginarse la escena. Siendo sacado de la corte, con un policía corpulento a cada lado, con las manos esposadas a la espalda. Su madre en la tribuna, llorando a mares. Su estúpido hermano y esa cuñada mocosa, mirándole por encima del hombro mientras lo llevaban a cumplir una sentencia de por vida.

Drake se estremeció. No estaba listo para la prisión. No había hecho lo suficiente para ganarse el respeto de sus compañeros en prisión.

Hubo otro golpe en la puerta de la furgoneta. Esta vez fue más fuerte y persistente.

Drake tragó saliva. No había escapatoria. Incluso si intentaba alejarse, los polis le perseguirían y lo atraparían antes de que volviera a la carretera principal. Su vieja camioneta destartalada no sería rival para su vehículo.

La chica en el suelo a su lado se agitó y gimió.

Instintivamente, Drake levantó el cuchillo, pensando que tendría que mantenerla callada.

Cuando estaba a punto de bajar el cuchillo en movimiento de arco, se detuvo y pensó por un momento. En este momento, todo lo que tenían contra él era secuestro y violación. No tenían ni idea de sus víctimas anteriores. Podía inventar alguna historia sobre la chica que estaba metida en esto. Le pidió que la ayudara a vivir su fantasía.

Todo podría sonar inverosímil y, por supuesto, ella lo negaría, pero un escrito decente podría al menos plantar la semilla de la duda en la mente de un jurado tonto. Por supuesto, la chica diría que fue retenida contra su voluntad y violada, pero de nuevo su abogado podría argumentar que estaba avergonzada de ser descubierta por la policía durante la escapada, y tener que enfrentarse a sus padres y a su novio, si es que tenía alguno.

Puede que funcione.

Sintiéndose un poco más tranquilo ahora, Drake se inclinó hacia adelante y soltó el pestillo de la puerta trasera, antes de empujarla para abrirla.

"Hola," dijo Jodie, sonriendo alegremente. "¿Podrías llevarme? Llevo años caminando y estoy destrozada..."

El shock de ver a la joven de pie en lugar de la policía, aturdió a Drake en un silencio momentáneo. Estaba vestida con una camiseta y un par de pantalones cortos de satén oscuro, que eran muy inadecuados para el frío aire nocturno.

Jodie cruzó los brazos y comenzó a frotarse mientras saltaba de un pie al otro. "Por favor, señor," dijo, patéticamente, "Ya llego tarde a casa, y mi papi me va a castigar."

Drake se limpió el dorso de la mano en la boca y se lamió los labios. La chica pudo ver que estaba desnudo, pero su apariencia no parecía molestarla en lo más mínimo.

Miró más allá de la temblorosa chica y observó furtivamente a la noche detrás de ella. No parecía haber nadie más por aquí, así que tal vez ella estaba diciendo la verdad después de todo.

Sin tomarse el tiempo de considerar por qué una chica tan joven estaría sola en un lugar como éste, Drake se hizo a un lado para permitir que Jodie entrara.

Estaba listo para el momento en que ella notara a su víctima atada y amordazada en el suelo. Su plan era agarrar a Jodie por detrás antes de que empezara a gritar.

Pero para su asombro, en el momento en que Jodie vio a la chica chilló con deleite y aplaudió.

"¡Oh wow!" dijo inicialmente, mientras Drake cerraba la puerta de la furgoneta tras ellos. Cuando se volvió, Jodie estaba arrodillada al lado de la chica indefensa, y parecía estar acariciando su cara.

Drake frunció el ceño. Esta no era la reacción que esperaba.

Cuando Jodie se volvió para mirarlo, incluso con la luz tenue, Drake pudo ver que sus mejillas querubines estaban enrojecidas de emoción y asombro.

Pero aún así, no esperaba oír lo que salió de la boca de Jodie a continuación.

"Oh, por favor, diga que puedo participar," suplicó, "No se lo diré a nadie, lo prometo."

Drake se sorprendió. No podía creer lo que estaba escuchando.

"¿Participar en qué?" respondió, ansioso.

Jodie suspiró fuertemente. "Ya sabes lo que quiero decir," dijo, sin intentar ocultar la indignación de su voz. "Los dos han estado follando aquí, puedo olerlo. ¿Es tu novia?"

Drake le aclaró la garganta. "Bueno, más o menos," balbuceó nerviosamente, aún incapaz de comprender lo que estaba pasando. Las alarmas sonaban en su cabeza. Había algo que no estaba del todo bien en esta chica. Por un lado, sólo parecía tener 13 años, si es que los tenía. Pero por la forma en que hablaba, era obvio para Drake que no era como ninguna niña de 13 años que hubiera conocido.

Sin decir una palabra más, Jodie se quitó la camiseta, revelando sus pechos desnudos.

Drake no pudo evitarlo. Sus ojos se fijaron en sus firmes pezones mientras Jodie los masajeaba con sus manos delante de él.

Drake podía sentir que su erección regresaba.

Al notar el efecto que ella tenía en él, Jodie se rió.

Ella extendió la mano hacia adelante y tomó su pene y comenzó a acariciarlo suavemente. Drake cerró los ojos y gimió. Esto era algo a lo que no estaba acostumbrado, una compañera dispuesta.

Podía sentir que crecía al tocarla.

"Así está mejor," dijo Jodie. "Vamos entonces, puedes tomarme por detrás, si quieres."

Ella lo soltó y se deslizó sus pantalones cortos por encima de sus zapatillas.

Encima de la víctima de Drake, Jodie comenzó a masajear el cuerpo desnudo de la mujer, agachándose para llevarse los pezones a la boca mientras chupaba y mordisqueaba como un bebé voraz hambriento de la leche de su madre.

Drake ya no podía controlar su ardor. Sí, Jodie era más joven que sus otras víctimas, pero estaba más allá del punto de no retorno, y dispuesto o no, tendría que enterrar a dos víctimas esta noche, así que estaba decidido a hacer que valiera la pena.

Drake se arrastró detrás de Jodie y palpó entre sus piernas para su apertura.

Para su sorpresa y deleite, estaba húmeda y, cuando él deslizó sus dedos dentro de ella, Jodie inclinó la cabeza y suspiró en voz alta.

Incapaz de resistirse por más tiempo, Drake retiró su mano y la usó para guiarse dentro de la chica. Jodie jadeó ante la sensación y bajó la cabeza una vez más para seguir lamiendo el semen seco del cuerpo de la chica desnuda.

Drake agarró a Jodie por las caderas y se metió más adentro de ella. Disfrutó de la sensación de estar con alguien que no luchaba ni se defendía.

Se impulsó a sí mismo cada vez más rápido, hasta que pudo sentir que su semilla comenzaba a crecer una vez más.

Le pareció que toda la camioneta se movía con sus empujones, tal era la intensidad de su impulso.

Entonces se dio cuenta de que la camioneta realmente se estaba moviendo.

Se detuvo a medio movimiento a y jadeó mientras toda la camioneta seguía temblando de un lado a otro como si fuera golpeada por un extraño huracán.

Drake se retiró y se sentó de cuclillas.

Se dio cuenta de que en su emoción había dejado caer su cuchillo, así que trató frenéticamente de localizarlo en la semioscuridad.

Jodie también dejó de hacer lo que estaba haciendo y se volvió para enfrentarlo.

"¿Qué pasa?" preguntó despreocupadamente, como si no se diera cuenta del violento temblor del vehículo. "¿Por qué se ha detenido? Lo estaba disfrutando."

Incapaz de rastrear su arma, Drake miró a la chica con asombro.

"¿No sientes la maldita camioneta temblando?" escupió. "¡Se siente como si la maldita cosa se fuera a volcar!"

"Oh eso," respondió Jodie, encogiéndose de hombros, "es sólo mis primos que están jugando. No dejes que te desanimen."

"¡¿Quién?!" Drake gritó, escarbando en la oscuridad, tratando de localizar su ropa. Su desnudez de repente le hizo sentir extremadamente vulnerable.

Antes de que Drake tuviera la oportunidad de recuperar su ropa interior, las dos puertas traseras de la furgoneta fueron arrancadas simultáneamente de sus bisagras.

Drake se giró, justo a tiempo para ver dos enormes brazos cubiertos de pelo que lo arrastraban fuera por las piernas.

Se cayó del vehículo y golpeó el suelo con fuerza, rodando varias veces antes de saber qué lo había golpeado. El aterrizaje le dejó sin aliento, y mientras intentaba desesperadamente respirar, Drake fue agarrado por varios pares más de enormes y ásperas manos, antes de ser destrozado violentamente, miembro a miembro.

Jodie observó el ataque desde la camioneta con asombro infantil.

Una vez que la conmoción terminó y las criaturas se remetieron en su fiesta de la victoria, la más grande de ellas se tambaleó hacia adelante y se paró frente a la camioneta abierta.

Jodie se bajó y se volvió a poner sus pantalones cortos, sosteniendo su camiseta bajo el brazo mientras lo hacía. Una vez que estuvo completamente vestida, se volvió y señaló a la mujer desnuda que estaba en la camioneta.

Gobal se arrastró dentro del vehículo, haciéndolo temblar de lado a lado mientras su enorme bulto se apretaba dentro. La criatura arrancó las cuerdas que ataban a la indefensa mujer de los soportes a los que Drake las había atado, y se llevó la mujer en sus enormes brazos.

Una vez fuera, Gobal se agachó para que Jodie pudiera saltar sobre sus hombros.

La criatura se puso de pie y se estabilizó, antes de dar la orden de gruñir a sus secuaces.

Luego se llevó suavemente a las dos mujeres hacía la noche.

15

Keith Jacobs levantó la vista de su papeleo mientras la conmoción afuera de su oficina crecía en volumen. Sea lo que sea que estuviera ocurriendo, confiaba en que el sargento de guardia podría manejarlo. Cada uno de ellos se enorgullecía de su capacidad para hacer frente a cualquier cosa que se les pusiera enfrente.

Jacobs trató de ignorar el estruendo y volvió a su trabajo.

En ese momento hubo un frenético golpeteo a su puerta, que hizo que el vidrio esmerilado vibrara en su marco.

Antes de que Jacobs tuviera la oportunidad de reaccionar, la puerta se abrió de golpe y el Sargento Sid Carter entró en su oficina, y hasta su escritorio.

"¿Qué es todo esto que estoy escuchando sobre mi Dennis?" exigió, sin darle a Jacobs la oportunidad de responder. "He estado tratando de localizarlo todo el día, ahora Bill afuera me dice que ha estado desaparecido por un par de días. ¿Por qué no me contactaron? ¿Qué medidas se han tomado para encontrarlo?"

Jacobs se levantó de su silla y caminó alrededor de su escritorio.

Colocó un brazo reconfortante en el hombro del sargento, e intentó tranquilizarlo.

"Siéntate un minuto, Sid," sugirió con calma. "Déjame cerrar la puerta para tener un poco de privacidad y te lo explicaré todo."

Sid Carter permaneció de pie durante unos segundos, su respiración se aceleró y su cara se enrojeció de rabia. Esperó hasta que Jacobs cerró la puerta antes de tomar finalmente el asiento ofrecido.

Jacobs dio la vuelta y se sentó frente a él.

Sid Carter parecía al menos 10 años mayor que su edad real. La combinación de fumar 40 Marlboros al día, más su amor por la botella, había dejado definitivamente su marca en su bienestar general. A pesar de que Sid tenía la misma corpulencia durante la mayor parte de su vida adulta, caminaba con una pronunciada inclinación, e incluso subir las 10 escaleras desde el suelo hasta el primer piso lo dejaba jadeando para respirar.

Su piel arrugada, que se extendía por sus mejillas, tenía la misma tez oscura que la de los borrachos que a menudo tenía que encerrar por la noche por su propia seguridad. Era una señal segura de que, como ellos, su hígado empezaba a perder la batalla contra su consumo diario de alcohol.

En estos días, sus manos temblaban tan violentamente que incluso teclear los detalles más simples en el ordenador principal podía llevarle hasta tres intentos. Siempre maldecía el teclado por ser demasiado pequeño, pero todos en la estación sabían la verdad, y todos sospechaban que él también.

Carter instintivamente metió la mano en el bolsillo de su abrigo y sacó un paquete medio abierto de Marlboros. Ya había metido uno entre sus labios cuando se dio cuenta de que no podía fumar dentro, así que lo volvió a meter en el paquete.

Sin nada constructivo para hacer con sus manos, Carter se sentó allí inquieto mientras su superior le explicaba la situación.

"Ahora Sid, no quiero que te preocupes, no tenemos ninguna prueba concreta de que Dennis esté realmente desaparecido."

"¿Entonces de qué estaba hablando Bill?" Carter interrumpió, sin darle a Jacobs oportunidad de terminar.

Jacobs levantó las manos para calmar al hombre. "Si me dejas terminar, te diré todo lo que sabemos, ¿de acuerdo?"

Carter se desplomó en su silla con un audible "Humph!" y cruzó los brazos sobre su pecho.

Jacobs continuó: "Charlie Spate vino el otro día, borracho como de costumbre, diciendo que su hija no había llegado a casa del trabajo la noche anterior. Ahora, por lo que pudimos averiguar, fue vista por última vez con tu Dennis en el camino del bosque, pero los testigos declararon que no hubo nada adverso, y todo parecía estar bien."

"Entonces, ¿dónde está ahora? ¿Quién dijo que lo vieron con esa Sharon? No miraría dos veces a esa fulana, él ya me lo ha dicho antes."

Jacobs respiró profundamente. "Bueno, según los hermanos Craven..."

Antes de tener la oportunidad de terminar, Carter saltó de su silla, derribándola en su prisa. "Esos dos pequeños bastardos, no puedes creer nada de lo que dicen. Probablemente no estaban haciendo nada bueno y mi Dennis los atrapó. Probablemente le han hecho algo a él, y a esa chica Spate, tienes que traerlos aquí para interrogarlos!"

Mientras hablaba, los ojos de Carter comenzaron a sobresalir en sus órbitas hasta el punto que Jacobs casi creyó que estaban a punto de salirse de su cabeza.

Jacobs se sentó en su asiento y se frotó el puente de su nariz con su pulgar e índice. Se dio cuenta de que esta conversación no iba a ninguna parte, y que Sid Carter no estaba de humor para escuchar razón..

El aliento de Carter comenzó a emitir gran ruido, como si algo se hubiera atascado en su tráquea, forzando el aire a través de un hueco más estrecho del que estaba acostumbrado.

Por un momento, Jacobs estaba genuinamente preocupado de que el hombre tuviera un ataque al corazón justo delante de él.

Se levantó y se acercó a su colega.

Mirándolo directamente a los ojos, dijo. "Escucha Sid, entiendo que estés molesto, acabas de volver de las vacaciones y tu chico no contesta al teléfono, lo entiendo. Pero piensa por un momento, ¿se ha ido alguna vez sin decírtelo antes?"

La pregunta sorprendió a Carter. Miró fijamente al vacío durante un par de segundos, antes de responder. "Bueno... Sí, lo ha hecho, pero siempre ha vuelto."

"Bien," respondió Jacobs, "y por cuánto tiempo ha estado ausente antes, ¿puedes recordarlo?"

"Eh, un par de días, tal vez." Carter pensó mucho. "Hubo una vez que desapareció durante casi una semana, el pequeño mierdecilla fue a un festival de música o algo así, demasiado drogado para llamar a su viejo."

Al darse cuenta de lo que decía, Carter se calmó. Se agachó, cogió su silla y la volvió a poner delante del escritorio.

"Siéntate", dijo Jacobs, tranquilamente, "y veamos si podemos resolver algo. ¿Cómo ves?"

Carter se bajó de nuevo a su silla y se sentó allí con los hombros caídos, mientras Jacobs caminaba de vuelta a su asiento.

"Ahora bien," continuó Jacobs, "los hermanos Craven fueron firmes en que vieron a Sharon Spate en el camino del bosque, y que ella estaba de pie junto al coche de tu chico. Cuando le preguntaron si todo estaba bien, ella les aseguró que sí, y que Dennis había vuelto al bosque para hacer pis."

Los ojos de Carter se abrieron. "¿Así que nunca vieron a mi hijo?"

Jacobs sacudió la cabeza. "No, pero como dije, reconocieron su coche y Sharon les dijo que estaba allí con ella." Podía decir por su expresión que a Carter no le convencía su explicación, así que añadió. "¿Qué razón plausible tendrían los chicos para mentir? Hablé con ellos yo mismo."

Carter sacudió la cabeza. "Esos chicos Craven siempre andan en algo turbio desde que tengo memoria. Mi Dennis siempre me contaba sus planes y sus grandes ideas." Se inclinó hacia adelante en su silla y señaló con su dedo índice. "¿Y si han secuestrado a mi Dennis y a

Sharon, porque amenazaron con exponerlos por lo que sea que estuvieran haciendo?"

"Oh, vamos, Sid. Aprecio que estés un poco nervioso, pero un secuestro parece un poco exagerado para los hermanos Craven, ¿no crees?"

Carter abrió la boca para hablar, y luego lo pensó mejor. Se sentó allí por un momento, respirando por la nariz, sus fosas nasales se ensancharon con el esfuerzo.

Jacobs apoyó sus brazos en su escritorio y unió sus dedos. "Si te sirve de ayuda," comenzó, "anoche conduje hasta Thorndike para ver si había alguna señal de Dennis o Sharon, o su coche, pero no encontré nada extraño."

Sid Carter miró hacia arriba. "¡Thorndike! No dijiste que había subido allí. El lugar está lleno de locos, debes saberlo."

"Oh, vamos, Sid, sólo porque el lugar esté aislado y se mantengan un poco discretos no los convierte en 'locos', como tú dices encantadoramente."

Carter rebotó en su silla como si no estuviera seguro de estar de pie o permanecer sentado.

Sus manos comenzaron a temblar más frenéticamente. "¿Por qué no me dijiste que le habían visto allí arriba? Sabe que no debe subir, especialmente de noche."

"Mira, Sid." Jacobs se rascó la cabeza. Era obvio para él ahora que nada de lo que le dijera a su colega le haría feliz, excepto lanzar un ataque a gran escala a la aldea para encontrar a su hijo. "Puedo entender tu frustración, pero tu mismo acabas de admitir que Dennis no tiene problema con irse por su cuenta de vez en cuando."

Sid Carter mantuvo la boca cerrada. Jacobs podía decir que no le gustaba que le recordaran su confesión anterior, pero al menos parecía funcionar.

"¿Por qué no te vas a casa y tratas de llamarlo de nuevo, le dejas un mensaje diciéndole que te llame lo antes posible?" Jacobs mantuvo a propósito su tono tranquilo en un esfuerzo por aplacar a Carter. Lo último que quería era que el hombre saliera corriendo y hiciera algo estúpido.

"No puedo, vuelvo a estar de guardia esta noche," respondió Carter, abatido.

"No hay problema," dijo Jacobs, tranquilizadoramente, "conseguiré que uno de los otros muchachos te cubra. Tómate otro día libre, o un par si crees que lo necesitas. Dennis volverá a casa antes de que te des cuenta."

Carter consideró la sugerencia. Había tenido un largo viaje de regreso esa tarde y su garganta estaba decididamente seca por el camino. Una cuba en el 'Perro' podría ser lo que le hiciera olvidar a Dennis. El pequeño estúpido probablemente estaba viviendo en algún lugar con la hija de Charlie, de todos modos.

"Está bien," suspiró. "Si crees que es lo mejor."

"Así se habla," Jacobs sonrió. "Ahora ve y llama a ese hijo tuyo y dale una reprimenda. Volverá con el rabo entre las patas en poco tiempo."

Carter se levantó para irse.

Abriendo la puerta, se volvió hacia Jacobs. "Pero seguirás buscándolo, ¿verdad?"

"Por supuesto," le aseguró Jacobs. "Me aseguraré de que las patrullas nocturnas tengan instrucciones de llamar si lo ven."

Titubeantemente, Sid Carter salió, arrastrando los pies.

"Bueno, eso fue..."

"¿Espantoso? ¿Horrendo? ¿Doloroso? ¿Debo continuar?" Karen respondió mientras acomodaba a Charlotte en su asiento del coche.

Dan sonrió: "Bueno, iba a decir torpe pero luego, estaba tratando de ser educado."

"No tienes que molestarte por mí," le aseguró Karen, subiendo al asiento del pasajero a su lado. "Conozco a mi madre desde hace mucho tiempo, así que ya sabía que esto iba a ser un error."

Dan se movió incómodamente en su asiento. "Sólo pensé que era lo correcto, conocer a tu madre antes de que nos vayamos el fin de semana. De hecho, pensé que ella podría apreciar el gesto."

"Lo único que mi madre agradeció fue la oportunidad de hacer algunos comentarios sarcásticos mientras te miraba con la nariz en el aire."

Dan encendió el motor y revisó su espejo retrovisor antes de salir.

Después de un momento, dijo. "Bueno, ya está hecho. Con suerte, la próxima vez no será tan incómodo."

"No le apostaría a eso, conociendo a mi madre." Karen se volvió para ver cómo estaba Charlotte. Su silla de bebé estaba invertida para proteger su cuello en caso de que Dan tuviera que frenar de repente, así Karen no podía ver su cara. Pero podía oír a la bebé gorgoteando felizmente mientras observaba los juguetes multicolores en la cuerda elástica atada al armazón de la silla.

Dan había insistido en que conociera a la madre de Karen antes de su viaje.

Karen entendía sus razones, pero también la conocía muy bien a ella, y aunque había intentado advertirle de lo que le esperaba, Dan insistió en seguir adelante.

Toda la noche, la madre de Karen lo ignoró fingiendo que jugaba con su nieta, y en las ocasiones en que se dignó a hacerle una pregunta, invariablemente olfateó el aire con asco santurrón cuando escuchó su respuesta.

Karen hizo todo lo posible para mantener la conversación pero, incluso para ella, la tensión se hizo demasiado grande, y finalmente puso sus excusas y se fueron.

Lamentaba que Dan tuviera que pasar por una prueba tan dura, pero le había advertido de lo que podía esperar, así que sólo debía culparse a sí mismo por su persistencia.

Lo peor de todo fue que la madre de Karen hizo algunas observaciones válidas esparcidas entre sus burlas. Cuando dijo que los dos se conocían desde hacía sólo cinco minutos, y que era demasiado pronto para pensar en mudarse juntos, no estaba del todo equivocada.

En el fondo, Karen todavía tenía dudas sobre si estaba haciendo lo correcto. Tuvo que admitir para sí misma, si no fuera por su situación financiera, habría insistido en esperar un tiempo antes de tomar su decisión. No dudaba de la sinceridad de Dan, y sentía que debía estar más agradecida de que él estuviera dispuesto a acogerla a ella y a su hija, sobre todo porque eso significaba que ella podía dejar la prostitución.

Pero no podía evitar las persistentes dudas que plagaban su mente.

Aún así, sólo el tiempo lo diría.

No tardaron en llegar al edificio de Karen. Dan llevó a la dormida Charlotte al apartamento en su asiento del coche, y Karen se las arregló para acomodarla en su cuna sin despertarla.

Dan rechazó la oferta de café de Karen ya que abriría la biblioteca a la mañana siguiente.

Cuando se dieron el beso de buenas noches en la puerta, Karen permitió que durara todo lo que Dan quisiera. Sus manos se deslizaron por su espalda y apretó sus nalgas firmemente, amasándolas a través de la tela de sus pantalones.

Cuando la sostuvo cerca, Karen pudo sentir los primeros movimientos de una erección presionando su área púbica. No le interesaba nada más que una buena noche dormir después del sufrimiento con su madre. Pero sentía que al menos debía hacer la oferta.

"¿Estás seguro de que no quieres quedarte?" preguntó tibiamente.

Dan se echó hacia atrás y sacudió la cabeza. "No me tientes, por favor, tengo que empezar temprano."

Karen sonrió e intentó parecer decepcionada.

Se volvieron a besar, esta vez sólo en los labios, y Dan se fue.

Karen lo observó hasta que desapareció en el hueco de la escalera al final del pasillo. Esperó otro momento antes de cerrar la puerta.

Odiaba el hecho de que se sintiera aliviada de que él hubiera decidido volver a casa.

Karen realmente quería quererlo más, pero no estaba sucediendo.

En el par de ocasiones en que habían hecho el amor, el acto fue lo que Karen mejor describiría como "torpe". Era como si sus cuerpos no estuvieran todavía en sintonía. Dan no era lo que ella llamaría un maestro experto en el arte de la seducción, y sus juegos estimulantes, tal como eran, dejaban un poco que desear. Pero ella esperaba que con el paso del tiempo, se acostumbraran a las necesidades y deseos del otro.

No había logrado entrar en ella por sí mismo, y parecía un poco frustrado de que ella tuviera que guiarlo con su mano, pero era una habilidad que ella creía que llegaría con el tiempo.

Karen no había tenido un orgasmo en ninguna de las dos ocasiones, pero fingió que sí, no queriendo hacer sentir a Dan como si no la hubiera satisfecho. Había leído artículos de mujeres que afirmaban que habían hecho lo mismo durante toda su vida de casadas, y que sólo experimentaban verdadera satisfacción cuando se tocaban ellas mismas. O en algunos casos, cuando experimentaban con otras mujeres.

El móvil de Karen cobró vida de repente.

Miró la pantalla. Era un número oculto.

Tentativamente, se llevó el objeto a la oreja y respondió a la llamada.

Inmediatamente, escuchó el familiar sonido de una respiración pesada en el otro extremo.

Instintivamente, Karen se dio vuelta y ajustó la cadena de su puerta.

Antes de que la persona que llamó tuviera la oportunidad de empezar a hablar, Karen canceló la llamada.

Esperó un momento, mirando su pantalla.

Después de unos segundos, el teléfono volvió a la vida, el mismo mensaje "retenido" en la pantalla.

Karen respiró hondo y desconectó la llamada sin contestarla.

Apagó su teléfono.

Se le ocurrió una idea que le hizo temblar la columna vertebral.

¿Cómo es que este tipo obsceno parecía saber exactamente cuándo estaba sola?

¿La estaba vigilando?

Apagando la luz del pasillo, Karen entró a la sala. Se puso de pie frente a la ventana y miró las numerosas ventanas de los otros edificios que se extendían delante de ella, hasta donde alcanzaba la vista.

¿Estaba detrás de uno de esos rectángulos de vidrio? ¿Vigilándola con sus binoculares o un telescopio desde la seguridad de su apartamento?

Ese pensamiento la hizo sentir físicamente enferma.

Karen corrió todas las cortinas. Tan cansada como estaba, ahora necesitaba la compañía de la luz y otras voces humanas.

Se desplomó en su sofá y encendió la televisión.

El dormir tendría que ser después.

16

Colin Craven balanceó la vieja furgoneta de entregas de un lado a otro mientras intentaba navegar el tosco camino que llevaba a la aldea de Thorndike. Siempre prefería tomar el camino del bosque, a pesar de que el camino era rocoso, lleno de agujeros y ramas, había muchas menos posibilidades de que se les viera en este tramo en particular, y eso, en sí mismo, tenía su ventaja.

A su lado en el asiento del pasajero, su hermano Don jugueteaba con el pomo de la radio anticuada de la furgoneta. Finalmente, llegó a la estación que había estado buscando, y un ruidoso R&B sonó por ambos altavoces.

"¡Woo, así se hace!", gritó, tomando otra fumada del porro que tenía entre sus labios, antes de pasárselo a su hermano.

Colin colocó la lata de cerveza que estaba bebiendo entre sus rodillas, y tomó el porro. Aspiró una profunda bocanada llena de cannabis, y la sostuva todo el tiempo que pudo antes de soltar el humo en forma de túnel.

Aunque Colin tenía los faros a toda luz, no se dio cuenta del enorme bache delante de ellos, hasta que la rueda delantera de la furgoneta lo golpeó con toda su fuerza, causando que la furgoneta se torciera. Las cajas de plástico de la parte trasera se tambaleaban hacia un lado mientras la camioneta se enderezaba, justo antes de que Colin se las arreglara para golpear otro cráter igualmente grande, lo que provocó que las cajas se desplomasen sobre sus lados, derramando su contenido sobre el sucio suelo de la camioneta.

Al darse cuenta de lo que había sucedido, Colin frenó de golpe y derrapó la camioneta a un lado de la carretera.

"¿Qué pasa?" preguntó Don, obviamente sorprendido por la repentina acción de su hermano mayor.

Colin se giró para mirar a su hermano. "¿Me estás tomando el pelo?"

Don simplemente se encogió de hombros y tomó otro trago de su lata.

"¡La maldita carne está por todo el suelo, idiota!" Colin gritó, levantando la mano como para golpear a su hermano.

Don instintivamente se acobardó en su asiento, hasta que Colin bajó su mano.

Dándose cuenta de lo que su hermano había dicho, Don se giró en su asiento y miró a la parte trasera de la furgoneta. Seguro que podía ver las cajas de carne que habían robado de la tienda de su padre tiradas a los lados, con algunas completamente volcadas.

De una combinación de la cerveza que había estado bebiendo y el porro que su hermano les había preparado; Don no pudo evitar ver el lado divertido de su situación.

Levantó la cabeza y se rió incontrolablemente.

Después de un momento, Colin agarró a su hermano por el cuello de la camisa y lo jaló bruscamente. "¿Quieres volver a poner los pies en la tierra?" gritó. "Tenemos que arreglar esta mierda antes de llegar a la posada. El viejo Thaddeus no nos va a pagar la cantidad completa si ve que el material está cubierto de tierra, ¿no?"

Este regaño parecía tener el efecto deseado, y Don se enderezó en su asiento y colocó su lata medio llena en uno de los soportes de plástico entre los asientos.

"Lo siento, hermano," murmuró.

Los hermanos salieron de la camioneta y fueron a la parte de atrás. Cuando Colin abrió una de las puertas, sin que él lo supiera, una de las cajas se había encajado contra ella, y cayó delante de ellos, derramando la carne en el suelo del bosque.

"¡Mierda!" Colin gritó. "Ayúdame a levantar esto, por el amor de Dios."

Los dos trabajaron juntos, enderezando las cajas caídas y reemplazando la carne derramada en su interior. Los trozos que parecían particularmente fangosos, los limpiaban con sus camisas hasta que lo peor de la suciedad desaparecía. Trabajando en la carnicería todo el día, ya olían a carne cruda, así que la última adición no podía empeorar su situación.

Cuando completaron su tarea, Colin inspeccionó las cajas una vez más, para asegurarse de que estaban bien apiladas y que fuera poco probable que se volcaran de nuevo.

De repente, frunció el ceño. Señalando el interior, preguntó: "¿Por qué hay dos cajas rojas aquí?"

Don, que ya había estado haciendo su camino de regreso a su lado de la furgoneta, volvió y siguió el dedo de su hermano.

Se rascó la cabeza antes de responder. "No lo sé, ¿importa?"

Pudo ver inmediatamente por el ceño fruncido en la cara de su hermano que sí importaba, aunque por ahora no sabía por qué.

"¿Qué?" preguntó, sintiéndose incómodo de que su hermano mayor no se explicara.

"Te dije que sólo cargaras las cajas negras, porque eran las que tenían los cortes y huesos baratos." Colin golpeó su mano contra el lateral de la furgoneta en frustración. "Las cajas rojas tenían lo mejor para la tienda. Papá se dará cuenta de que falta cuando abra por la mañana, y se dará cuenta de lo que hemos estado haciendo."

Don pensó por un momento.

Ahora que lo mencionaba, recordaba las instrucciones de su hermano, pero debió haberse dejado llevar y cargado las rojas sin darse cuenta.

Aunque nunca lo admitiría, Don Craven admiraba a su hermano y hacía todo lo posible por impresionarlo.

De manera abatida, miró al suelo y tiró una piedra a la oscuridad.

Colin respiró hondo varias veces antes de cerrar las puertas de la furgoneta.

A menudo se desesperaba por las payasadas de su hermano menor, pero parte de él se culpaba por no comprobarlo antes de que se pusieran en marcha.

"Vamos," dijo Colin, "es demasiado tarde para hacer algo al respecto ahora."

"¿No podemos llevarnos las rojas a la tienda cuando terminemos en la posada?" Don preguntó con optimismo.

"No ahora que están cubiertas de barro y mierda," respondió Colin. "Una cosa es vendérselas baratas al viejo Thad, pero otra muy distinta es intentar que pasen con papá."

Volvieron a subir a la camioneta y condujeron el resto del camino a la posada en silencio.

Una vez que llegaron, Colin se estacionó en la parte trasera del edificio, invirtiendo la camioneta para que las puertas traseras estuvieran frente al área de carga.

Colin llamó a la puerta mientras Don empezaba a descargar las cajas.

Thad Beanie abrió la puerta después de un momento, y le sonrió a los hermanos.

"Vamos, muchachos," sonrió, "traigan esas cajas al cuarto de atrás, como siempre."

Mientras descargaban la carne de la furgoneta, Thad desapareció en la parte trasera del muelle de carga, y volvió a aparecer unos minutos después con una bandeja con dos pasteles de tamaño medio. Los colocó delante de los chicos, y tomó un sobre marrón de su bolsillo trasero y se lo entregó a Colin.

Colin abrió el sobre y contó el dinero, mientras Don se puso a comer su pastel.

"Disfruta," dijo Thad, "te lo has ganado."

Colin terminó de contar el dinero, y luego miró a Thad. "No es suficiente," dijo torpemente.

Colin Craven era un muchacho grande para su edad, y los años de cargar carne y cajas de carne había puesto un poco de músculo en sus brazos. Pero aún así, Thad se erguía sobre él y era al menos el doble de ancho, así que Colin no tenía dudas de que el hombre probablemente podría matarlo de un solo golpe.

Don dejó de comer y se quedó mirando a su hermano. Él también sabía lo fácil que sería para Thad encargarse de los dos. Incluso dos contra uno, no tendrían ninguna oportunidad contra esta montaña de carne de hombre.

Thad frunció.

Era obvio que la declaración de Colin lo había tomado por sorpresa, y no podía ocultar el hecho.

Respiró profundamente un par de veces mientras mantenía la mirada fija en Colin.

Colin sintió que se encogía por dentro e hizo todo lo posible para que no se notara por fuera, pero ya se estaba arrepintiendo de su declaración.

Finalmente, Thad habló. "Entonces, ¿por qué el cambio repentino en nuestro arreglo?" preguntó, manteniendo su voz firme.

Colin engulló, sin querer. "Lo siento," murmuró, "es que nuestro papá está sospechando y trajimos un par de cajas de cosas muy buenas para llenar el pedido. Puede que tengamos que pagarle por ellas con nuestro salario si se entera."

Thad consideró la explicación de Colin, mientras se frotaba la barbilla sin afeitar.

Después de un momento, se inclinó hacia adelante. Colin estaba seguro de que lo iba a agarrar y sacarlo del lugar a golpes. Pero en lugar de eso, Thad le dio una palmada en el hombro y sonrió.

"Come ese pastel, muchacho," dijo con una sonrisa. "Volveré en un minuto con el resto de tu dinero."

Colin y Don dieron un suspiro de alivio después de que el gran hombre se hubiera ido.

"Carajo," susurró Don, "Pensé que ambos estábamos fritos. ¿Qué te hizo pedir de repente más dinero?"

Colin se encogió de hombros. "Como dije, podríamos tener que devolverle el dinero a papá". Le dio un gran mordisco a su pastel. La salsa le bajó por la barbilla, pero la ignoró mientras saboreaba el sabor. Una vez que había tragado, continuó. "Y si no lo hacemos, nos quedamos sin dinero."

Don se rió y dio otro mordisco.

Desde atrás, escucharon una puerta que se abría.

Don se tragó rápidamente su último bocado y se limpió la manga en la boca.

Colin, al notar la reacción de su hermano, se dio vuelta, temiendo que Thad hubiera regresado con un gran hacha o cuchillo en la mano.

En cambio, se sintió aliviado al ver a Polly caminando hacia ellos con una bandeja, sobre la cual había dos tarros de cerveza.

Se dirigió a donde los hermanos estaban parados congelados en su lugar, y colocó la bandeja delante de ellos.

"Aquí tienen, chicos, pensé que podrían necesitar algo para acompañar sus pasteles."

Ninguno de los dos hermanos pudo responder de inmediato.

Ambos podían sentir que sus lenguas crecían demasiado para sus bocas mientras miraban con los ojos a la joven.

Polly, como de costumbre, estaba vestida con su uniforme de servicio, que sólo servía para enfatizar su hermosa figura.

Miró con gran diversión cómo los dos hermanos se paraban allí como estatuas.

"Bueno, coman," dijo con ánimo. "Me gusta ver a un hombre disfrutar de su comida."

Como si fuera una orden, ambos hermanos inmediatamente dieron un gran mordisco a sus pasteles.

Ninguno de los hermanos notó la reaparición de Thad, hasta que estuvo directamente detrás de su hija mayor. "¿Qué haces aquí?" le preguntó a Polly, golpeándola juguetonamente en el trasero.

Polly le sonrió. "Pensé que a los muchachos les vendría bien un trago después de su largo viaje," respondió.

"Algún día será una esposa guapa para alguien, ¿eh, muchachos?" Thad le guiñó un ojo a los hermanos.

Polly se sonrojó. "¡Papi!" le reprendió tímidamente.

"Ahora vuelve adentro," le dijo Thad. "Tu hermana no puede arreglárselas sola por mucho tiempo."

Polly se dio la vuelta y sonrió a los muchachos. "Espero volver a verlos pronto,, dijo, antes de darse la vuelta y salir de la habitación.

Una vez que desapareció por la puerta, Thad sacó dos billetes de 20 libras y se los entregó a Colin.

"He comprobado la carne extra que trajiste,, les informó. "De primera calidad. ¿Eso lo cubrirá?"

Colin dobló los billetes y los puso en el bolsillo superior de su camisa. "Eso estará bien," aceptó, mirando la puerta por la que Polly se había marchado.

Matilda Fox abrió los ojos y parpadeó en la oscuridad. Cuando su visión comenzó a enfocarse, trató de sentarse, pero le dolía todo el cuerpo y lo sentía exhausto.

Cuando finalmente logró ponerse en posición vertical, se dio cuenta de que debía estar en una especie de cueva. El suelo debajo de ella estaba cubierto de hojas, hierba espesa y flores muertas y, a lo lejos, podía ver el débil brillo de una fogata, enviando sombras parpadeantes a través de las paredes.

Su mente no podía imaginar cómo llegó a estar aquí.

Lo último que recordaba era salir de la playa y dirigirse al estacionamiento para coger un abrigo de su coche. Ella y algunos amigos se habían reunido con algunos surfistas con los que habían empezado a hablar la noche anterior en un club, y los habían invitado a la playa para verlos surfear y hacer una fiesta en la arena.

Tenía un vago recuerdo de dos de sus amigos desnudándose y y metiéndose en el mar, y el resto de ellos animándolos mientras se acurrucaban alrededor de la fogata y asaban salchichas en los equipos portátiles que uno de ellos había traído para la ocasión.

Pero después de eso, el resto era un completo vacío.

Matilda miró a su alrededor las sólidas paredes de roca. No había ninguna entrada visible, y se preguntó si quizás se había desmayado y había sido llevada dentro por uno de los surfistas.

De cualquier manera, parecía estar bien en sí misma, excepto por el hecho de que le dolía el cuerpo como si hubiera estado en una caminata de 10 millas.

Tiró la manta que cubría su cuerpo.

Fue entonces cuando se dio cuenta de que estaba desnuda.

Instintivamente, Matilda se envolvió los brazos sobre sus pechos mientras buscaba su ropa. Pero no se veían por ninguna parte.

Se forzó a sí misma a ponerse de pie, envolviendo la vieja manta alrededor de ella para protegerse.

A su izquierda, la cueva se veía negra, la sombra de la luz del fuego se desvanecía antes de llegar a ese lado. Consideró la posibilidad de aventurarse en la oscuridad para explorar sus alrededores, y posiblemente encontrar una salida. Era obvio por el hecho de que había un fuego a la vuelta de la esquina a su derecha, que alguien debió haberlo hecho, y ahora no podía estar segura de si esa persona era amigo o enemigo.

En ese momento, escuchó a alguien moviéndose más allá de la siguiente curva donde estaba la fogata. Matilda se congeló - quienquiera que haya sido debe saber que ella estaba allí. La pregunta era, ¿quería que supieran que estaba consciente?

Ella escuchó atentamente. Sonaba como si hubiera varios pares de pies corriendo por ahí fuera de la vista. Lo que le pareció particularmente extraño fue que, quienquiera que estuviera allí, no se hablaban entre ellos.

Cuidadosamente, Matilda se dirigió hacia el recodo de la cueva, rezando para que su aproximación no fuera detectada, al menos hasta que pudiera averiguar quiénes eran sus captores.

Por mucho que lo intentara, no podía entender una sola razón lógica para que alguien la mantuviera desnuda dentro de una cueva. Si resultaba ser una especie de broma que involucraba a esos surfistas, pronto descubrirían el filo de su temperamento.

El áspero suelo de piedra bajo sus pies desnudos era difícil de pisar, como las piedritas de la playa, pero más afilado y dentado. Matilda colocó cada pie suavemente delante de ella para probar el suelo antes de permitir que su peso presionara hacia abajo.

Un grito repentino como resultado de estar de pie sobre una roca puntiaguda la delataría en un instante.

Al llegar a la curva, Matilda se quedó atrás por un momento y siguió escuchando.

Desde la esquina aún podía oír el sonido del arrastre de los pies, así como el crepitar del fuego, pero aún así nadie hablaba.

Entonces escuchó un grito.

Sonaba como un bebé, sólo que había algo gutural, y más siniestro en el ruido que salía de su boca.

Matilda escuchó por un momento, todavía demasiado asustada para mirar a la vuelta de la esquina.

Alguien se movía, presumiblemente para consolar al bebé que lloraba. Si es que era un bebé. Definitivamente había algo que no estaba del todo bien en el llanto del bebé.

Matilda se armó de valor. No podía quedarse donde estaba, y no tuvo el coraje de aventurarse más adentro en la cueva oscura. Lo que fuera que estuviera al otro lado de la curva, tendría que verlo por sí misma.

Justo cuando estaba a punto de dar un paso adelante, Matilda notó que el bebé había dejado de llorar.

Ahora podía oír otros sonidos, sorbidos y los ruidos de succión habían reemplazado al llanto. Le sonaba como un bebé mamando del pecho de su madre.

Tal vez eso era todo lo que fue. Uno de los surfistas tenía esposa o novia, y usaba la cueva para tener algo de privacidad y poder alimentar a su bebé.

En cuanto a por qué habían traído a Matilda dentro, no lo sabía. ¿Tal vez se había resbalado en las rocas y había quedado inconsciente cuando fue a buscar su abrigo al auto? Tenía que ser una explicación perfectamente inocente.

Matilda levantó sus hombros y dio un paso adelante, tomando la curva de la cueva para presentarse al grupo del otro lado.

La escena a la que se enfrentaba no era una que su cerebro pudiera comprender, antes de que el shock de la misma le provocara el desmayo.

La cabeza de Don Craven se estrelló contra la ventana lateral mientras su hermano patinó en la curva.

"¡Ay! Mira por dónde vas, eso duele." Don se sentó derecho y se frotó el lado de su cabeza donde acababa de hacer contacto con el vidrio.

"¿Quieres conducir?" preguntó su hermano, con una sonrisa burlona.

"Bueno, no puedo hacerlo peor que tú. Más despacio, por el amor de Dios."

"Deja de quejarte, pronto estaremos en casa," le recordó Colin. "Entonces puedes ir a la cama y masturbarte pensando en esa Polly de la posada."

Don se ruborizó, a pesar suyo. Era cierto que Polly era impresionante, y como tenían una edad similar, había fantaseado con salir con ella desde el momento en que la vio por primera vez.

Pero la verdad es que no tenía el valor de preguntarle.

Por un lado, estaba ese enorme bruto de su padre. Don dudaba mucho de que Thad creyera que él fuera un novio adecuado para su hija mayor.

En segundo lugar, aunque Polly a menudo coqueteaba con él cuando los chicos hacían una entrega, el hecho es que ella hacía lo mismo con su hermano, y él la había visto hacer lo mismo con algunos de los hombres de la posada.

¿Quizás no era más que una provocadora?

Incluso si ese fuera el caso, Don no rechazaría la oportunidad de averiguarlo por sí mismo.

"Bien," respondió. "Fantasearé con Polly, mientras tú te masturbas pensando en su hermana pequeña."

"Cállate, pervertido, sólo tiene unos 12 o 13 años." Colin quitó la mano del volante y le dio una bofetada a su hermano menor en un lado de la cabeza.

"¿No me dices siempre que si son lo suficientemente mayores para sangrar, son lo suficientemente mayores para hacer carnear?" dijo Don, frotando donde había caído la bofetada.

Colin miró a su hermano, y luego se echó a reír.

Don se unió y juguetonamente abofeteó a su hermano.

Estaban llegando a la carretera principal de vuelta a la ciudad. Aún no había luces en la calle en una milla más o menos, pero la familiaridad del distrito hizo que ambos hermanos se relajaran, ahora que estaban lo suficientemente lejos de Thorndike.

Aunque habían hecho varias excursiones a la aldea para venderle a Thad cortes de carne baratos, ninguno de los hermanos esperaba con anticipación los viajes, aunque hubiera una pinta de cerveza casera y un sabroso pastel de carne para ellos.

El hecho es que ambos siempre habían sentido una extraña sensación de presentimiento cada vez que entraban a la aldea.

Cuando eran jóvenes, su padre siempre les había dicho que se alejaran del lugar. Pero una vez que fueron lo suficientemente mayores para explorar, desobedecieron las instrucciones de su padre y se atrevieron a ir.

Aunque era temprano en la tarde en un día soleado para su primera aventura, una vez que cruzaron la frontera de Thorndike, fue casi como si la aldea estuviera atrapado en una época del año diferente.

El aire parecía denso y mucho más frío de lo que había estado en la ciudad ese día.

Las nubes colgaban bajas sobre la aldea, y enmascaraban completamente el claro cielo azul y las esponjosas nubes blancas que habían visto antes.

También había una espeluznante niebla que aparecía de la nada y parecía cubrir toda la zona, como si estuviera envuelta en una manta fría y húmeda.

Lo peor de todo fue que, como ambos chicos se habían incitado mutuamente a hacer el viaje, ninguno de ellos quería ser el que sugiriera volver, aunque ambos querían hacerlo desesperadamente.

Colin, siendo el mayor, sintió que era su deber mostrarle a su hermano menor que no tenía miedo. Pero podía sentir sus piernas temblando violentamente dentro de sus jeans mientras caminaban más y más adentro en la aldea.

La pareja caminó por la calle principal desierta, sintiendo como si fueran observados por mil ojos, desde detrás de las cortinas de las ventanas por las que pasaban.

La niebla se hizo tan espesa que cuando uno de los chicos se volvió para comprobar si alguien les seguía, no pudieron ver más que unos metros más adelante.

De repente, Don se detuvo en seco y extendió la mano para agarrar a su hermano mayor.

Cuando Colin siguió su mirada, pudo ver el contorno de un hombre grande, parado justo en el borde de la niebla, de modo que su contorno se distorsionó.

Desde esa distancia, ambos chicos pudieron ver que el hombre sostenía algo a su lado, pero era imposible por el momento para ellos averiguar lo que podría ser.

Los chicos se quedaron en su lugar. Ninguno de ellos se sintió lo suficientemente seguro como para aventurarse. Colin usaría más tarde la excusa de que sentía que debía quedarse para no dejar atrás a su hermano menor.

Pero la verdad era que estaba tan asustado como Don.

Mientras ambos miraban a la figura que acechaba en la oscuridad, ésta comenzó a caminar hacia ellos, balanceando el objeto que sostenía en su mano de un lado a otro, como un péndulo, preparándose para golpear.

Después de unos cuantos pasos, balanceó el objeto sobre su cabeza y lo sostuvo en el aire.

Fue entonces cuando los chicos se dieron cuenta de que el hombre llevaba un hacha.

Los dos se dieron vuelta y comenzaron a correr de regreso por donde habían venido.

Ninguno de ellos dejó de correr hasta que dejaron la aldea y volvieron al camino de la ciudad.

Pasó mucho tiempo antes de que cualquiera de ellos se aventurara de nuevo en Thorndike.

Mientras Colin conducía hacia la ciudad, sintiendo la combinación de su anterior porro y su pinta en casa de Thad, repentinamente, una figura se lanzó a la carretera.

Don le gritó a su hermano que mirara por donde iba, agarrándose al panel lateral sobre su ventana para prepararse para el inevitable impacto.

Con un reflejo que nació más de la suerte que de la habilidad, Colin giró el volante en el último momento y logró desviar la furgoneta hacia un lado, dejando pasar al peatón descuidado.

Una vez que pasaron a salvo a la persona en la carretera, Colin frenó fuerte y detuvo la camioneta.

Los dos hermanos salieron de ella, con la intención de enfrentarse a quien fuera que casi les había hecho estrellarse.

"Oye, imbécil," gritó Colin, caminando hacia el hombre, "¿qué carajo crees que estás haciendo?"

Don comprobó rápidamente sobre su hombro que no había testigos. Sabía cómo era el temperamento de su hermano, y casi se compadeció del tipo que estaba a punto de que le dieran una paliza.

"Oye, te estoy hablando." Colin se acercó por detrás del hombre tambaleante y lo agarró por el hombro. Mientras lo balanceaba, listo para dar su primer golpe, se detuvo.

Era el sargento Sid Carter el que estaba de pie delante de él.

Colin inmediatamente dejó caer su mano a su lado, pero su cara aún mostraba la rabia reprimida que estaba sintiendo.

Sid Cartertenía muy mal aspecto. Estaba tratando de recuperar el equilibrio después de que Colin lo había jaloneado.

Una vez que estuvo firme, enfocó su visión en los dos hombres que tenía delante.

"¡Ah, los dos chicos Craven, los estaba buscando!" Movió su dedo índice hacia ellos, y aún así apenas pudo mantenerse de pie.

"¡Joder!" Don exclamó. Desde la noche en que vieron a Sharon Spate en la carretera de Thorndike, y no se molestaron en ayudarla a ella y a Dennis, temieron que tarde o temprano Charlie o Sid los alcanzaran, exigiendo una explicación.

Colin se las arregló para sacudirse su sorpresa inicial al ver al policía en la carretera.

"No importa", gritó, "¿qué coño haces vagando por la mitad de la carretera a esta hora de la noche? Podría haberte matado."

A Sid no le perturbó la ira del joven. Alargó la mano y agarró a Colin por las solapas de su chaqueta de mezclilla, y lo jaló más cerca hasta que Colin pudo oler el acre hedor del whisky en su aliento.

"Ahora escúchame, mocoso," dijo con su voz baja y amenazadora. "Vas a llevarme a donde viste a mi hijo por última vez, ahora mismo, ¿entiendes?"

Colin trató de alejarse del oficial, el olor de su aliento desde tan cerca le hizo querer vomitar.

Pero Sid se agarró fuerte, y Colin pronto se dio cuenta de que si intentaba liberarse, lo más probable era que pusiera a Sid encima de él.

Lo último que necesitaban los hermanos eran problemas con la policía. Así que Colin decidió que si no hacían lo que Sid les pedía, con su posición, podría hacerles la vida muy difícil ya que estuviera sobrio.

"Está bien, está bien, te llevaremos," respondió de mala gana. "No sé de qué servirá, pero si es lo que quieres, está bien."

Sid miró fijamente a los ojos de Colin, como si intentara averiguar si el hombre iba en serio, o si saldría corriendo en cuanto lo soltara.

Don se acercó para pararse al lado de su hermano. "Col," balbuceó, mirándolo nerviosamente.

"Cállate, está bien." Su hermano mayor obviamente había tomado una decisión, y Don sabía que no debía tratar de discutir con él.

Ayudaron a Sid a entrar en la furgoneta. Don se sentó en el medio para que Sid pudiera asomarse a la ventana abierta. Con el frío del aire nocturno, ninguno de los dos disfrutaba de la posibilidad de que el oficial les echara las tripas encima.

Colin condujo de vuelta hacia a la aldea. Cuanto más lo pensaba, más se daba cuenta de que no tenían nada que ocultar. Nadie tiene por qué saber que se negaron a llevar a Sharon, y si ella apareciera y los acusara, siempre podrían seguir negándolo.

Tal como era, ni siquiera habían visto a Dennis esa noche, así que no tenían nada por lo que mentir. Si Sid quería que le mostraran el lugar, entonces bien. Si eso lo hacía feliz y significaba que los dejaría en paz, era un pequeño precio a pagar.

Colin hizo un esfuerzo consciente para conducir más despacio hacia la aldea que en el camino de regreso. El suelo bajo sus neumáticos era demasiado irregular para arriesgarse a un pinchazo por conducir demasiado rápido. Además, con Sid en la furgoneta en su estado, Colin no quería arriesgarse a ninguna sacudida repentina.

Una vez que llegaron al lugar donde habían visto por última vez a Sharon, Colin se detuvo y apagó el motor, pero dejó los faros encendidos.

De alguna manera, el estar estacionado aquí a altas horas de la noche le hizo volver a ser ese joven en la niebla hace todos esos años.

A estas alturas, Sid se había desplomado hacia adelante en su asiento.

"El tonto ni siquiera sabe que nos hemos detenido," comentó Don. "¿Por qué no regresamos a la aldea y le decimos que nos detuvimos y echamos un vistazo? Nunca lo recordará, de todos modos."

En ese momento, Sid levantó la cabeza. "¡¿Estamos aquí?!" gritó.

Colin suspiró. "Sí, este es el lugar pero, como dije, no sé qué esperas encontrar aquí."

Sin responder, Sid abrió la puerta y casi se desplomó en la carretera, logrando mantener el equilibrio a tiempo para mantenerse erguido.

Los hermanos se quedaron en la furgoneta mientras Sid daba la vuelta al frente y se acercaba a la ventana de Colin.

Con una velocidad que sorprendió a ambos hermanos, Sid metió la mano y agarró la llave del encendido, sacándola antes de que Colin pudiera reaccionar.

"Oye, ¿qué coño estás haciendo?" Colin gritó.

Sid sonrió y se dio un golpecito en la nariz. "Sólo en caso de que decidan irse y me dejen tirado aquí".

Sid se alejó de la vieja furgoneta y cruzó tambaleándose la carretera hacia el borde de la hierba.

"¿Qué coño se supone que debemos hacer ahora?" Don preguntó, sin poder evitar el pánico de su voz.

Colin pensó por un momento, y luego dijo. "Vamos, será mejor que vigilemos al estúpido antes de que resbale y caiga por la colina, llevándose nuestras llaves con él."

El hermano se bajó de la camioneta y se dirigió a donde Sid estaba parado, inspeccionando el área a su alrededor.

En la tenue luz que proporcionaban los faros de la camioneta a su lado, era casi imposible ver más de un par de metros en la oscuridad. Aún así, Sid parecía estar escudriñando el suelo como si estuviera mirando a través de un microscopio.

Después de un momento, preguntó. "¿Estás seguro de que este es el lugar exacto?"

"Sí," respondió Colin. "Aquí es donde vimos que el coche estaba estacionado, y Sharon dijo que había ido al lago a hacer pis."

Sid asintió. "Vamos, entonces," dijo mientras empezaba a dar unos pasos tentativos por la pendiente.

Los hermanos se miraron con incredulidad.

"No voy a bajar ahí en la oscuridad", gritó Don.

"Como quieras," llamó Sid. "Chicos, pueden esperar allí a que vuelva."

Colin suspiró y maldijo en voz baja. "Vamos, tenemos que asegurarnos de que vuelve sano y salvo, de lo contrario tendremos que dar una explicación."

Con renuencia, los dos hombres los siguieron.

En su camino al lago, los hermanos terminaron teniendo que cargar a medias a su invitado no deseado, ya que Sid era incapaz de mantenerse erguido mientras navegaba el terreno desigual.

No había luna para guiarlos, y las nubes bajas se esparcieron por el cielo, bloqueando cualquier luz de las estrellas que pudiera haberlos ayudado.

Finalmente, alcanzaron un suelo más estable y pudieron ver el lago que se extendía en la distancia.

Sid se las arregló para agarrar un gran palo y lo usó para barrer el suelo delante de él mientras buscaba cualquier señal de que su hijo había estado allí.

Los hermanos se quedaron atrás y miraron. Ninguno de los dos se sintió inclinado a ayudar, decidiendo que, con o sin su ayuda, el oficial tomaría todo el tiempo que quisiera hasta que estuviera satisfecho.

Eventualmente, se aburrieron de la espera, y ambos se desplomaron sobre algunos troncos cercanos.

Don sacó otro porro de su bolsillo superior y la colocó firmemente entre sus labios.

"¿Qué coño haces?" exigió Colin, indicando con la cabeza hacia Sid, delante de ellos.

"Oh, como si se fuera a dar cuenta - o importarle," Don respondió desafiantemente, iluminando el extremo con un fósforo.

Colin se encogió de hombros, y esperó a que su hermano diera una larga inhalación antes de extender su mano para tomar su turno.

Los hermanos se turnaron hasta que el porro estuvo terminado.

Sid seguía buscando en la orilla del agua y, tal como Don había especulado, no se dio cuenta de la escena que se desarrollaba detrás de él.

El aire nocturno se estaba enfriando y Don temblaba al subir la cremallera de su chaqueta.

"¿Cuánto tiempo más vamos a darle a esto?", preguntó, el porro le empezó a dar sueño.

"No mucho más," respondió Colin, juntando las manos y soplando en ellas. "¡Me estoy enojando mucho con todo esto!"

Desde atrás, escucharon un crujido en los arbustos.

Don se giró, casi derribando su tronco. "¿Qué fue eso?" preguntó, sus ojos tratando de enfocarse en la oscuridad.

"Probablemente sólo el viento," respondió Colin. "Deja de mearte encima".

Sin estar convencido, Colin continuó mirando fijamente la pendiente hacia la carretera.

Esperó, conteniendo la respiración. Por el rabillo del ojo, vio que algo se movía a su derecha.

Colin se dio la vuelta de nuevo, pero una vez más no había nada que ver.

De la noche, vino un grito malévolo que sonaba como si emanara de todas las direcciones al mismo tiempo.

Sonaba más animal que humano pero, aún así, como ningún animal que ninguno de los hombres haya escuchado antes.

Los dos saltaron de sus perchas al unísono y comenzaron a recorrer la zona.

"¡Ves, te dije que había algo ahí!" Don anunció triunfalmente. "¿Qué carajo es eso?"

Colin sacudió la cabeza. "¿Cómo coño voy a saberlo?" Se dio la vuelta para ver cuál era la reacción de Sid. El oficial estaba obviamente demasiado absorto en su búsqueda para haber escuchado el grito.

"¿Qué coño hacemos ahora?" Don preguntó, su voz casi suplicando a su hermano que actuara.

Colin miró fijamente los arbustos que cubrían la ladera, claramente desconcertado por lo que acababan de oír.

"Bien," anunció decididamente "que se joda, voy a recuperar mis llaves y nos vamos, ahora mismo!"

Don siguió de cerca a su hermano mayor mientras caminaba hacia el lago y el distraído Sid.

Cuando estuvieron lo suficientemente cerca de él, Colin gritó. "Sid, devuélveme las llaves, nos vamos. Puedes quedarte aquí toda la noche si quieres, ¡pero nos vamos!"

Sid se giró, de repente se dio cuenta del avance de los hombres.

Levantó su bastón. "¿De qué estás hablando? No me iré hasta que encuentre algo que pruebe que mi hijo estaba aquí."

"Bien," dijo Don, "pero te quedas solo. Ahora danos las llaves."

Sid dio un paso atrás, agitando su bastón delante de él como para mantener a los hermanos a raya. "No irán a ninguna parte hasta que termine," insistió.

"Deja de ser un imbécil," dijo Colin, deteniéndose en su camino. Él y Don no estaban a más de un par de metros de Sid, y su amenazante bastón estaba lo suficientemente cerca como para hacer contacto si se movían más adelante.

Sid dirigió su atención al hermano mayor.

Agitó su bastón en la cara del hombre, su expresión se contorsionó en un ceño fruncido de pura malicia. "¿Qué temes que pueda encontrar, eh? ¿Evidencia de que ustedes dos tienen algo que ver con la desaparición de mi muchacho?"

Sid se lanzó hacia adelante.

Colin logró dar un paso atrás en el tiempo antes de que la punta del palo hiciera contacto con su cara.

"¡Para, maldito lunático!" gritó, listo para esquivar otro golpe en caso de que llegara. "Nunca tuvimos nada que tenga que ver con Dennis, o con esa estúpida fulana con la que estaba. ¡Ahora dame las putas llaves!"

Cuando Colin se acercó para quitarle el palo a Sid, el oficial lo alejó y le apuntó un golpe en la cabeza. Pero antes de que tuviera la oportunidad de dejarlo volar, Don se movió desde su otro lado y le dio dos duros golpes en las tripas.

Sid gritó en agonía y se desplomó al suelo, con el palo cayendo de su mano.

Colin se acercó inmediatamente y colocó una bota bien apuntada en el costado del hombre.

Sid se dio la vuelta, el viento desprendido de su cuerpo.

Instintivamente, levantó sus rodillas hacia el pecho y las rodeó con sus brazos.

Don se acercó por detrás y pateó a Sid por la espalda, dos veces.

Durante el siguiente minuto, los hermanos se turnaron para atormentar al oficial caído con patadas y puñetazos dirigidos a cualquier parte descubierta de su cuerpo.

Ninguno de los dos parecía preocupado por el daño permanente que le podrían causar al hombre, su furia incitada por su intento de impresionarse mutuamente y alimentada por la fuerza de su última envoltura de marihuana.

El hecho de que fuera un oficial de la ley ya no influyó en ninguno de ellos.

Eventualmente, se cansaron del asalto.

A esta altura, Sid estaba acostado de frente, con los brazos y las piernas separados.

No se movía más, pero los hermanos aún podían oír un débil gemido que se escapaba de sus labios.

Colin se agachó y rebuscó en los bolsillos de Sid hasta que encontró las llaves de su furgoneta.

Una vez que las recuperó, se volvió hacia su hermano que aún miraba el cuerpo tirado, paralizado.

"Vamos, salgamos de aquí," ordenó.

Dejaron atrás a Sid mientras regresaban a la ladera.

Cuando empezaron a salir, escucharon el algo que se movía delante de ellos.

Ambos hombres se detuvieron en seco y buscaron en la zona cualquier signo de movimiento.

Siguió otro crujido a su izquierda, y luego otro a su derecha.

Don se volvió hacia su hermano, le temblaban las rodillas. "¿Qué carajo es eso?" preguntó, su voz comenzó a temblar. Su única esperanza era que su hermano mayor respondiera con algunas palabras reconfortantes.

En cambio, Colin lo ignoró, y continuó entrecerrando los ojos en la oscuridad por cualquier evidencia de lo que podría estar acechándolos.

Antes de que tuvieran la oportunidad de moverse de nuevo, otro grito agudo atravesó la oscuridad. Sólo que esta vez, sonó mucho más cerca que antes.

Su padre había insistido en llevarlos a ambos a un matadero cuando sintió que eran lo suficientemente mayores para entender. En su mente, era natural que un futuro carnicero viera lo que implicaba preparar a los animales para la carnicería. Así que ambos hombres conocían el sonido que hacían los animales cuando gritaban.

Pero esto era completamente diferente a todo lo que cualquiera de ellos había escuchado antes.

De hecho, en este momento ninguno de ellos estaba del todo seguro de que fuera un animal, después de todo.

Colin dio un paso atrás.

Desconcertado por la muestra de debilidad de su hermano, Don tragó saliva con fuerza y siguió su ejemplo.

Ambos sabían que estaban atascados. No tenía sentido volver al lago. Aunque ambos eran buenos nadadores, ninguno de ellos estaba en condiciones de cruzar al otro lado.

Si decidían correr a lo largo de la orilla, cualquier camino los llevaría a un bosque más denso y lo que estuviera al acecho en las sombras podría sin duda seguirlos hasta que se cansaran demasiado para luchar.

Su mejor oportunidad aún era correr e intentar alcanzar su vieja camioneta antes de que los atraparan.

Sin hablar, Colin bajó la cabeza y comenzó a correr hacia adelante.

Don, sorprendido por el repentino movimiento de su hermano, se resbaló cuando trató de seguirlo. Cayó con fuerza al suelo y se golpeó la rodilla contra una roca suelta.

"¡Ay!" gritó, sintiéndose abandonado por Colin. Miró hacia arriba y vio que su hermano estaba ganando terreno en la ladera.

Frotando su rodilla, Don se levantó y corrió tras él, su rodilla palpitaba cada vez que ponía peso en ese lado.

Colin estaba casi fuera de la vista, oculto por los árboles y arbustos colgantes que había delante.

Don se mordió el labio inferior contra el dolor, y se inclinó hacia adelante para tratar de tomar un poco de impulso.

Delante de él, escuchó un sonido que le recordó a un cadáver siendo desgarrado.

Desde la oscuridad, algo rebotó por la ladera en su dirección.

Don se detuvo donde estaba y esperó mientras intentaba enfocar el objeto que caía hacia él.

Cuando estaba a un par de metros, lo reconoció.

Era la cabeza decapitada de su hermano.

Medio loco por el shock, Don se agachó a recogerla una vez que estuvo a su alcance.

Mientras miraba fijamente a los ojos muertos de su hermano, no vio a las criaturas descender hacia él hasta que fue demasiado tarde.

18

En sus sueños, Matilda Fox era perseguida a través de un laberinto de túneles, y aunque no podía ver a su perseguidor, sabía exactamente lo que era.

Los túneles eran oscuros, casi negros, y Matilda tenía que confiar en que donde quiera que pusiera cada pie, habría algún terreno sólido debajo para apoyarla.

La criatura rugió su frustración por no poder localizarla. El sonido resonó en los túneles y la hizo redoblar sus esfuerzos.

Sabía que no había escapatoria.

Ya había estado aquí antes.

En cada giro y curva, Matilda podía sentir que se dirigía a lo más profundo del subsuelo, minimizando cualquier posibilidad de escape.

La única entrada estaba muy lejos de ella ahora.

Ahí fue donde la criatura la arrastró desde la playa.

Todavía podía oler el horrible hedor de su olor corporal, que había tratado de enmascarar rociándose con demasiado desodorante. Su aliento también olía fuertemente a alcohol y nicotina. La combinación de los aromas se mezclaba en el aire para emitir un olor acre y rancio, que le daba ganas de vomitar.

Matilda trató de recordar cómo había logrado liberarse de su alcance, pero su memoria estaba nublada. Todo lo que sabía con seguridad era que él había amenazado con matarla cuando la atrapó, pero primero, tenía la intención de hacerle cosas inefables.

A lo lejos, Matilda podía oír una voz. Le hablaba en tonos suaves y tranquilos que trataban de asegurarle que pronto estaría a salvo y fuera de peligro.

Ella quería creerlo. Saber que en algún lugar adelante estaba su salvación. Pero una parte de ella quería distanciarse de la voz, casi como si tratara de llevarla por el camino equivocado y la llevara a una falsa sensación de seguridad.

Pero la voz era tan dulce e inocente, que Matilda no pudo evitar creer en las palabras que decía.

El fétido hedor de su atacante, que había asaltado sus fosas nasales hasta ahora, fue repentinamente reemplazado por algo agradable y acogedor.

Incapaz de resistirse, Matilda se detuvo en su camino y respiró profundamente, infundiendo sus pulmones con olor aromático, y erradicando el mal olor que emanaba de su perseguidor.

Al inhalar, la dulce voz la animó a abrir los ojos.

Cuando lo hizo, vio una cara amable y sonriente, que la miraba fijamente.

"Hola," dijo la misma voz dulce y melódica. "Me llamo Jodie. ¿Cómo te sientes?"

Matilda trató de sentarse, pero su cuerpo todavía le dolía desde antes, y le tomó un par de intentos antes de que pudiera apoyarse contra la pared de piedra detrás de ella.

Miró a su alrededor frenéticamente.

No se veía a nadie más que a la joven que estaba delante de ella.

Aunque la cueva era oscura, sin luz de día, había una gran fogata que ardía a pocos metros de ellos, y la luz que emanaba arrojaba un cálido resplandor que irradiaba alrededor de las paredes y el techo, haciendo que pareciera casi acogedor.

"Espero que no te importe, pero te lavé mientras dormías. Estabas bastante sucia de antes."

Matilda miró su cuerpo, fue entonces cuando se dio cuenta de que estaba desnuda, con sus pechos a la vista. La manta que cubría el resto de su cuerpo obviamente se había deslizado cuando se sentó.

Avergonzada, se puso las manos sobre su pecho.

Jodie se rió. "No tienes que preocuparte por eso, las dos somos mujeres, después de todo."

Matilda miró a la chica. Estimó que no podía tener más de 13 años como máximo, pero había algo casi mundano en ella que la hacía hablar y actuar como alguien mucho mayor.

"¿Te ha hecho daño ese hombre desagradable?" Jodie preguntó, con aspecto solemne y preocupado. "Ya no tienes que preocuparte más. Ya no puede hacer daño a nadie, mi primo se ocupó de él."

La mente de Matilda estaba nadando. Su memoria no había vuelto del todo, pero las palabras de Jodie la hicieron pensar en la criatura de su pesadilla. Su olor acre volvió a invadir sus fosas nasales por un segundo, pero afortunadamente fue reemplazado cuando Jodie quitó la tapa de la olla que tenía delante de ella.

Matilda se dio cuenta de repente de que estaba hambrienta. Inhaló profundamente, saboreando el magnífico aroma.

Jodie revolvió el contenido varias veces antes de levantar una cucharada hacia la boca de Matilda.

"Ahora prueba un poco de esto," sugirió Jodie. "Te hará sentir mejor enseguida."

"¿Qué es?" preguntó Matilda, con la voz temblorosa.

"Es una de las recetas especiales de mi madre, prueba y mira si te gusta."

Como si fuera una respuesta, el estómago de Matilda retumbó fuertemente.

El olor era demasiado atractivo para descartarlo.

Matilda se inclinó hacia adelante y aceptó la cucharada ofrecida.

En el momento en que el guiso entró en su boca, la suculenta carne se derritió en su lengua, estimulando sus papilas gustativas y explotando en una erupción de sabor.

Matilda tragó y abrió instintivamente su boca, lista para un poco más.

Jodie continuó haciendo cucharadas de bocado en bocado, como una madre que alimenta a su hijo con sopa mientras está enfermo en la cama.

El delicioso guiso calentó a Matilda desde el interior, haciéndola sentir humana una vez más.

Cuando hubo comido todo lo que pudo, levantó la mano y se disculpó con Jodie por no poder tomar otro bocado.

"¿Cómo estuvo?" preguntó Jodie, sonriendo. "Apuesto a que nunca has probado nada parecido," añadió con confianza.

Matilda sacudió la cabeza. "No te equivocas en eso," aceptó.

Sintiéndose menos cohibida, Matilda descubrió sus pechos, y miró a su alrededor de nuevo para cualquier signo de familiaridad.

Las palabras de Jodie sobre un "hombre desagradable", trajeron un recuerdo parcial de que la agarraron por detrás mientras caminaba hacia su auto.

"¿Qué estoy haciendo aquí?" preguntó.

Jodie volvió a poner la cuchara en la olla y se apoyó en sus caderas.

"Todavía no te acuerdas, ¿verdad?" preguntó con simpatía. "Bueno, estaba caminando por el bosque con mis primos, y nos encontramos con una camioneta estacionada cerca del bosque. Sentí que algo andaba mal, así que llamé a la puerta, y este hombre horrible la abrió, fue entonces cuando te vimos dentro, desnuda, y toda atada y amordazada."

La conmoción de Jodie al contar las circunstancias que rodearon su descubrimiento hizo temblar a Matilda.

En el fondo de su memoria, había un hombre malvado que la miraba fijamente mientras ella luchaba por liberarse.

Lentamente, el horror de su experiencia regresó.

Mientras revivía la pesadilla, Matilda sintió que lágrimas

calientes comenzaban a correr por sus mejillas. Las limpió con el dorso de su mano.

Jodie se inclinó hacia adelante y colocó un reconfortante brazo alrededor de sus hombros.

"No tienes que preocuparte más, ya se ha ido. Te lo dije, mi primo se ocupó de él."

Matilda se limpió la nariz con el dorso de su mano. "¿Fue tu primo quien me trajo aquí?" preguntó tímidamente.

Jodie asintió. "Sí, estás a salvo aquí."

"¿Y dónde está 'aquí', exactamente?"

Jodie se movió de nuevo. Por un momento pareció estar perdida en sus pensamientos, casi como si tratara de responder a una pregunta difícil.

Finalmente, ella respondió. "Aquí es donde viven mis primos. Es bastante seguro, nadie te hará daño mientras te protejan."

Matilda parecía desconcertada. "Pero esto es una cueva, ¿no es así?"

"Síp," respondió Jodie, "Me encanta estar aquí abajo. Mi hermana y yo solíamos venir aquí todo el tiempo cuando éramos pequeñas."

Matilda decidió que era mejor elegir sus palabras cuidadosamente. No estaba del todo segura de lo que estaba pasando, pero decidió que necesitaba la ayuda de Jodie, a pesar de todo.

"Jodie, estoy muy agradecida por todo lo que tú y tus primos han hecho por mí, pero me gustaría mucho volver a casa ahora, si te parece bien."

Jodie parecía perpleja. Las líneas de las arrugas que aparecían en su frente lucían fuera de lugar en alguien tan joven.

"¿Cuál es tu nombre?", preguntó, cambiando el tema, "Te he dicho el mío."

Matilda respiró profundamente. Aunque se sentía más fuerte después del guiso, no estaba en condiciones de salir corriendo, así que pensó que era mejor seguirle la corriente por el momento.

"Soy Matilda," respondió, extendiendo su mano.

Jodie la sacudió. "Encantada de conocerte, Matilda."

Matilda le devolvió la sonrisa. "Así que ahora somos verdaderos amigas, ¿puedes mostrarme la salida para que pueda volver a casa?"

El ceño fruncido volvió. "Lo siento, pero no es tan fácil. Verás, mis primos quieren conocerte como es debido."

Matilda asintió. "Ya veo, y me gustaría conocerlos para poder agradecerles por rescatarme. Pero, ¿no podríamos hacer eso afuera, al aire libre?"

Jodie sacudió la cabeza. "Oh no, ahora es de día, no salen de día."

"¿Cómo es eso?"

"Son cavernícolas", anunció Jodie con orgullo, como si fuera la cosa más natural del mundo para decir a modo de explicación.

"Cavernícolas," repitió Matilda, una sensación de inquietud se empieza a formar en su estómago.

"Es cierto, todos fuimos cavernícolas al principio. Yo vengo de generaciones de cavernícolas, que se remontan a siglos atrás. Mi papi puede contarte todo sobre la historia de nuestra familia."

El impulso de hacer salir huyendo estaba ganando impulso dentro de Matilda.

Empezó a preguntarse si Jodie había escapado de algún modo de un hospital mental, por la forma en que hablaba. Pero eso tenía aún menos sentido. ¿Cómo pudo alguien tan joven haberla traído a esta cueva? Y mucho menos salvarla de su atacante.

Además, a juzgar por la complexión de la chica, no parecía que hubiera pasado mucho tiempo bajo tierra.

Es más, si, como dijo, sus primos estaban aquí abajo en algún lugar, difícilmente le permitirían irse.

Obviamente la mantenían aquí abajo por una razón.

Matilda miró a Jodie directamente a los ojos. "Jodie, estoy realmente muy asustada. No me gusta estar aquí abajo, así que por favor muéstrame cómo salir."

Jodie puso una mano reconfortante en el hombro de Matilda, frotando la piel desnuda, con simpatía.

"Mira," comenzó, "Sé que puede ser un poco aterrador - no eres la primera que traemos aquí - pero pronto verás que no hay nada que temer."

La apelación de Matilda a la mejor naturaleza de la chica había caído en oídos sordos. En todo caso, las palabras de Jodie hicieron temblar aún más la columna vertebral de Matilda.

¿Qué quiso decir? '¿No eres la primera'?

Matilda instintivamente retrocedió.

Jodie suspiró. "Veo que tendré que presentarte a mis primos para que puedas entender lo que digo."

Con eso, Jodie se dio la vuelta y llamó a la oscuridad más allá del fuego rugiente.

El sonido que hizo no se parecía a nada que Matilda hubiera escuchado antes, y no podía creer que viniera de la chica.

En segundos, Matilda podía oír el sonido de los arrastres y los gruñidos que resonaban en la siguiente curva.

Cuando las criaturas finalmente salieron a la luz, Matilda creyó que ella misma se había vuelto loca.

Abrió la boca para gritar pero el sonido se negó a salir.

Mientras las criaturas chocaban entre si mismas para mirarla mejor, Matilda se impulsó a sí misma lo más lejos posible contra la pared de piedra.

Jodie se volvió hacia ella y sonrió, tranquilizándola. "Estos son mis primos," anunció orgullosamente, poniéndose de pie y caminando hacia el más grande y envolviendo sus brazos lo más posible alrededor de su enorme circunferencia.

Mirando hacia abajo a Matilda, continuó. "Y este es mi primo Gobal, que te salvó de ese hombre desagradable del que te hablé."

Matilda le devolvió la sonrisa, pero ya no era la sonrisa de una mujer cuerda.

19

Karen y Dan finalmente llegaron a Thorndike a las seis de la tarde. El viaje desde Londres había tomado más de siete horas porque Dan decidió tomar principalmente las carreteras secundarias en lugar de la autopista después de que se anunciara en las noticias de esa mañana que la policía la había cerrado en ambas direcciones debido a un gran accidente.

Además, siempre que Karen necesitaba alimentar o cambiar a Charlotte, tenía más sentido detenerse en lugar de seguir moviéndose.

Dan usó Google para dirigirse en las últimas 10 millas ya que estaba demasiado cansado para navegar los caminos del campo con sus carteles de dudosos.

Cuando se detuvieron frente a la cabaña de Moorside, Dan apagó el motor y estiró los brazos para aliviar la rigidez del viaje.

"Vaya," dijo, mirando a Karen. "Eso fue un viaje y medio."

"No ayudó el hecho de que la autopista estuviera cerrada," aceptó. "Tal vez deberíamos haber tratado de usarla más adelante."

"Tal vez," supuso Dan, "pero el problema con los accidentes como ese es que terminan teniendo un efecto dominó en toda la ruta.

Entonces terminas atrapado en un atasco porque todo el mundo ha tenido la misma idea."

Karen se desabrochó el cinturón de seguridad y se inclinó para poder ver la cara de Charlottes. La bebé estaba profundamente dormida en su asiento de coche mirando hacia atrás.

"¿Quieres sacarla mientras voy a abrir la puerta?" preguntó Dan, sonriendo.

"Me parece bien," respondió Karen. "Pero, ¿podrías sacar su porta-bebé primero? No me gusta dejarla encorvada en su asiento de coche durante mucho tiempo."

"Lo haré, jefa", dijo Dan en su mejor acento americano. Se inclinó y le dio un beso a Karen antes de salir de su asiento.

La puerta de entrada a la cabaña estaba envuelta por dos arbustos crecidos a cada lado, que se cruzaban en la parte superior para formar un arco.

Una vez que atravesaron la abertura, la vista de la cabaña hizo que ambos se detuvieran en seco.

El edificio se parecía mucho a un lugar que no había sido ocupado durante varios años. El encalado de las paredes estaba astillado y disparejo, y había áreas enteras donde la pintura se había desgastado.

Había grandes cantidades de musgo y maleza creciendo tanto en el pequeño jardín delantero como bajo las cornisas de las ventanas. En algunos casos, parecía que la vegetación era lo único que mantenía las ventanas en su lugar.

El vidrio de los marcos de las ventanas parecía como si nunca hubiera visto agua, e incluso desde esta distancia con la luz tenue, ambos podían ver que faltaban varias tejas.

Los dos se miraron con sonrisas irónicas.

"La Srta. Sharp dijo que esta era la casa de alguien, ¿no es así?"

Dan asintió. "Sí, según ella, sólo se iba a quedar aquí porque estaban fuera."

"¿Fuera en dónde, la cárcel?" Karen bromeó. "Parece que nadie ha vivido aquí en décadas."

No quería parecer desagradecida. Después de todo, estas eran unas vacaciones gratis. Pero por la misma razón, Karen sintió que ella misma habría estado muy avergonzada de ofrecer una propiedad tan deteriorada como una potencial casa de vacaciones.

"¿Crees que hay alguna posibilidad de que el interior esté en mejor forma?" Dan preguntó, tratando de mantener un estado de ánimo positivo. "Tal vez los dueños son demasiado viejos o enfermos para mantener el exterior."

"Mmnn," Karen no parecía convencida. "Bueno, sólo hay una manera de averiguarlo."

Dan avanzó con el portabebé de Charlotte balanceándose a su lado, y sacó la llave que su jefe le había dado del bolsillo de su chaqueta.

La llave, como el escudo de la cerradura, era vieja y un poco oxidada. Por un momento, Dan tuvo miedo de que se rompiera cuando intentó girarla.

Tomó un poco de esfuerzo, pero la llave finalmente funcionó, y ambos escucharon el pesado cerrojo encajarse de nuevo en el soporte.

"Es ahora o nunca," dijo Dan, abriendo la puerta.

La puerta se abrió con bisagras oxidadas que obviamente no habían tocado aceite en mucho tiempo.

El interior de la casa de campo era oscuro y premonitorio.

Dan deslizó su mano y sintió a lo largo de la pared hasta que localizó el interruptor de la luz.

Cuando lo encendió, ambos se sorprendieron gratamente al ver que el interior era mucho más agradable de lo que la fachada exterior les había hecho creer.

Dan dio un enorme suspiro de alivio. Aunque no tenía nada que ver con el estado del lugar, se sintió responsable de traer a Karen aquí. Se alegró de no haber creado una imagen demasiado poco realista de su aventura aquí.

Desde que vio la propiedad por primera vez, Dan se había resignado a buscarles un hotel local para sus vacaciones, una perspectiva que no le gustó después del largo viaje.

Dan entró y mantuvo abierta la puerta para que Karen maniobrara con el asiento del coche de Charlotte.

El piso de abajo era diáfano. Había dos sillones junto a la chimenea con reposapiés a juego delante de ellos, y el techo tenía oscuras vigas de madera. Un pequeño sofá escondido junto a una puerta que Dan sospechaba que debía llevar a la cocina, y dos aparadores a juego en lados opuestos de la habitación.

A la derecha había una escalera que llevaba al segundo nivel, con una barandilla muy ornamentada a su lado.

Dan cerró la puerta tras ellos para evitar el frío nocturno.

"Bueno, he visto cosas peores," se aventuró. "¿Qué te parece?"

Karen se volvió hacia él y sonrió. "No está nada mal," respondió. "Bien hecho".

En realidad, Karen encontraba la casa de campo un poco espeluznante. No había nada específico que pudiera señalar, pero sólo un sentimiento muy profundo dentro de ella. Pero dejó de lado ese pensamiento y decidió que necesitaba ser más comprensiva con los sentimientos de Dan.

"Vamos," dijo, alegremente. "Exploremos."

Trasladaron a Charlotte a su cuna sin despertarla.

Por un momento, Karen temió que Dan sugiriera que dejaran al bebé en la sala mientras exploraban el resto de la propiedad. Pero su inquietud por el lugar no permitía tal acción, así que estaba preparada para llevar a su bebé si era necesario.

Dan levantó el portabebé por las asas una vez que Charlotte se instaló, sin que se lo pidieran, así que Karen no tuvo que preocuparse.

Pasaron a la cocina, que era más grande de lo que cualquiera de ellos esperaba, dado el tamaño del resto de la casa.

A un lado estaba un horno que parecía lo suficientemente grande para cocinar un festín para una familia de 12 personas. El fregadero era uno de esos rectangulares de porcelana que Karen recordaba haber visto en las casas señoriales en los viajes escolares, y parecía lo suficientemente grande como para bañar a un bebé elefante.

Había una gran nevera y un congelador separado hacia la puerta trasera y, en el centro de la habitación había una robusta mesa de madera con seis sillas dispuestas cómodamente a su alrededor.

Junto a la cocina, Dan vio un bloc con instrucciones escritas sobre cómo trabajar con la cocina, así como detalles de dónde se guardaba todo, y las instrucciones para encender el piloto para asegurarse de que tuvieran agua caliente.

Arriba, encontraron dos habitaciones, una mucho más grande que la otra. La más grande tenía dos camas gemelas con una mesa lateral entre ellas, un gran armario y un tocador con un espejo en un marco ovalado.

La más pequeño tenía una cama individual en un extremo, y dos armarios de tamaño completo.

La cama individual estaba destendida pero había varias sábanas, almohadas y mantas dobladas sobre ella, listas para su uso.

Al igual que la chimenea de abajo, las dos de arriba habían sido preparadas con papel, leña y madera, listas para ser encendidas.

El baño no tenía opción de ducha. Contenía una bañera bastante grande, un lavabo con un pequeño armario encima en la pared, y un inodoro con un tanque y una cadena anticuados.

Dan entró y probó la cadena. Para su alivio, aún funcionaba, aunque el sonido del tanque de recarga parecía reverberar por toda la casa.

Miró a Karen. "Tendré que tratar de aguantar si necesito ir durante la noche," dijo con una sonrisa. "Ese ruido podría despertar a los muertos."

"O al menos, a la pequeña", respondió, asintiendo con la cabeza a la dormida Charlotte.

Volvieron abajo y revisaron las instrucciones que les habían dejado.

Había leche, mantequilla, queso y huevos en la nevera, té, café y azúcar en uno de los gabinetes y pan fresco sin cortar, junto con una selección de galletas en la panera.

También había instrucciones sobre cómo llegar a la posada Beanie.

Los regalos de bienvenida hicieron que Karen se sintiera un poco más relajada al quedarse allí.

Volviendo a la sala, Karen tembló cuando la cubrió una corriente de aire frío.

"¿Encendemos la chimenea?" Dan sugirió. "Podemos dejarla en llamas mientras salimos a cenar. Estará encantador y cálido para cuando volvamos."

Karen consideró su sugerencia. A pesar de que tenía una rejilla de metal en el frente para contener el fuego y evitar que los troncos rodaran sobre la alfombra y había una malla de protección contra el fuego, todavía le preocupaba que las cenizas pudieran escupir y caer sobre ella. Había visto demasiadas emisiones de servicio público sobre lo fácil que era iniciar un incendio, y lo último que quería era que se hicieran responsables de quemar la casa de otra persona.

"No, dejémoslo. No tiene sentido calentar el lugar cuando no estamos aquí para disfrutarlo."

Dan parecía sorprendido. "No estaba seguro de si todavía querías salir esta noche. ¿No se está pasando la hora de acostarse de Charlotte?"

Karen miró a su hija. "No, se porta bien, mientras el lugar no sea muy ruidoso, debería estar bien."

"Bueno, de acuerdo con las instrucciones, es sólo una caminata de cinco minutos, así que si no es adecuado siempre podemos tratar de encontrar otro lugar o conseguir una comida para llevar."

Cuando llegaron a la posada, la zona del bar estaba llena de clientes habituales de los viernes por la noche. Todos dejaron de hablar y se volvieron a mirar cuando entraron. Le recordó a Dan una de esas viejas películas del oeste cuando el pistolero entraba en la cantina.

El incómodo silencio duró sólo unos segundos antes de que los clientes continuaran con sus conversaciones. Para Dan y Karen, sin embargo, se sintió como horas.

Karen miró a Dan y le dio una sonrisa nerviosa.

Él puso una cara en respuesta que al menos la hizo sonreír.

Entonces, de la nada, una gran mujer surgió de la multitud, y se acercó a ellos con una sonrisa radiante en su rostro.

"Hola," dijo, ofreciendo su mano, "mi nombre es Mavis Beanie. Bienvenidos a nuestro pequeño establecimiento. Ahora déjenme ver, ustedes deben ser Dan y Karen, ¿cierto?"

Karen aceptó la mano de la mujer y la estrechó. "Sí, así es," respondió curiosamente.

Dan hizo lo mismo. "Supongo que mi jefa le dijo que íbamos a venir."

"Así es, querido." La mujer se asomó al portabebé. "Qué hermoso ángel. No nos habían hablado de ella... simplemente preciosa."

"Gracias," dijo Karen. "Esta es mi hija Charlotte, espero que esté bien traerla aquí, si empieza a llorar o a hacer una escena la llevaré afuera."

Mavis miró fijamente a ambos adultos. "Nada de eso aquí," insistió. "Esta pequeña puede gritar por todo el lugar si quiere, enviaré a este grupo a empacar antes de echarla."

Karen sonrió. "Gracias, es muy amable de su parte".

"Para nada," insistió Mavis. "Ahora síganme los dos y los acomodaremos y alimentaremos. Espero que ambos tengan hambre."

"Famélicos," le aseguró Dan.

Los lugareños movieron sus sillas hacia atrás cuando el trío se acercó para permitirles el acceso al restaurante. Karen captó algunas miradas en el camino que la hicieron sentir un poco incómoda. Los hombres, especialmente, no trataron de disimular el hecho de que se deleitaban mirándola de arriba a abajo.

Escuchó a Dan detrás de ella diciendo algunos saludos mientras caminaban, pero no escuchó a nadie responder.

Ya que atravesaron al restaurante, Mavis los llevó a una mesa en la esquina que tenía un cartel de reservado y los sentó.

"Ahora, pónganse cómodos mientras les traigo una pinta de cerveza casera," dijo, dando una palmadita en el hombro a Dan. "¿Y te gustaría lo mismo?" le preguntó a Karen. "¿O preferirías algo un poco más ligero?"

"Un vino blanco seco sería encantador," respondió Karen.

Mavis no esperó a ver si Dan tenía alguna objeción a su orden.

Colocaron el portabebé de Charlotte en una silla a un lado, donde nadie se chocara con ella si pasaban.

El restaurante estaba bastante concurrido, con sólo un puñado de mesas vacías.

A diferencia del bar, aquí nadie se interesó especialmente por ellos, aunque un par de cabezas se volvieron brevemente en su dirección mientras se sentaban.

"Al menos está cálido aquí," susurró Karen.

"Mmnn", aceptó Dan, tomando su mano. "¿Y puedes oler esos pasteles? Creo que podría comerme una docena yo mismo ahora mismo."

Karen asintió. Tuvo que admitir que el aroma ciertamente le abrió el apetito.

No había menús en la mesa, lo que no era particularmente extraño. En cualquier restaurante decente, el personal de servicio traía los menús cuando se acercaban a la mesa. Pero cuando miró alrededor de la habitación, a Karen le pareció que todos estaban comiendo lo mismo.

Tal vez, pensó, el viernes por la noche era la noche de los pasteles de carne.

Parecía que sólo había dos camareras sirviendo. Ambas estaban vestidas idénticamente con camisas a cuadros y overoles. La más joven de las dos no parecía tener edad suficiente para trabajar, en la opinión de Karen. Pero, viéndolas juntas, se parecían tanto, que Karen concluyó que probablemente eran miembros de la familia del dueño.

La más joven de los dos se acercó a su mesa después de atender otra mesa.

"Hola", dijo ella, alegremente, "mi nombre es Jodie, y les serviré esta noche." ¿Quieren algo de beber?"

"La señora que nos mostró nuestra mesa ya ha ido por nuestras bebidas," le informó Dan. "¿Hay algún menú que podamos ver?"

Jodie le dio una mirada desconcertada. "¿Menú?" respondió. "Aquí no usamos eso. Todos vienen de lejos para probar los pasteles de carne de mi papi. Son los mejores del mundo."

"Estoy segura de que son buenos," dijo Karen. "¿De qué tipo de carne son, o hay una selección?"

Jodie se rió. "Son un secreto de familia, se han pasado de generación en generación, son muy buenos."

Justo en ese momento, Mavis regresó con sus bebidas.

"Jodie, espero que cuides de nuestros invitados," le dijo, poniendo sus bebidas delante de ellos.

"Oh, sí mamá, les estaba contando sobre... Oh, Dios mío, es adorable, ¿cómo se llama?"

Moviéndose alrededor de la mesa para que su madre dejara los vasos, Jodie se dio cuenta del portabebés que había en la silla entre ellos.

Una amplia sonrisa se cruzó en su rostro mientras miraba a Charlotte.

"Se llama Charlotte," respondió Karen, sonriendo.

"¿Qué edad tiene?" Jodie preguntó con entusiasmo.

"Poco más de tres meses."

"Oh, mírala, mamá", arrulló Jodie. "¿No es la cosa más preciosa que has visto?"

Mavis Beanie puso sus puños gordos en sus caderas y frunció el ceño a su hija menor. "Jodie, sabes que no debes molestar a los clientes."

Karen se dio la vuelta. "Oh, de verdad, no está siendo una molestia," le aseguró a Mavis.

"Bueno, gracias por su amabilidad, señorita, pero tiene un trabajo que hacer y no se va a hacer solo, ¿verdad, Jodie?"

Jodie miró a su madre, amonestada. "Lo siento mamá, pero es tan adorable."

"Y esta gente está tan hambrienta, ¡así que a trabajar!"

Jodie se sonrojó y se volvió a la cocina.

"Lo siento," Mavis se disculpó. "Ella es todavía muy joven y propensa a distraerse."

"En realidad, no es ningún problema," le aseguró Karen. "Parece una chica encantadora, muy educada. Supongo que es su hija."

"Así es, querida, y hay una hermana mayor allí." Asintió con la cabeza a Polly al otro lado de la habitación, donde llevaba una botella de vino a una mesa de cuatro.

"Debe de estar muy orgullosa de tenerlas trabajando aquí," Dan contribuyó. "La mayoría de las chicas de su edad querrían salir un viernes por la noche, con sus amigos."

Mavis sonrió, pero la expresión no llegó a sus ojos. "Oh, ellas conocen su lugar, mis niñas, les concedo eso."

En ese momento, Jodie reapareció de la cocina, llevando una bandeja. Cuando se acercó a su mesa, el aroma que se escapó de debajo de la corteza del pastel asaltó sus fosas nasales, causando que tanto Karen como Dan soltaran un murmullo inconsciente de apreciación.

"Bueno, los dejo. Disfruten de su comida." Con eso. Mavis se fue para volver al bullicioso bar.

Jodie colocó un plato delante de cada uno de ellos.

Cada plato contenía una gran rebanada de pastel de carne, una porción de puré de papa mantecoso y una guarnición de zanahorias y guisantes.

Después de dejar los platos, Jodie levantó una salsera de gravy y la puso en el centro.

"Volveré en un momento," les aseguró.

Dan y Karen inhalaron profundamente para saborear el delicioso aroma.

"Vaya, esto huele maravilloso," dijo Dan. "No me había dado cuenta de lo hambriento que estaba hasta ahora."

"Yo tampoco," coincidió Karen. Ella miró para ver que Charlotte había despertado. El bebé sonrió a su madre con ojos brillantes.

Karen se inclinó y acarició suavemente la mejilla de su hija con el dedo.

Sintió una punzada de culpa por no haberla cargado. Pero la había cambiado y alimentado antes de que salieran, y como Charlotte parecía contenta con quedarse allí por el momento, Karen decidió esperar y ver cuánto podía consumir de su cena antes de que la interrumpieran los lloriqueos de su bebé.

Jodie volvió a su mesa. Colocó una cesta de mimbre con un surtido de panecillos, y un plato de plata que contenía paquetitos individuales de mantequilla, cada una envuelta en papel de plata, delante de ellos.

"Muy bien," dijo, orgullosa, "¿hay algo más que pueda hacer por ustedes?"

Karen y Dan sacudieron sus cabezas.

"No, gracias," le aseguró Dan, "todo parece delicioso."

Se acercó para agarrar el salero.

La mano de Jodie se adelantó de repente y le agarró la mano antes de que tuviera la oportunidad de sacar el condimento de su soporte.

"Deberías probar el pastel de mi papá antes de añadirle algo," aconsejó seriamente. "Su gravy es especialmente carnoso."

Tomado por sorpresa, Dan asintió con la cabeza.

La mano de Jodie se quedó un momento más antes de que lo soltara.

"Bon appetit," dijo con una sonrisa.

Se asomó a Charlotte. "Ahora hazme saber si hay algo que pueda hacer por ti, pequeña," arrulló, sonriendo cuando la bebé pareció sonreírle.

Con eso, se dio la vuelta y los dejó para que comieran.

20

El inspector Keith Jacobs no había tenido el día más fructífero. Para empezar, se durmió durante la alarma, lo que naturalmente significaba que llegaría tarde al trabajo. En su prisa por ahorrar tiempo, se las arregló para resbalarse en la bañera y golpearse la frente de lado. Luego, para añadir a su miseria, también se cortó afeitándose, y su barbilla aún sangraba cuando llegó a la estación.

Como estaba asignado a una estación del condado tan pequeña, no era como si tuviera un oficial superior presionándolo. Pero de todas formas, sentía que era importante que proyectara la imagen correcta a sus subordinados, y llegar a tiempo al trabajo era un ejemplo básico de integridad, que estaba deseando exhibir.

El sargento de guardia miró casualmente el reloj de pared cuando le deseó buenos días a Jacobs. Fue un gesto sutil, pero no pasó desapercibido.

Se había quedado dormido porque había pasado una noche inquieta, preocupándose por el asunto con Dennis Carter y Sharon Spate.

Ni Charlie Spate ni Sid Carter habían informado de que sus hijos habían vuelto a casa, así que Jacobs sabía que era sólo cuestión de tiempo antes de que tuviera que iniciar una investigación completa.

Anticipándose, decidió profundizar en los archivos y pescar cualquier caso antiguo de desapariciones relacionadas con Thorndike.

El oficial a cargo de los archivos era un hombre corpulento, de tez muy pálida. Una consecuencia de pasar la mayor parte de su día de trabajo bajo tierra, Jacobs sospechaba.

El archivo contenía estantes rodantes, repletos de archivos de papel, la mayoría de ellos llenos de costuras y unidos por bandas elásticas entrecruzadas.

El oficial a cargo evidentemente amaba su trabajo, y estaba feliz de hablarle incesantemente sobre su sistema de apilar y mantener archivos.

Había una computadora en su escritorio, que Jacobs sospechaba que estaba colocada específicamente allí para que el oficial pudiera registrar y comprobar la ubicación de sus archivos sin salir de su escritorio.

Pero era obvio para Jacobs por el hecho de que la pantalla estaba en blanco, y el disco duro ni siquiera estaba encendido, que este oficial era de la vieja escuela que prefería hacer las cosas de la manera tradicional, antes de que se introdujeran las computadoras para ayudar a hacer sus vidas más fáciles.

Cuando Jacobs preguntó por Thorndike, los ojos del oficial se iluminaron.

"¿Por qué le interesa ese lugar?" preguntó con curiosidad. "¿No me diga que ha habido otra desaparición allí?"

"¿Otra más?" Jacobs preguntó, su curiosidad ahora despierta. "¿Por qué? ¿Sabes de otras recientemente?"

El hombre sacudió la cabeza. "No, no recientemente. La última fue hace más de un año, si recuerdo bien. Tengo el archivo aquí abajo, un momento." Y con eso, desapareció a la vuelta de una esquina y volvió varios minutos después con una carpeta azul bajo el brazo.

Se lo entregó a Jacobs. "No hay mucho ahí dentro," explicó. "El tipo que hizo la denuncia sólo vino a la estación una vez. Afirmó que no tomábamos la desaparición de su novia lo suficientemente en serio, y que iba a resolverlo él mismo. Nunca lo volví a ver."

Jacobs hojeó el escaso archivo. El oficial estaba en lo cierto, todo lo que contenía era el formulario original de la denuncia, fechado y sellado más de un año antes.

"¿Y esto es todo lo que tienes?" preguntó Jacobs, curiosamente. "Por la forma en que hablabas, pensé que había habido una serie de desapariciones inexplicadas en el lugar."

"Sí las han habido," respondió el oficial con entusiasmo. "Se remontan a cientos de años atrás. De hecho, la primera investigación de esta estación se refería a alguien que desapareció después de decirle a gente que iba a ir allí."

"Cuando dices cientos de años, ¿estás hablando en serio?" preguntó Jacobs, sorprendido por la revelación del oficial.

"Absolutamente," le aseguró el archivero. "Cuando esta estación abrió por primera vez, transfirieron todos los registros sobre incidentes de esta área de aquí. Algunas de los testimonios son tan viejos, que me sorprende que no estén escritas en pergamino." El oficial se rió de su propia broma.

"¿Y esos informes sólo están acumulando polvo aquí abajo?" Jacobs preguntó incrédulo.

El oficial asintió con la cabeza. "Sí, la idea es que cuando finalmente tengamos nuestro escáner, pueda transferirlos para que tengamos una copia digital. Algunos de los casos más antiguos se están desmoronando, así que no hay garantía de que pueda salvarlos todos."

Jacobs pensó por un momento. "¿Y me estás diciendo que todos estos archivos se refieren a desapariciones denunciadas sobre Thorndike?"

"Bueno, no, no dije todas," respondió el oficial a la defensiva. "Pero todavía hay unas pocas que están técnicamente abiertas. Ya sabe cómo es, Inspector. Alguien informa de la desaparición de alguien y luego aparece, y ningún cabrón se molesta en decírnoslo, así que el archivo permanece abierto. Nadie vuelve a mirar el caso, a menos que se encargue una revisión."

Jacobs sabía muy bien cuán ciertas eran las palabras del archivero. Sabía de miles de archivos de personas desaparecidas dejados abiertos desde su tiempo en Liverpool, así que no le sorprendió que incluso en una ciudad relativamente pequeña como esta, tales casos siguieran ocurriendo.

"Dime," preguntó, "aparte de ésta, ¿cuándo fue la última denuncia oficial de desaparición presentada sobre Thorndike?"

El oficial se rascó la barbilla, pensativo. "Bueno, tendré que comprobarlo, pero en mi cabeza, ha habido un par por año que se remonta a por lo menos 10 años."

"¿Todo sigue oficialmente abierto?" preguntó Jacobs, sin intentar disimular el asombro en su rostro o en su voz.

"Bueno, sí, supongo. Es como dije, cuando esta gente aparece, nadie se molesta en decírnoslo." El oficial se dio la vuelta y miró hacia el pasillo más cercano. "Los mantengo casi siempre juntos, sobre todo en los casos en que alguien se ha escapado después de una pelea con su media naranja. Puedo apostar mi vida a que vuelven una vez que se hayan tranquilizado."

Antes de esta conversación, Jacobs no tenía ni idea de lo potencialmente grave que podía ser la situación en Thorndike.

Era una aldea tan pequeña, que no podía entender cómo tanta gente podía desaparecer de allí sin que uno de sus predecesores investigara los casos con más detalle.

Decidió que tenía que leer algunos de esos informes antes de decidir si quería o no llamar la atención de sus superiores sobre la situación.

Esperaba que Dennis Carter y Sharon Spate no fueran las víctimas más recientes de una larga lista de incidentes similares.

Se volvió hacia el archivero. "¿Podrías traerme todos los informes sobre estas desapariciones de los últimos dos años?" preguntó, sosteniendo el archivo en su mano. "Sólo los que han permanecido abiertos."

"Por supuesto, jefe," respondió alegremente el oficial. Parecía lo suficientemente feliz como para complacerlo, y Jacobs se preguntó si el hecho de estar atrapado aquí abajo bajo tierra significaba que no tenía muchas visitas, o peticiones de esta naturaleza.

Por lo general, los que trabajaban en los archivos habían sido retirados de sus tareas habituales por razones de salud o de edad.

Jacobs se imaginó cuál sería la historia del hombre. Pero antes de que pudiera preguntarle, había desaparecido a la vuelta de la esquina, silbando para sí mismo.

Jacobs trabajó durante el almuerzo, tratando de hacerle cola o cabeza a los archivos mal guardados que el archivero había encontrado para él.

Era evidente que los oficiales que investigaron los incidentes no los tomaron demasiado en serio. De hecho, la mayoría de los policías sabían por experiencia que la gran mayoría de los casos de personas desaparecidas terminaban con la supuesta víctima siendo encontrada sana y salva en un tiempo relativamente corto.

Los casos en los que la víctima no fue encontrada eventualmente llevaron a una investigación de asesinato o a un caso sin resolver.

Todos los casos sobre los que Jacobs había leído que implicaban a Thorndike no parecían seguir a primera vista ningún patrón en específico. Las víctimas eran tanto hombres como mujeres y de edades diversas. La mayoría eran visitantes a la zona, lo que haría que Dennis y Sharon, si resultaran estar desaparecidos, fueran las primeras víctimas locales registradas.

En varios de los expedientes se indicaba que cuando se denunciaba la desaparición de las víctimas, sus allegados no podían decir con seguridad que sus seres queridos habían desaparecido en esa área. Sólo que habían mencionado su visita en correos electrónicos o mensajes anteriores, sin confirmar que habían llegado.

Jacobs llegó a la conclusión de que esa circunstancia explicaría sin duda la falta de tiempo y esfuerzo dedicados a esa investigación.

Aun así, ninguno de los casos se había cerrado, lo que posiblemente significaba que ninguna de las víctimas había reaparecido. Al menos, no para el conocimiento de la policía. Jacobs se sintió aliviado de que, al menos por el momento, Charlie Spate y Sid Carter no estuvieran azotando su puerta exigiendo una respuesta. Pero aún así, cuanto más tiempo estuvieran sus hijos en paradero desconocido, más probable era que acabara teniendo que pedir ayuda externa.

La única pista que tenía hasta ahora era la declaración de los hermanos Craven. Fueron los últimos en ver a Sharon y Dennis antes de que se desvanecieran.

Se le ocurrió a Jacobs que tal vez sería mejor que los volviera a entrevistar, esta vez más formalmente.

No sospechaba que los hermanos estuvieran involucrados de alguna manera, pero podría haber algo que uno o ambos vieron en la noche en cuestión que podría ser pertinente para una próxima investigación.

Jacobs sabía que si terminaba teniendo que pedir ayuda, tenía que asegurarse de que tenía todos sus hechos debidamente cotejados y listos para pasarlos a sus superiores.

Empezaba a hacerse tarde, y Jacobs podía ver a través de su ventana que el sol se estaba ocultando.

Tomando su chaqueta del respaldo de su silla, Jacobs informó al sargento de guardia cuando salió que iba a volver a hablar con los hermanos, en la tienda de su padre.

Cuando llegó a la carnicería, la puerta estaba cerrada y las persianas se habían bajado.

Jacobs entró en el quiosco de al lado para hacer averiguaciones, y descubrió que los dos muchachos vivían con su padre encima de la tienda, así que caminó por el lado del edificio hasta que encontró la puerta principal correcta.

Pete Craven respondió a la puerta después de varios golpes. Por su apariencia, Jacobs dedujo que el hombre había estado en medio de lavarse después de un largo día manejando carne cruda.

El carnicero miró a Jacobs con recelo.

Antes de que Jacob tuviera la oportunidad de decir algo, Pete le cortó el paso.

"Oh, por el amor de Dios, ¿qué han estado haciendo los dos pequeños desgraciados ahora?" El carnicero preguntó, frotando restos de crema de afeitar de su cara con el extremo de la toalla que se había envuelto alrededor del cuello.

Jacobs frunció el ceño. "Lo siento, no lo entiendo," respondió.

"Mis dos muchachos, tweedle-tonto y tweedle-torpe. Supongo que vienes porque se han metido en algún tipo de problema."

"No exactamente," respondió Jacobs, repentinamente preocupado de que el hombre obviamente no supiera dónde estaban sus hijos. "De hecho, esperaba hablarles de nuevo sobre la noche en que vieron a Sharon."

Jacobs pudo ver que la nube de confusión comenzaba a flotar sobre los ojos de Pete.

"¿Supongo que no están aquí?" Jacobs continuó.

Pete Craven respiró profundamente antes de responder. "No, no lo están, pero te diré por qué, ¿debería?"

Jacobs asintió.

"Me di cuenta esta mañana de que los pequeños bichos han pillado una bandeja de mi mejor filete. Nadie sabe cómo pensaron que no me daría cuenta, pero estoy seguro de que es por eso que han tenido demasiado miedo de mostrar sus caras hoy."

"¿Así que no los has visto en todo el día?" preguntó Jacobs, considerando la explicación de Pete.

El carnicero sacudió la cabeza.

"¿Por qué demonios te robarían la carne?" Preguntó Jacobs, ganándole la curiosidad.

Pete se apoyó en el marco de la puerta, exponiendo sus axilas peludas al detective.

"Porque ambos no tienen el cerebro con el que nacieron." se burló Pete. "Hago la vista gorda con ellos de vez en cuando cuando roban algunas de las cosas baratas. Sé que probablemente se lo están vendiendo a alguien que no está muy preocupado por su procedencia. Pero esta vez me han costado mucho dinero, y cuando regresen, ¡saben lo que les espera a los dos!"

Jacobs pensó que era prudente no preguntar qué era eso, pero podía arriesgarse a hacer una buena suposición.

"¿Tienes alguna idea de dónde podrían estar escondiéndose?"

Pete sacudió la cabeza. "Podrían estar en cualquier lugar, conociéndolos. Probablemente durmiendo de la bebida que compraron después de vender mi buen filete. Bueno, espero que piensen que valió la pena cuando los atrape."

Era obvio por sus modales que a Pete no le preocupaba en absoluto el hecho de que sus hijos no hubieran vuelto a casa la noche anterior.

Además, como parecía no tener idea de dónde podrían estar, Jacobs concluyó que cualquier otro interrogatorio sería una pérdida de tiempo.

Le dio a Pete una tarjeta con su número de móvil. "Sólo pídele a uno de ellos que me llame cuando regresen."

"Sí, OK," respondió Pete, retrocediendo. "Si es que todavía son capaces de hacerlo cuando termine con ellos."

Después de que Pete cerrara la puerta, Jacobs volvió a su coche y se sentó en él, pensando.

Había un pensamiento persistente en el fondo de su mente sobre que debía tomar la desaparición de los hermanos más seriamente que su padre. En esta etapa, no valía la pena iniciar una investigación a fondo, pero nada le impedía hacer algunas investigaciones discretas.

Recordó que uno de los hermanos le dijo que a veces iban a la posada en Thorndike por pasteles de carne y pintas. Jacobs consideró la posibilidad de que un lugar como ese fuera el tipo de establecimiento en el que dos jóvenes emprendedores pudieran descargar algo de carne barata.

Era un comienzo, al menos, así que Jacobs decidió dar un paseo hasta allí, sólo por si acaso veía su furgoneta en el lugar.

Cuando llegó a la posada, el estacionamiento estaba casi lleno. A pesar de que era viernes por la noche, Jacobs todavía pensaba que era extraño que tanta gente estuviera allí tan temprano. Le hizo preguntarse si los hermanos no estaban exagerando con los pasteles, después de todo.

Encontró un lugar hacia el final, cerca de la entrada del bosque, y buscó entre los otros vehículos para ver si podía ver la furgoneta del carnicero.

Habiendo recorrido el lugar sin éxito, Jacobs decidió echar un vistazo a la parte de atrás de la posada, por si acaso había una zona de desbordamiento donde los muchachos se habían estacionado para no ser vistos.

Mientras Jacobs pasaba por la zona del patio exterior, donde se habían dispuesto varias mesas y sillas para cualquiera que tuviera la valentía de soportar el frío, podía ver por la ventana lateral que la zona del bar estaba llena de gente, lo que no era una sorpresa teniendo en cuenta el número de vehículos que había en el estacionamiento principal. Pasó por delante de la gran zona de desechos y se asomó a la vuelta de la esquina. La zona era lo suficientemente grande como para albergar un par de vehículos, y ninguno de los dos se parecía a una furgoneta de carnicero.

Cuando volvió a la esquina, la puerta trasera que daba a la posada se abrió.

Jacobs se detuvo y miró para ver a Polly saliendo con una gran cubeta de plástico.

Se dirigió a los contenedores de basura. Sin notar a Jacobs parado ahí en las sombras, Polly levantó la gran tapa de plástico de uno de los cubos de basura.

Jacobs se preguntaba si debía toser o aclararse la garganta para anunciar su presencia. Lo último que quería era que la joven lo viera y pensara que la estaba espiando.

Antes de que tuviera la oportunidad de hacer una señal, Polly se giró y gritó, dejando caer la cubeta a sus pies.

Jacobs extendió sus manos. "Lo siento mucho... no quise asustarte," dijo con disculpas.

"¿Qué estás haciendo ahí?" Polly exigió. "Me has dado un susto de muerte."

Jacobs se acercó a ella. "Lo siento mucho," reiteró. "Estaba buscando un vehículo que pensé que podría estar estacionado detrás de la posada."

Jacobs se detuvo frente a Polly y se agachó para recuperar la cubeta. Afortunadamente, había aterrizado en posición vertical, por lo que ninguno de los residuos del interior se había derramado en el suelo.

"Permíteme," dijo sonriendo. En su prisa por levantar la cubeta, Jacobs se enganchó la corbata entre su mano y la orilla de plástico. Incapaz de agarrarla, se concentró en verter el contenido en el receptáculo que Polly acababa de abrir.

Jacobs podía sentir su cara sonrojada.

Polly no se había movido cuando recuperó la cubeta, así que ahora no estaba a más de unos metros de él. Podía oler una ligera fragancia que sospechaba que era su perfume. El olor se dirigió hacia él en el aire nocturno, y llenaba sus fosas nasales con el agradable aroma de flores recién cortadas.

Una vez que la cubeta estaba vacía, Jacobs cerró la tapa y se volvió a enfrentar a Polly.

Ella seguía mirándolo, con los ojos llenos de sospecha e intriga.

"¿Por qué buscabas un vehículo detrás del restaurante de mi papá?" le preguntó directamente.

Jacobs abrió la boca para responder, pero no salió nada.

Se sintió tonto por su vergüenza. Después de todo, estaba allí en su capacidad oficial, así que no tenía razón para tergiversar, o tratar de evitar la pregunta.

Sin embargo, algo en Polly lo hizo sentir como un adolescente tratando de pedirle una cita a la chica más hermosa de la escuela.

Se regañó a sí mismo por su ridículo sentimiento, y buscó en su chaqueta su tarjeta de autorización.

La sostuvo lo suficientemente cerca para que Polly pudiera verla en la tenue luz que se proyectaba sobre ellos desde la entrada trasera.

"Soy un oficial de policía," explicó, tratando desesperadamente de mantener el nivel de su voz. "Estoy investigando una presunta desaparición, y haciendo un registro de la zona en caso de que el vehículo de la víctima esté en las cercanías."

Los ojos de Polly se abrieron mucho. "Vaya," exclamó. "Eres un oficial de policía, no tenía ni idea. Qué emocionante."

Jacobs sonrió y puso su identificación en su bolsillo.

Aunque se sintió relajado, ahora que había explicado su presencia, todavía sentía un escalofrío de excitación recorriendo su columna vertebral ante la respuesta de Polly.

Obviamente estaba impresionada por su placa y eso lo hizo sentir un poco atolondrado.

Polly era, después de todo, una chica asombrosamente hermosa, pero él era lo suficientemente mayor para ser su padre y sabía que debía saber que no debía coquetear con ella.

"Entonces, ¿puedes hablarme de esta persona desaparecida que estás buscando? Tal vez la he visto." Polly dio otro paso más, de modo que los dos estaban apenas a un pie de distancia.

"Bueno, " Jacobs tartamudeó, "para ser honesto, no puedo discutirlo en este momento. Todavía está en sus primeras etapas."

Polly parecía decepcionada, y no trató de ocultarlo.

"¿Qué te hace pensar que podrían haber estado aquí?" preguntó, concentrándose en la corbata arrugada de Jacob, y acariciándola con el dorso de su mano en un esfuerzo por enderezarla.

Jacobs podía sentir que su reserva empezaba a resbalar.

El simple toque de la mano de Polly contra la tela, estaba empezando a darle una erección.

Titubeantemente, Jacobs dio un paso atrás, lo suficientemente lejos como remarcar el mensaje.

Polly lo miró a los ojos, con una expresión de perplejidad en su rostro.

Los dos se quedaron en silencio por un momento.

Finalmente, Polly preguntó. "Ya que estás aquí, ¿quieres una pinta y uno de los pasteles de carne de mi papá? Acaba de hacer un lote fresco."

Pensar en comida hizo que el estómago de Jacob comenzara a gruñir.

Al no haber comido desde el desayuno, le vendría bien algo de sustento.

Miró a la posada, y luego se volvió hacia Polly.

"Parece que hay mucha gente ahí dentro esta noche," dijo.

"El viernes por la noche es uno de los más concurridos," respondió Polly, "pero aún puedo encontrarte una mesa si tienes hambre."

Jacobs se masticó el labio inferior sin querer. "Para ser honesto," explicó, "no me siento realmente cómodo en grandes multitudes. Tal vez en otra ocasión."

Polly se movió hacía adelante. "¿Tienes hambre?" preguntó con firmeza.

En el momento oportuno, el estómago de Jacob volvió a retumbar.

"Ven conmigo," Sin esperar una respuesta, Polly lo llevó al patio, y desempolvó una silla con una toalla de su delantal. "Ahí tienes," anunció ella, orgullosa. "Siéntate ahí, y lo traeré."

Jacobs se sintió obligado a obedecer.

Se sentó y vio a Polly desaparecer dentro del bar.

Mientras estaba sentado allí, escuchando el alboroto desde el interior de la posada, Jacobs tembló y deseó que hubiera aceptado entrar después de todo.

La perspectiva de cenar aquí en una noche tan fría no era precisamente atractiva, pero sentía que ahora que Polly había hecho el arreglo sería grosero rechazar la oferta.

Desde arriba, escuchó de repente el sonido de uno de los calentadores de exterior cobrar vida.

Miró hacia arriba y vio como el objeto con forma de cúpula comenzó a brillar en rojo.

En pocos minutos pudo sentir el calor reconfortante de la luz de la lámpara llegar a sus hombros cansados.

Realmente marcó la diferencia e, incluso con la brisa, Jacobs estaba más que cómodo, y ahora esperaba con ansias su comida.

Después de unos minutos, Polly volvió a salir de la posada con su hermana a cuestas.

Ambas llevaban bandejas y las colocaron en la mesa frente al detective.

Hubo una comida completa de pastel, puré de patatas y verduras, y una pinta de cerveza casera, que Jodie puso orgullosamente ante él.

Jacobs estaba a punto de presentarse a Jodie, pero antes de que tuviera oportunidad, Polly se volvió hacia ella y le dijo: "Gracias, Jodie." Con eso, la joven levantó la cola del delantal e hizo una ligera reverencia, antes de girar y volver a la posada.

"Ahora bien," dijo Polly, su voz casi severa, como si estuviera hablando con un menor. "Mete eso dentro de ti, y yo saldré a ver cómo estás cuando termine de servir adentro."

"Gracias," respondió Jacobs, "todo se ve magnífico."

Antes de que se girara para irse, Polly se inclinó y le tomó la barbilla con la mano, dándole un rápido apretón entre el pulgar y el índice.

Jacobs no pudo evitar sonreír cálidamente en respuesta.

Vio a Polly volver a la posada. Cuando ella abrió la puerta, se detuvo y miró hacia él.

Jacobs levantó su tarro para saludarla antes de que ella volviera a entrar.

21

Dan tambaleó, tropezando con sus propios pies, y se cayó hacia adelante. Consiguió evitar la caída agarrándose del pasamanos que recorría todo el patio y bajando los pocos escalones que llevaban al estacionamiento.

En su esfuerzo por mantenerse erguido, dejó que la puerta se balanceara hacia atrás.

Karen, al darse cuenta de lo que estaba a punto de suceder, estiró la mano y se las arregló para detener la puerta antes de que se estrellara contra el portabebé de Charlotte.

Por eso insistió en llevar ella a su hija a casa, en lugar de permitir que Dan se encargara de la tarea, aunque él insistió en hacerlo, e incluso fue bastante ruidoso dentro del restaurante.

Karen nunca lo había visto borracho antes, y tuvo que admitir para sí misma que sacaba un lado de él que no le gustaba, o no lo apreciaba.

Sólo había tomado tres pintas de cerveza casera con su cena, lo que no le pareció particularmente indulgente a Karen. Después de todo, era viernes por la noche. Pero la cerveza debe haber sido mucho más fuerte de lo que Dan anticipó. Incluso después de sólo dos pintas, casi se caía cuando se levantó para ir al baño.

Siendo justa con él, no pidió una tercera pinta. Pero la casera le trajo una de todas formas.

Karen no quería parecer una regañona, pero le preguntó si podía con otra, y Dan parecía bastante confiado en ese momento.

Karen se alegró de haberse quedado con agua después de su primer vaso de vino.

Pero entonces, supo que tenía que poner el bienestar de Charlotte en prioridad.

Cuando Dan llegó al último escalón, se desplomó sobre él y se inclinó hacia un lado contra la balaustrada. Se sentó allí por un momento, aparentemente ajeno a la presencia de Karen, y aspiró un profundo pulmón de aire nocturno, dejándolo salir lentamente por su boca.

"¿Te sientes un poco mal?" Karen preguntó, sin molestarse en ocultar el borde del sarcasmo en su tono.

Dan se giró para mirarla.

La mirada de sus ojos le dijo todo lo que necesitaba saber.

Dan sonrió, pero no era su habitual rayo de alegría, más bien el de un hombre que no conoce sus circunstancias.

Karen consideró dejarlo allí para que se pusiera sobrio mientras llevaba a Charlotte a casa. Pero él tenía las llaves, y además, sabía que se sentiría culpable si lo hacía.

La pregunta era qué hacer ahora.

En ese momento, Charlotte se agitó en su portabebé y comenzó a lloriquear.

Karen sabía que necesitaba otra comida, y posiblemente un cambio de pañal.

Necesitaba volver a la cabaña, pero con Dan en ese estado, iba a ser más un estorbo que una ayuda.

"Vamos, Dan", instó, "Necesito llevarme a Charlotte de vuelta, hace mucho frío aquí afuera."

"Síp," dijo Dan, agarrándose fuertemente a la barandilla mientras intentaba levantarse.

Le llevó tres intentos, pero finalmente logró ponerse de pie.

"Vaya, esa cosa era más fuerte de lo que pensaba," murmuró, más para sí mismo que para Karen. "Bien, Danny, muchacho, con firmeza."

Dan se las arregló para alejarse de su muleta improvisada sin caerse.

Karen cambió a Charlotte a su otra mano, para poder unir los brazos con Dan y así poder guiarlo a casa. Estaba un poco preocupada de que, si él se caía, podría llevarla con él sin querer, pero decidió que el riesgo era lo suficientemente pequeño para seguir adelante.

Además, si sentía que Dan estaba perdiendo el equilibrio, siempre podía sacar su brazo del suyo y moverse a un lado antes de que se cayera.

Fue lento, pero lograron volver a la casa de campo en una sola pieza.

Karen tuvo que recordarle a Dan que tenía la llave de la puerta principal en su bolsillo.

Entonces ella tuvo que esperar lo que parecía una eternidad para que él la localizara.

El interior de la cabaña parecía aún más frío que el exterior. Dan anunció inmediatamente que iba a encender la chimenea, pero Karen lo convenció de que esperara hasta que hubiera resuelto lo de Charlotte.

Una vez que la bebé fue alimentada y cambiada, Karen encendió el fuego en el gran dormitorio.

El calor del crepitar de la madera se extendió por la habitación, haciéndolos sentir más humanos de nuevo.

Karen puso la cuna de Charlotte en un rincón de la habitación, y colocó a su bebé dormida dentro.

Una vez que estuvo segura de que todo estaba listo, Karen bajó para encontrar a Dan dormido en uno de los sillones. Consideró despertarlo e intentar ayudarlo a subir las escaleras, pero decidió dejarlo dormir.

Trajo un par de mantas de la pequeña habitación y se las puso encima mientras dormía.

Karen alimentó el fuego con unos cuantos leños más antes de meterse entre las suaves sábanas.

Se durmió en segundos.

Jacobs se secó después de su ducha, y se paró frente al espejo de su dormitorio con una toalla enrollada en su cintura, mirándose a sí mismo.

Su cuerpo era razonablemente delgado, considerando su edad, lo cual fue más por suerte que por planificación. Nunca había prestado mucha atención a lo que comía o bebía y, en cuanto al ejercicio, prefería ver los deportes en la tele en lugar de participar activamente.

Suspiró para sí mismo con resignación.

¿Cometió un gran error al volver a la posada esta noche?

Después de terminar su delicioso pastel y su pinta de cerveza, Polly volvió a verlo, con otra pinta de cerveza casera en una bandeja.

Jacobs sabía que debía rechazarla ya que iba a conducir, pero como Polly ya la había sacado y traído para él, no podía negarse.

Ella se quedó con él mientras bebía.

La cerveza se deslizaba maravillosamente por su garganta, y Jacobs podía sentir cómo le calentaba las entrañas y le relajaba hasta el punto de la somnolencia.

En algún momento de su conversación, Polly le convenció de que debía volver más tarde, después de que el restaurante estuviera cerrado, y unirse a ella para un paseo nocturno por el bosque.

Había algo en su forma de hablar que le hizo sentir que la invitación no era sólo para un paseo, sino algo más personal.

A pesar de que era joven y hermosa, Jacobs sintió como si estuviera interesado en él, lo que le hizo sentirse muy halagado. Pero, el sensato policía dentro de él enviaba destellos de advertencia a su cerebro, diciéndole que retrocediera y pusiera excusas.

Ya fuera por la cerveza o por las hormonas que una joven tan encantadora le habían hecho despertar, antes de que pudiera detenerse, Jacobs había aceptado su oferta y los dos ultimaron sus planes.

Polly había explicado que, por razones obvias, necesitaba escabullirse después de que sus padres se hubieran ido a la cama, así que arreglaron para reunirse en el borde del estacionamiento , cerca del bosque.

Jacobs condujo a casa su cabeza revuelta de confusión.

¿Realmente la chica quería acostarse con él, o simplemente se engañaba a sí mismo, habiendo leído mal las señales, debido probablemente a la bebida.

Una vez en casa, Jacobs se duchó, se lavó los dientes y se asfixió con su colonia más cara.

Pensando en la noche que se avecinaba, se vistió con un chándal y cogió su abrigo de piel de oveja de su armario para protegerse del frío.

Revisó la hora y encontró que todavía tenía más de una hora para esperar antes de conducir de vuelta allí.

Jacobs decidió ver la televisión mientras tanto, aunque se dio cuenta de que no podía concentrarse en nada con la mente acelerada por la noche.

Cuando por fin llegó el momento de irse, Jacobs se envolvió en el reconfortante calor de su abrigo y se puso en marcha, teniendo cuidado en el camino, ya que aún podía sentir las secuelas de la cerveza.

Siguiendo las instrucciones de Polly, Jacobs aparcó tan cerca del bosque como pudo, asegurándose de que su coche estuviera a la sombra para que no pudiera ser visto desde la posada.

Esperó dentro.

Con el motor apagado, pronto hizo demasiado frío para estar cómodo, y Jacobs se preguntó si sería mejor salir y caminar por ahí, para ayudar a mantener el frío fuera.

Antes de decidirse, notó una puerta que se abría en la parte superior de la escalera de incendios y a Polly saliendo por la escalera de incendios.

Su estómago se agitó con excitación.

Estas no eran las acciones de un oficial de policía profesional, y él lo sabía. Pero dejó de lado todas las preocupaciones cuando vio a Polly acercarse a su coche.

Estaba vestida con una minifalda, con una chaqueta acolchada con cremallera hasta el cuello. Llevaba zapatos blancos, y su largo pelo rubio estaba atado con una cola de caballo.

Le recordaba a Jacobs a una porrista.

Abrió la puerta y se levantó de su asiento.

Cuando Polly lo alcanzó, le rodeó el cuello con sus brazos y lo llevó a darle un beso completo.

Jacobs no se resistió. No podía, aunque quisiera.

Cuando se separaron, Polly lo tomó de la mano y lo llevó al bosque.

"Vamos," ella lo convenció. "Hay un lugar encantador a unos cientos de metros. Nadie nos molestará allí."

Jacobs siguió como un cachorro siendo guiado por su dueño.

Efectivamente, después de unos pocos cientos de metros, llegaron a un claro rodeado de maleza por todos lados.

Jacobs podía oír el suave latir del agua del lago, cerca de la siguiente cresta.

Había una media luna arriba de ellos, que proyectaba una peculiar gama de sombras sobre el claro. Por un momento, Jacobs estaba convencido de que podía ver figuras moviéndose detrás de los arbustos a la sombra de la luna, pero antes de que tuviera la oportunidad de expresar su preocupación, Polly lo había tirado al suelo, besando y acariciando su cara y cuello con sus dedos bien cuidados.

Jacobs se perdió en el momento.

Respondió hambriento a los afectos de la chica, reciprocando lo mejor que pudo dentro de los límites de su grueso abrigo.

Jacobs podía sentir la piel de gallina en los muslos de Polly mientras los acariciaba, con ternura, deslizando sus dedos bajo el fino material de sus bragas, y acariciando sus pequeñas y bien redondeadas nalgas en sus palmas.

Polly gimió fuertemente, respondiendo a su toque.

Ella ayudó a sacarle el abrigo para que quedara debajo de ellos como un suave colchón, y abrió la cremallera de su chándal para poder acceder a su cuello.

Después de un rato, Polly se sentó y se desabrochó su propia chaqueta, dejándola caer al suelo detrás de ella. Sólo llevaba una camiseta delgada debajo e incluso con esta luz, Jacobs pudo ver que no llevaba sostén.

Sonriendo a Jacobs, Polly le agarró las manos y las deslizó bajo la suave tela para que pudiera acariciar sus pechos. Podía sentir su creciente erección debajo de ella.

Polly empezó a mover sus caderas contra el bulto ascendente de él, deslizándose de un lado a otro hasta que sus ojos le dijeron que no podría contenerse por mucho más tiempo.

Polly se movió por las piernas de Jacob y con entusiasmo bajó sus pantalones de correr y liberó su órgano hinchado de sus calzones. Se agachó y lo tomó en su boca, deslizando su lengua a lo largo del eje de su pene, y moviendo su lengua a lo largo de su cabeza.

Todo estaba sucediendo tan rápido, que no podía controlarse.

Por un breve segundo, se le ocurrió a Jacobs que no tenía ningún condón.

Se preguntaba si tal vez Polly había pensado en ello.

Él quería preguntarle, pero antes de que las palabras se formaran en su boca, Polly se quitó las bragas y guió a Jacobs dentro de ella.

Ya era demasiado tarde. Todas las precauciones estaban verdaderamente descuidadas. Jacobs se contuvo tanto como pudo, mientras Polly giraba sobre él.

Pasó sus manos por su espalda, sintiendo la carne tierna y suave bajo sus dedos.

Polly lo agarró del cabello con una mano, y se inclinó hacia adelante cuando ella también empezó a alcanzar el orgasmo.

Jacobs se impulsó hacia arriba para encontrar cada uno de sus movimientos. Sus cuerpos se movieron juntos en perfecta sincronización para crear la legendaria bestia de dos espaldas. Tan absorto en el momento estaba, que Jacobs ignoraba por completo que justo detrás de él se reunía un pequeño ejército de criaturas, cada una mirando la escena con un solo pensamiento entre ellas. Darse un festín con él una vez que la unión estuviera completa.

Jacobs se las arregló para contenerse lo suficiente para que Polly alcanzara el orgasmo. Cuando finalmente liberó su torrente, soltó un pequeño grito de satisfacción.

Polly se inclinó hacia adelante y cubrió su cara con sus pechos desnudos, aplastándolos contra él mientras su lengua ansiosa buscaba uno de sus pezones.

Levantó la cabeza y miró a las criaturas, que se preparaban para el ataque que vendría después.

Polly dio un sutil movimiento de cabeza y Gobal comprendió inmediatamente el mensaje.

Se dio la vuelta y se fundió de nuevo en la oscuridad, seguido por el resto de su manada.

Cuando Polly volvió a entrar en la posada por la escalera de incendios, su madre la esperaba en las sombras.

Agarró a la asustada chica por la muñeca y la hizo girar hasta que su espalda estuvo contra la pared más cercana.

"¿Dónde demonios has estado, jovencita?"

Polly supo al instante que su madre ya sabía la respuesta a su propia pregunta. Aún así, pensó que podría haber una posibilidad de que sólo se diera cuenta de su desaparición después de que se hubiera ido, por lo que no la había visto reunirse con Jacobs en el aparcamiento.

"Sólo salía a dar un paseo, mamá," mintió, tratando de mantener la mirada sospechosa de su madre. "Sabes que me gusta tomar un poco de aire fresco antes de dormir."

Mavis Beanie se acercó hasta que casi se tocaron las narices. Cerró los ojos y comenzó a inhalar profundamente.

Cuando abrió los ojos de nuevo, Polly pudo ver que su juego había terminado.

"Piensas que soy estúpida, chica," escupió su madre. "Puedo olerlo por todas partes."

Polly tragó saliva. "Sólo fue un poco de diversión, mamá. No pasó nada."

Mavis apretó la muñeca de su hija hasta que la niña comenzó a gritar.

"Ay, mamá, me haces daño," suplicó, ya sospechando que caería en oídos sordos.

Sin responder, Mavis marchó por el pasillo hacia la primera habitación. Una vez allí, abrió la puerta y arrastró a Polly tras ella.

La mujer se arrojó en la esquina de la cama y tiró a su hija sobre su regazo.

"Ahora bien, mi niña," dijo, "te advertí que iba a pasar si ibas con ese policía, ¿no?"

"Pero mamá," protestó Polly, "es muy simpático, no es como los demás, lo prometo."

"Cállate," dijo Mavis. "Se te advirtió, y ahora vas a pagar por ello."

Con eso, levantó la minifalda de Polly y le bajó las bragas hasta pasar los muslos, mostrando las desnudas mejillas del trasero.

"Ahora quédate quieta," ordenó Mavis, "o iré a buscar mi zapatilla."

La amenaza fue suficiente para hacer que Polly enterrara su cara en las sábanas de la cama para evitar que llorara. A pesar de lo duro que fueron los azotes de su madre, sabía por experiencia que su zapatilla le dolía aún más.

Mientras Mavis golpeaba con la palma de su mano derecha el trasero desnudo de su hija, una y otra vez, gruñía con el esfuerzo. Después de diez nalgadas, su mano comenzaba a doler, pero se negó a rendirse hasta que estuvo segura de que su hija había aprendido la lección.

Una vez que los azotes terminaron, Mavis permitió que Polly se pusiera de pie.

"Ahora bien, mi niña, ¿has aprendido bien la lección?" preguntó, usando el énfasis de su voz para asegurarse de que su hija supiera que sólo había una respuesta aceptable.

Polly se puso de pie frotando su dolorido trasero con ambas manos, y asintió con la cabeza.

"Sí, mamá," respondió en voz baja.

Mavis pudo ver dos rastros de lágrimas que bajaban por el rostro de su hija. La bajó suavemente, y Polly cayó de rodillas, apoyando la cabeza a un lado en el regazo de su madre.

La mujer comenzó a acariciar el cabello de su hija con suavidad.

"Ya, ya, vamos, todo ha terminado," dijo Mavis. "Sabes que has hecho el mal y que te han castigado, así que no tenemos nada más que decir al respecto."

"Sí, mamá," respondió Polly, con la voz baja por la bata de su madre.

"Sabes que debemos tener cuidado, siempre lo has sabido. No somos como los demás, no podemos escoger lo que vemos o no vemos."

Polly asintió con la cabeza una vez más.

Una vez que las lágrimas de Polly se secaron y dejó de resoplar, su madre le dio un abrazo y un beso y la mandó a la cama.

Mavis esperaba que este fuera el último de los asuntos.

Pero algo en el fondo le dijo que ese no iba a ser el caso.

22

En algún momento de la noche, Karen sintió que las cubiertas se retiraban cuando Dan se unía a ella.

El fuego se había apagado, así que pensó que debieron haber pasado varias horas desde que lo dejó abajo.

Su cuerpo se sentía como hielo mientras se acurrucaba con ella, envolviéndola con sus brazos para darle calor.

Karen repentinamente olió su aliento. El olor era lo suficientemente fuerte como para hacerla sentir nauseabunda. Supuso que probablemente había vomitado durante la noche, pero no se había molestado en lavarse los dientes después.

Giró la cabeza y enterró su cara en la almohada para que bloqueara el hedor.

Fueron despertados temprano a la mañana siguiente por el llanto de Charlotte.

Cansadamente, Karen salió por debajo de las mantas y tembló cuando fue a la cuna a ver a su hija.

Dan se agitó, luego se dio vuelta y se volvió a dormir.

Karen se puso unas zapatillas y se envolvió la bata alrededor de los hombros para calentarse, luego se sentó con Charlotte para darle de comer.

Miraba a Dan mientras dormía.

Hasta ahora, este no había resultado ser el fin de semana romántico que se le había prometido, pero ella esperaba que Dan al menos hubiera aprendido la lección, y parara después de su segunda pinta la próxima vez.

A Charlotte le llevó un tiempo tranquilizarse después de alimentarse, así que cuando Karen se las arregló para volver a la cama, el sol empezaba a aparecer por la ventana.

El sonido de Dan tosiendo y balbuceando sacó a Karen de su sueño.

Miró su teléfono en la mesa de al lado y vio que ya eran las 11. Se volvió para ver a Dan de rodillas junto a la cama, con la cabeza enterrada en el colchón mientras intentaba sofocar otro ataque de tos.

Karen sintió una punzada de culpa por no sentir un poco más de simpatía hacia su novio. Pero entonces, se consoló de que era su culpa, después de todo, pensando que podía soportar más bebida de la que le convenía, como un adolescente tratando de impresionar a sus compañeros.

El ruido que Dan estaba haciendo, finalmente despertó a Charlotte, y la bebé comenzó a gritar para anunciar el hecho.

Karen deslizó sus piernas de debajo de las mantas. Se dio cuenta de que había dejado puestos sus pantalones de deporte después de levantarse más temprano para alimentar a su hija, y se alegró de ello ahora que la casa de campo estaba tan fría como el hielo.

Mientras Dan se dirigía al baño para vaciar su estómago de nuevo, Karen se puso un jersey y se puso sus botas de lana. Agarró su bata de la silla sobre la que la había envuelto antes y se la puso, envolviendo el cordón alrededor de su cintura y atándola con un lazo.

Tomó a Charlotte y la sostuvo sobre su hombro, acunando su cuello con la mano.

Karen llevó a su hija abajo y se sentó en el sillón donde Dan se había quedado dormido la noche anterior.

Se quitó la bata y se levantó el jersey para ver si Charlotte quería alimentarse. La bebé empezó a mamar con hambre inmediatamente, así que Karen se recostó en la silla y dejó que su hija bebiera hasta hartarse.

Después de un tiempo, Dan luchó por bajar las escaleras, con un aspecto deplorable. Se había puesto la misma ropa que llevaba el día anterior y, por su pelo mojado, Karen supuso que había estado salpicando agua en su cara después de vomitar.

Aunque su condición era de su propia creación, Karen no pudo evitar sentir lástima por él cuando vio la expresión de perrito faldero en su cara.

"En nombre de todo lo sagrado, ¿qué estuve bebiendo anoche?", preguntó lastimosamente.

"Algo llamado cerveza casera, creo que la mesera dijo que se llamaba. Supongo que no eres un fanático."

Dan se desplomó en el sillón frente a Karen, y sostuvo su cabeza en sus manos.

"Me ofrecería a hacerte un fuerte café negro ," dijo Karen, "pero me temo que alguien necesita mi atención aún más."

Dan levantó la vista y se dio cuenta a lo que se refería. Intentó sonreír, pero sólo llegó a la mitad del camino.

Una vez que Charlotte terminó de comer, Karen se la llevó a Dan. "¿Puedo confiar en ti para que la cuides mientras nos hago un café a los dos?" preguntó, tratando de evitar el sarcasmo de su voz. Realmente sentía pena por él, pero aún le preocupaba que no fuera lo suficientemente capaz de cuidar de Charlotte en este momento.

Dan asintió y extendió sus brazos.

Karen colocó cuidadosamente a Charlotte contra su hombro, y esperó a que él la abrazara antes de soltarla.

Les preparó a ambos un café negro fuerte y se lo llevó a Dan.

Karen colocó sus tazas en la pequeña mesa junto a cada una de sus sillas y, antes de recuperar a su hija, encendió el fuego y reemplazó el protector de metal.

A esta altura, Charlotte había logrado dormirse en los brazos de Dan, así que Karen la tomó y la puso en su portabebé para dormir.

Se sentó y vio a Dan intentando desesperadamente sorber su caliente café antes de que empezara a enfriarse.

El aire en la casa de campo comenzó a calentarse casi inmediatamente cuando el calor se irradiaba de los troncos crepitantes.

Se quedaron allí mirando la chimenea hasta que terminaron su café.

"¿Mejor?" preguntó Karen.

"Un poco," Dan asintió, "Supongo que por casualidad no llevas analgésicos encima."

Karen sacudió la cabeza. "Lo siento, suelo tener una provisión en casa, pero no pensé en traerlas conmigo."

"No te preocupes," Dan se sentó en su silla, frotándose las sienes. "Puede que tenga que ir a buscar un químico."

"¿Tan malo es?" Karen preguntó, preguntándose si debería ofrecerse como voluntaria para el viaje, ya que en ese momento era la más estable de las dos.

Dan asintió con la cabeza en respuesta. "Creo que puedo estar en las garras de la madre de todas las resacas," admitió.

Karen echó un vistazo al portabebé. No es que no confiara en que Dan fuera responsable de Charlotte, pero, dada su condición actual, le preocupaba que se tropezara al llevarla de vuelta a su silla si se despertaba mientras Karen estaba fuera.

La otra opción era ponerla en su cochecito, pero eso estaba todavía en el maletero del coche de Dan, y necesitaría la ayuda de Dan para sacarlo.

Añadido a eso, y ella odiaba admitirlo, incluso para sí misma, pero encontraba el pueblo un poco espeluznante. En su camino de regreso de la posada anoche, se sintió segura de que la gente los observaba desde las sombras.

Un par de veces, mientras intentaba mantener a Dan en posición vertical, había mirado hacia arriba y podría jurar que vio a la gente esconderse detrás de los arbustos más adelante.

Era casi como si todo el pueblo tuviera curiosidad por ver quiénes eran los extraños.

Karen llegó a la conclusión de que ese comportamiento podría no ser tan fuera de lo común en una comunidad tan pequeña, donde todos conocían a todos, y los recién llegados debían ser tratados siempre con sospecha.

Pero, de todos modos, la desconcertaba lo suficiente como para que no le apeteciera aventurarse sola, ni siquiera a plena luz del día.

Entonces, tuvo otra idea. "¿Qué tal si nos preparo algo de desayuno?" se ofreció. "Un poco de huevo, tocino y pan frito podría ayudar a absorber todo ese alcohol."

Dan levantó su mano para que ella dejara de hablar, y tapó su boca con su otra mano. Karen captó la indirecta. "¿No es una gran idea entonces?"

Dan sacudió la cabeza.

Después de unos momentos más, Karen se puso de pie. "¿Otro café?" preguntó, "Me vendría bien uno."

Dan sacudió su cabeza una vez más. "No, gracias," gimió, "Creo que una vez que vuelvas, iré a buscar a ese químico antes de que esta resaca arruine todo nuestro día."

Dan pasó la mayor parte de una hora buscando en vano un químico. Se las arregló para encontrar un quiosco en el extremo más alejado del pueblo, y el dueño le informó que el químico más cercano significaría un viaje a la ciudad.

Dan sabía que no estaba en condiciones de hacerlo ahora mismo.

Se las arregló para comprar algo de paracetamol del quiosco y una botella de agua, así que al menos había algo dentro de él que luchaba contra su resaca. No era mucho, pero tendría que servir por ahora.

Era un día despejado, con pocas nubes, pero al menos era seco y no demasiado frío. Así que, en lugar de volver a caminar por la calle principal desde la casa de campo, decidió tomar una ruta más larga a través del bosque, y bajar por el lago. Como no estaba familiarizado con la zona, siguió las señales, y no pasó mucho tiempo antes de que pudiera ver el agua a través de los árboles.

La vista de las aguas abiertas siempre había tenido un efecto calmante en él, desde que era un niño, así que Dan esperaba que tal vez un par de minutos junto al lago podría ayudar a las pastillas a hacer su trabajo.

No había nadie en el lago, lo que Dan encontró un poco extraño.

Era casi la tarde y él habría pensado que los propietarios de barcos en los alrededores habrían esperado el fin de semana para sacarlos.

Era inevitable que hubiera peces en el lago, y como no había señales que prohibieran la pesca, Dan también encontró extraño que nadie pareciera aprovecharse del clima templado.

Dan encontró un tronco de árbol adecuado y se sentó a escuchar el sonido del agua golpeando la costa.

No era así como se imaginaba que Karen y él pasarían su fin de semana romántico fuera. Y encima, sabía que todo era culpa suya. Tendría que compensar un poco, una vez que se sintiera más humano de nuevo.

Después de unos 10 minutos, el paracetamol comenzó a hacer efecto.

Dan se inclinó hacia adelante con los codos apoyados en las rodillas, y observó las ondas en el agua como una bandada de patos que pasaba a la distancia.

Podía sentir que empezaba a adormecerse.

"Hola de nuevo," dijo una voz alegre a su lado.

Asustado, Dan se sentó y vio a Jodie de pie junto a él.

"Oh, hola," dijo, recordando vagamente a la joven del restaurante.

"¿Qué haces aquí afuera, solo?" preguntó, colocando la cesta de mimbre que llevaba en el suelo. "Por favor, dime que no te has peleado con tu novia."

Dan se rió. "No," le aseguró, "nada de eso. Sólo necesitaba un paseo para aclarar mi mente. Tu madre sí que sirve una pinta de cerveza, no hay duda."

Jodie se rió. "Eso es lo que hace," aceptó. "No eres la primera persona que conozco que sufre las secuelas de un exceso de cerveza casera."

Dan echó un vistazo a la cesta de la chica. Estaba cubierta con una tela de cuadros, así que no pudo ver el contenido.

"¿Qué hay ahí?" preguntó, asintiendo con la cabeza. "¿Vas a ir de picnic?"

Jodie pareció tener que pensar por un momento antes de responder.

"No, no como tal," respondió. "Voy a ver a una amiga mía que no se siente bien. Le voy a llevar algunas provisiones de mi madre."

Jodie comenzó a frotar el codo de su brazo donde estaba el asa de la cesta.

Dan pudo ver la marca roja que había dejado.

"Eso parece doloroso," observó. "¿Pesa mucho?"

Jodie asintió. "Un poco, mi mamá siempre hace demasiado, pero mi amiga no puede salir en este momento y no tengo tiempo para hacer dos viajes. Todavía tengo que hacer mis tareas en la posada."

Dan sintió lástima por la chica.

Ahora recordaba que había estado muy atenta a ellos la noche anterior, y que parecía estar encantada con la pequeña Charlotte.

"No quiero entrometerme," dijo, "pero ¿quieres que te ayude a llevar tu cesta a la casa de tu amiga? Parece que a tu pobre brazo le vendría bien un descanso."

Los ojos de Jodie se iluminaron. "¿Lo harías?" Eso sería muy amable. No está lejos," le aseguró.

Dan se levantó de su tronco..

Mientras se agachaba para recoger la cesta, Jodie se inclinó y le dio un beso en la mejilla.

Dan le sonrió a la chica y sintió que se sonrojaba un poco.

Extendió su brazo. "Dirige el camino, jovencita," dijo.

Caminaron juntos durante unos 15 minutos, con Jodie charlando animadamente la mayor parte del tiempo. Parecía muy curiosa por saber qué hacían él y Karen en el pueblo, y cómo llegaron allí.

Finalmente, dejaron el lago y Jodie llevó a Dan por un camino tan bien escondido que, si no hubiera sabido que estaba allí, Dan nunca lo habría visto.

Subieron la colina, a través de los arbustos, algunos de los cuales eran más altos que Dan.

Su plan original era dejar a Jodie en la puerta de la casa de su amiga, pero ahora temía que pudiera necesitarla para encontrar el camino de vuelta.

Cuando entraron en el bosque, los árboles que se alzaban sobre ellos bloqueaban la mayor parte de la luz del día, haciendo que pareciera casi como si fuera el atardecer, en lugar de las primeras horas de la tarde.

"Ya casi llegamos," anunció Jodie brillantemente.

Dan se detuvo y miró a su alrededor.

Parecían estar en medio de la nada.

Antes de que él tuviera la oportunidad de preguntar qué quería decir con eso, Jodie lo agarró de la mano y lo arrastró hacia lo que parecía un gran montículo de tierra, hacia un lado.

En una inspección más cercana, Dan vio que en realidad era una formación rocosa que parecía estar cubierta de un espeso musgo, casi como si hubiera sido camuflada para ocultarla.

Dan miró con curiosidad como Jodie sacó una linterna de su bolsillo y la encendió.

Satisfecha de que la iluminación era lo suficientemente fuerte, tiró de la mano de Dan, pero esta vez, él se negó a ceder.

"Espera un segundo," se opuso. "¿A dónde vamos exactamente?"

Jodie se dio la vuelta y sonrió. "Esta es la entrada a un túnel," le informó. "Lleva al otro lado de la colina, nos ahorra tener que subir y volver. Mi amiga está a sólo unos minutos de aquí."

Jodie se dio cuenta por la vacilación de Dan de que su explicación no le convencía del todo.

Miró a su alrededor con aprensión.

No había nadie más a la vista.

De hecho, ahora que lo pensaba, no habían pasado a nadie desde que salieron del lago.

Jodie arrugó la frente. "¿Qué pasa?" preguntó.

Dan se sintió un poco tonto al sentirse tan incómodo al entrar en la estructura cuando la joven Jodie no mostraba tal aprehensión.

"Tal vez sería mejor si tomáramos el camino largo sobre la colina?" sugirió.

"Eso es una tontería," regañó Jodie. "Sólo son un par de minutos a través del túnel, pero toma años sobre la colina y volver, y necesito volver pronto, para mis tareas."

Dan no podía ocultar su renuencia a aventurarse a tal lugar.

Jodie suspiró y extendió su mano hacia la cesta. "Está bien," le aseguró. "Si tienes miedo de pasar, puedo soportarlo el resto del camino. Pero estoy muy agradecida por toda tu ayuda, siempre me cuesta llevarla tan lejos cuando estoy sola. No es tan malo cuando Polly viene conmigo, luego nos turnamos, pero ella estaba muy ocupada esta mañana."

Dan le apretó la mano. "Para nada," dijo, tranquilizadoramente. "No puedo dejar que arrastres esta cosa el resto del camino. Para eso me tienes a mí." Guiñó el ojo.

Jodie sonrió y se giró para abrir camino a través de la entrada de la cueva.

Una vez dentro, la linterna de Jodie fue pronto la única iluminación que tuvieron para ver a dónde iban.

La inquietud de Dan sobre esta parte de la aventura era tan fuerte como siempre, y se encontró agarrado de la mano de Jodie.

Le parecía ridículo que él, un hombre adulto, tuviera miedo de usar esta ruta, cuando era obvio que la pequeña Jodie la había usado incontables veces antes y no estaba en absoluto asustada.

Dan sabía que nunca se habría perdonado si hubiera enviado a la chica aquí sola, sin importar cuánta confianza tuviera o cuántas veces hubiera sido así en el pasado.

Serpentearon por los diversos giros y vueltas cincelados en la roca, y Dan tuvo la clara impresión de que cuanto más se adentraban, más profundo era el subsuelo.

Jodie siguió charlando sin importarle, su dulce voz resonando desde las sólidas paredes y el techo.

Desde adelante, Dan podía ver una luz que emanaba de la siguiente curva.

Dio un gran suspiro de alivio al ver que finalmente se dirigían hacia la luz del día, y una salida.

Cuando se acercaban a la curva, Dan podía ver sombras bailando en las paredes, sin duda por la luz que había delante. Le parecía extraño que la luz del día sola pudiera causar tal efecto, pero Jodie parecía despreocupada y continuó liderando el camino, tirando de él detrás de ella.

Cuando finalmente dieron la vuelta, la vista que se encontró con los ojos de Dan fue suficiente para hacer que se tambaleara de nuevo en shock. La luz que había visto provenía de una fogata, más que de la luz del día.

Sentadas alrededor del fuego había una docena de criaturas, como nunca antes había visto. Al verlas, todas las criaturas se volvieron en su dirección y, una por una, comenzaron a levantarse.

Jodie soltó la mano de Dan y caminó hacia la más grande de las criaturas.

Dan estaba en un dilema.

Su instinto era huir, pero al mismo tiempo temía por Jodie, que claramente no parecía apreciar el peligro que corrían.

Dan miró con asombro, mientras Jodie alcanzaba a la gigantesca criatura y procedía a tratar de abrazarlo, aunque sus ligeros brazos no llegaban ni cerca al enorme pecho de la cosa.

Dan abrió la boca para llamarla, pero no pudo encontrar su voz. Sus cuerdas vocales estaban tan congeladas como parecían sus piernas.

Vio a Jodie decirle algo al monstruo que estaba delante de ella, pero estaba demasiado conmocionado para oír sus palabras.

Como si en alguna señal silenciosa, todas las criaturas convergieron en Dan.

En el último segundo, sintió sus piernas de nuevo, pero era demasiado tarde. Dan se dio la vuelta para correr, pero antes de que pudiera dar un solo paso, la multitud estaba sobre él.

Escuchó el crujido de sus huesos, y sintió un dolor abrasador cuando sus miembros fueron arrancados de su cuerpo.

Entonces, misericordiosamente, la muerte lo reclamó.

23

Jacobs se había bebido su tercera taza de café de la mañana. Normalmente, intentaba espaciar su consumo de cafeína a lo largo del día, pero había dormido mal, casi nada, siendo sincero, y necesitaba el impulso para volver a la vida.

Una de las muchas desventajas de su profesión era la clara propensión a consumir en exceso bebidas calientes, al menos hasta que se considerara apropiado cambiar al alcohol.

Esa decisión, que él sabía por experiencia pasada, era una que variaba enormemente, dependiendo de la presión a la que se sometiera durante cualquier investigación en particular.

Sabía de colegas en Liverpool que, con el tiempo, habían adquirido el hábito de añadir un trago de whisky a su primer té o café de la mañana y, para algunos, esa muleta era lo único que les permitía hacer frente.

Sin embargo, Jacobs no estaba tan estresado como confundido.

Su cita con Polly la noche anterior le había dejado con una mezcla de emociones que no podía entender.

Jacobs era un hombre atractivo para su edad, y aunque a menudo había sido objeto de miradas de admiración por parte de miembros del sexo opuesto, sabía que su poder de atracción no se extendía a jóvenes hermosas como Polly.

Honestamente, la única vez en los últimos años en que mujeres tan jóvenes como Polly habían hecho tales avances hacia él, fue cuando fue destinado a la brigada antivicio, y entonces fue sólo de jóvenes buscando hacer un trato para evitar el arresto.

Jacobs no tenía dudas de que Polly había hecho una jugada con él, y no al revés. Para empezar, no habría tenido el coraje, o la confianza, de invitarla a salir en primer lugar, y mucho menos sugerirle que dieran un paseo nocturno hasta el lago.

A menudo había oído hablar de chicas jóvenes que tenían lo que se conocía como "complejo de Electra," es decir, que siempre parecían ir a por hombres varios años mayores que ellos, y no por desesperación, sino más bien por elección.

Si ese fuera el caso de Polly, pues que así sea. Si sus sentimientos duraran un mes, un año o para siempre, que así sea. En cualquier caso, Jacobs ya estaba enamorado de la joven. Pero de lo que tenía que cuidarse, se advirtió a sí mismo, era de enamorarse desesperadamente de ella, sólo para terminar con el corazón roto.

Su diferencia de edad no era tan inusual hoy en día. Había leído cientos de historias de chicas jóvenes que se enamoraban y se casaban con hombres mucho mayores que ellas. Pero entonces, los objetos de sus afectos tendían a ser hombres mayores muy ricos, y su unión a menudo no duraba mucho más de un año antes de que se pelearan por el botín en un tribunal de divorcios.

Bueno, estaba seguro de que Polly no iba tras su dinero. No tenía ninguno, y ella probablemente se dio cuenta de ello por su trabajo, y el hecho de que trabajaba en una estación tan modesta en un distrito rural como este.

Entonces, ¿qué era lo que ella encontraba tan atractivo en él?

Jacobs se regañó sí mismo por desperdiciar tanto pensamiento y esfuerzo en el tema.

Probablemente fue algo de una sola vez, de todos modos. Tal vez

Polly era el tipo de chica que se lo probaba con todos los recién llegados a la zona, sólo para su propio entretenimiento.

No hay nada malo en ello, en lo que a él respecta. Sin embargo, no podía negar que esperaba que hubiera algo más que eso.

Su móvil cobró vida en la mesa de al lado.

"Jacobs," respondió.

"Buenos días, señor," fue la respuesta profesional. Jacobs reconoció inmediatamente la voz de uno de sus sargentos de guardia. "Siento molestarle el fin de semana, pero hemos recibido una llamada de Pete Craven, el carnicero."

"¿Ah, sí?"

"Dijo que habló con usted ayer sobre la desaparición de sus hijos."

"Bueno, para ser exactos, hablé con él al respecto. No parecía tan preocupado de todas formas. ¿Por qué, qué está diciendo ahora?"

"Al parecer, todavía no han aparecido, y le parece extraño ya que el sábado es su día más ocupado, y los chicos nunca lo han defraudado así antes."

Jacobs se frotó los ojos para despejar el sueño.

"¿Está listo para hacer un informe formal de personas desaparecidas?" Jacobs preguntó, ya sospechando cuál sería la respuesta.

Para su sorpresa, el sargento respondió: "No exactamente. Le hice la misma pregunta, naturalmente, pero él siguió diciendo que quería hablar con usted de nuevo, en persona."

Jacobs gruñó. "¿Estaba al menos preparado para ir a la estación?"

"Bueno, dijo que quería que volviera a su tienda. Había algo que quería mostrarle."

"Bueno."

"No quise insistir en que viniera aquí, por si acaso lo que tenía que mostrarle tenía alguna relación pertinente con el caso. ¿Pero puedo llamarlo si gusta?"

"No, está bien, Sargento, necesito un poco de aire fresco."

"Tiene razón, señor. ¿Llamo antes y le hago saber que está en camino?"

215

Jacobs pensó por un momento mientras luchaba por salir de su silla.

"No, no te preocupes, no tardaré mucho. Además, ayer tuvo la oportunidad de tomarse el asunto en serio, así que una hora más no debería suponer ninguna diferencia."

En una hora, Jacobs se había duchado y vestido, y se dirigía a la carnicería. No se molestó en afeitarse, ya que le gustaba dar a su piel un descanso los fines de semana, cuando podía.

Cuando estaba aparcado fuera, era casi la una, y sólo había un cliente en la tienda.

Jacobs entró y esperó pacientemente mientras Pete la atendía.

La mujer hablaba hasta por los codos sobre su marido y su lumbago, y lo difícil que era para él salir de la puerta cada mañana para ir a trabajar, y cómo ella pensaba que él lo aprovechaba como una excusa para no ayudarla en la casa.

Una vez que envolvió la carne y le devolvió el cambio, Pete la interrumpió y le dijo que necesitaba hablar con Jacobs, urgentemente.

La mujer se dio la vuelta y miró a Jacobs, claramente impresionada por el hecho de que él era la causa de que ella no pudiera terminar su conversación.

Una vez que Pete la sacó de la puerta, la cerró con llave y dio vuelta el cartel para mostrar que estaba cerrado el negocio.

El carnicero le pareció un poco avergonzado a Jacobs cuando le pidió al oficial que lo siguiera al piso de arriba de la tienda.

Una vez que llegaron a la cima de las escaleras, Pete guió el camino a lo largo del rellano hasta el dormitorio de los chicos.

Era obvio por el estado de la habitación que Pete permitía a sus muchachos vivir en su propio desorden si así lo deseaban. Las dos camas de cada extremo de la habitación estaban sin hacer, con los edredones medio colgados en el suelo.

Había montones de ropa sucia tirada por toda la habitación, mezclada con zapatos y botas y zapatillas sucias, ninguna de las cuales le pareció a Jacobs haber sido limpiada algún día..

El hecho de que Pete no tuviera excusa para el estado de la habitación le dijo a Jacobs todo lo que necesitaba saber sobre sus arreglos domésticos.

Pete se acercó a una cómoda que estaba a un lado de la habitación.

Abrió el cajón de arriba, y produjo una pequeña bolsa plástica Ziploc para sándwiches y la sostuvo para que Jacobs la viera.

Jacobs se acercó a donde estaba el carnicero y examinó la bolsa y su contenido.

Parecía estar medio lleno de marihuana.

Jacobs miró a Pete. El carnicero no pudo mantener la mirada y miró al suelo. Su lenguaje corporal en general mostró lo incómodo que se sentía con la situación.

Jacobs le quitó la bolsa, abrió la cremallera y olfateó el contenido.

"Es marihuana, de hecho," confirmó, antes de volver a sellar la bolsa y pasársela a Pete.

Pete lo miró, su cara se volvió carmesí.

"¿Crees... crees que podrían estar involucrados en algún tipo de pandilla de drogas?" preguntó, tímidamente. "Se oye hablar de estas cosas todo el tiempo."

Jacobs resistió para no reírse.

Era obvio por su comportamiento que Pete había pensado mucho en esto, antes de llamarlo.

"Basándome en las pruebas que he visto aquí," respondió, "diría que es más probable que sus muchachos disfruten de un poco de esto ocasionalmente a sus espaldas," Apuntó a la bolsa de plástico. "Pero no hay suficiente para arrestarlos por intención de venta, así que dudo mucho que estén involucrados en algo tan turbio como un cártel de drogas."

Jacobs podía ver cómo se relajaban los hombros del gran hombre.

Pete dio un gran suspiro. "Cuando encontré esto," explicó, "pensé que los tontos se habían visto atrapados en algo peligroso, y tal vez por eso no vinieron."

"Así que supongo que no has oído nada de ninguno de ellos todavía?"

Pete sacudió la cabeza. "No, nada. Por eso empecé a entrar en pánico cuando encontré esto," levantó la bolsa para enfatizar. "Bueno, este pequeño bulto va directo al baño, eso les enseñará."

"En vista de que aún no se han puesto en contacto contigo, ¿te gustaría que abriera un informe oficial de personas desaparecidas sobre ellos?" Jacobs preguntó, sintiendo que Pete probablemente sea más sensato que ayer.

El carnicero pensó por un momento, frotándose la barbilla sin afeitar con la mano.

"No, no te molestes, ya aparecerán."

Jacobs se sorprendió por su respuesta, pero Pete conocía a sus hijos mejor que él, así que todo lo que podía hacer por ahora era ofrecer consejo, y estar disponible si era necesario.

Aún así, sintió que era su deber expresar sus preocupaciones a su padre.

"¿Estás seguro de que no quieres hacerlo oficial todavía?" preguntó, dándole a Pete otra oportunidad de cambiar de opinión. "Si tienes alguna idea de dónde pueden estar, estaré encantado de comprobarlo."

Pete lo miró. "Los pequeños cabrones me dejaron corto en mi mañana más ocupada. Uno de mis trabajadores del sábado también llamó enfermo, y me dificultó el día."

Parecía estar todavía considerando la oferta de asistencia de Jacobs.

Después de un momento, Jacobs se ofreció. "Ayer me dijiste que robaron tu mejor carne para vendérsela a alguien. ¿Tienes alguna idea de quién podría ser?"

Pete pensó por un momento. "Bueno, no me gusta sonar racista, realmente no soy así, pero hay algunos lugares de comida para llevar muy dudosos a lo largo de la costa, y sólo Dios sabe lo que están vendiendo. Apuesto a que se lanzarían a la oportunidad de conseguir algo de carne decente."

Jacobs asintió. "Ya veo, ¿pero no se te ocurre ningún lugar cerca de aquí?"

Las cejas de Pete se fruncieron.

Miró fijamente al espacio por un momento antes de responder. "Bueno, ahora que lo mencionas... No, no lo harían, no te preocupes", dijo, pensándolo mejor.

Pero Jacobs no estaba dispuesto a dejar el tema todavía. Incluso si no condujera a nada ahora, podría ser una información útil como punto de partida.

"No, sigue Pete, ¿en qué estabas pensando?" instó.

Pete suspiró. "Bueno, hay un lugar en Thorndike, en las afueras de la ciudad, he escuchado que venden los más maravillosos pasteles allí, pero algunos de mis clientes han estado allí para cenar, y dicen que han visto algunos sucesos extraños que tienen lugar en la parte de atrás."

"¿Alguno de ellos te lo dijo?"

"¿Qué quieres decir?" Pete miró al detective con curiosidad.

"¿Alguno de ellos dijo exactamente lo que vio que los hizo sospechar?"

Pete sacudió la cabeza. "No, sólo que el dueño parecía estar recogiendo carne de un gran contenedor en la parte de atrás, y cuando miraron de cerca, dijeron que no estaba bien envuelta, o sellada, o algo así. Les hizo preguntarse 'qué tan seguro era para comer'."

Jacobs asintió.

No era una gran pista, pero era algo.

Siendo honesto,, también era una excusa para visitar la posada y tal vez ver a Polly de nuevo.

Al menos entonces sabría por su reacción si lo de anoche fue algo efímero, o el comienzo de algo más permanente.

Cuando Jacobs entró en la posada de los Beanies, los habituales del bar volvieron a girar sus cabezas en su dirección.

Esta vez, sin embargo, su mirada no se detuvo, y pronto volvieron a sus bebidas.

Mavis Beanie le dio a Jacobs una amplia sonrisa cuando se acercó al bar.

"Hola, querido, me alegro de verte de nuevo aquí," sonrió. "Una pinta de lo de siempre, ¿no?"

Jacobs sacudió la cabeza mientras sacaba su placa del bolsillo interior, para mostrársela.

"No, gracias," respondió. "Me pregunto si podría hablar con el propietario un momento."

Mavis no se molestó en estudiar la tarjeta de identificación. Simplemente le echó un vistazo, su sonrisa se desvaneció un poco.

"¿Cuál es el problema?" preguntó, frunciendo un poco el ceño.

Jacobs mantuvo su mejor cara profesional, aunque permitió que las comisuras de sus labios se levantaran un poco. Lo último que quería hacer era alejar a cualquiera que trabajara en la posada innecesariamente. Después de todo, debían de ser amigos y familiares de Polly y, al menos por ahora, esperaba que se convirtiera en un fijo allí.

"No hay nada de qué preocuparse," le aseguró a Mavis. "Sólo estoy haciendo algunas averiguaciones generales sobre los puntos de venta de alimentos locales, y este lugar está dentro del ámbito de mi investigación."

"Oh, ya veo," respondió ella, claramente no convencida de que todo fuera tan inocente como lo estaba haciendo sonar. "Bueno, mi esposo es el propietario. Si esperas aquí, iré a buscarlo para ti."

Jacobs asintió con la cabeza, y Mavis desapareció por las puertas que daban al área de los restaurantes.

Jacobs se quedó en el bar, moviéndose a un lado para permitir el acceso de los clientes. Había un par de chicas jóvenes sirviendo, que Jacobs supuso que debían ser personal extra de fin de semana.

Mavis Beanie recorrió el restaurante, forzando una sonrisa al saludar a algunos de los comensales de la hora del almuerzo.

Jodie estaba ocupada sirviendo, junto con un par de camareros a tiempo parcial que contrataron de una agencia para ayudar a cubrir los períodos de mayor actividad.

Cuando Mavis entró en la cocina, Polly estaba preparando una bandeja con verduras y salsa. Sonrió cuando vio a su madre entrar. Pero su sonrisa se desvaneció en cuanto vio la expresión de su cara.

Sin decir una palabra, Mavis agarró a su hija mayor por el brazo y la arrastró hasta los hornos, donde Thad Beanie estaba sacando un lote de pasteles recién horneados.

Su sonrisa inicial también se desvaneció, en el instante en que vio el rostro de su esposa.

"¿Qué pasa, cariño?" preguntó, poniendo los pasteles calientes en el mostrador.

Mavis giró a su hija por el brazo, impulsando a la chica hacia su marido.

Polly gritó de dolor y casi perdió el equilibrio, pero su padre se las arregló para atraparla y mantenerla erguida.

Thad Beanie miró fijamente a su esposa. "¿Qué diablos está pasando?" le preguntó. "Casi tumbas a la niña."

Mavis plantó sus puños gordos firmemente en sus caderas. Su respiración era dificultosa. "¿Por qué no le preguntas a esa zorra de tu hija qué hizo anoche?"

Thad miró a la chica aterrorizada.

Polly miró a su madre, dolida por la traición después de haberla castigado la noche anterior por su escapada.

"¿Y bien, chica?" Thad movió a su hija para que se enfrentara a él. Ahora su expresión coincidía con la de su esposa, pero en él, se veía aún más aterradora.

El labio inferior de Polly comenzó a temblar y pudo sentir un par de lágrimas cayendo por sus mejillas sonrojadas.

"¡Dilo!" Thad exigió, agarrando a Polly por los hombros con sus enormes y callosas manos y sacudiéndola para que su cabeza se moviera de un lado a otro.

"Papi, lo siento," sollozó Polly, "No quise que nada pasara con eso."

"¿Por qué?" Polly podía decir que su padre estaba a punto de explotar, y necesitaba empezar a explicar antes de que pasara el punto de no retorno.

"Anoche salió con un policía," dijo Mavis, incapaz de ver el escenario que se desarrollaba ante ella, aunque ella era su instigadora.

Thad miró profundamente a los ojos de su hija. Pudo ver inmediatamente que su esposa no estaba bromeando.

"¡Un policía!" gruñó, apretando su mano sobre los hombros de Polly.

"Y ahora," continuó Mavis, "está afuera en el bar, queriendo hablarte de algo sobre la comida."

Las fosas nasales de Thad se abrieron, y parecía como si estuviera a punto de exhalar fuego.

Cuando estaba así de enfadado, sus ojos siempre parecían volverse negros y una mirada inhumana irradiaba de ellos, algo que Polly había presenciado sólo una vez antes.

"Lo siento, papi," repetía, las palabras apenas se le escapaban a las lágrimas.

Thad enseñó los dientes y gruñó antes de empujar a su hija a un lado.

El hombro de Polly se golpeó contra la puerta del horno, pero estaba demasiado angustiada incluso para notar el dolor.

Thad respiró profundamente varias veces para tratar de calmarse antes de pasar junto a su esposa y dirigirse al restaurante.

Una vez que se fue, Polly miró a su madre, la figura borrosa ante sus ojos.

Mavis sacudió la cabeza. "¿Qué has hecho ahora, chica?" preguntó, suspirando.

Polly se arrojó a los brazos de su madre y sollozó en su delantal.

Mavis dobló sus carnosos brazos alrededor de su llorona hija. Ya empezaba a sentir pena por contarle a su marido sobre las actividades nocturnas de Polly. Ni ella ni su marido habían desaprobado el apetito sexual de su hija. De hecho, lo habían fomentado positivamente.

Desde que sus hijas alcanzaron la pubertad, les permitieron aparearse con su primo Gobal y el resto de la tribu. Así era con los de su especie, la procreación lo era todo. Y si producían una descendencia parecida a la humana u otra bestial no importaba, lo importante era mantener a su familia floreciente.

El mundo exterior nunca entendería sus costumbres, y al clan Beanie no le importaba de todas maneras.

Los que nacían en la tribu se quedaban con la tribu y vivían la vida bajo tierra, lejos de las miradas indiscretas. Por otro lado, los que se convertían en humanos vivían entre el resto de la sociedad de varias maneras. Pero todos se ayudaban unos a otros y nunca olvidaban sus raíces.

Sobre todo, se mantenían bien alejados de los que tenían autoridad, y nunca les daban una razón para interferir en su forma de vida.

Esa fue su primera regla de supervivencia, y Polly debió haber sabido mejor que acostarse con uno de ellos, sin asegurarse de que la tribu se ocupara de él después.

Mavis dejó que Polly sollozara sus lágrimas antes de sostenerla a la distancia y limpiar lo que quedaba con sus pulgares.

"Ahora," comenzó comprensivamente, "ve y lávate la cara, y vuelve a salir para ver a nuestros clientes, ¿entiendes?"

Polly asintió abatida.

"Voy a volver al bar a ver qué quiere este policía con tu papi. Sólo espero que no lleve a nada, eso es todo."

"Lo siento, mamá," susurró Polly, su vocecita apenas perceptible por todo el llanto.

"¿Qué te poseyó para dejarlo vivo una vez que te divertiste, chica? Eso es lo que no puedo entender."

Polly se encogió de hombros. "Creo que puedo amarlo, mamá. Lo siento."

Mavis dio un paso atrás, claramente sorprendida por la revelación de su hija.

"¡Amarlo!", gritó. "Por todas las estrellas, lo conociste hace sólo cinco minutos. ¿Qué demonios te ha pasado, chica?"

Polly no tenía ninguna respuesta que ofrecer. En su lugar, miró a los ojos de su madre y le dio una media sonrisa.

Mavis sacudió la cabeza con incredulidad. Sus sospechas de la noche anterior estaban dando fruto, y no era un buen augurio para el clan.

24

Cuando Thad entró en el bar, los bebedores allí reunidos se pusieron a vitorear.

Hubo gritos de, "Ven a tomar una pinta con nosotros" y, "Thad, aquí, amigo", de los clientes habituales. Pero Thad simplemente saludaba y sonreía, mientras exploraba el área en busca de Jacobs.

Finalmente, notó a un extraño parado solo en el extremo de la barra, sin un trago en su mano. Asumió que tenía que ser el policía al que su esposa se refería.

Thad se acercó y ofreció su mano.

"Thad Beanie, oficial. Mi esposa dice que usted quiere una palabra conmigo acerca de nuestra comida. Espero que no haya habido ninguna queja."

Jacobs estrechó la mano ofrecida. "No, déjeme asegurarle que no es nada de eso," respondió, manteniendo la mirada de Thad. Las manos del posadero eran como palas y envolvían completamente la de Jacobs. "¿Cree que podríamos salir un momento?" preguntó, recuperando su mano. "Sería un poco más privado."

Thad asintió. "Guíe el camino, oficial", dijo, asintiendo con la cabeza hacia la puerta principal.

Una vez fuera, Jacobs llevó a Thad a la parte de atrás de la posada.

Recordó que estaba parado ahí, lo que parecía una vida atrás, cuando Polly salió por la puerta trasera y lo atrapó merodeando por el área de los basureros.

El pensamiento de la joven chica causó un revuelo en sus entrañas, y aunque no había manera de que Thad lo notara, Jacobs todavía podía sentir que empezaba a sonrojarse un poco.

Una vez que llegaron a los contenedores, Jacobs se volvió hacia Thad.

"Espero que no le importe que lo arrastre lejos de su trabajo, pero estamos investigando una queja del organismo de control de la industria alimentaria," mintió, tratando de mantener la cara seria. "Parece que algunos restaurantes y restaurantes de comida para llevar de los alrededores han estado comprando su carne de, digamos, algunas fuentes ilícitas."

Thad pensó por un segundo, y luego sacudió la cabeza. "Bueno, es una novedad para mí, oficial - toda mi carne proviene de granjas locales y de puntos de venta de carne legítimos. Tengo todo el papeleo y los certificados para probarlo, si quiere verlos?"

Jacobs echó un vistazo por la zona. No había nada que pudiera ver que coincidiera con la descripción que Pete le había dado de una vieja bodega.

De hecho, lo único que había en la parte de atrás, aparte de las basureros y los contenedores de reciclaje, era un viejo cobertizo de madera. Muy poco apropiado para almacenar carne, pensó Jacobs.

De todas formas, tenía que empezar en algún sitio.

"¿Le importa que le pregunte qué guarda ahí?" preguntó, señalándolo.

"Oh, no mucho," respondió Thad. "Unas pocas herramientas, y un par de viejas sierras para carne."

Jacobs asintió. "¿Está bien si echo un vistazo?"

"Para nada," dijo Thad, mirando a su alrededor para ver si alguien más estaba mirando. "Está un poco mohoso ahí dentro, así que le advierto que su ropa limpia podría no oler igual cuando salgamos."

Al acercarse al cobertizo, Jacobs se dio cuenta de que era de hecho, de plástico, no de madera. El plástico estaba coloreado para que pareciera madera y era muy realista.

No había candado en el cobertizo, y Thad deslizó el cerrojo y se quedó atrás para que Jacobs inspeccionara el interior.

Jacobs no se dio cuenta de la astuta mirada barriendo el estacionamiento que hizo Thad, antes de entrar.

Cuando Jacobs abrió la puerta, fue inmediatamente asaltado por un fuerte y rancio olor, que provenía del interior.

Tan aturdido estaba por el vil hedor, que Jacobs no se dio cuenta de que Thad se agachó y agarró un gran garrote desde el interior de la puerta.

Jacobs se puso la nariz entre el pulgar y el índice.

"Cristo todopoderoso," dijo. "No estaba bromeando sobre el olor, ¿eh?"

Thad sostuvo el garrote a sus espaldas, aliviado de que no hubiera partes de cuerpos cortadas dentro del cobertizo. Este era el vertedero para que Gobal y el resto de la tribu dejaran los restos de sus víctimas.

Thad solía revisar el cobertizo cada mañana pero, típicamente, hoy lo había olvidado.

Jacobs miró hacia atrás a Thad. "¿Qué es ese olor?" preguntó, todavía sosteniendo su nariz.

"Bueno, eso viene de los restos de carne dejados en las viejas sierras," respondió Thad, señalando hacia la mezcla de sierras y cuchillas apiladas contra la pared lejana del cobertizo. "Debo admitir que no me molesté en limpiarlas cuando compré mis nuevas sierras eléctricas para carne el año pasado. Con el tiempo, la carne se pudre y luego tienes este hedor."

Ciertamente sonaba factible para Jacobs.

"¿Has considerado deshacerte de ellas?"

Thad asintió. "Una de las cosas de mi lista de quehaceres, es que he estado muy ocupado últimamente. Me ocuparé de ello, sin embargo, oficial, tenga la seguridad."

Jacobs dio un paso atrás y fue a cerrar la puerta del cobertizo, con la esperanza de que al menos apagara parte del vil olor.

Desde atrás, Thad levantó el palo de madera en el aire, apuntando a la parte posterior de la cabeza de Jacobs. Antes de que tuviera la oportunidad de bajarlo, un grito desde atrás los tomó a ambos desprevenidos.

"¡Papá!" Era Polly.

Thad inmediatamente dejó caer su brazo a su lado.

Jacobs, aún sin saber las intenciones de Thad, observó a Polly mientras caminaba hacia ellos desde la puerta trasera de la posada.

Se veía tan hermosa y angelical como la noche anterior.

Para Jacobs, todavía se sentía algo surrealista que esta hermosa joven fuera la misma con la que había hecho el amor en el bosque.

Al acercarse, Jacobs notó que su rostro estaba hinchado y con lágrimas. Su instinto inicial fue extender la mano y abrazarla pero, recordando quién estaba a su lado, se mantuvo a raya.

Polly sonrió a su padre, pero a Jacobs le pareció un poco tenso.

"Mamá dice que te necesita en la cocina, papá," dijo, manteniendo la voz firme.

"Oh, claro," respondió Thad, claramente nervioso. Se volvió hacia Jacobs. "Mejor me voy, la jefa está llamando. ¿Por qué no se queda a tomar una pinta y un pastel? Yo lo invito," Levantó la mano. "Esto no es un soborno, usted entiende, oficial."

Jacobs se rió con buen humor. "Bueno, es muy amable de su parte, le tomaré la palabra, gracias."

En circunstancias normales, Jacobs habría rechazado la oferta. Sabía de colegas en circunstancias similares que se habían perjudicado cuando, más adelante, los abogados de defensa trataron de alegar que habían tenido la intención de aceptar un soborno.

Pero Jacobs estaba demasiado emocionado ante la perspectiva de ver más de Polly, aunque sólo fuera para verla caminar de un lado a otro del restaurante, mientras ella le servía.

Jacobs sonrió a Polly, pero para su sorpresa, ella miró al suelo torpemente.

Se preguntó entonces si quizás ella no era tan mundana como él había pensado en un principio, y quizás la pequeña aventura de anoche la había dejado avergonzada.

Esperaba sinceramente que no se arrepintiera de sus acciones después de todo.

"Polly le mostrará el camino a su mesa. Será mejor que entre," dijo Thad, antes de volver a la puerta que Polly acababa de dejar.

Incluso ahora, mientras Jacobs miraba al posadero irse, el garrote en la mano del hombre no se registró en su mente. Todavía estaba demasiado concentrado en Polly.

Una vez que Thad se alejó lo suficiente, Jacobs se dirigió a Polly.

"Hola, otra vez," dijo, en voz baja. "¿Has dormido bien esta noche?"

Sabía que era una estupidez, pero Jacobs no estaba seguro de cómo empezar la conversación. Todavía se sentía un poco incómodo porque, momentos antes, su padre había estado a su lado.

Presumió por lo que Polly le había dicho la noche anterior, que sus padres no sabían nada de su cita.

Polly asintió con la cabeza, pero mantuvo la mirada hacia sus zapatos.

Comprobando que la costa estaba despejada, Jacobs se estiró y la tocó suavemente bajo su barbilla, levantando su cara.

Para su sorpresa, Polly se alejó. "No, por favor," murmuró en voz baja.

"Lo siento," respondió Jacobs. "No quise molestarte."

Polly lo miró, avergonzada.

Miró por encima del hombro para comprobar que no había moros en la costa.

Una vez que estuvo satisfecha, volvió a Jacobs. "Mi mamá y mi papá saben lo de anoche," confesó, claramente nerviosa por admitirlo.

"Oh, ¿en serio?" Jacobs se sorprendió. Oficial de la ley o no, seguía sorprendido de que ninguno de los padres de Polly le hubiera mencionado nada esta tarde.

Simplemente había asumido que no eran conscientes del asunto.

Jacob ha suspirado. "Supongo que no estaban tan entusiasmados cuando se los dijiste."

"No les dije. Mamá me estaba esperando cuando volví. Me vio salir a buscarte."

"Ah, ya veo." Eso fue todo lo que Jacobs pudo pensar en decir. Se sentía particularmente tonto, ya que, debido a su edad, sentía que debía ser lo suficientemente hombre para ir a hablar con los padres de Polly y explicarse.

Pero había algo en el fondo de su mente que le alertó del hecho de que debía haber una razón por la que ninguno de ellos le había dicho nada ya.

Especialmente Thad.

Había tenido una oportunidad ideal mientras los dos estaban aquí solos.

"¿Es por eso que has estado llorando?" Jacobs preguntó. "No... no te hicieron daño, ¿verdad?"

En circunstancias normales, Jacobs no habría sentido la necesidad de hacer esa pregunta.

Polly era, después de todo, una adulta a los ojos de la ley, y lo suficientemente mayor para tomar sus propias decisiones. Pero había algo extraño en la dinámica familiar que le hacía sentir incómoda. No podía poner el dedo en la llaga, pero incluso la forma en que Polly seguía llamando a sus padres "mami" y "papi", a su edad, no parecía convencional.

"¿Polly?" presionó. "¿Te han hecho daño de alguna manera?"

Polly sacudió la cabeza. "No," mintió. Sus nalgas aún le dolían por los azotes que recibió anoche, y temía la paliza que probablemente recibiría de su padre, ahora que él también sabía la verdad.

Es más, iba a estar aún más enojado con ella por impedirle que matara a Jacobs esta tarde. Pero en cuanto vio lo que estaba a punto de hacer, se vio obligada a gritar para salvar a su hombre.

Sin otra palabra. Polly corrió hacia adelante y cayó en los brazos de Jacob.

Sorprendido por su inesperada acción, Jacobs la abrazó y besó suavemente la parte superior de su cabeza.

Olía a una combinación de pan recién horneado y esos deliciosos pasteles de carne que su padre hacía.

Permanecieron juntos durante varios minutos, antes de que Polly se soltara lentamente.

"Vamos," dijo ella, alegremente. "Vamos a conseguirte ese pastel y esa pinta."

Con eso, le dio un beso en la punta de la nariz y lo llevó de la mano de vuelta a la posada.

Karen puso a Charlotte en su cuna. La bebé gorjeaba felizmente mientras miraba a los ojos de su madre. Karen acarició la mejilla de su hija con la parte posterior de su dedo índice hasta que la niña finalmente se dio la vuelta y se durmió.

Karen se sentó de nuevo en el sillón. Había mantenido la chimenea encendida durante toda la tarde, aunque le había añadido más leña sólo cuando parecía que estaba a punto de apagarse.

No le gustaba el panorama de usar todo su suministro en su primer día allí. Especialmente porque no tenía ni idea de dónde podían encontrar más. Sospechaba que podría haber un cobertizo o algún tipo de refugio en la parte de atrás, que podría contener reservas adicionales. Pero como ya estaba empezando a oscurecer, a Karen no le gustaba la idea de aventurarse ahí fuera, y tropezar en la oscuridad, habiendo visto lo desordenado que estaba el jardín trasero cuando se asomó antes.

Dan se había ido hacía casi cuatro horas.

En la segunda hora, Karen comenzó a preocuparse, así que trató de llamarlo, sólo para descubrir que había dejado su móvil en la mesa del dormitorio.

Esperó pacientemente, viendo la televisión o leyendo algunas revistas viejas que encontró en un armario, bebiendo más café del que le convenía, cualquier cosa para ayudar a pasar el tiempo.

Incluso se las arregló para dormirse un rato frente al fuego.

Pero ahora, sin embargo, estaba convencida de que algo podría haberle pasado a Dan.

Karen sabía que él había salido a buscar un químico, y si no hubiera podido hacerlo, podría haberse aventurado a ir a la ciudad a buscar uno.

Como había dejado su móvil, no era inconcebible que el viaje pudiera haber sido más largo de lo previsto, pero una vez allí, seguramente podría haber encontrado un taxi para traerlo de vuelta.

Con el cielo cada vez más oscuro, Karen decidió correr las cortinas y encender algunas luces. Al menos le dio algo de consuelo.

Se había hecho unos sándwiches de tocino y queso por la tarde, cuando el hambre la convenció de que no podía esperar más el regreso de Dan. Además, confiaba en que su resaca, incluso con la intervención de un remedio médico, no sería lo suficientemente erradicada como para permitirle enfrentarse a la comida.

Aunque Karen estaba cada vez más preocupada por el bienestar de Dan cuando la tarde se convirtió en noche, había una parte de ella que todavía estaba enfadada con él por excederse la noche anterior.

Si no fuera por eso, podrían haber pasado el día conduciendo hasta uno de los pueblos de la costa, y explorando la gran variedad de pintorescos caminos, repletos de un número de boutiques y tiendas independientes, algunas de las cuales sin duda han estado en la misma familia durante generaciones.

Habría sido un buen cambio con respecto al ajetreo de Londres, donde había que empujar por donde quiera que se fuera, sin que nadie considerara el hecho de que llevabas un bebé.

Este fin de semana no había resultado ser, al menos hasta ahora, la escapada romántica que le habían prometido a Karen.

¿Dónde diablos podría estar Dan?

Aunque temía que algo malo le hubiera sucedido, una parte de ella se preguntaba si tal vez había decidido ir a algún lugar a buscar un "pelo de perro", ya que algunas personas eran conocidas por jurar que era una cura ideal para la resaca.

Si ese era el caso, no iba a estar muy contenta con su regreso, y Karen había prometido asegurarse de que él lo supiera.

Por otro lado, Karen no podía creer que Dan pudiera ser tan irresponsable.

No había forma de que la dejara sola a ella y a Charlotte todo el día mientras él estaba tomando cerveza en alguna taberna.

Lo que sólo dejaba otra alternativa. Algo debió de haberle pasado. La pregunta era, ¿qué?

Podría ser que hubiera tenido un accidente, tal vez una caída. Tal vez estaba tirado en una zanja en algún lugar entre aquí y la aldea, y sus gritos de ayuda no fueron escuchados porque el camino era tan remoto que nadie lo había notado.

O, pudo haber sido atropellado por un coche, llevado al hospital, pero nadie sabía quién era, o cómo contactar con Karen.

Pero eso no tenía sentido. Llevaba su billetera, y tendría tarjetas de crédito y su licencia de conducir dentro, para que las autoridades supieran quién era.

Sin embargo, eso todavía no les daba un vínculo con ella.

Por lo menos si hubiera tenido su móvil, podrían haber revisado su lista de llamadas hasta encontrar su número.

Karen revisó su teléfono por enésima vez ese día, pero no hubo llamadas perdidas.

Decidió dejarlo por otra hora, luego decidiría qué hacer.

Karen arrojó otro pequeño leño al fuego, y se acurrucó en el sillón, metiendo las piernas debajo de ella.

Finalmente, se quedó dormida.

25

Matilda abrió los ojos. La ahora familiar vista del techo de la cueva, con las sombras causadas por la fogata bailando a través de él, entró en foco.

No tenía ni idea de cuánto tiempo había estado allí, y sólo la más vaga noción de cómo llegó a estar en la cueva para empezar.

En su mayor parte, Matilda había entrado y salido de la conciencia, mientras que las versiones masculinas de los cavernícolas peludos se turnaban para violarla.

Matilda no se resistió más ya que hacerlo era inútil. Las criaturas eran demasiado fuertes, y había más de las que ella podía librarse. Así que en vez de eso, se recostaba y les permitía su actividad, sin molestarse en reconocer su presencia, incluso cuando había un cambio de pareja, lo que ocurría varias veces durante cada sesión.

A veces, podía oír a las criaturas apareándose entre sí. Aunque siempre ocurría fuera de su vista, ocasionalmente Matilda podía ver sus sombras en las paredes de piedra frente a ella. Los chillidos y gritos que hacían durante sus rituales de apareamiento, en circunstancias normales, la hacían taparse los oídos en un intento de ahogar el sonido.

Pero ahora eso también se había convertido en algo que su mente se negaba a registrar.

La joven que vino a alimentarla, Jodie, había informado a Matilda que la cuidarían y la mantendrían a salvo dentro de la cueva, y que la tribu se aseguraría de que no le ocurriera ningún daño mientras estuviera a su cuidado.

De hecho, ella era, según Jodie, una parte vital de la supervivencia de su clan y, como tal, sería tratada con dignidad y respeto, en todo momento.

Las palabras nunca incitaron a Matilda a responder.

Se sentaba allí, en silencio, abriendo y cerrando la boca cuando Jodie se lo pedía, para poder meter la cuchara desde la cazuela caliente que siempre traía.

Entre los intervalos en que Matilda se alimentaba o era abusada, su mente prefería cerrarse completamente, permitiendo así que su cuerpo descansara y se recuperara antes de la siguiente oleada.

A los pocos minutos de despertarse, Matilda podía oír los familiares gruñidos de sus anfitriones, ya que de alguna manera parecían saber que estaba despierta, aunque todos estaban fuera de su vista.

Matilde esperó plácidamente mientras, una por una, las cabezas comenzaron a asomarse por la esquina de la cueva, seguidas por el arrastrar de los pies, mientras las criaturas masculinas se acercaban a ella, deseosas de seguir apareándose con su complaciente pareja.

Sin pensar, ni siquiera reconociendo la acción, Matilda abrió las piernas tan ampliamente como pudo, lista para que el primer asaltante tomara posición.

Una vez más, su mente la llevó a un lugar distante, donde no podría ver o sentir la atrocidad que estaba a punto de ocurrir.

Karen se despertó de su sueño, y recogió su móvil para comprobar la hora.

Eran las siete y cuarto, y ella notó que no había recibido ningún mensaje o llamada mientras dormía, lo que no era sorprendente ya que Dan había olvidado coger su teléfono, e incluso si encontraba un teléfono público, ella dudaba que él pudiera recordar su número de móvil de memoria.

Karen se esforzó para ponerse en una posición vertical, y estiró sus brazos.

A su lado, Charlotte estaba despierta en su cuna, mirando directamente a su madre, y gorgoteando felizmente.

"Hola," dijo Karen, "y cuánto tiempo llevas despierta, eh?"

Se agachó y puso su mano en la barriga de su hija, meciendo suavemente a la bebé de un lado a otro.

Charlotte sonrió y se rió mientras jugaba con ella.

La leña casi se había apagado, y Karen pudo sentir el frío del aire de la tarde empezando a penetrar en la casa. Consideró la posibilidad de colocar otro leño en el fuego, pero luego decidió que no tenía sentido, ya que ya había decidido volver a la posada, para ver si, por casualidad, habían visto a Dan.

La idea de salir no era precisamente acogedora, pero la posada estaba a sólo cinco minutos a pie, y Karen se sentía necesitada de aire fresco, habiendo estado encerrada dentro todo el día.

Revisó el pañal de Charlotte, que parecía estar seco, pero decidió cambiarlo de todas formas, para estar segura.

Una vez que había abrigado a Charlotte contra el frío y la había colocado en su portabebé, Karen se puso el abrigo y los guantes y se aseguró de tener su móvil y el de Dan en el bolsillo.

Antes de irse, se aseguró de que el grillete contra-incendios estuviera bien colocado.

Al abrir la puerta, una corriente de aire helado se precipitó, enviando un escalofrío a través del cuerpo de Karen. Se preparó contra el frío y cerró la puerta tras ella, antes de salir al camino.

Aunque el paseo fue corto, cuando llegó a la posada, Karen comenzó a sentir la necesidad de algo cálido y nutritivo dentro de ella.

Tan pronto como abrió la puerta principal para entrar, el delicioso olor de los pasteles de carne recién horneados llegó desde el restaurante, y Karen pudo sentir su estómago refunfuñar con anticipación.

El bar parecía estar aún más lleno que la noche anterior, lo que no le sorprendió mucho, ya que era un sábado por la noche.

Karen llamó la atención de la señora detrás de la barra que la había recibido a ella y a Dan la noche anterior, y mientras Karen maniobraba el portabebé de Charlotte entre la multitud, la mujer se acercó a la barra para saludarla.

"Hola de nuevo," Mavis Beanie la saludó, "¿y dónde está tu joven esta noche?"

Aunque el bar era bastante ruidoso, y no era el mejor lugar para mantener una conversación mientras sostenía a su hija dormida, Karen decidió aprovechar la atención de la mujer para hacer sus averiguaciones.

"En realidad," comenzó, tratando de mantener su voz lo suficientemente baja para que los hombres sentados en la mesa más cercana no pudieran escuchar. "Esperaba que pudieras decírmelo."

Mavis la miró fijamente. "¿Cómo es eso, entonces?", preguntó.

Karen trató de pensar en la mejor manera de expresar su siguiente frase, sin hacer que sonara como si ella y Dan se hubieran peleado, y él se hubiera marchado.

"Bueno," comenzó, "se despertó esta mañana con un poco de resaca, y salió para buscar un químico."

Mavis se rió. "Ah, esa será mi cerveza casera especial, puede tener ese efecto."

La risa estridente de la mujer hizo que algunos bebedores cercanos se volvieran a sus asientos para ver de qué se trataba el alboroto.

Karen no estaba contenta con la atención adicional, pero no le pareció prudente pedirle a Mavis que bajara la voz, en su propia posada.

"La cosa es," continuó Karen, "que todavía no ha vuelto, y ahora estoy empezando a preocuparme."

La sonrisa de Mavis fue reemplazada por un ceño fruncido. "Oh, ya veo, bueno, ¿has intentado llamarlo?"

Karen asintió. "Sí, lo hice, pero se olvidó de llevar su teléfono. Me preguntaba si tal vez había pasado por aquí para pedir direcciones."

Mavis pensó por un momento, frotándose la barbilla, y luego sacudió la cabeza.

"Lo siento, querida, no lo he visto hoy." Entonces su cara se iluminó cuando otra idea se le llegó. "Te diré qué, ¿por qué no traes a esa dulce corazonada tuya al comedor y le pregunto a mis hijas si alguna de ellas lo ha visto? Nunca se sabe. Y puedes quedarte a comer, por supuesto. ¿Cómo ves?"

La idea original de Karen no había sido quedarse a cenar.

Pero tuvo que admitir que la idea de volver a la casa de campo para un sándwich de queso no se comparaba con la suculenta cena que le ofrecían.

Asintió con la cabeza y Mavis la llevó entre la multitud del bar al restaurante.

Una vez atravesada la doble puerta, el ambiente en el restaurante era mucho más sereno que en el bar, con los comensales concentrándose en sus comidas y hablando en voz baja.

Mavis les encontró una mesa, con mucho espacio para el portabebé de Charlotte, y se apresuró a la cocina para hablar con sus hijas.

Minutos después, Jodie entró al restaurante, llevando una bandeja de comida para otra mesa. Sonrió a Karen de camino a su destino, y una vez que sirvió a la pareja sentada allí, se dirigió hacía Karen.

"Hola de nuevo," dijo, sonriendo ampliamente. "Mamá dice que buscas a tu novio, no puede creer que se haya escapado y haya dejado atrás a una hermosa mujer como tú."

Karen le devolvió la sonrisa. "Gracias," respondió, tratando de sonar lo más alegre posible.

"¿Te importa si echo un vistazo?" Jodie preguntó, ya inclinada sobre Charlotte.

"Claro. Me temo que se acaba de dormir."

"Oh, qué angelito," dijo Jodie, poniendo su mano contra su corazón. "Me hace sentir melancólica sólo con mirarla, es tan hermosa."

"Gracias," dijo Karen, insegura de por qué se sintió incómoda por el comentario de Jodie. Pero sonaba extraño para alguien tan joven.

Karen había oído a menudo que la gente del campo hablaba y actuaba de forma diferente a los citadinos, así que decidió que debía ser sólo una figura retórica, y que no valía la pena preocuparse.

"Ahora bien," continuó Jodie, mirando hacia arriba desde el porta-bebé. "Papá hace un pastel especial para los sábados, así que te vas a dar un gusto. ¿Quieres que te traiga algo de beber?"

"Oh, eh, un vino blanco seco sería encantador, gracias."

"¿Uno grande?"

Karen pensó por un segundo, y luego contestó: "Oh, está bien, pues." Iba a cenar allí después de todo, y así no tendría que pedir una segunda copa.

"No tardó nadita." Y con eso, Jodie entró en el bar.

Karen se tomó el tiempo de inspeccionar al resto de sus compañeros de cena.

Estaba segura de que varios de ellos habían estado ahí la noche anterior, aunque no podía jurarlo.

Si ése fuera el caso, al menos comprobaría la calidad de los alimentos.

Tuvo que admitir que el pastel de anoche fue el mejor que había probado, y, según Jodie, esta noche iba a recibir otra delicia.

Cuando Jodie reapareció con el vino de Karen, Polly entró por la puerta de la cocina y le llevó la cena a Karen.

"Mamá nos dijo que estás buscando a tu chico," dijo Polly, colocando los distintos platos de pastel y verduras variadas alrededor de la mesa de Karen. "Dudo que vaya demasiado lejos, sabiendo que tiene que regresar a ti."

"Eso es justo lo que dije," dijo Jodie, entregándole a Karen una copa de vino muy grande.

Cuando las chicas dejaron su mesa, Karen miró fijamente la deliciosa comida que le habían preparado.

Parecía que era mucho más de lo que podía comer, pero otro ruido de su estómago le recordó lo hambrienta que estaba.

Mientras comía, Karen no podía dejar de mirar cada vez que alguien pasaba por el bar. Cada vez esperaba que fuera Dan, habiendo finalmente regresado a la casa de campo y dándose cuenta de que había salido, decidiendo que la posada era el lugar más lógico para encontrarla.

Pero en cada ocasión, ella fue decepcionada.

A pesar de lo deliciosa que era la comida, Karen estaba demasiado preocupada por Dan como para disfrutarla.

Aceptó un segundo vaso de vino de Polly, casi sin darse cuenta de que lo estaba haciendo. Karen miró a su bebé, sintiendo una ligera punzada de culpa mientras tomaba un sorbo de su segunda copa. Incluso el vino de aquí era bueno, y para ser un blanco de la casa, sabía mejor que algunas de las cosas caras que había comprado, cuando tenía un empleo y salario decente.

Finalmente, Charlotte se despertó y empezó a llorar.

Karen trató de calmarla, pero no se calmó.

Levantó a su hija de su portabebé, y enseguida sintió que necesitaba un cambio.

Los otros comensales sonreían cada vez que la miraban. Asumía que muchos de ellos podían simpatizar, habiendo estado ellos mismos en la misma situación, de vez en cuando.

Mavis apareció a su lado, mientras Karen revisaba la bolsa de cambio del bebé por provisiones.

"Oh, cielos, qué ruido de una pequeñita," comentó la mujer, inclinándose y acariciando la oreja de Charlotte con su dedo. "¿A qué viene tanto alboroto, pequeña?" preguntó, en su tono más comprensivo.

"Creo que alguien necesita un cambio de pañal," le informó Karen. "¿Tiene alguna instalación de cambio de pañales aquí abajo?"

Mavis se rió, su considerable circunferencia se tambaleaba con la vibración.

"Me temo que no hay tal lujo." Miró alrededor de la habitación hasta que llamó la atención de Jodie, y luego le hizo señas para que viniera.

"Oh, bendito sea su pequeño corazón," dijo Jodie, acercándose a Karen y poniendo su mano suavemente en la cabeza de Charlotte. "Cuéntaselo todo a tu tía Jodie."

Para sorpresa de Karen, Charlotte pareció responder al toque de la chica. Por un momento, dejó de llorar y miró a Jodie, como sorprendida por la aparición de un nuevo rostro que la miraba.

Pero, después de un momento, empezó de nuevo. La incomodidad de su pañal mojado obviamente superó el afecto de la joven.

"Ahora, Jodie, lleva a la joven arriba a una de las habitaciones, para que pueda cambiar a su bebé."

Karen se dio vuelta para mirar a Mavis. "No, de verdad," respondió. "Sólo me quedaré cinco minutos. Puedo llevarla a su casa y atenderla allí."

Mavis sacudió la cabeza, severamente. "Nada de eso, jovencita. Tenemos muchas habitaciones libres arriba, ahora lleva ese pequeño tesoro y no discutas más." La idea ciertamente atrajo a Karen.

La idea de llevar a Charlotte de vuelta por la calle, gritando a todo pulmón, y luego tener que cambiarla en lo que probablemente era, a estas alturas, una casa de campo helada, no era realmente atractiva.

Había una pequeña posibilidad de que Dan hubiera llegado a casa, y, por alguna razón, decidió quedarse y esperarla, en lugar de salir a buscarla. Pero en ese momento, Karen prefería la sugerencia de Mavis en general, y una vez que Charlotte estuviera seca, también podría alimentarla, y tal vez se volvería a dormir; así, el camino a casa sería menos accidentado.

Karen agradeció a Mavis, y se levantó de su silla con Charlotte en sus brazos.

Antes de que pudiera pedírselo, Jodie se agachó y cogió el bolso cambiador, poniendo la correa sobre su hombro.

Karen estaba demasiado concentrada en Charlotte para notar la mirada de Mavis a su hija, o de hecho, la sutil inclinación de cabeza que la joven hizo en respuesta.

Una vez arriba, Jodie le mostró a Karen una habitación espaciosa, con una cama doble y un baño.

La habitación se sentía cálida y acogedora, y Karen no pudo evitar compararla en su mente con la fría y poco atractiva casa de campo.

Jodie ayudó a Karen poniendo la bolsa en la cama y divirtiendo a Charlotte, mientras Karen se preparaba para cambiarla.

Jodie se quedó con ella mientras atendía a Charlotte, manteniéndose enfocada principalmente en la bebé, jugando para distraerla de la experiencia de tener el trasero limpiado y el pañal cambiado.

Una vez que Charlotte estaba limpia y seca, Karen se sentó en el borde de la cama y se desabrochó la blusa, para poder alimentarla.

Jodie se sentó a su lado y la miró con admiración. "Eres tan afortunada," observó. "Un día, espero tener un hermoso bebé como el tuyo."

Karen se rió. "Hay mucho tiempo para eso," dijo, "deberías disfrutar de tu libertad mientras puedas. Ya que tengas uno de estos, tu vida nunca será la misma."

Jodie parecía sorprendida. "No te arrepientes de haberla tenido, ¿verdad?"

Karen sacudió la cabeza. "No diría que me arrepiento, pero para ser sincera contigo, no fue exactamente planeada."

"Oh, ya veo," respondió Jodie, pensativa. "¿Se descuidaron tú y tu novio?"

"Bueno, no era realmente mi novio, como tal. Más bien un barco que pasa, si me entiendes."

Jodie asintió. "Pero ahora parece muy feliz," dijo, alentando. "Así que al menos sabes que puedes contar con él."

"Ah, ya veo lo que quieres decir," sonrió Karen. "Dan no es el padre de Charlotte. Él y yo nos conocimos después."

"Pero sigue siendo tu novio, así que debe amarlas a las dos, de todas formas..."

Karen amaba la simplicidad de la lógica de la joven.

Ella era ciertamente muy madura en su pensamiento, para alguien tan joven, aunque fuera un poco simplista.

"Bueno," respondió Karen, "todavía es pronto. Pero tienes razón, parece que nos quiere mucho a las dos."

"Creo que los dos parecen muy felices juntos", anunció Jodie, "y sería un tonto si te dejara ir."

Karen sonrió. "Es muy dulce de tu parte."

Karen podía sentir que Charlotte había dejado de mamar.

La sostuvo sobre su hombro y le dio palmaditas en la espalda hasta que eructó.

"Buena chica," dijo Karen, continuando acariciando la espalda de su bebé.

"Creo que ambas deberían quedarse aquí esta noche." Jodie anunció repentinamente, de pie.

La sugerencia tomó a Karen un poco por sorpresa.

"Oh, no podría hacer eso," respondió. "Además, estoy cerca, no es que tenga que conducir a ningún sitio. No es como si pudiera, después de todo el vino que he tomado."

"Voy a hablar con mami," Jodie parecía inflexible. "Tenemos mucho espacio en esta época del año, y no querrás caminar sola a una casa fría y vacía."

Karen tuvo que admitir que la oferta era tentadora.

La habitación era tan acogedora, que sintió como si pudiera acostar a Charlotte y quedarse dormida enseguida.

Pero, ¿y si Dan la estaba esperando en la casa de campo?

Bueno, se lo merecía por desaparecer todo el día.

No, eso no era justo. Ella no tenía ni idea de por qué había tardado tanto, pero él podría tener una explicación perfectamente razonable para ello.

Como mínimo, ella tenía que darle el beneficio de la duda.

"Ni una palabra más", anunció Jodie, caminando hacia la puerta. "Y hacía mi mami tampoco. Eres nuestra invitada, y tenemos el deber de cuidarte."

Karen podía sentir que se rendía.

Pero ella sabía que no dependía de Jodie.

Pero cuanto más tiempo permanecía en la habitación, más tentadora era la oferta.

"OK," cedió, "déjame bajar y hablar con tu madre y ver si podemos arreglar algo".

"No es necesario", insistió Jodie. "La enviaré aquí arriba, tú quédate y mantén a tu bebé abrigado, yo subiré su portabebé y todo será encantador."

Antes de que Karen pudiera objetar, Jodie salió de la habitación, con la puerta cerrada detrás de ella.

Karen se recostó en la cama con Charlotte en su pecho.

La bebé ya estaba luchando contra el sueño y, por lo que parecía, perdiendo la batalla.

Cinco minutos después, llamaron a la puerta.

"Entra," Karen se sentó a recibir a sus invitadas, acunando a su bebé contra sí misma para evitar que se despertara.

Mavis y Jodie entraron en la habitación, ambas sonriendo cálidamente.

La mujer mayor tenía una pequeña bolsa de plástico en la mano, y un camisón de algodón grueso sobre su otro brazo. Jodie sostenía el portabebé de Charlotte firmemente, por las correas, como si fuera algo valioso que temiera dejar caer. Se dirigió a la cama y espió a Charlotte.

"Ah, está profundamente dormida. Qué tan hermosa se ve," susurró.

Mavis también se acercó para no tener que hablar muy alto.

"Ahora bien," comenzó, bajando la voz, "Jodie me dice que estás pensando en dejarnos y volver a esa vieja casa de campo con corrientes de aire esta noche? Bueno, Thad y yo no queremos eso." Con eso, colocó la bolsa de plástico en la cama al lado de Karen.

Sosteniendo firmemente a Charlotte con una mano, Karen miró dentro de la bolsa. Dentro, vio un cepillo de dientes, y pasta, enjuague bucal, algunas bolas de algodón, una botella de desmaquillador, y botellas individuales de gel de ducha, champú y acondicionador.

"Gracias, es muy amable de su parte," dijo, mirando a Mavis.

"Tonterías," respondió la mujer. "Este es uno de los camisones de mi Polly, está limpio, y es casi del mismo tamaño, así que puedes usarlo."

Karen tomó la prenda, agradecida. "Es encantador, agradécele por mí."

Mavis sonrió, ampliamente. "Ahora acuesta a ese hermoso bebé tuyo, y yo volveré con un trago. ¿Cuál es tu veneno?"

Karen instintivamente se resistió, pero luego, reflexionando, después del tipo de día que había tenido, y con Charlotte ya dormida, un poco de algo que la ayudara a dormir podría ser justo lo que necesitaba.

"Un poco de brandy estaría bien," sonrió.

Jodie se ocupó de juntar dos sillones grandes al lado de la cama, asegurando uno contra la pared adyacente, y luego colocó el portabebé de Charlotte en el medio.

Karen colocó a su hija dormida dentro, y la cubrió con una manta.

En ese momento, Mavis regresó con su brandy.

A Karen le pareció más bien un doble, pero no quiso parecer descortés, así que le dio las gracias a la mujer, y ambas la dejaron dormir.

Después de terminar su limpieza nocturna, Karen volvió al dormitorio y se puso el camisón prestado. Le quedaba perfecto.

Revisó a la dormida Charlotte una vez más, antes de encender la lámpara de la cama, y apagar la luz de arriba.

Karen seleccionó un libro de la pequeña estantería que estaba en el rincón de la habitación, y trepó entre las sábanas.

Leyó hasta el capítulo dos antes de dejar de tomar su copa nocturna.

Karen finalmente se durmió a la mitad del siguiente capítulo, con el libro sobre su pecho.

26

Cuando el último de los empleados salió por la puerta, Thad Beanie se sentó con su cerveza casera delante de él, y llamó a su hija mayor.

Polly, que había estado reponiendo los saleros y pimenteros para el día siguiente, se acercó obedientemente a la mesa de su padre y se sentó frente a él.

Thad miró fijamente a los ojos de su hija, pero ella fue incapaz de mantener su mirada.

Tomó otro largo trago de su vaso, casi vaciándolo, y lo volvió a poner delante de él.

"Ahora bien, mi niña," comenzó, "¿por qué no me cuentas estas tonterías que tu madre me ha contado sobre ti y ese policía?"

Polly giró la cabeza y miró a Mavis, que estaba en medio de doblar servilletas. La mirada que le echó a su madre no fue de reproche por haberla delatado con su padre. Sino más bien una de desesperación suplicante.

Tanto Mavis como Polly sabían por experiencia pasada que no podía haber desacuerdo con Thaddeus Beanie. Él era la cabeza de familia, y lo que decía era ley.

No era otra paliza lo que Polly temía, sino la última palabra de su padre sobre el tema, que una vez pronunciada, nunca sería revocada.

A Jodie ya la habían mandado a la cama, así que sólo quedaban los tres en el restaurante.

Mavis dejó de trabajar y se acercó para unirse a ellos en la mesa.

Polly miraba de un padre a otro.

"¿Y bien?" insistió su padre. "Estoy esperando, chica. ¿Qué tienes que decir al respecto?"

Antes de que tuviera la oportunidad de responder, Polly pudo sentir el ahora familiar ardor de las lágrimas, mientras bajaban por sus mejillas sonrojadas.

Su cabeza se desplomó sobre sus brazos cruzados.

"¡Tus lágrimas no te servirán de nada, niña!" gritó su padre. "Ahora dime qué hay entre tú y ese policía, o..."

"Sshhh," Mavis se coló, abofeteando la mano de su marido con la palma de la suya. "¿Tratas de despertar a nuestro invitada?" susurró, regañándolo.

Thad se sentó en su silla, sintiéndose de repente tonto por haber olvidado que Karen estaba arriba. Con todas las puertas cerradas, el sonido de su voz, tan fuerte como era, no debería escucharse. Pero aún así, pudo entender la cautela de su esposa.

Thad vació su vaso.

Polly levantó la cabeza. Miró a su padre con los ojos llenos de lágrimas, su visión se volvió borrosa. "Lo siento, papi,", dijo, "Creo que lo amo."

"¡QUÉ!" Thad se levantó tan repentinamente, que tiró su silla hacia atrás, mandándola al suelo.

Mavis saltó y se puso al lado de su marido.

Antes de que él tuviera la oportunidad de objetar, ella le dio una bofetada en la parte delantera de la boca para silenciarlo, recordándole, de nuevo, por qué necesitaba bajar la voz.

Thad asintió con la cabeza antes de que Mavis le quitara la mano.

Se agachó para recoger la silla de Thad, y agarró su vaso vacío de la mesa.

Esta no era una ocasión para la sobriedad.

Mientras Mavis salía al bar para rellenar la bebida de su marido, Thad lentamente retomó su asiento, mirando incrédulo a su hija mayor.

Ninguno de ellos habló hasta que Mavis regresó. Regresó con una bandeja, con una pinta para su marido y dos mitades para ella y Polly.

"Ahora que te has calmado," dijo, poniendo la pinta de Thad delante de él, "tal vez podamos tener una conversación civilizada, y decidir qué vamos a hacer con esta situación."

Thad miró a su esposa, con los ojos muy abiertos, incrédulo. "¿Qué quieres decir con 'hacer'? No tenemos elección, no podemos dejar que la ley meta sus narices en nuestros asuntos. Tendremos que tratar con él como con los demás."

"No, papi, por favor." Polly se giró para mirar a su madre, "¿Mami?" sollozó, sus ojos implorando que dijera algo para calmar la ira de su padre.

Mavis puso una mano en la de su hija, y tomó un trago de su vaso.

"Esta no es una situación ordinaria, Thad, y tú lo sabes, como yo."

"¿Qué quieres decir?", gruñó el gran hombre, decidido a mantener el control de la situación.

"Polly ya no es una niña, no sirve de nada decir lo contrario," continuó Mavis, manteniendo su voz firme. "Sabíamos que este día llegaría, tarde o temprano."

Thad señaló a su hija. "Es demasiado joven para saber el día de la noche, y no podemos permitirnos que se enamore de cada Tom, Dick y Harry que aparezca, lo sabes tan bien como ella."

"No fue a propósito enamorarme de él, papi," Polly lloró. "Sólo pasó así". Ella deslizó su mano por la mesa hacia la de su padre, pero en el último momento, él la alejó.

Thad sabía con qué facilidad su esposa e hija podían manipularlo alrededor de sus pequeñas garras cuando quisieran. Incluso la pequeña Jodie había aprendido algunos trucos observando a su madre y a su hermana.

Bueno, había momentos en que un hombre tenía que plantarse

por el bien de la familia, y este era definitivamente uno de esos momentos.

"¿Soy el único aquí con el sentido común?" preguntó retóricamente. "¿Cómo se supone que vamos a considerar la idea de tener a este policía como el hombre de Polly, eh? Ahora, dime eso."

Mavis pensó por un momento.

Habiendo atrapado a su hija entrando a hurtadillas la noche anterior, sabía en el fondo que podría haber algo más que los aparentemente insaciables deseos de Polly. Su conversación en la cocina lo había aclarado.

Pero ella esperaba que, con el tiempo, Polly se cansara del oficial y lo despachara con la ayuda de la tribu, antes de que Thad se enterara de lo que estaba pasando.

Desafortunadamente, esa ventana de tiempo había pasado.

"No podemos matar a un policía sin que esto plantee todo tipo de preguntas." Mavis señaló. "Y si lo hiciéramos, ¿qué haríamos? ¿Sentarnos y esperar a que el ejército sea llamado para buscar su cuerpo?"

Thad pensó por un momento. "Siempre podemos hacer que parezca un accidente..." sugirió. "Podría caer y romperse el cuello mientras escala uno de los acantilados y peñascos de aquí."

"¡Mami!" Polly sonaba desesperada mientras agarraba la mano de su madre en las suyas.

"No va a ser tan fácil, Thad Beanie, y lo sabes." Mavis respondió, mirando directamente a los ojos de su marido.

Thad refunfuñó, y enterró su cara en su vaso mientras tomaba la mitad del contenido de una sola vez.

"Papi, por favor déjame hablar con él," Polly imploró en voz baja. "Si no escucha, o no entiende, entonces... entonces podemos decirle a Gobal y a los otros, si quieres."

"¡No!" Thad, se las arregló para mantener la voz baja, pero su temperamento aún se encendió a través de su expresión. "No le digas nada, ¿entiendes, nada?"

Golpeó con la palma de la mano la mesa para dar énfasis.

Polly sabía que había perdido su oportunidad.

Ya que su padre perdía los estribos, sólo su madre podía calmarlo. Polly sintió que todo lo que estaba haciendo era avivar las llamas. Suplicar y rogar obviamente no funcionaría en esta ocasión, eso era seguro, y Polly sabía que no debía intentar discutir con su padre. Incluso su madre no soportaría tal acción.

Polly se fue de la mesa, dejando su bebida sin tocar.

Mientras subía las escaleras, podían oírla tratando de amortiguar sus sollozos.

Una vez que ella se fue, Thad se volvió para enfrentar a su esposa. Pudo ver que ella no estaba muy contenta con él.

"¿Qué quieres que haga?" preguntó, abriendo ambas manos delante de él como para demostrar su desesperación. "No podemos dejarla ir por ahí con cualquier tipo que le guste, ya lo sabes. Sólo lo conoce desde hace cinco minutos. ¿Cómo puede estar enamorada?"

Mavis deslizó su mano y tomó la de Thad.

"¿Cuánto tiempo después de conocerme lo sabías, Thad Beanie?"

Thad se ruborizó. "Eso era diferente, nosotros éramos mayores," balbuceó.

"No por mucho, y sabes que es verdad."

Thad parecía nervioso. Se frotó la mano en la frente, como si buscara inspiración divina.

Finalmente, respondió. "Pedimos el permiso de nuestros padres, y estábamos hechos el uno para el otro. Ambos éramos parte del clan."

Mavis no podía negar la lógica de su marido. Esta era una situación en la que no podía pretender tener todas las respuestas.

Jacobs se sentó en su coche en el estacionamiento, esperando ansiosamente la llegada de Polly.

Ella había hecho los arreglos con él más temprano ese día, mientras él estaba almorzando. Aunque esperaba que la cita de la noche anterior fuera más que una aventura de una sola vez, cuando se sentó a comer, Jacobs perdió el valor de volver a invitarla a salir.

Se convenció a sí mismo de que era simplemente el hecho de que estaba en un restaurante lleno de gente, con todo el mundo lo suficientemente cerca como para escuchar su conversación. Pero él sabía que, de hecho, era él quien se estaba acobardando.

Mientras veía a Polly ir y venir entre las mesas, repartiendo platos humeantes de pastel y verduras, Jacobs no podía creer que habían hecho el amor juntos sólo unas horas antes.

Era tan hermosa, y la forma en que hablaba a la clientela demostraba lo encantadora y sincera que era su personalidad.

Jacobs todavía no podía creer su buena suerte. Después de tantos años trabajando en Liverpool, que estaba repleta de mujeres hermosas, había aterrizado en este poblacho y se las arregló para llamar la atención de la chica más hermosa de la ciudad.

Cuando Polly le presentó a Jacobs su factura, había escrito en el reverso: "Esta noche, a la misma hora, en el mismo lugar xx"

Jacobs apenas podía contener su emoción ante la perspectiva de otro encuentro, especialmente uno tan cercano después del de anoche.

Pasó el resto de la tarde haciendo rondas de los muchos restaurantes de comida para llevar de aspecto sombrío que llenaban las playas de algunas de las principales ciudades cercanas a Thorndike, pero todo fue en vano. La mayoría negó rotundamente que se abastecieran de sus ingredientes en cualquier otro lugar que no fuera un proveedor legítimo, y los que no podían simplemente se encogieron de hombros y le dijeron que se pusiera en contacto con el propietario.

Al final del día, Jacobs se sintió como si hubiera estado en una búsqueda inútil. Si alguien sabía algo, no iba a revelarlo a las autoridades y arriesgarse a que lo cerraran,

Al menos, Jacobs esperaba que su visita improvisada pudiera tener el efecto deseado de hacer que algunos de ls}os locales menos salubres limpiaran sus negocios, por temor a que una inspección completa de la Agencia de Estándares Alimentarios pudiera seguir.

A las siete de la tarde, estaba exhausto y se dirigió a la estación.

El sargento de guardia era uno con el que Jacobs sólo había

hablado un par de veces antes. Parecía un poco joven para el empleo, pero Jacobs tuvo que suponer que se había ganado sus galones, así que tenía derecho al puesto.

"¿Ha llegado algo nuevo?" Jacobs preguntó, de pie en el lado público del escritorio.

El sargento agitó la cabeza lentamente. "No hay nada de que emocionarse, jefe, hubo un informe anterior sobre una furgoneta abandonada a las afueras de la ciudad pero, para cuando mandamos a alguien para revisarla, no había rastro de ella."

Jacobs pensó por un momento. "¿De qué color era la furgoneta en cuestión?"

El sargento escaneó el informe en su computadora, antes de localizar la sección correcta. "Eh, parece haber sido un marrón oscuro, posiblemente negro, que no se había notado en la zona antes."

"¿Definitivamente no blanca?" Jacobs preguntó. "¿Con el nombre 'Carnes Craven' grabado en el costado?"

El sargento miró la pantalla, volviendo a comprobar la información.

"No, Inspector, era definitivamente un color oscuro, sin que ninguno de los testigos notara la escritura. ¿Por qué, está buscando una furgoneta?"

Jacobs asintió. "Se podría decir que Pete Craven parece haber perdido su furgoneta de reparto."

El sargento de guardia tocó unas cuantas teclas más en su teclado, pero se quedó en blanco.

"No encuentro un informe que se haya presentado," informó a Jacobs, "¿estáa seguro de que dijo que se la habían llevado?"

Jacobs levantó la mano. "No es tan simple, para ser honesto - el viejo sospecha que sus hijos adolescentes se han fugado con ella, junto con algunos de sus mejores cortes de carne, así como sus ganancias mal habidas de la distribución ilegal de carne, así como la posible venta de sustancias ilegales."

"No es de extrañar que no quiera hacer una queja formal," el sargento de guardia estuvo de acuerdo. "¿Debería pedir a todas las patrullas que estén atentas al vehículo?"

"Esa sería mi orden. Bien hecho, sargento."

Con eso, Jacobs volvió a su oficina para hacer una lista de los puntos de venta de alimentos que ya había visitado, para poder concentrarse en algunos de los otros mañana.

Con suerte, el boca a boca se estaba extendiendo y los propietarios ya estaban en el proceso de limpieza de su negocio.

Jacobs trabajó diligentemente hasta las 10pm, luego apagó la luz de su oficina y salió por la puerta, dando las buenas noches al oficial que quedaba a cargo.

A los 20 minutos de llegar a casa, Jacobs se había duchado, afeitado, aplicado una generosa cantidad de su mejor colonia, cepillado sus dientes, teniendo especial cuidado de hacer gárgaras con el enjuague bucal durante los dos minutos recomendados, en lugar de sólo pasárselo por la boca una vez y escupir el asqueroso cóctel al desagüe.

Eligió otro par de pantalones de deporte para la cita, y un jersey negro de cuello alto para ayudar a mantener el frío. Su chaqueta de piel de oveja sin duda actuaría como su colchón improvisado de nuevo.

Mientras se dirigía a la posada, Jacobs no pudo evitar preguntarse hacia dónde se dirigía esta relación, si en realidad tenía un destino final. Tal vez, pensó, Polly le atraían los hombres mayores, y estaba contenta de tener algo de diversión inocente con ellos hasta que se aburría.

Jacobs esperaba que no fuera el caso, pero era lo suficientemente cauteloso para mantener la mente abierta. Después de todo, si hacía el ridículo, sólo se culparía a sí mismo.

Cuando se acercó a la posada, Jacobs notó que el lugar estaba a oscuras y esperaba que eso significara que los padres de Polly estaban en cama y dormidos. Aunque sus intenciones no eran maliciosas, la idea de tener que explicar sus acciones a Thad Beanie no era una experiencia que Jacobs disfrutaría.

Aparcó en el mismo sitio que la última vez, y esperó pacientemente.

Jacobs miró fijamente al bosque, observando los árboles que se mecían con la brisa de medianoche. La falta de luz de la luna le hacía imposible saber dónde terminaba la maleza y comenzaban los árboles. Todo se mezclaba en un negro uniforme pero, mientras Jacobs miraba al frente, podría jurar que vio movimiento de algo que no era follaje.

Mientras se esforzaba por ver mejor, Jacobs casi saltó de su piel cuando Polly comenzó a golpear su ventana lateral.

Sintiéndose estúpido por dejarse asustar por nada más que sombras nocturnas, Jacobs abrió su puerta y salió del coche.

Le sonrió a Polly. "Hola," dijo alegremente.

"¿Podemos entrar un minuto? Tenemos que hablar."

Polly sonaba ansiosa, sin su habitual despreocupación.

Jacobs pulsó el botón de su llave y soltó los otros cierres de la puerta del coche. Polly abrió la puerta de pasajero y entró, cerrando la puerta detrás de ella lentamente, para no hacer mucho ruido.

Una vez que Jacobs se deslizó detrás del volante y cerró la puerta, Polly se inclinó y le agarró la cabeza, tirando de él hacia ella.

Se besaron apasionadamente.

La mente de Jacobs estaba llena de preguntas sobre por qué Polly parecía tener miedo de ser vista con él.

Se temía lo peor. Este iba a ser su último encuentro.

Cuando finalmente se separaron, Polly miró a Jacobs a los ojos, con su rostro marcado por dolor y miedo.

"¿Qué pasa?" Jacobs preguntó, sin querer escuchar la respuesta.

"¿Me amas?"

Jacobs retrocedió instintivamente. El shock de la pregunta de Polly lo dejó perplejo.

Tomó un momento para procesar su pregunta.

"Yo, bueno, quiero decir..." Jacobs tartamudeó para encontrar las palabras correctas.

Sí, se sentía muy atraído por Polly, ¿qué hombre no lo estaría? y ciertamente se sentía muy halagado por su atención. Es más, si permitía que sus sentimientos y sus fantasías se apoderaran de él, entonces podía enamorarse fácilmente de ella, sin duda alguna.

Pero, por otra parte, era demasiado viejo para creer en cuentos de hadas, y aunque, en teoría, no tenía ninguna duda de que el fenómeno del amor a primera vista existía, no podía creer que fuera algo que le pudiera pasar.

Pero, al volver a mirar los hermosos ojos verdes de Polly, no tenía ninguna duda de que al menos ella iba en serio.

"Es una simple pregunta, hombre - ¿me amas o no?" Polly parecía irritada por la vacilación de Jacobs. Para ella era obviamente un asunto sencillo y por lo tanto merecía una respuesta directa.

"Por supuesto que te amo," Jacobs lo soltó.

Polly lo rodeó con sus brazos y lo besó por toda la cara, sin darle tiempo de responder.

Terminó al plantar otro beso persistente en su boca.

"Ahora", comenzó decididamente. "Debemos alejarnos de aquí, no sólo de la posada, sino del pueblo, incluso de la ciudad, debemos alejarnos lo más posible antes de poder detenernos."

Jacobs levantó la mano.

"Espera un minuto, ¿cuál es la prisa?"

"Mi papi sabe de nosotros. Tenemos que irnos antes de que nos encuentre."

Jacobs no pudo ocultar su confusión. Siempre sospechó que, si sus padres descubrían lo que habían estado haciendo, no se alegrarían por ello, pero Jacobs confiaba en que una vez que les explicara sus intenciones, lo entenderían.

Después de todo, aparte de su edad, ¿qué podrían tener en contra de él?

Podía entender el pánico inicial de Polly - todavía era joven y claramente respetaba a sus padres lo suficiente como para no querer verlos infelices. Pero estaba seguro de que una vez que se sentaran todos juntos y discutieran la situación, ella se calmaría una vez que sus padres estuvieran a bordo.

"Polly," comenzó Jacobs, manteniendo su voz tranquila. "No

podemos empezar nuestra relación huyendo. Tus padres aceptarán la idea una vez que nos vean juntos."

"No, no lo entiendes," insistió Polly, agarrándole la mano. "Mi papi ya ha tomado una decisión, no mira con buenos ojos a nadie de fuera de nuestro clan, y como soy la hija mayor, tengo el deber de seguir sus deseos."

"Escucha," dijo Jacobs tranquilamente, "tu padre estará bien, créeme, se preocupa por ti, naturalmente, eres su hija después de todo..."

"¡No es sólo eso!" Polly declaró, claramente se está impacientando con la falta de apreciación de Jacob sobre la posición en la que se encontraban. "Mira, ¿me amas o no? Porque, si lo haces, ¡entonces necesitamos alejarnos de aquí esta noche! No hay tiempo para discutir, vámonos, por favor."

Jacobs pudo ver que no había manera de calmar a Polly, ella había decidido que debían irse inmediatamente, y sin importar lo que él dijera, ella se mantuvo firme.

Estaba seguro de que ella estaba exagerando, pero tratar de explicárselo estaba resultando más difícil de lo que él podría haber imaginado.

Jacobs no tenía dudas de que Polly creía que sus padres se molestarían si descubrían su relación. Pero eso era de esperar, inicialmente. Una vez que tuvieran la oportunidad de acostumbrarse a la idea, estaba seguro de que cambiarían de opinión.

Sólo necesitaba transmitirle eso a Polly.

Jacobs miró a los ojos de Polly y sonrió tranquilamente.

De repente, los ojos de Polly se abrieron de par en par, aterrorizados.

No estaba mirando a Jacobs, sino sobre su hombro a algo detrás de él, fuera del coche.

Antes de que tuviera la oportunidad de darse la vuelta para ver qué le causaba tal alarma, la ventana del conductor que estaba detrás de él se rompió, y algo se agarró al cuello de Jacob, tirando de él hacia atrás a través del marco de la ventana ahora vacía.

Incapaz de darse la vuelta, Jacobs vio como Polly intentaba desesperadamente agarrarse a él, agarrándose a su abrigo, y luego a sus piernas, pero no era ni cerca de tan fuerte como lo que se agarraba a la parte superior de su cuerpo.

Una vez que todo su cuerpo fue sacado por la ventana, Jacobs fue liberado, e incapaz de poner sus pies a tiempo, cayó al suelo, su espalda se llevó la peor parte de la caída mientras se estrellaba contra el asfalto.

Jacobs estaba postrado en el suelo, tratando desesperadamente de tomar un respiro. La caída le había quitado el aliento, y mientras luchaba por recuperar la compostura, algo lo agarró y lo levantó del asfalto.

Sea lo que sea que lo tenía agarrado, era más fuerte que cualquier hombre con el que se hubiera cruzado.

Dos poderosas manos lo sostuvieron en su lugar, haciendo imposible que se volviera para ver a su atacante.

Jacobs luchó por respirar mientras veía a Polly salir del coche, con lágrimas cayendo por su cara. Ella gritaba algo, pero la cabeza de Jacobs todavía resonaba por su caída.

Sin previo aviso, algo se envolvió alrededor de su cuello, aplastando su tráquea, haciendo imposible la respiración.

Jacobs jadeó buscando aire, pero el agarre se hizo más fuerte, como una anaconda que lentamente se agarra a su presa indefensa.

A través de su visión atenuada, vio como Polly corría hacia él, agitando sus brazos en el aire y gritando.

Luego se desmayó.

2 7

Karen se despertó refrescada de su noche en la posada. La cama era muy cómoda, especialmente comparada con la de la casa de campo, y sin Dan tosiendo y balbuceando a su lado, había dormido toda la noche.

Incluso la pequeña Charlotte se mantuvo dormida toda la noche.

Ese trago definitivamente le había hecho a Karen un bien.

Estirándose, tiró las mantas y sacó las piernas de la cama.

El sol de la mañana ya estaba entrando por el hueco de las cortinas, así que Karen se acercó y las abrió de par en par.

Su habitación daba a la parte delantera de la posada, y se dio cuenta de que, de no haber sido por algunas de las casas más cercanas a la posada, podría haber sido capaz de ver su cabaña desde su ventana.

Se preguntaba si Dan finalmente había logrado encontrar el camino de regreso.

Si no, Karen iba a tener que pensar seriamente en involucrar a la policía.

A pesar del hecho de que no tenía forma de llamarla en este momento, ella no podía pensar en ninguna razón por la que él se hubiera mantenido alejado tanto tiempo. Así que tuvo que concluir que o bien había estado involucrado en un accidente o que algo malo le había sucedido.

De cualquier manera, era el deber de Karen hacer las investigaciones apropiadas ya que nadie más sabía que estaba desaparecido.

Karen entrecruzó sus dedos y, mirando hacia el techo, estiró sus brazos sobre su cabeza.

Después de un momento, se inclinó hacia los dos sillones invertidos que albergaban la cuna de Charlotte. Su maravillosa hija debió sentir que mamá necesitaba una noche de sueño decente, así que no lloró ni se agitó durante la noche.

Karen se asomó en el portabebé de Charlotte y su sangre se heló. La bebé había desaparecido.

Karen retiró las mantas para asegurarse de que su hija no se había deslizado por debajo de ellas durante la noche, pero el portabebé estaba vacío.

En pánico, Karen se dio la vuelta y comenzó a buscar frenéticamente en la habitación, incapaz de comprender cómo su hija pudo salir de ahí, pero igualmente incapaz de imaginar cualquier otra explicación posible.

Revisó en el baño e incluso debajo de la cama sin éxito.

Sin preocuparse por su vestimenta, Karen abrió la puerta del dormitorio y salió al pasillo.

Por un momento se paró en su lugar, girando a la izquierda y a la derecha, desesperada por cualquier indicación de dónde podría estar Charlotte.

Finalmente, giró a la derecha y se dirigió por el pasillo hacia la salida de incendios. En su mente ya estaba evocando todo tipo de escenarios en los que alguien había entrado por esa salida y, al encontrar la puerta abierta, se coló y secuestró a su hija.

Cuando Karen llegó a la puerta de incendios, estaba cerrada con llave. Una barra de empuje impidió que se abriera, así que Karen la agarró y la empujó, golpeándola contra el marco de metal.

La puerta se abrió, y Karen salió a la fría plataforma de metal con los pies descalzos. Naturalmente, no había señales de intrusos, ya que la parte racional de su mente le dijo que si alguien así se había llevado a Charlotte, probablemente ya se habría ido.

Karen se quedó fuera, agarrándose a las barandillas por miedo a derrumbarse.

El estacionamiento delante de ella estaba vacío y las hojas caídas saltaban por el asfalto, arrastradas de un lado a otro por la brisa de la mañana.

Su pensamiento inicial fue correr por la escalera de hierro y buscar pistas en los alrededores. Cualquier señal de que los secuestradores se habían marchado sería vital para la policía - una manta desechada, uno de sus pequeños botines, un guante, cualquier cosa.

"Karen."

Escuchó su nombre, pero sonaba como si viniera de muy lejos.

¿Se lo estaba imaginando?

"Karen."

Más cerca esta vez.

Karen se volvió, casi aturdida, y vio a Jodie caminando hacia ella por el pasillo, llevando a Charlotte en sus brazos.

Después de quedarse congelada por un segundo, Karen saltó a la acción y corrió hacia la joven asustada.

"¡Dámela!" exigió, extendiendo ambos brazos.

Jodie accedió, claramente perturbada por el tono de Karen.

Karen tomó a Charlotte en sus brazos y la abrazó, besando la frente de la bebé dormida una y otra vez.

"Lo siento mucho," murmuró Jodie, "No quería molestarte, pero oí llorar a Charlotte durante mucho tiempo, así que vine a ver si había algo que pudiera hacer."

Karen miró fijamente a la chica, respirando pesadamente.

"Llamé un par de veces, pero estabas muerta para el mundo," explicó Jodie, tratando de mantener su voz firme. Pero en realidad, estaba más que un poco nerviosa por la mirada venenosa de Karen.

Finalmente, Karen encontró su voz. "Así que pensaste que simplemente entrarías y la robarías, ¿es eso lo que decidiste?"

Jodie sacudió la cabeza. "No, claro que no, intenté despertarte pero, como dije, estabas ida. Sólo llevé a Charlotte a la habitación de al lado para que no te despertara. Ella sólo quería un abrazo. Se volvió a dormir enseguida."

"Entonces, ¿por qué no la trajiste de vuelta a mí? ¿Qué estabas esperando?"

Los ojos de Jodie rebosaban de lágrimas. "Lo siento, sólo quería abrazarla un poco por si se despertaba de nuevo. Estaba a punto de traerla de vuelta cuando te oí abrir la puerta, pero cuando me levanté y entré en el pasillo, ya estabas en la salida... lo siento mucho."

Karen se quedó rígida por un momento, su mirada fija en Jodie, mientras intentaba calmarse. La chica estaba obviamente angustiada por su reacción, pero Karen se sentía totalmente justificada por haber perdido los estribos.

¿Quién diablos piensa en irse con el bebé de otro? ¿Especialmente alguien que apenas conoces?

Una vez que comenzó a calmarse un poco, Karen supuso que, tal vez aquí abajo, en este lugar apartado, las costumbres eran diferentes a las de Londres y otras grandes ciudades. Era posible que las acciones de Jodie, que eran obviamente inocentes, no parecieran tan fuera de lo común en un entorno de pueblo tan pintoresco.

Karen imaginó que los padres probablemente seguían permitiendo que sus hijos jugaran sin supervisión en el vecindario, porque tenían la suerte de no haberse visto afectados por el aumento de los índices de criminalidad sobre los que ella estaba acostumbrada a leer todos los días en su casa.

De cualquier manera, las lágrimas de remordimiento de Jodie parecían genuinas, y ahora que Charlotte estaba a salvo de nuevo en sus brazos, Karen comenzó a sentir lástima por haberle gritado.

"Está bien, Jodie," le aseguró Karen. "Siento haberme enfadado tanto, pero me has dado un susto de muerte, eso es todo."

"Lo siento mucho," dijo Jodie, frotando sus lágrimas con el dorso de su mano. "Debí haberte despertado. No volverá a suceder, lo prometo."

Karen puso una mano reconfortante en el pequeño hombro de Jodie.

"Vale pues," dijo ella, tranquilamente. "Seca esas lágrimas - no hay daño."

Jodie sonrió, sus ojos brillando.

"Te diré algo," continuó Karen, "¿qué tal si, para mostrarme que no hay resentimientos, me cuidas a la pequeña mientras me ducho?"

Los ojos de Jodie se abrieron de par en par. "¿En serio?", exclamó.

"Sí," le aseguró Karen. "Y si quieres, también puedes hacer que se divierta mientras la cambio, ¿qué te parece?"

Jacobs podía sentir su cabeza dando vueltas de un lado a otro cuando finalmente volvió en sí.

Su cabeza se sentía más pesada de lo normal y le pareció un esfuerzo para levantarla de su pecho. Mientras intentaba enfocar sus ojos en el escenario que le rodeaba, Jacobs se dio cuenta de que estaba atado a la silla en la que estaba sentado por una gruesa cuerda, que había sido enrollada varias veces alrededor de su cuerpo antes de ser asegurada a un gran tubo de chimenea detrás de él.

En el banco de enfrente se sentaba Thad Beanie.

El hombre estaba vestido con lo que sin duda alguna había sido un mono blanco, pero que ahora estaba tan manchado de sangre que parecía más rojo que blanco.

Jacobs abrió la boca para hablar, pero su voz sólo podía emitir un sonido que apenas superaba un susurro.

Cuando tragó, su garganta le picó con un dolor ardiente en su interior, como si hubiera tragado hojas de afeitar.

Miró a su alrededor con la luz fluorescente de arriba. Colgando de ganchos esparcidos por la habitación, había enormes trozos de carne, la mayoría de los cuales aún goteaban sangre en el suelo de hormigón.

El banco donde Thad estaba sentado también tenía varios cortes más pequeños, apilados uno encima del otro al azar, mientras que otros estaban simplemente esparcidos por el banco.

El hedor de la carne cruda era abrumador, y Jacobs podía sentir la bilis subiendo en su esófago. Miró al techo y tragó, con fuerza. Todavía era doloroso, pero al menos tuvo el efecto deseado.

"Entonces, ¿sigues vivo?" Thad Beanie preguntó bruscamente.

Jacobs miró al gran hombre. "Supongo," susurró, haciendo un gesto de dolor.

"¿Piensas que porque eres la ley, puedes imponerte por todo el lugar y todos los demás lo tienen que aceptar?"

Jacobs sacudió la cabeza.

Intentó aclarar su garganta una vez más, pero el dolor lo detuvo a mitad de camino.

"No tienes ni idea de con qué estás tratando, ¿verdad?"

Jacobs decidió que era más seguro asentir con la cabeza y dejar que Thad hablara.

Ciertamente sería menos doloroso que tratar de responder en ese momento.

"Nuestra familia se remonta a generaciones, cientos de años. La tradición del clan Beanie es una de la que todos podemos estar orgullosos, y tengo la intención de mantenerla por otros cientos de años más, ¿entiendes?"

Jacobs asintió con la cabeza, tratando de parecer interesado pero, en realidad, no tenía ni idea de lo que el padre de Polly estaba hablando.

Afortunadamente para él, Thad parecía decidido a darle su historia familiar completa.

"Ustedes los agentes de la ley son todos iguales, pensando que son muy inteligentes y astutos. Es como cuando los hombres del rey descubrieron el escondite de nuestros antepasados, en el siglo XVI, y los arrastraron para ejecutarlos, sin un juicio justo."

Jacobs podía ver que Thad se enojaba cada vez más con cada palabra, y su temperamento se dirigía directamente a él, como representante de la ley.

"Pero, ya ves," continuó, golpeando su dedo índice contra su sien. "No fueron tan listos como pensaban, incluso cuando buscaron el escondite con perros, no encontraron a todo el clan, y varios de ellos escaparon la ejecución escondiéndose en lo profundo de la cueva, y permaneciendo allí hasta que los hombres del rey se fueron. Y una vez que estuvieron a salvo, no les quedó nada más que hacer ahí más que alimentarse y reproducirse."

El rostro de Thad tomó una expresión sombría, y sus cejas se fruncieron.

"Pero para los que fueron capturados, hombres, mujeres, incluso niños, algunos más jóvenes que nuestra Jodie, arrastrados ante la multitud gritona y los quemaron vivos o colgaron de los árboles, ¿y todo por qué?"

Thad se alejó de su banco, y se acercó a Jacobs, hasta que sus narices estaban separadas sólo por unos centímetros.

"Te diré porqué, ¿sí?", dijo el gran hombre. "Por descubrir el placer que se obtiene al comer carne humana."

Las palabras de Thad tardaron un momento en llegar a Jacobs.

¿En serio estaba hablando sobre el?

"Qué..dem..." fue todo lo que salió de la boca de Jacobs.

Su mente se agilizó con las posibilidades de la revelación de Thad.

Se quedó mirando al gran hombre.

Thad asintió con la cabeza y volvió a su banco. "Así es, Hombre de la ley," confirmó con una sonrisa. "Estoy orgulloso de continuar con la tradición familiar. Sólo que ahora, no sólo nos quedamos con la mercancía, la compartimos con cualquiera que quiera una parte."

Thad señaló directamente a Jacobs.

"Y eso lo incluye a usted, Sr. Hombre de la ley."

Jacobs parpadeó los ojos varias veces, como si tratara de despejar un horrible pensamiento que luchaba por abrirse camino en su imaginación.

Miró hacia Thad con incredulidad.

El gran hombre asintió con la cabeza lentamente, como en respuesta a su pregunta no expresada.

Mirando hacia atrás a los trozos de carne que colgaban de los ganchos del techo, Jacobs notó de repente el parecido entre algunos de ellos y las partes del cuerpo humano.

Ahora podía distinguir piernas, brazos, incluso torsos enteros, derramando lo que quedaba de la sangre de su dueño en el suelo.

Jacobs ya no podía luchar contra las náuseas.

Sólo tuvo tiempo de girar la cabeza hacia un lado mientras el primer chorro de vómito caliente le salía a borbotones. Jacobs dio arcadas y se estremecía, hasta que no tuvo más que dar.

El fuego dentro de su garganta era ahora peor que nunca, como si lo que inicialmente había sido una chispa se hubiera convertido en un infierno.

Desde algún lugar en la distancia, escuchó una puerta que se abría.

Luego una voz familiar. "Oh, papá por favor, ¿qué le has hecho? Dijiste que no lo lastimarías."

"No dije nada de eso, chica. Él sabe demasiado."

Jacobs sintió una mano suave contra su mejilla.

Se quedó mirando hacia otro lado y tosió hasta quedar ronco.

Cuando finalmente se dio vuelta, la cara de Polly estaba frente a él. Sus hermosos ojos se fijaron en los suyos y, por un momento, olvidó por qué estaba allí y el peligro que corría por lo que le acababa de decir su padre.

Deseaba ahora que se hubieran ido en el coche cuando ella se lo rogó, sin perder tiempo exigiendo una explicación.

Pero ya era demasiado tarde para eso.

Polly se quitó un paño de cocina de su delantal y lo usó para limpiar los restos de bilis de la boca de Jacob.

"No importa todo eso, chica," gruñó Thad. "Ve a buscar una cubeta y trapeador, y limpia este desastre que tu novio ha hecho, antes de que apeste el lugar."

Polly se quedó y se volvió hacia su padre.

"Prométeme que no lo lastimarás mientras no esté," exigió.

La cara de Thad se puso roja de rabia.

Saltó del banco y agarró a Polly por su cola de caballo, tirando de ella hacia él.

"¡Ay!", gritó, "me estás lastimando."

"Haré más daño si me vuelves a responder," gruñó. "Te advertí que te alejaras de él, pero me desobedeciste. Ahora, ve a buscar esa cubeta, y no habrás más la boca, ¿entendido?"

Cuando Thad soltó el cabello de su hija, ella asintió con la cabeza, antes de darse la vuelta y regresar en la dirección que había venido.

Jacobs la vio irse, sintiendo como si su última esperanza se hubiera ido con ella.

2 8

Karen apagó su móvil, y lo arrojó al sofá con frustración. Acababa de pasar la mayor parte de una hora al teléfono en la comisaría local, y el oficial de guardia que atendió su llamada le recordó las películas mudas de *Keystone Cops* que solían mostrar en la televisión durante las vacaciones.

En su mente tenía una imagen de hombres uniformados corriendo por la estación como pollos sin cabeza, tropezando unos con otros y chocando contra las paredes y los muebles.

Karen entendió perfectamente su racionalización de que Dan era un hombre adulto, y que sólo llevaba 24 horas desaparecido, pero lo que no pudo perdonar fue su tono condescendiente. Incluso se las arregló para hacer que la palabra "señora" sonara como si estuviera divirtiéndose con un niño.

El relato de Karen de por qué estaban en el pueblo, y el hecho de que ella no era su pariente más cercano, ni parecía saber quién podría ser, sólo se sumó a la afirmación del oficial de que Dan se había equivocado de camino en algún lugar, y pasó la noche en un hotel, o casa de huéspedes.

Le aseguró a Karen que el hecho de que Dan hubiera olvidado su móvil en la casa de campo era una explicación razonable de por qué no había podido contactarse con ella, y que probablemente ya estaba de vuelta.

Explicó además que como era domingo, la estación no estaba totalmente operativa, por lo que no podía dejar que nadie saliera a verla, pero recomendó que, si Dan no había aparecido para mañana a la misma hora, Karen debería ir a la estación para hacer un informe oficial de persona desaparecida.

Karen se quedó allí un momento, mirando fijamente su teléfono, echando humo, como si el hombre obstinado estuviera todavía en la línea.

Consideró la posibilidad de volver a llamar y exigir hablar con alguien con autoridad, pero estaba segura de que, dadas las circunstancias, si hubiera una persona así presente, simplemente la despacharían de la misma manera. La pregunta era, ¿qué hacer ahora?

Era otro día frío, pero despejado y soleado, y Karen no quería pasarlo dentro de la cabaña esperando que Dan apareciera.

Se dio cuenta, por primera vez desde ayer, que estaba más molesta por su desaparición que preocupada por su seguridad.

Las palabras del oficial en el teléfono, resonaron en su mente. Estaba en un lugar seguro. Estaba perdido, atrapado sin su teléfono, y estaba en camino de regreso.

Karen necesitaba un poco de aire fresco. Después de su ducha esa mañana en la posada, la madre de Jodie le había hecho un delicioso sándwich de huevo y tocino, con pan grueso y crujiente, tal y como le gustaba, servido con dos grandes tazas de café fuerte. Ahora, ella necesitaba caminar.

Después de una comida y un cambio, Charlotte se había instalado de nuevo en su portabebé, y para cuando llegaron a la casa de campo, estaba profundamente dormida, una vez más.

Karen se envolvió contra el viento, y revisó de nuevo para asegurarse de que no había mensajes ni en el móvil de Dan ni en el suyo.

Había una duda persistente en el fondo de su mente de que,

aunque probablemente no se sabía el número de ella de memoria, todavía había una posibilidad de que supiera el suyo.

En ese caso, ¿por qué no había llamado? A menos que no se diera cuenta de que lo había dejado olvidado, y pensara que lo había dejado mientras estaba fuera. Pero seguramente, incluso entonces lo intentaría, por si acaso.

Karen se calmó. En realidad, no podía recitar su número de memoria, así que, en un aspecto, tenía perfecto sentido que fuera el mismo caso.

Karen levantó el portabebé por las correas y lo colocó cuidadosamente en el chasis sin despertar a la bebé Charlotte. Colocó el dispositivo de cierre en su lugar y lo revisó dos veces, como siempre, para asegurarse.

Una vez fuera, Karen giró a la izquierda, alejándose de la dirección de la posada, para poder explorar el otro lado del pueblo.

Aquellos a los que pasaba por el camino, parecían sorprendentemente reservados para un pequeño pueblo inglés. Por experiencias anteriores, Karen siempre había encontrado a los aldeanos más amigables que la gente que vivía en Londres, y ciertamente más dispuestos a saludar y sonreír.

Pero los pocos peatones que encontró en su paseo, o miraban hacia otro lado o cruzaban la calle cuando se acercaba, lo que la sorprendió, especialmente porque tenía a Charlotte con ella.

Incluso el londinense ocasional estaba dispuesto a echar un vistazo al cochecito y felicitarla.

Encogiéndose de hombros, Karen continuó por la calle principal hasta que llegó al puente jorobado, que conducía a un pequeño arroyo.

La superficie del camino del otro lado parecía mucho más áspera que el pavimento en el que estaba, y la idea de tener que abrirse camino con el cochecito a través de las ramas caídas y el paisaje lleno de rocas la convenció de volverse atrás.

El sol estaba en su apogeo, y volviendo a la casa de campo, Karen pudo disfrutar de todo su calor en su cara.

En el viaje de regreso, pasó por delante de menos aldeanos, pero aún así hizo el esfuerzo de sonreír cuando los veía. Lo más que recibió a cambio fue una ocasional media sonrisa antes de que volvieran la cara.

Llegando a la cabaña, Karen todavía se sentía demasiado inquieta para volver a entrar, así que decidió continuar su paseo, en dirección de la posada.

Al pasar por el lado opuesto de la calle, Karen pudo ver por las ventanas que el área del bar estaba ocupada, como de costumbre. Siendo la hora del almuerzo, no se sorprendió. Consideró la posibilidad de parar para beber, pero decidió seguir adelante. Charlotte estaba empezando a lloriquear, y había menos posibilidades de que se quedara dormida dentro del bar con todo su ruido.

Karen caminó por la calle, hasta que llegó a la curva que conducía al lago. El cartel decía que estaba a unos pocos cientos de metros y, mirando hacia adelante, vio que el camino estaba relativamente bien mantenido, y no debería resultar demasiado arduo para las ruedas del cochecito de Charlotte.

Una vez que llegó al lago, Karen se sentó en una roca y miró las aguas tranquilas. Giró el cochecito hacia un lado para que el sol no estuviera directamente en la cara del bebé, y ajustó la visera para poder ver a Charlotte desde donde estaba sentada.

Había un par de botes de remos en el agua, cada uno con una pareja disfrutando del sol de la tarde.

Para su sorpresa, cuando la vieron, ambas parejas la saludaron. Karen les saludó, suponiendo que eran visitantes de la zona igual que ella, y no locales, a juzgar por las respuestas negativas que había recibido antes en el pueblo.

Karen vio a los barcos desaparecer en la curva del lago. Se preguntó si había una estación de alquiler de botes cerca, y pensó en lo encantador que hubiera sido pasar la tarde con Charlotte dormida en sus brazos y Dan haciendo todo el trabajo duro.

Podía sentir que su irritación crecía por dentro al pensar en todo lo que podrían haber logrado este fin de semana, si tan sólo Dan no hubiera decidido beber hasta quedar en un estupor ciego en su primera noche.

Karen respiró hondo y esperó a que su molestia pasara.

Si Dan no hubiera reaparecía por la mañana, decidió hacer el viaje a la ciudad para hacer una declaración formal.

Sus llaves aún estaban en la casa de campo, así que al menos no tendría que depender de nadie más para el transporte. De hecho, ahora que lo pensaba, Karen decidió que si las circunstancias no cambiaban, presentaría la denuncia de desaparición, y luego conduciría a casa en el coche de Dan.

No había razón para que se quedara más tiempo aquí, especialmente si, por alguna razón, él no iba a volver.

Con su mente decidida, Karen estiró la tensión que había estado acumulando en sus hombros.

"Hola."

Karen saltó, casi cayéndose de su roca. Se giró y entrecerró los ojos hacia la luz del sol. Era Jodie.

"Dios mío, me has dado un susto," dijo Karen, poniendo su mano sobre su pecho, mientras respiraba rápidamente.

"Lo siento, no fue mi intención," respondió Jodie dulcemente. "Pensé que me habrías oído venir por el camino."

Karen sacudió la cabeza. "Lo siento, no, estaba en las nubes." Su respiración se estabilizó y logró una sonrisa.

Jodie miró dentro del cochecito. "¿Cómo le va a nuestro precioso angelito?" preguntó, mirando al bebé dormido.

"Oh, ella está bien, sólo disfrutando del sol de la tarde."

Karen notó la cesta que Jodie llevaba, cubierta con una tela a cuadros.

"¿Te vas de picnic?" Karen preguntó, asintiendo con la cabeza.

"¿Oh esto?" Se rió. "No, nada tan emocionante, me temo. Sólo voy a visitar a una amiga de mi mami que no se siente muy bien."

"Es muy amable de tu parte," observó Karen. "Espero que no sea nada serio."

Jodie sacudió la cabeza. "No, sólo se cayó en las rocas cerca de aquí y se fracturó algo en el pie, así que no puede salir por el momento. ¿Te gustaría venir conmigo y conocerla? Se alegrará de la compañía."

Karen pensó por un momento, y luego dijo: "Dudo que quiera que un completo extraño aparezca en su puerta, sin anunciarse. Continúa, yo debería llevar a la dama a la casa de campo para que se bañe y se alimente."

Jodie parecía sorprendida. "Oh, no estarás planeando pasar la noche en esa vieja y mohosa cabaña, ¿verdad? Mami asumió que te quedarías con nosotros hasta que tu novio regresara."

Karen estaba un poco sorprendida. "Bueno, es muy amable por parte de tu madre, pero no me gustaría imponerme."

Jodie sacudió la cabeza. "No es un problema. Mami me dijo que viniera a buscarte después de que viera a su amiga, que te invitara a cenar y que te ofreciera una cama para pasar la noche. No puede soportar la idea de que estés sola en esa cabaña."

Karen pensó por un momento. Era ciertamente una oferta tentadora. La buena comida y las camas calientes de la posada eran mucho más tentadoras que estar atrapada en la húmeda y deprimente casa de campo, sin nada que hacer excepto ver la televisión.

Karen se mordió el labio inferior. "Bueno, si estás segura de que no es demasiado problema, me encantaría quedarme. Pero tu madre debe dejarme pagar esta vez. No puedo seguir aprovechándome de su buen carácter."

Jodie se rió. "Ella dirá que para nada. También lo haría mi papi. Mamá dice que eres nuestra invitada, y eso es todo."

"Es muy amable, y también lo es tu padre," respondió Karen. "Debo admitir que no me gustaba mucho pensar en otra noche en esa casa de campo, especialmente por mi cuenta."

"Vamos entonces", Jodie le ofreció su cesta a Karen. "Vayamos a visitar a la amiga de mamá, y luego podemos ir a casa a tomar el té."

Karen agarró la cesta, y colocó su brazo a través del asa para que pudiera descansar en la parte curva de su codo.

"Yo conduciré," anunció Jodie, soltando el pedal de freno del cochecito de Charlotte y girándolo hacia el camino.

En el camino, Jodie le explicó a Karen que tendrían que aventurarse por el túnel construido a través de la roca, y que para fines prácticos, debido al terreno accidentado, tendría sentido que sacaran el portabebé de Charlotte del chasis y la llevaran.

Jodie disipó las preocupaciones de Karen de que alguien pudiera venir a robarlo, recordándole que ya no estaba en Londres, y por lo tanto no tenía nada que temer en ese sentido.

Por muy escéptica que siguiera siendo, Karen hizo lo que Jodie le sugirió.

Escondieron el chasis detrás de unos arbustos para que no se viera, al menos.

Jodie usó su linterna para guiar el camino una vez que estuvieron dentro de la cueva. Insistió en que se le permitiera llevar el portabebé con Charlotte dentro, mientras Karen mantenía la cesta.

Mientras serpenteaban a izquierda y derecha a través de la estructura de piedra, Karen estaba impresionada por lo hábil que era Jodie para encontrar su camino.

"Supongo que has estado así más de un par de veces." Karen comentó.

"Oh sí, he estado usando este túnel desde que era niña, es mucho más rápido que tener que caminar sobre las colinas de aquí, y luego intentar cruzar la concurrida intersección hacia la ciudad. No estamos lejos." Jodie le aseguró.

Más adelante, Karen vio una luz y dio un suspiro de alivio. No era claustrofóbica, pero al estar dentro de la cueva sin poder ver la luz del día en el otro extremo, todavía sentía una pequeña náusea.

A medida que se acercaban a la luz, Karen se dio cuenta de que venía de una fogata, no de una entrada. No podía entender, ¿quién encendería un fuego aquí abajo? ¿Espeleólogos, tal vez?

Al dar la última vuelta, Karen vio una enorme fogata ardiendo brillantemente en medio del suelo de tierra. Las sombras de las llamas lamían las paredes, arrojando sombras a lo lejos en la oscuridad.

Antes de tener la oportunidad de hacer una de las docenas de preguntas que se le ocurrieron, Karen vio a la tribu de criaturas emergiendo de todos lados, rodeándolas en segundos.

El instinto inicial de Karen fue agarrar el portabebé de Charlotte y huir de ellas. Lentamente colocó la canasta en el suelo, pero cuando llegó el momento de correr, sus piernas no se movieron. Se volvió para advertir a Jodie, que parecía ajena al peligro inminente, pero ya se alejaba hacia el fuego, con la pequeña Charlotte a su lado.

Cuando Jodie se acercó a la siguiente curva, Karen forzó sus pies y corrió tras ella, gritando que le devolviera a su hija.

Jodie se detuvo cuando llegó al cuerpo dormido de una joven, y se arrodilló a su lado, colocando el portabebé en el suelo a su lado.

Charlotte parecía haberse despertado, y ahora empezó a gritar, su pequeña voz atravesando la oscuridad, y haciendo eco alrededor de las paredes de la cueva.

Cuando Karen la alcanzó, se agachó para recuperar a su hija. Pero incluso cuando se estiró para agarrar las asas del portabebé, una de las criaturas estaba sobre ella, arrastrándola hacia atrás por el suelo.

Karen pateó y gritó mientras la tiraban hacia atrás. Su única preocupación era la seguridad de su preciosa hija.

La criatura que la había agarrado se agachó sobre sus hombros, manteniéndola clavada en el suelo, mientras veía a Jodie volver y agarrar la cesta, y llevársela a la mujer dormida.

Mientras Karen observaba, con la mente abrumada por la escena que tenía delante, Jodie sacudió suavemente a la mujer dormida por el hombro hasta que se despertó y se sentó contra el muro de piedra, revelando su desnudez.

A continuación, Jodie deshizo la tela que cubría la cesta y produjo un gran contenedor de plástico para comida desde dentro. Soltando la tapa, sacó una cuchara y comenzó a alimentar a la mujer, como si fuera un infante incapaz de realizar la tarea por sí mismo.

Las manos que mantenían a Karen en su lugar, eran grandes y estaban cubiertas de un grueso y anudado pelaje.

Karen miraba mientras la mujer comía, hechizada por lo que estaba viendo.

Entre bocados, Jodie se agachaba e intentaba adormecer a Charlotte meciéndola en su portabebé y hablándole suavemente.

Una vez que el contenedor estaba vacío, Jodie volvió a colocar la tapa y la volvió a meter en la cesta. Luego se puso de pie con la cesta en una mano y el catre de Charlotte en la otra.

Karen intentó lanzarse hacia adelante, pero las enormes manos la mantuvieron firme en su lugar. Nunca se había sentido tan indefensa en su vida.

Karen vio como Jodie caminaba hacia ella. Colocó a Charlotte en el suelo a unos metros delante de Karen, y sacó su linterna del bolsillo de sus pantalones, sosteniéndola en la mano con la cesta sobre su brazo.

"¿Quieres despedirte?" Jodie preguntó con una sonrisa.

Por una fracción de segundo, Karen pensó que la joven estaba hablando de la mujer que estaba detrás de ella. Pero entonces la horrible verdad de la situación la golpeó como un mazo en la cara.

¡Jodie estaba a punto de llevarse a su bebé y dejarla atrás!

Karen miró fijamente a Jodie, su cabeza empezó a temblar lentamente de un lado a otro, como si le negara a la niña el permiso para llevarse a su hija. Pero en realidad, fue simplemente un acto reflejo.

Karen gritó: "¡No puedes quitarme a mi bebé, por favor devuélvemela!"

La súplica de la madre inspiró a su hija a añadir su voz al argumento.

Jodie hizo callar al bebé, como si fuera la cosa más natural del mundo.

Jodie cogió el portabebé con su mano libre y lo puso delante de Karen.

"Por favor," suplicó Karen, con lágrimas rodando por sus mejillas. "Te lo ruego, no le hagas daño a mi bebé. Haz lo que quieras conmigo, pero por favor déjala en paz."

Jodie parecía sorprendida. "¿Dañar a esta pequeña?" dijo,

sorprendida. "Preferiría sacarme los ojos primero. Esta pequeña va a venir a vivir conmigo. Ella va a ser mía ahora, y yo voy a cuidarla como si hubiera nacido de mí."

Karen sintió una extraña sensación de confort por la declaración de Jodie. Al menos, su hija estaría a salvo, siempre y cuando la chica cumpliera su palabra.

Antes de tener tiempo de considerar su propia situación a manos de los monstruos que la rodeaban, Karen vio como Jodie se había alejado, arrullando a Charlotte mientras se iba.

29

Lucy abrió los ojos, bostezó y sacudió los restos de su sueño.

En la cama a su lado, Jerry estaba acostado de lado y enviando mensajes de texto.

Como era su fin de semana libre, ambos habían decidido aprovechar la noche. Habiéndose encontrado en una taberna para tomar una copa y comer algo, se fueron a un club, que no era el pasatiempo favorito de Jerry pero, como era oficialmente su primera cita, Lucy le recordó que era prerrogativa de la dama decidir a dónde iban.

Jerry nunca había oído hablar de ese reglamento, pero podía ver en sus ojos lo emocionada que estaba Lucy ante la perspectiva, así que cedió heroicamente.

Resultó que, una vez que tomaron unos tragos más en el club, y la música los atrajo a la pista de baile, la noche pasó en un instante. Antes de que Jerry se diera cuenta, eran casi las tres de la mañana y estaban anunciando las órdenes finales.

Habían compartido su primer beso real en la pista de baile, y mientras esperaban afuera, en el frío, a que llegara su taxi, también disfrutaron de su primer toqueteo.

Una vez que llegaron al apartamento de Jerry, aunque sudorosos y exhaustos por los esfuerzos de la noche, estaban demasiado entusiasmados para esperar hasta el día siguiente, y para cuando su última pieza de ropa tocó el suelo, Lucy ya había llevado a Jerry dentro de ella.

Su relación amorosa era ansiosa y frenética, y Jerry sólo pudo aguantar hasta que Lucy tuvo un orgasmo, antes de disparar su carga.

Durmieron hasta las 11 de la mañana.

Cuando se despertaron, Jerry le ofreció café a Lucy, pero ella sacudió la cabeza y en silencio lo alcanzó una vez más, tirando de él encima de ella y masajeando su trasero mientras se deslizaba dentro de ella.

Después, durmieron un poco más, entrelazados mientras el resto del mundo exterior continuaba con su ritual dominical.

Era casi la una de la tarde, y Lucy se giró para mirar a Jerry de espaldas, mientras sus dedos seguían golpeando su teléfono.

Ella siguió suavemente un camino desde su cuello hasta la hendidura en su trasero con sus uñas. Jerry se retorció al sentirla, pero se las arregló para continuar hasta que terminó su mensaje de texto.

Una vez hecho, colocó su teléfono en la mesita de noche y se volvió para enfrentar a Lucy.

"Buenos días," dijo.

"Buenos días", respondió ella, antes de ahuecar su mano detrás de su cuello y tirar de él para darle un beso.

Incluso con el sudor seco de los esfuerzos de la noche anterior todavía en su piel, Lucy todavía olía hipnotizantemente bien. No era de ningún perfume o spray corporal, sino de su olor corporal natural, que de alguna manera parecía asaltar sus fosas nasales, haciendo que la deseara más.

"¿A quién le envías un mensaje de texto?" Lucy preguntó, curiosamente, mirando por encima de su hombro.

"Oh, a nadie especial, es sólo mi novia, le estaba diciendo que no viniera hasta que me deshiciera de ti."

Lucy lo miró fijamente, herida y furiosa en igual medida.

Entonces vio la astuta sonrisa que él no pudo ocultar, y supo que estaba bromeando.

Lucy lo arrojó sobre su espalda y se puso encima, atrapando sus brazos a su lado.

Estaba lejos de ser gorda, pero era lo suficientemente pesada como para mantenerlo inmovilizado. Su cuerpo era duro y firme, como una levantadora de pesas. Sin avisar, le metió los dedos en el torso, haciéndole cosquillas furiosamente.

Jerry se rió tanto que por un momento no pudo recuperar el aliento.

Finalmente, gritó. "¡Me rindo, me rindo, tú ganas!"

Lucy no se detuvo. "¿Lo sientes?", exigió ella, sonriendo ante su impotencia.

"Sí, sí, lo siento mucho, por favor, detente."

Eventualmente, lo hizo. Lucy se sentó con las manos en la cadera, mirando a Jerry mientras él seguía riendo, aún incapaz de controlarse.

"Ahora," dijo Lucy, sospechosamente, "¿a quién le enviabas mensajes de texto?"

Jerry la miró a los ojos. "Era a Dan, eso es todo, sólo quería saber cómo iban sus vacaciones."

Sonaba genuinamente aterrorizado de que Lucy pudiera comenzar otro ataque de cosquillas.

Finalmente, dijo. "OK, te creo. Aunque nadie más lo haría."

Ella se bajó de él, soltando sus brazos.

Jerry se apoyó en un brazo. Rastreó su sonrisa traviesa con su dedo índice, luego se agachó y la besó en los labios.

"Eres una mujer dura," sonrió.

"Mejor créelo, amigo," aceptó, "y ahora que conozco tu debilidad, tengo la intención de siempre salirme con la mía, o de lo contrario." Lucy extendió sus dedos, moviendo su mano hacia el cuerpo desnudo de Jerry como si estuviera a punto de empezar a hacerle cosquillas de nuevo.

"¡Dije que me rindo!" gritó Jerry, retrocediendo, pero no lo suficientemente lejos como para que ella no pudiera alcanzarlo.

En cambio, Lucy dejó que sus dedos caminaran por su torso, hasta llegar a su ingle.

Ella usó su uña índice para acariciar la parte inferior del pene de Jerry, con ternura, de un lado a otro, antes de deslizar su mano entre sus muslos y tomar su escroto en un suave abrazo.

Jerry gimió y cerró los ojos, mientras los dedos de Lucy trabajaban en él. Podía sentir cómo se endurecía mientras ella desplegaba sus dedos entre sus testículos y su órgano, deslizándolos por su eje en un firme pero suave agarre.

"Uh-oh," anunció Lucy.

Lentamente, Jerry abrió los ojos. "¿Qué pasa?" preguntó, con preocupación en su voz.

"Creo que el vengador calvo ha regresado para otro ataque."

Jacobs gritó una vez más, con su voz ronca por el esfuerzo repetido.

Thad le había advertido antes de irse, que nadie podría oírlo desde aquí abajo, pero Jacobs se sintió obligado a intentarlo, ya que decidió que no tenía nada que perder.

Incluso Polly le había explicado que gritar y chillar no ayudaría, pero al menos cuando lo dijo, a diferencia de su padre, tenía un matiz de tristeza en su voz.

Jacobs no estaba seguro de cuánto tiempo había estado atado ahora. Cuando Thad lo dejó para volver a subir a preparar el almuerzo para sus clientes, supuso que el gran hombre volvería a bajar para acabar con él una vez que la multitud se hubiera marchado, así que imaginó que no habían pasado más de un par de horas hasta ahora.

Le dolía la espalda por estar atado en la misma posición durante tanto tiempo, y sus muñecas estaban en carne viva como resultado de su esfuerzo por tirar de la cuerda que lo mantenía atado.

Sabía que sus esfuerzos eran inútiles. Pero no estaba preparado para ceder todavía.

Mientras estuviera vivo, había una posibilidad de que saliera en las mismas condiciones.

Su mente se tambaleaba por las historias que Thad le había contado sobre sus antepasados, y cómo habían estado viviendo de la carne humana hasta el día de hoy. Su estómago se revolvió al pensar que él también, aunque sin querer, había participado en la misma comida, horneada en los famosos pasteles de Thad.

Por si eso no fuera suficiente, Thad también le había obsequiado con cuentos sobre cómo se criaban entre ellos para mantener su línea pura, y cómo algunos de ellos se parecían a sus antepasados, viviendo en cuevas y cazando carne fresca por la noche.

Esos eran los que, según explicó Thad, no podían mezclarse socialmente con el resto del clan, por lo que seguían viviendo fuera de la vista, sólo aventurándose cuando se consideraba seguro hacerlo.

Pero los otros, los que como él y su esposa e hijas, vivían en todo el mundo, asumiendo fachadas que eran más aceptables en la sociedad, pero aún así se reproducían entre ellos, y seguían comiendo carne humana siempre que la ocasión lo permitía.

Mientras Thad repetía su macabra historia, Jacobs miró a Polly como para confirmar que su padre no estaba sólo hilando un hilo para asustarlo. Pero en el momento que pudo mirar directamente a sus ojos, Jacobs supo que la historia era cierta.

Por difícil que fuera creer en estos tiempos, la familia era caníbal.

Incluso, por lo que parecía, había potencialmente cientos de ellos esparcidos por todo el mundo.

Thad incluso había sugerido que Jacobs era un hipócrita por retorcerse y vomitar ante el pensamiento, mientras que él mismo había disfrutado de varias comidas en la posada, y habría continuado haciéndolo si no hubiera sucumbido a los encantos eróticos de Polly.

Jacobs tuvo que admitir, aunque sólo fuera para sí mismo, que había un núcleo de verdad en lo que Thad había dicho. Pero ahora mismo, la idea de esos deliciosos pasteles le revolvía el estómago.

Sabía que su única esperanza era que Polly pudiera liberarlo antes de que su padre cumpliera su amenaza de convertir a Jacobs en el almuerzo y la cena de la próxima semana.

Polly había reaccionado a la amenaza con verdadera angustia, e incluso amenazó con dejar su casa si Thad lastimaba a Jacobs. Pero su padre no cedió a nada de eso, y advirtió a su hija que si continuaba protestando, la haría mirar mientras cortaba a Jacobs en la losa.

Polly se arrojó a la misericordia de su padre, rogándole que perdonara a Jacobs y los dejara marchar juntos. Juró lealtad a la familia y le prometió que nunca dirían una palabra de lo que pasaba en la aldea, si su padre les dejaba irse juntos.

Cuando Polly cayó de rodillas y prometió su amor por Jacobs, pensó por un momento que Thad cedería. Los ojos del gran hombre parecían empañarse, y se rascó la barba, pensativo.

Cuando miró a Jacobs, el oficial asintió con la cabeza, esperando que Thad creyera que él también iba en serio y lo dejara ir.

Pero el momento pasó, y Thad sacudió la cabeza como para despejar el pensamiento. Agarró a su hija por el brazo y la puso de pie, ordenándole que volviera a subir para organizar el almuerzo.

Cuando Polly salió del matadero con su padre, miró hacia atrás por encima del hombro, y le dio a Jacobs una sonrisa llena de tristeza.

La visión de esa sonrisa le perseguía ahora. Si la hubiera escuchado cuando estaba en su coche, rogándole que se fuera con ella. Tal vez ahora podrían estar a millas de distancia, lejos del alcance asesino de su padre, y de los indecibles sucesos de la posada.

En realidad, Jacobs estaba demasiado sorprendido para responder en ese momento.

¿Realmente lo amaba? ¿O era él simplemente la mejor opción para escapar de la vida que ella estaba obligada a vivir?

De cualquier manera, ¿a él le importaba? El hecho era que ahora estarían a salvo, y si era honesto consigo mismo, no había nadie más con quien prefiriera estar.

Jacobs miró alrededor de la habitación manchada de sangre una vez más. Le recordó una escena de la *Masacre de Texas*, con las partes del cuerpo colgando y los miembros cortados esparcidos por todo el lugar.

Sólo había una pequeña ventana en la parte superior de la pared a su derecha y, cuando Thad apagó las luces de arriba detrás de ellos cuando se fueron, eso dejó a Jacobs con el único rastro de luz entre él y la oscuridad.

Incluso ahora, podía decir que el sol estaba en decadencia. La brillante luz solar de cuando abrió los ojos por primera vez y se encontró atado a la silla, se había convertido en un tono anaranjado, señalando el comienzo del atardecer.

Jacobs temía que el tiempo que le quedaba era corto.

Nunca había sido un hombre particularmente religioso, pero aún así, se atrapó en una oración silenciosa, pidiéndole a Dios que al menos hiciera su final rápido y lo menos doloroso posible.

Dadas las circunstancias, no estaba tan seguro de que la segunda parte de su oración fuera posible.

De repente, escuchó el sonido de una cerradura que se abría. Jacobs se esforzó en oír hacia el ruido, y vio aparecer un pequeño rayo de luz en lo alto de las escaleras, cuando la puerta se abrió por una fracción de segundo, y luego se cerró.

Esperó a que las luces de arriba cobraran vida, pero la habitación permaneció en una oscuridad total. El corazón de Jacob se hundió al oír pasos que bajaban las escaleras de madera hasta su nivel. Este debía ser Thad regresando para llevar a cabo su amenaza.

Luchó contra sus ataduras, poniendo hasta la última onza de su energía en la hazaña. Pero todo fue en vano. Las cuerdas se mantuvieron firmes, y Jacobs deseó haber intentado un último grito cuando la puerta se abrió. Puede que fuera su última oportunidad de ser escuchado por alguien en el restaurante.

A medida que se acercaban las pisadas, Jacobs se esforzó en la oscuridad para distinguir la silueta de su verdugo que se acercaba. Su estómago se agitaba mientras un frío escalofrío de miedo se extendía por todo su cuerpo.

Su final no sería placentero.

A juzgar por los cadáveres desmembrados que cuelgan del techo, Jacobs supuso que el sistema de Thad debía incluir cortar la garganta de su víctima, y luego colgar su forma sin vida hasta que la sangre se hubiera drenado de ellos.

Jacobs cerró los ojos en anticipación.

Luego sintió un suave beso en sus labios secos.

Levantó la vista para ver a Polly en cuclillas ante él, su cara a pocos centímetros de la suya.

Jacobs abrió la boca para hablar, pero antes de que tuviera oportunidad, Polly la cubrió con su mano. Sus ojos transmitieron el mensaje de que necesitaba bajar la voz, así que asintió con la cabeza torpemente.

"Papi me ha estado observando como un halcón toda la tarde," susurró Polly. "No pensé que iba a tener la oportunidad de escaparme, pero ha salido a buscar algo, así que no me queda mucho tiempo."

"¿Puedes desatarme?" Jacobs suplicó, con su voz ronca y graznante, que apenas era audible.

Polly sacudió la cabeza. "No sería seguro, Papi bajará a ver cómo estás, y si ve que me he metido contigo, será peor para los dos."

"¡Pero está planeando matarme!" Jacobs instó, con los ojos bien abiertos en alarma. "Si no me ayudas, soy un hombre muerto."

Polly le puso la cara en sus manos y lo besó de nuevo.

"Tienes que confiar en mí," imploró. "He escuchado a Papi hablar a Mami de ti, y ella sabe lo que siento por ti. Aunque no está de acuerdo con ello, creo que puedo hablar con ella para que te ayude, para que me ayude."

Jacobs frunció el ceño. Por lo que había visto de Mavis Beanie, estaba mucho más dispuesto a creer que ella estaría más feliz afilando el cuchillo para su marido que tratando de persuadirlo de que permitiera vivir a Jacobs.

¿Pero qué opción tenía? Sin Polly de su lado, era hombre muerto.

"Tengo que volver arriba antes de que me vean que no estoy," le informó Polly. "Mantente fuerte para mí."

Con eso, ella lo besó una vez más antes de ponerse en marcha y volver a subir las escaleras.

Jacobs siguió su sombra hasta que salió de la puerta.

Sus palabras lo dejaron con alguna esperanza, aunque no lo suficiente como para relajarse completamente.

3 0

Karen se estremeció cuando escuchó el sonido.

Al principio, no podía reconocerlo. Bajo tierra en la cueva, cada ruido resonaba y se distorsionaba, y generalmente se ahogaba por los ruidos de los gruñidos de las criaturas que la mantenían cautiva.

Desde que Jodie los dejó, la manada se acercó a Karen más de una vez. Parecía fascinarlos, aunque asumió que su interés era más carnal que otra cosa.

Había mirado con horror como un par de ellos se turnaban con la mujer desnuda que Jodie había alimentado. La mujer no gritó o exclamó, ni siquiera se estremeció al ser tocada. En cambio, permaneció inmóvil, esclava de sus deseos.

Instintivamente, Karen mantuvo sus rodillas juntas, aunque se dio cuenta de que si la manada se volvía contra ella, no sería capaz de luchar contra ellas. Pero... Afortunadamente, una vez que terminaron con la otra chica, se alejaron.

Casi parecía como si estuvieran esperando el permiso para atacarla.

Karen se preguntaba si fue Jodie quien les daba tal aprobación.

Una vez que la manada se había establecido al otro lado de la fogata, Karen se acercó a la joven con cautela, y le susurró para tratar de averiguar si todavía era capaz de comunicarse o si su mente se había ido por completo.

Después del tormento que debió sufrir durante su estancia aquí, Karen creyó que tenía todo el derecho a renunciar a su cordura.

Por supuesto, la mujer siguió mirando al frente, sus ojos se enfocaron en las sombras parpadeantes de la pared.

Cuando Karen tocó el hombro de la mujer, ni siquiera se inmutó, lo que no fue una gran sorpresa considerando su falta de reacción al ser asaltada por las criaturas.

Aún así, Karen se quitó el abrigo y lo maniobró alrededor de los hombros de la mujer para ayudar a cubrir su modestia. Una vez que su abrigo estaba en su lugar, Karen puso sus brazos alrededor de la mujer, y la sostuvo de cerca. Tuvo que admitir para sí misma que sus acciones eran totalmente en beneficio de la mujer.

Karen también se sentía vulnerable, y estaba petrificada en caso de que una de las criaturas decidiera dar un turno con ella.

Aunque, si una emboscada tan horrenda tuviera lugar, Karen no tenía la intención de recostarse mansamente y aceptar las consecuencias como lo hizo su compañera. Sin embargo, sabía que, en realidad, tendría poca o ninguna esperanza de luchar contra ellos.

Había demasiados de ellos, y se veían increíblemente fuertes.

Karen no tenía dudas de que si quisieran, cualquiera de ellos podría arrancarle un brazo o una pierna de su cavidad.

Pero la idea de simplemente recostarse y permitir que se salgan con la suya le revolvió el estómago.

Fue entonces cuando se le ocurrió la ironía de su actual situación.

Durante su relativamente corto tiempo prostituyéndose, ¿cuántos de sus clientes que estaban sudando y gruñendo encima de ella le dieron ganas de vomitar?

El hecho de que ella aceptara su pago no hizo ninguna diferencia en su sentimiento físico de repugnancia al tocarlos.

Pero había sobrevivido a la prueba porque era fuerte y había puesto las necesidades de su bebé en primer lugar, antes que las suyas propias. Y esa, decidió, era la mentalidad que adoptaría para superar esta prueba, si la situación se presentaba.

Fortificada por el pensamiento, Karen se recostó contra su compañera y cerró los ojos.

Estaba empezando a dormitar cuando un ruido la sacó de su ensueño.

Karen se sentó y miró a su alrededor, preguntándose de dónde había salido el sonido.

¿Se lo había imaginado?

Había sido un zumbido corto y agudo, como el sonido que hacía una abeja cuando pasaba por delante de tu oído en un día de verano. Un segundo allí, y luego se fue.

Karen se esforzó por escuchar por encima de los diversos gruñidos y resoplidos de sus captores, así como las chispas y escupitajos que emanaban del fuego, pero el sonido no se repitió.

Desanimada, Karen se sentó contra el muro de piedra.

Justo cuando cerró los ojos una vez más, un pensamiento le llegó.

¿Cómo pudo ser tan estúpida?

Se levantó de la pared y miró de lado para asegurarse de que las criaturas no se acercaban por la curva.

Afortunadamente, parecían no darse cuenta de sus movimientos.

Una vez convencida, Karen se inclinó sobre su compañera de cautiverio y hurgó en los bolsillos de su abrigo hasta que localizó su móvil.

Lo sacó y miró la pantalla.

No había ninguna señal.

Karen la sostuvo a distancia de un brazo y la movió en un arco, pero aún no había señales de vida. Se desplomó contra la pared, abatida. No se sorprendió del todo por la falta de señal, su aparato no era el más avanzado de todos, pero ese zumbido le había dado esperanzas.

Karen metió su teléfono en el bolsillo de sus pantalones, por si acaso pudiera recibir una señal más tarde. No tenía ni idea de los planes que estas criaturas tenían para ella, aunque tenía una idea justa, después de presenciar lo que le hicieron a su compañera.

Pero podría haber una posibilidad de que la trasladaran a otro lugar en algún momento, a un lugar con mejor recepción. Así que tenía sentido tener su teléfono a la mano.

Karen miró a su compañera prisionera. En su apuro por localizar su teléfono, había logrado quitar su abrigo de los hombros de la mujer, a pesar de que la chica parecía no darse cuenta de la interrupción.

Sin embargo, Karen se giró y se puso de rodillas para poder cubrir una vez más la modestia de la mujer.

Mientras reemplazaba el abrigo sobre el cuerpo de la chica, Karen sintió que algo golpeaba contra su muslo.

Se sintió más pesado que el material de la chaqueta sola, así que metió su mano en el bolsillo más cercano y sintió algo sólido.

Cuando lo sacó, se dio cuenta de que era el móvil de Dan. Con todo lo demás que le ha pasado esta tarde, se le podría perdonar que olvidara que lo llevaba consigo para empezar.

Mirando por encima del hombro, Karen levantó el teléfono. La señal era débil, pero al menos había algo ahí.

Su primer instinto fue llamar a la policía. Pero el sonido de las criaturas arrastrando los pies cerca de ella le hizo cambiar de opinión. Si la oían hablar con alguien, estaban obligados a investigar, y ahí se acabaría todo en lo que respecta al teléfono.

Karen giró el teléfono hacia ella y lejos de la dirección de las criaturas.

Por supuesto, había un mensaje de texto esperando. Karen pudo ver que era de Jerry, a quien había conocido ese día en la biblioteca. Dan le había dicho que eran buenos amigos y que era el tipo de persona en la que podías confiar si tenías problemas. Parecía que estaba a punto de ser puesto a prueba.

Karen puso su mano alrededor del teléfono para atenuar la luz y respondió suavemente al texto de Jerry, presionando cada botón lenta y cuidadosamente, para no hacer demasiado ruido.

Jerry, es Karen. Dan ha desaparecido y yo estoy cautiva en una cueva cerca de la posada. Por favor, ayúdame, mi vida está en peligro. ¡¡NO LLAMES!! Sólo envía mensajes de texto. No pueden saber que tengo un teléfono. ¡¡¡AYUDA!!!

Karen envió el mensaje y esperó. Sobre todo, tenía la esperanza que Jerry no pensara que era una broma de Dan. Ella no sabía el alcance de su amistad, pero si esto era el tipo de cosa que hacían como una broma, entonces sabía que su caballería podría tardar mucho en llegar.

Se preguntaba cuánto tiempo debía darle para responder antes de enviar más mensajes. Karen comprobó la hora en el teléfono. Faltaban quince minutos para las tres. Lo que sea que Jerry estuviera haciendo ahora, esperaba que tuviera su teléfono a mano.

El sonido de su teléfono a su lado, en la mesa de noche, fue suficiente para despertar a Jerry de su sueño de la tarde. La cabeza de Lucy estaba apoyada en su pecho, su cabello cubriendo su cara.

Jerry estiró el brazo sin desalojarla y agarró su teléfono.

Tuvo que leer el mensaje dos veces para asegurarse de que lo que estaba leyendo no era sólo un truco de la luz, o debido a su visión borrosa, al haber abierto los ojos.

En todo el tiempo que había conocido a Dan, este no era el tipo de broma que hacía. La primera reacción de Jerry fue llamarlo. Pero, antes de apretar el botón, recordó que el mensaje le decía que no lo hiciera.

Levantó a Lucy de él, deslizándola suavemente a su propio lado de la cama.

Sentado, Jerry escaneó el mensaje por tercera vez. No había duda de la urgencia de las palabras, ni de la desesperación que Karen expresó.

¿Y qué quiso decir con que Dan estaba desaparecido?

¿Desaparecido cómo?

Nada de esto tenía sentido para él, pero cuanto más tiempo Jerry miraba el mensaje en su pantalla, más convencido estaba de que la situación requería atención.

Se sentó en la cama y respondió al texto, como se le ordenó:

¿Quieres que llame a la policía?

¿Sigues en la aldea?

¿Qué debo hacer?

Mientras lo enviaba, Lucy comenzó a moverse a su lado. Bostezó y se estiró, y se inclinó para besarlo una vez en la boca. Él respondió, pero mantuvo su atención en el teléfono.

Sin hablar, Lucy se bajó de la cama y salió de la habitación, desnuda.

Jerry sólo notó a medias su salida. Su atención principal seguía centrada en el teléfono, en caso de que Karen respondiera. El escéptico que había en él todavía mantenía la opinión de que esto era una broma, y que, después de unos cuantos mensajes más de este tipo, Dan revelaría el juego.

Pero cuanto más tiempo pasaba, más se daba cuenta Jerry de que algo estaba muy mal.

Mientras esperaba, Jerry escuchó la descarga del inodoro, seguida del sonido del grifo abierto. Después de eso, pudo oír los pies desnudos de Lucy golpeando el suelo de madera mientras entraba en la cocina.

"¿Cómo te tomas el café?", dijo, "¿blanco o negro?"

"Negro por favor,con azúcar." Fue una respuesta automática ya que la pregunta apenas se registró en su subconsciente.

Cuando Lucy volvió con dos tazas de café humeante, todavía no había respuesta.

Lucy puso ambas tazas en el estrado junto a Jerry, y se inclinó para otro beso.

Jerry no la notó hasta que ella le agarró la barbilla con la mano y le volvió la cara hacia ella.

"¿Es eso entonces?", dijo ella, severamente. "Ahora que te has divertido, ¿has perdido el interés?"

"Eh, ¿qué?" Jerry parecía sorprendido. "No, nada de eso, es sólo que recibí un texto muy extraño de Dan. Bueno, de hecho, no era de Dan, sino de Karen, mira, lee."

Puso el mensaje y le pasó el teléfono.

Lucy leyó la pantalla y frunció el ceño. "¿Crees que es de verdad?" preguntó, perpleja.

Jerry se encogió de hombros. "No sé, eso es lo que es tan desconcertante, quiero decir, Dan no es el tipo de persona que juega bromas pesadas. Al menos, no desde que lo conozco."

"Estoy de acuerdo, no parece ser el tipo." Lucy pensó por un momento. "¿No crees que esto es tal vez la idea de Karen de una broma?"

"Ni idea. Sólo la conocí el mismo día que tú."

"Es cierto, dudo que te conozca lo suficiente como para dar por sentado que pensarías algo así de divertido." Lucy devolvió el teléfono. "Pero si es de verdad..."

"Lo sé," Jerry completó la frase. "Si es de verdad, ¿qué deberíamos hacer? Quiero decir, ha dicho que está cautiva, así que he enviado un mensaje preguntando si deberíamos llamar a la policía."

"¿Sabes dónde están?" Lucy preguntó, llevando su taza de café a sus labios, y soplando el líquido vaporoso.

Jerry asintió. "Dan me dio los detalles antes de irse, por si acaso había algún problema. Pero dudo mucho que le preocupara que algo así sucediera."

En ese momento, el teléfono sonó en la mano de Jerry.

Juntaron sus cabezas y miraron fijamente la pequeña pantalla.

Todavía en el pueblo, en una cueva no muy lejos de la posada.

¡Tienen a mi bebé!

Intenté con la policía local cuando Dan desapareció... ¡Inútil!

¡Por favor, ayúdame!

Jerry y Lucy se miraron fijamente.

"Bueno, ciertamente parece que está en problemas," observó Lucy.

"¿Qué debo hacer?" Jerry preguntó, casi implorando a Lucy que ideara una estrategia con la que pudiera trabajar.

Lucy pensó por un momento. "Vale," respondió, finalmente, "por si acaso todo esto es un engaño," levantó su mano libre, "y no digo que lo sea, pero por si acaso, manda un mensaje y di que estás en camino."

"¡Que!" Jerry la miró con incredulidad.

"Lo sé, lo sé, pero si esto es un engaño, no hay manera de que Dan te deje salir, sabiendo que es sólo un engaño, ¿verdad?"

Jerry pensó por un momento.

La idea de Lucy tenía sentido.

Respondió en el mensaje de texto:

Bien, resiste, me voy ahora.

Traeré a la policía conmigo.

Envíame instrucciones para llegar a ti desde la posada.

No te preocupes.

. . .

Mientras esperaban, bebieron su café. Ambos mantuvieron su atención firmemente enfocada en el teléfono, esperando una respuesta que les dijera que todo era una broma, o que el peligro era real.

Finalmente, hizo un *ping*.

Sigue el camino desde la posada, manteniendo el lago a tu izquierda.

La entrada de la cueva está a la derecha, a un cuarto de milla de camino.

¡Por favor, apúrate!

3 1

Jacobs estiró el cuello para ver quién entraba por la puerta esta vez. Parecía una eternidad absoluta desde que Polly bajó a hablar con él, y ahora se dio cuenta de que la luz del día que había estado brillando a través de la pequeña ventana había desaparecido por completo.

Temía que fuera Thad quien volviera a acabar con él, como había prometido.

Al encenderse las luces de arriba, suspiró de alivio al ver la ligera figura de Jodie, dando cautelosamente un paso a la vez, llevando un plato de cristal en sus manos.

Se acercó a Jacobs y se puso delante de él, sosteniendo el plato.

"Cena," anunció con orgullo.

Jodie colocó el plato en el banco en el que Thad había estado sentado antes, y sacó una pequeña botella de agua del bolsillo de su delantal.

Desenroscó la tapa y colocó el borde de la botella en el labio inferior de Jacob, inclinándolo hacia adelante para permitirle beber.

Jacobs no se dio cuenta de lo sediento que estaba, pero una vez que el agua comenzó a fluir por su garganta, tragó desesperadamente, tan rápido como su esófago se lo permitía.

Jodie esperó a que él llegará a la mitad para volver a tapar la botella.

"No demasiado, tonto," le regañó, "o acabarás mojándote."

Jacobs se las arregló para decir: "Gracias."

Estaba genuinamente agradecido por el agua. Su boca estaba tan reseca que no estaba convencido de que todavía produjera saliva.

Jodie colocó la botella en el banco y recogió el plato.

Al volverse hacia él, quitó el paño que lo cubría y reveló una gran rebanada de pastel de carne.

"Ta-dah," anunció.

Jacobs miró la carne y, aunque su estómago retumbaba instintiva-mente, el pensar que lo que Thad le había dicho que estaba en ellos le hacía tener náuseas.

Tosió y balbuceó, esforzándose contra sus ataduras mientras se inclinaba hacia adelante en preparación para lo que sabía que vendría. Sin embargo, por suerte para él, no le quedaba nada sólido en su estómago, así que después de unos momentos se detuvo, y se sentó derecho una vez más.

Podía sentir lágrimas cayendo por sus mejillas por su ataque de vómitos.

Jodie también las notó y, colocando el plato en el banco, sacó un pañuelo y comenzó a secar sus lágrimas.

"Ya, ya," dijo tranquilamente, "todo se ha ido ya."

"Serás una madre maravillosa algún día," jadeó Jacobs, con más de un toque de sarcasmo.

Al menos su garganta se sentía mejor, gracias al agua.

Jodie se dio la vuelta y miró a su alrededor, como si temiera que alguien más estuviera allí abajo con ellos.

Una vez que se convenció de que estaban solos, se inclinó hacia el oído de Jacob y le susurró. "No se lo digas a nadie todavía, pero ya tengo un bebé."

Cuando se retiró, Jacobs la miró con incredulidad.

Pero en respuesta, Jodie simplemente asintió con la cabeza.

"¿Cómo puedes tener un hijo?" preguntó Jacobs, asombrado por su revelación. "¿Qué edad tienes? ¡Eres demasiado joven para haber dado a luz!"

Jodie puso una cara. "Bueno, no le di a luz, tonto," respondió, con su tono burlándose de él. "Pero ahora es mía, así que eso es todo lo que importa, ¿no?"

Jodie se dio cuenta inmediatamente por la expresión de Jacob, que él no le creía.

Se inclinó una vez más. "La tengo afuera en uno de los cobertizos de papá. Esperaré a que todos los demás se vayan a la cama esta noche, luego la llevaré a mi habitación. Ella puede quedarse allí conmigo."

La joven sonaba tan natural que por un momento Jacobs creyó que era sincera. O, al menos ella creía que lo era.

No pudo evitar preguntarse si la pobre chica estaba un poco loca. Si creía la historia de Thad, Jodie sería víctima de un mestizaje, posiblemente incluso de incesto, y la historia había demostrado que esa combinación a menudo llevaba a que la descendencia naciera con mentes y cuerpos débiles.

Decidió que, en su posición, probablemente era mejor sólo seguirle la corriente.

Jodie sacó un tenedor de su delantal y lo usó para romper un trozo de pastel de carne. Poniendo su mano debajo de él, se lo llevó a Jacobs como una madre que alimenta a su hijo.

"Abre bien," ordenó.

Jacobs retrocedió y giró la cabeza.

"¿Qué pasa?" preguntó Jodie, sorprendida por su reacción. "Mami dijo que estarías hambriento y que debería traer algo para que comas."

"No, gracias," dijo Jacobs educadamente, sin querer contradecirla. "No tengo mucha hambre en este momento."

Jodie lo miró fijamente, desconcertada. "Pero a todo el mundo le encantan los pasteles de mi papi. Ya los has probado antes. Polly me lo dijo."

Jacobs intentó una media sonrisa. "Sí, lo sé, tal vez un poco más tarde." Tosió una vez más. "¿Podría darme un poco más de agua, por favor?"

Jodie sacudió la cabeza, evidentemente aún incapaz de comprender que alguien rechazara uno de los pasteles de su padre.

Colocó el tenedor con el trozo de pastel en el plato y le llevó la botella. Jodie le dejó beber hasta que la botella estuvo casi vacía.

"Oh, bueno," dijo, chirriando, "esperemos que no necesites usar el baño pronto."

Jacobs tragó saliva. "¿Tienes idea de lo que tu padre pretende hacerme?" preguntó.

Jodie sacudió la cabeza. "En realidad no... todavía no me dicen todo lo que hay aquí. Pero sé que papá está muy enfadado con mi hermana. Escuché que le hablaba a mi mami mientras estaba en la cocina."

Ahora le tocaba a Jacob ser furtivo.

Hizo un gesto con un movimiento de cabeza, para que Jodie se acercara.

Curiosa, ella cumplió.

"¿Sabe que soy policía?" Preguntó Jacobs.

Jodie asintió. "Sí, Mami y Papi estaban hablando de ello."

"Bueno," continuó, "si prometo que no le pasará nada a ninguno de tus padres, ¿harías algo por mí?"

Jodie lo miró, sospechosamente. "¿Qué?" preguntó.

"Si llama a mis colegas de la estación en la ciudad y les dice dónde estoy, y lo que me ha pasado, entonces nadie tiene que salir perjudicado. Tus dos padres estarán a salvo, te lo prometo."

Cuando Jodie se alejó, la expresión de su rostro transmitía el hecho de que estaba considerando la petición de Jacobs.

Después de un momento, sacudió la cabeza. "No, lo siento, no creo que mi padre se ponga muy contento conmigo si llamo a la policía. Siempre ha dicho que no podemos confiar en ellos."

"Pero puedes confiar en mí," Jacobs perseveró, luchando por mantener su tono nivelado y simpático. "No dejaré que le hagan nada malo a tus padres."

La joven lo meditó de nuevo.

Entonces ella preguntó: "¿Qué hay de mí y de Polly?"

"Me aseguraré de que ambas estén bien cuidadas," le aseguró Jacobs.

"¿Y mi bebé?"

"Bueno," Jacobs todavía se tambaleaba ante la idea de que Jodie, aparentemente, tuviera un bebé escondido en un cobertizo del patio trasero. "Me encargaré de que tu bebé también sea atendido. Tienes mi palabra."

Jodie plantó sus manos en sus caderas. "Pero puedo cuidar de mí misma," dijo desafiante. "Sólo quieres alejarla de mí. Por eso Papi dice que no podemos confiar en ti."

Antes de que tuviera la oportunidad de alegar su caso, Jodie cogió el plato con la tarta y se dirigió hacia las escaleras.

Mientras Jacobs la miraba subir, sentía que su última oportunidad de libertad se iba con ella.

Karen se sentó acurrucada contra su compañera, el móvil de Dan metido firmemente dentro de su sostén. No quería arriesgarse a perderse un mensaje de Jerry, y como la señal no era muy fuerte, necesitaba poder agarrar el teléfono en el momento en que sonara.

La espera fue una agonía.

Sabía que Jerry tardaría al menos cinco o seis horas en llegar a Cornualles, incluso usando la autopista. Había dicho que iba a informar a la policía en el camino, pero el mayor temor de Karen era que la línea de emergencias lo conectara con la estación local, y si Jerry tenía tantos problemas como ella para tratar de persuadirlos de que tomaran medidas, ella podría estar en una espera muy larga.

Incluso si investigaran, ¿cómo la encontrarían?

Sabía que la policía a veces podía rastrear los teléfonos móviles hasta la torre de control más cercana, desde la última vez que se usó. Así que, al menos, eso le daba algo de esperanza.

Pero a partir de ahí, todavía tendrían que rastrear su ubicación.

Karen se preguntaba si la cueva era una atracción local. Un lugar conocido, que uno de los oficiales podría recordar haber visitado de niño.

Pero entonces, si ese fuera el caso, ¿los locales también sabían de los habitantes de las cuevas?

Seguro que no.

Karen era muy consciente de que las comunidades más pequeñas tendían a cerrar sus puertas al mundo, y a guardarse para sí mismas. Pero esto no era algo que pudieran pretender que era normal.

Además, a juzgar por el estado de la mujer a su lado, a Karen le pareció que estas criaturas probablemente tenían el hábito de secuestrar mujeres de las calles para su propio placer perverso.

Entonces, ¿cómo podrían mantener eso entre ellos?

Estas víctimas deben ser extrañadas...

Karen se estremeció al pensarlo. Su principal objetivo seguía siendo encontrar una forma de escapar y rescatar a Charlotte. Temía pensar en lo que Jodie podría estar haciendo a su bebé.

Su único consuelo era que la joven parecía genuinamente enamorada de su hija, y eso le dio a Karen la esperanza de que Charlotte saldría ilesa.

En ese momento, escuchó un ruido de arrastre que venía de la siguiente curva.

Karen se puso tensa, e inconscientemente extendió la mano de su compañera en una muestra de unidad.

Mientras la primera de las criaturas se movía a la vista, Karen se arrastró lo más lejos que pudo contra la pared. A diferencia de ella, la mujer que estaba a su lado no se movió ni un centímetro. No había duda en la mente de Karen de que la cordura de la pobre chica ya la había abandonado, sin duda como resultado de ser prisionera de estas horribles cosas.

Mientras las más cercanas se acercaban, Karen trató de mirar hacia otro lado, pero una fascinación impía la hizo retroceder.

Antes de que se diera cuenta, estaba rodeada por todos lados.

Dos manos ásperas y peludas se agarraron a sus jeans y comenzaron a tirar de ellos.

Karen gritó e intentó defenderse, pero el esfuerzo fue inútil.

Las otras criaturas pronto se unieron a la embestida, y antes de que tuviera la oportunidad de considerar cómo luchar, le habían arrancado los jeans y los habían echado a un lado.

Mientras estaba siendo retenida, Karen sabía que rendirse podría ser su única oportunidad de sobrevivir. Pero no estaba en su naturaleza rendirse tan fácilmente, así que continuó luchando y resistiendo lo mejor que pudo, hasta que la primera criatura la empaló.

32

"¡Tranquilo, viejo!" gritó Lucy, golpeando sus manos en el tablero de mandos delante de ella, como si se preparara para un impacto inminente.

"Lo siento," respondió Jerry, mirándola un momento y ofreciéndole una sonrisa. "Odio a los idiotas se quedan en el carril central y sólo conducen a 50 millas por hora."

Jerry había afirmado inicialmente que iba a conducir hasta Cornualles solo. Pero Lucy tenía otras ideas e insistió en que permitiera acompañarlo.

Una vez que llegaron a la autopista, Lucy programó la dirección que Dan le había dado a Jerry en Google, y se acomodaron para el largo viaje.

A las ocho y media, llevaban más de cinco horas en la carretera y, aunque ella se había ofrecido a compartir la conducción, Jerry insistió en tomar el volante. Cuando Lucy bromeó sobre su desconfianza hacia las mujeres conductoras, Jerry le explicó que era un terrible copiloto y que siempre se ponía nervioso.

Lucy aventuró la teoría de que él era sólo un obsesivo.

Aparte de una breve parada para reposar, siguieron sin descanso.

El tráfico en la autopista era relativamente ligero, así que se las arreglaron para mantenerse a 70 millas por hora, excepto cuando Jerry permitió que su aguja se acercara a 80.

Lucy había intentado llamar a los servicios de emergencia cuando salieron por primera vez, pero debido a la falta de detalles específicos, como el apellido o la dirección de Karen, el operador de la policía no pareció tomar sus preocupaciones demasiado en serio.

Incluso con Jerry hablando por altavoz, pronto se dieron cuenta de que tenían una batalla perdida en sus manos. El único servicio que la operadora estaba dispuesta a proporcionar era contactar con la comisaría más cercana a donde Dan y Karen se alojaban, y pasarles los detalles. Entonces, la operadora explicó, que sería decisión suya investigar, o no, como consideraran oportuno.

El operador también sugirió que Jerry y Lucy se detuvieran en la estación cuando llegaran a la aldea. Pero ambos sospecharon que podría ser una treta para pasar la pelota, así que decidieron entre ellos que irían directamente a la aldea a buscar a Karen, y decidir qué hacer una vez que hubieran explorado el lugar. Lucy se dio cuenta de que Jerry estaba más preocupado por Dan y Karen de lo que dejaba ver, así que aligeró el ambiente siempre que pudo rebuscando en su colección de CDs y burlándose de su gusto por la música.

Salieron de la autopista y siguieron las indicaciones de Google desde la ciudad hasta llegar a la aldea.

"¿Crees que deberíamos parar en la comisaría?" preguntó Lucy, poniendo una mano reconfortante en la rodilla de Jerry.

Jerry sacudió la cabeza. "Sólo perderemos el tiempo," dijo, mirando el tablero de mandos. "Probablemente nos mantendrán allí durante años comprobando nuestra historia, y ese es el tiempo que podríamos pasar buscándolos."

Lucy podía oír el tono de ansiedad en la voz de Jerry.

Karen ya había mencionado en sus mensajes que Dan no estaba con ella, pero Lucy sabía que Jerry no había perdido la esperanza de encontrarlo también.

"¿Debería intentar enviarle un mensaje de texto ya?" Preguntó

Lucy. No habían enviado otro mensaje desde que informaron a Karen que estaban en camino. Si la situación era tan grave como Karen la había imaginado, entonces no querían arriesgarse a enviar innumerables mensajes, en caso de que alertara a sus captores del hecho de que estaba en contacto con alguien del exterior.

Jerry pensó por un momento antes de responder a la pregunta de Lucy.

"Esperemos hasta que estemos estacionados. Dijo algo de que había una posada cerca de donde la tenían, así que pararé allí, y podremos entrar a pie."

Lucy podía sentir que sus piernas se ponían inquietas. No estaba segura de si era sólo el hecho de haber estado sentada tanto tiempo, o los nervios que empezaba a sentir ahora que estaban tan cerca.

Tuvo que admitir que todo había sonado un poco inverosímil cuando Jerry recibió por primera vez la petición de ayuda de Karen, y ella medio esperaba descubrir que Jerry había arreglado todo con Dan, como una sorpresa para ella.

Sonaba bastante romántico. Un viaje a la costa, luego una buena cena en algún lugar junto al mar, y tal vez incluso los había reservado en un hotel para pasar la noche.

Pero, aunque no expresó sus sospechas por miedo a arruinar la sorpresa, cuanto más lo pensaba, más ridícula parecía su idea.

Para empezar, ambos tenían trabajo al día siguiente, y ninguno de ellos tenía una muda de ropa. Además, la preocupación de Jerry parecía genuina, a menos que fuera un actor brillante.

No, desafortunadamente, ahora parecía claro que no era un elaborado engaño, sino un verdadero problema.

Lucy estaba a favor de que llegaran y rescataran a Karen y a su bebé, pero Lucy ahora deseaba haber insistido un poco más en que trajeran a la policía con ellos.

Después de todo, no tenían ni idea de en qué se estaban metiendo, y no ayudaría a nadie si terminaran siendo capturados también.

Lucy estaba a punto de transmitir sus preocupaciones a Jerry, cuando Google anunció que habían llegado a su destino.

Jerry disminuyó la velocidad cuando el camino sólido bajo sus neumáticos dio paso a un terreno más irregular.

Los faros iluminaron el puente de adelante, y Jerry bajó a segunda para evitar estancarse.

Una niebla baja parecía haber surgido de la nada, cubriendo el camino, haciendo casi imposible ver más de 50 yardas por delante.

Al cruzar el puente, Lucy estudió sus alrededores. Cuando vio el viejo cementerio desde ventana de Jerry, con la espeluznante niebla que se arremolinaba en las lápidas, deseó haber mantenido los ojos al frente.

Dio un violento temblor.

"¿Estás bien?" preguntó Jerry con preocupación.

"En realidad no," admitió Lucy. "Este lugar realmente me da escalofríos".

Jerry asintió. "Se parece un poco a un viejo set de películas de terror," aceptó.

"Me pregunto si Christopher Lee o Peter Cushing alguna vez fueron dueños un lugar aquí."

Jerry se rió, a pesar de sí mismo. Lucy ciertamente podría alegrar la más deprimente de las situaciones. Se preguntó por un momento por qué había sido reticente a invitarla a salir. Por lo general, no se permitía insistir en los errores de su pasado, así que decidió agradecer que ella estuviera aquí con él ahora.

Mientras su coche conducía lentamente por la calle principal del pueblo, Jerry vio los números de las casas a su derecha.

"Aquí está," anunció, deteniéndose afuera de uno de ellos. "Mira, ahí está el coche de Dan estacionado ahí, estoy seguro de ello."

Se sentaron un momento con el motor encendido y miraron a través de la ventana al edificio oscurecido.

"¿Crees que vale la pena probar la puerta?" Preguntó Lucy. "Quiero decir, sé que dijo que estaba retenida en otro lugar, pero por si acaso Dan ha vuelto, nos vendrían bien unos refuerzos."

"Buena idea," Jerry estuvo de acuerdo. "Espera aquí."

Con eso, dejó el motor en marcha mientras salía de su asiento, y se acercó a la puerta principal con cautela.

Lucy lo miró a través de la ventana mientras él golpeaba la puerta, lo suficientemente fuerte como para poder oírlo por encima del sonido del motor.

Lo intentó dos veces, sin respuesta, luego Jerry intentó con la manija, pero la puerta no se movió.

Mirando a través de la ventana de abajo, Jerry pudo ver que no había nadie adentro. Entrecerró los ojos en la oscuridad para ver si había algún signo de vida, pero el interior estaba demasiado oscuro para ver algo con seguridad.

Dubitativo, volvió al coche.

"¿Viste algo?" preguntó Lucy, ya adivinando la respuesta.

Jerry sacudió la cabeza. "No, sigamos adelante y veamos si podemos encontrar la posada que Karen mencionó."

Karen se sentó encorvada con sus brazos alrededor de sus rodillas. Su tormento a manos de las criaturas había durado más de una hora mientras se turnaban para abusar de ella.

Dejó de intentar luchar contra ellos después de que el segundo entró en ella.

Sus luchas fueron inútiles contra tan fuertes asaltantes, así que decidió muy a su pesar, ceder para protegerse de más daño.

Karen sabía que un golpe de estas criaturas la dejaría inconsciente, o posiblemente peor. Así que su principal objetivo era permanecer viva con la esperanza de que eventualmente pudiera escapar, y rescatar a Charlotte de Jodie.

Una vez que las criaturas terminaron con ella, lentamente regresaron a la esquina, y fuera de la vista. Karen aún podía oírlos moverse, comunicándose entre ellos a su manera.

Después de un tiempo, recuperó sus ropas desechadas del suelo delante de ella, y las puso con cuidado.

Había un cierto confort al cubrirse, aunque era consciente de que su ropa no sería un obstáculo, si sus atacantes decidían volver por más.

Para su sorpresa, la mujer que estaba a su lado se acercó y puso su brazo alrededor de sus hombros en lo que Karen consideró un gesto de solidaridad.

Pero cuando se volvió para ofrecer a su compañera una sonrisa de aprecio, no había nada detrás de sus ojos que mostrara que era consciente de sus circunstancias mutuas. O, de hecho, consciente del hecho de que podían ser asesinadas en cualquier momento por el capricho de uno de sus captores.

Aún así, Karen estaba agradecida por el simple acto de bondad, y se acurrucó más cerca como un niño que busca la protección de su padre.

Aún podía sentir la reconfortante forma del móvil de Dan bajo su sostén, presionando su suave piel. Siendo su única conexión con el mundo exterior, estaba agradecida de que las criaturas no lo encontraran y lo destruyeran durante su ataque.

Karen casi tuvo miedo de sacarlo y revisar la pantalla, por temor a que se agotara la carga o a que se perdiera la señal. No estaba segura de que haría si tal escenario se presentaba. Pero por la misma razón, sabía que necesitaba revisar, de lo contrario estaba esperando un texto que nunca llegaría.

Con cuidado, Karen sacó el teléfono de su sostén y lo sostuvo frente a ella, cubriendo la pantalla con su mano para asegurarse de que sus captores no vieran la luz.

La pantalla cobró vida, cuando llegó un nuevo mensaje de Jerry.

Aquí en la posada.

Voy a seguir el camino junto al lago.

¿Cuántos te tienen de rehén?

· · ·

Karen comprobó que ninguna de las criaturas había resurgido de detrás de la siguiente curva antes de responder. Asumió que todas habían salido para participar o para ver su ataque, lo que significaba que eran seis, por lo que ella podía recordar.

Si había más de ellos escondidos en algún otro lugar de la cueva, entonces no tenía forma de saber cuántos eran en total.

Ella respondió:

Al menos seis.
   ¡NO SON HUMANOS!
   ¡BESTIAS!
   ¿Está la policía contigo?

Esperó, conteniendo la respiración. ¿Por qué no había mencionado antes que los que la retenían no eran humanos?

¿Fue porque temía que Jerry no se tomara en serio su situación?

No había manera de que Karen permitiera que Jerry la encontrara, sin al menos avisarle de lo que estaba a punto de enfrentar. Estaba entrando en la guarida del león por su bien, y si algo le sucedía, ella sabía que no podría vivir consigo misma.

Finalmente, llegó la respuesta:

¿Cómo que no es humano?
   ¿Qué clase de bestias?

Karen era muy consciente de lo ridícula que debe parecerle a Jerry. Si los papeles se invirtieran, se preguntaba si sería capaz de comprender la situación. Después de todo, apenas se conocían, y él ya había conducido desde Londres para rescatarla con un par de vagos mensajes de texto.

Karen pensó por un momento antes de responder.

Podía oír a las criaturas inquietas a la vuelta de la esquina.

Rezó para que no se prepararan para otro ataque tan pronto después del primero.

Sé que parezco una loca, pero por favor créeme.

Estas cosas son más animales que humanos.

¡Ayuda!

33

Lucy miró por encima del hombro de Jerry, leyendo el último mensaje de texto de Karen.

"No lo entiendo," dijo. "¿Qué crees que quiere decir?"

Jerry sacudió la cabeza. "Ni idea," admitió.

Detrás de ellos, podían oír el ruido de la multitud de la noche en el bar. Después del largo viaje, ambos estaban listos para beber y comer, pero sabían que asuntos más urgentes esperaban su atención.

"¿Nos está tomando por idiotas?" preguntó Lucy, perpleja.

"Si fuera cualquier otro que no fuera Dan, podría haber creído que era así. Pero no es esa clase de tipo. Ya sabes cómo es."

"¿Y ahora qué?"

Jerry miró a su alrededor. El área de estacionamiento estaba relativamente llena, pero lograron encontrar un lugar cerca de la entrada principal. Más adelante, pudieron ver la señal del lago iluminada por las luces del estacionamiento.

Se preguntaba si sería sensato acercar su coche al lago para una escapada rápida. Pero entonces decidió dejarlo donde estaba por ahora.

Parte de él todavía era incapaz de comprender la situación por completo, y los extraños mensajes de Karen no ayudaban a su proceso de pensamiento.

Jerry le apretó el hombro a Lucy y se acercó al maletero. Volteó la tapa y sacó una palanca de hierro, una linterna y un cuchillo de caza, que había empacado para el viaje.

Abrió el cinturón de sus jeans y lo deslizó a través de la funda, antes de asegurarlo una vez más.

Cerró el maletero, asegurándose de no dar un portazo, ya que no quería alertar a nadie en la posada de su presencia.

Jerry no tenía idea de si alguien dentro de la posada tenía algo que ver con lo que estaba pasando, pero estaban en un lugar extraño, en medio de la nada, así que pensó que era mejor no anunciar su presencia.

Mientras caminaba de vuelta a donde Lucy estaba de pie, ambos escucharon un grito que resonó en la noche.

Esperaron.

Entonces el grito volvió. Fue más prolongado esta vez, y continuó mientras miraban a su alrededor para tratar de descubrir su fuente.

Era el llanto de un bebé.

Los dos se miraron el uno al otro, desconcertados.

"¿Eso es lo que creo que es?" preguntó Lucy.

Jerry asintió. "¿De dónde viene?"

Ambos escanearon el área de estacionamiento. No había señales de que nadie saliera o entrara en sus vehículos, y mucho menos de alguien cargando un bebé. El llanto continuó.

"Creo que viene de allí," dijo Lucy, señalando hacia la parte de atrás de la posada. "Vamos, tenemos que investigar."

"¿Y qué con Karen?" Jerry se lo recordó.

"Lo sé," respondió Lucy, "pero esto no tomará ni un minuto, tenemos que asegurarnos de que alguien no ha abandonado a un bebé en algún lugar de aquí."

"¿Crees que es probable?"

Lucy se encogió de hombros. "Nunca se sabe. Se oye hablar de esas cosas en las noticias todo el tiempo."

Tiró de la manga de Jerry mientras se dirigía hacia la entrada trasera.

Jerry lo siguió, la linterna en una mano y la palanca en la otra.

Al rodear la posada hacia el área de los contenedores, se encontraron con un gran cobertizo de plástico. No había ventanas en la estructura, y la puerta estaba sujeta con un fuerte candado.

El llanto definitivamente venía de adentro.

Lucy agarró el candado y tiró de él, frenéticamente.

"No cederá," anunció. "Alguien ha encerrado a un bebé gritón aquí dentro." Se volvió hacia Jerry. "Tenemos que abrirlo," instó.

En circunstancias normales, Jerry habría sugerido que fueran a la posada para informar de la situación. Después de todo, esto era propiedad privada.

Pero entonces, tener un bebé encerrado en un cobertizo, no era lo que nadie describiría como circunstancias normales.

Jerry movió a Lucy a un lado, y colocó la horquilla de su palanca en el grillete de la cerradura. Se echó hacia atrás, usando todas sus fuerzas. Le costó dos intentos arrancarla, e hizo más ruido del que quería, pero al menos funcionó.

Mientras el candado roto volaba por los aires, Jerry lo alcanzó, pero falló. Golpeó el suelo y se agitó durante unos metros antes de detenerse finalmente.

Jerry abrió la puerta y encendió su linterna dentro.

En un rincón, rodeados de herramientas viejas y trozos de maquinaria desechada, vieron la diminuta forma de Charlotte en su cochecito, gritando por su madre.

Por un momento, Jerry se paró allí, aturdido.

Aunque ambos habían oído los lamentos de la bebé desde fuera, le parecía inconcebible que alguien en su sano juicio atrapara a un bebé en un cobertizo, cuando hacía tanto frío.

Lucy, por otro lado, tomó riendas de la situación y pasó por delante de él para poder alcanzar a la bebé Charlotte.

Jerry mantuvo el rayo de la linterna apuntando en la dirección del cochecito, para permitir a Lucy la máxima asistencia en su esfuerzo. Una vez que llegó al cochecito, Lucy no dudó en levantar a la bebé y acunarla contra su cuerpo.

Colocó su mano suavemente detrás de la cabeza del bebé y le susurró palabras tranquilizadoras para tratar de consolarla.

Lucy se volvió para enfrentar a Jerry. La luz de su linterna la deslumbró un momento, hasta que él se dio cuenta de lo que hacía y bajó el rayo, ligeramente.

"¿Qué haremos con ella?" Jerry preguntó.

"Bueno, no podemos dejar a la pobrecita aquí," respondió Lucy.

"Lo sé," le aseguró Jerry. "Quiero decir, ¿deberíamos llevarla al interior de la posada y ver si alguien allí sabe lo que está pasando?"

Lucy pensó por un momento.

Finalmente, ella respondió. "No sé, no me gustaría pensar que alguien de ahí dentro hizo esta cosa terrible. ¿Pero, quién más tendría acceso a este cobertizo y podría cerrarlo? Todo esto es una barbaridad."

Jerry asintió con la cabeza. "Llevémosla al auto y llamemos a la policía, tienen que venir por esto."

"¡Quédate donde estás!"

La voz venía de detrás de Jerry, pero con el rayo de la linterna todavía deslumbrándola, Lucy no había visto a Jodie acercarse sigilosamente por detrás de él.

Jerry se giró para ver la pequeña figura de Jodie, sosteniendo una escopeta recortada que le apuntaba directamente.

Jerry instintivamente levantó los brazos por encima de su cabeza.

Aunque nunca antes le habían apuntado con un arma de fuego, parecía el único curso de acción lógico, dadas las circunstancias.

"Salgan aquí donde pueda verlos a los dos," ordenó Jodie.

Tan joven como era, tenía un tono amenazador que preocupaba a Jerry. Además, parecía como si no fuera la primera vez que manejaba esa arma.

Jerry hizo lo que le dijeron, y se hizo a un lado para permitir que Lucy saliera del cobertizo, con la bebé Charlotte en sus brazos. Su temor al ver a Jodie apuntándoles con un arma pareció transferirse a la bebé, que gritó aún más fuerte cuando Jodie apareció a la vista.

Jerry trató de maniobrar y bloqueó la línea de fuego de Jodie, manteniendo a Lucy y al bebé detrás de él una vez que salieron del cobertizo.

"Escucha," comenzó, tembloroso. "Sé lo que debe parecer, pero escuchamos a este bebé gritando cuando llegamos. Alguien lo había encerrado dentro de este cobertizo y tuvimos que romper la cerradura para liberarlo."

"¿Quién te pidió que interfirieras en asuntos que no tienen nada que ver contigo, eh?" Jodie respondió, manteniendo los barriles nivelados a pecho de Jerry.

"¿Qué se suponía que debíamos hacer?" exigió Lucy, asomándose por detrás de la forma protectora de Jerry. "¡No podíamos dejarlo ahí dentro llorando por su vida!"

Jodie ignoró su explicación. "Puedes dejar eso ahí para empezar," dijo, señalando el brazo levantado de Jerry.

De hecho, Jerry había olvidado que estaba sosteniendo algo.

Con cuidado, se agachó, mirando a Jodie todo el tiempo, y colocó la palanca en el suelo. Cuando se puso de pie, apagó la linterna y la metió en su cinturón, asegurándose de que no tiraba de su chaqueta hacia atrás lo suficiente como para revelar su cuchillo.

Jodie se acercó a ellos con el arma en alto.

Jerry, instintivamente extendió sus brazos para proteger a las chicas, y dio un paso atrás.

Cuando Jodie estaba lo suficientemente cerca, miró hacia abajo por un segundo y puso su pie en la palanca desechada, antes de deslizarla detrás de ella a lo largo del suelo.

Una vez que estuvo satisfecha de que Jerry ya no podía alcanzarla, volvió su atención hacia Lucy.

"Ahora bien," comenzó firmemente, "Quiero que te muevas aquí con mi bebé," y apuntó con el arma hacia un área al lado de Jerry. "Y entonces quiero que entres en el cobertizo y saques el cochecito, ¿entendido?

"Espera," dijo Lucy, sin intentar ocultar su asombro. "¿Este es tu bebé?"

"¡Sí!" respondió Jodie, enfadada. "¿Y qué tiene que ver contigo?"

Lucy miró fijamente a la joven que estaba delante de ella. "No tienes edad suficiente para tener un bebé," dijo, mirándola sospechosamente.

"¡Sí, la tengo!" gritó Jodie, desafiante, agarrando el arma con ambas manos y haciendo un gesto hacia Jerry. "Ahora entra ahí y saca el cochecito," Jerry asintió y se volvió hacia Lucy.

Le hizo una ligera media sonrisa, como para asegurarle que todo estaría bien. Mientras que, de hecho, no tenía idea de qué hacer para tratar de calmar su situación actual.

Sólo esperaba que Lucy no dijera o hiciera nada para contrariar a la joven, sobre todo cuando todavía los tenía a punta de pistola.

Lucy hizo todo lo posible para tratar de calmar al bebé que lloraba, mientras que Jerry cumplía con la orden de Jodie.

Jerry sacó el cochecito del cobertizo y lo giró, moviéndolo hacia adelante antes de bloquear el pedal de freno.

"Ahora vuelve a poner a mi bebé en su cuna," ordenó Jodie.

Lucy echó un vistazo a Jerry, y luego rápidamente volvió a Jodie. "Parece terriblemente angustiada," señaló Lucy, manteniendo su voz tranquila y relajada. "¿No crees que sería mejor si todos entráramos, para salir del frío?"

"Lo que necesita," insistió Jodie a través de los dientes apretados, "es a su mami. Ahora deja de molestar y haz lo que te digo."

Titubeantemente, Lucy volvió a poner al bebé llorón en su portabebé. Colocó la manta sobre la niña para evitar el frío nocturno.

Una vez que Jodie estuvo satisfecha con sus demandas, hizo un gesto una vez más con los cañones del arma, y ordenó a los dos que volvieran al interior del cobertizo.

Jerry llevó a Lucy de vuelta adentro. Se daba cuenta de lo reacia que estaba a dejar a la bebé, pero, por el momento, no podía darle a Jodie una excusa para dispararles.

Una vez que ambos estuvieron dentro, Jodie retrocedió unos

pasos y recuperó la palanca del suelo. La sostuvo en una mano mientras balanceaba la escopeta bajo su brazo opuesto, y se acercó al cobertizo.

Sin hablar, Jodie cerró la puerta, atrapando a Jerry y Lucy dentro.

Escucharon desde el interior mientras Jodie intentaba cerrar el cerrojo, intentando deslizar la palanca a través de la ranura para asegurarla.

Sin embargo, la fuerza que Jerry había aplicado al candado cuando estaba entrando, había hecho que el obturador se doblara ligeramente, y Jodie luchó para enganchar el cierre.

Desde el cobertizo, Jerry y Lucy podían oír a Jodie gruñendo y gimiendo mientras intentaba desesperadamente casar los dos extremos del artilugio juntos.

Algo metálico golpeó el suelo afuera.

No estaban seguros de si Jodie había dejado caer la escopeta o la palanca. Pero de cualquier manera, significaba que por una fracción de segundo ella podría estar lo suficientemente desorientada para que ellos aprovecharan.

Sin esperar, Jerry embistió el interior de la puerta con su hombro.

Se abrió de golpe, golpeando a la desprevenida Jodie, y enviándola hacía la superficie de concreto.

Gritó de dolor cuando su trasero se golpeó fuertemente contra el piso. Mientras tanto, la escopeta voló de su alcance y se estrelló contra el suelo, a unos pocos metros de ella.

Antes de que tuviera la oportunidad de reaccionar, Jerry corrió hacia delante y la agarró, dándole la vuelta por delante, antes de jalarle los brazos por detrás de la espalda y mantenerlos juntos en las muñecas.

Jodie se torció y gritó debajo de él.

En segundos, Lucy se acercó para ayudarlo, agarrando un puñado de toallitas húmedas del bolso cambiador que se enrollaba alrededor cochecito de Charlotte y forzándolos en la boca de Jodie para acallar sus gritos.

Desenrollando su larga bufanda alrededor de su cuello, Lucy

envolvió la tela alrededor de las muñecas de Jodie varias veces hasta que quedaron bien atadas; luego dejó que Jerry hiciera un doble nudo para mantenerlas en su lugar.

Los dos respiraron hondo y aliviados antes de que ninguno de ellos hablara.

"¿Y ahora qué?" Lucy preguntó.

Jerry se levantó del cuerpo atado de Jodie. "Ayúdame a llevarla al cobertizo," respondió. "Toma la mitad que habla, yo le agarraré las piernas."

Llevaron a su prisionera que se retorcía al cobertizo y, una vez dentro, Jerry encontró un cordel y ató las rodillas y tobillos de Jodie para impedir que intentara escapar.

La joven luchó vigorosamente contra sus ataduras, pero pronto se dio cuenta de que sus esfuerzos eran inútiles, y se relajó mientras lágrimas de ira y frustración se derramaban por sus mejillas.

Jerry encontró un rollo de cinta adhesiva negra colgando de un gancho junto a la puerta, y arrancó un par de tiras. Las usó para cubrir la boca de Jodie para asegurarse de que no pudiera escupir las toallitas y empezar a gritar pidiendo ayuda.

Mientras los dos miraban a su indefensa víctima, la mirada de puro odio en los ojos de la joven chica les hizo temblar a ambos.

Una vez fuera, Jerry logró forzar la cerradura y, tomando el ejemplo de Jodie, deslizó la palanca para asegurar la puerta.

Mientras Lucy consolaba a la bebé Charlotte, Jerry recuperaba la escopeta de donde había caído.

Había usado una escopeta sólo un par de veces antes en su vida, cuando había acompañado a un viejo tío que disfrutaba de tiro al plato. Ahora estaba agradecido de haber prestado atención a sus lecciones, ya que al menos le habían enseñado a comprobar que el seguro estaba puesto, y que el arma estaba de hecho cargada.

Llevaron el cochecito de Charlotte de vuelta al automóvil.

Afortunadamente, se había cansado de llorar y ya estaba instalada y comenzaba a dormirse.

"No creerás que este bebé pertenece a esa joven, ¿verdad?" preguntó Lucy.

"Lo dudo," respondió Jerry. "Creo que es más que probable que sea de Karen. ¿Recuerdas que dijo que le habían quitado la bebé?", indicó sobre su hombro. "Estoy más que dispuesto a creer que la señorita de ahí atrás tuvo algo que ver."

"¿Qué hacemos ahora?"

"Bueno, creo que deberías quedarte aquí con la bebé, y llamar a la policía y contarles lo que ha pasado. Tienen que venir por esto."

"Entonces, ¿qué vas a hacer?" Lucy sospechaba de la próxima respuesta de Jerry, ya que sabía que él no querría perder más tiempo esperando a que llegara la policía.

"Voy a seguir el camino por el lago, y veré si puedo localizar esta cueva en la que Karen dice que está retenida."

Lucy tenía razón. "¿Por qué no puedes esperar con nosotros a la policía, tendrá más sentido si intentas encontrar la cueva con ellos?"

Jerry puso una mano reconfortante en su hombro. "Eso tomará demasiado tiempo. Dios sabe cuánto tiempo ha estado atrapada ahí dentro. Envía a la policía a buscarme."

Lucy quería desesperadamente discutir el punto. Odiaba el hecho de que Jerry planeaba salir solo, en medio de la nada, posiblemente para enfrentarse a seis... sean lo que sean.

Pero también sabía que no podía discutir con él sobre eso, porque ya estaba decidido.

Jerry sacó las llaves del coche y se las dio a Lucy.

"Coge el coche y sal de este estacionamiento, estás demasiado expuesta aquí," recomendó. "Una vez que hayas aparcado fuera de la vista, llama a la policía para que venga a buscarte."

Lucy tomó las llaves a dudosamente, mientras que Jerry desenganchó el portabebé del chasis y lo colocó en el asiento trasero, abrochándolo.

Dobló el chasis y lo puso en el maletero.

Una vez que logró llevar a la vacilante Lucy al asiento del conductor, se inclinó y la besó.

"Por favor, cuídate," suplicó. "Y no hagas ninguna tontería - la policía llegará pronto."

"No te preocupes," le aseguró. "Sólo asegúrate de que me sigan lo más pronto posible."

Con eso, esperó a que Lucy arrancara el coche y saliera del estacionamiento, y luego se fue.

34

Jacobs sintió que se le despertaba. Al abrir los ojos en la penumbra, vio el hermoso rostro de Polly mirándolo. Abrió la boca para hablar, pero ella inmediatamente puso su mano sobre su boca, y sostuvo su dedo índice en sus labios.

Jacobs entendió el gesto.

Polly le quitó la mano de la cara y se inclinó para besarlo. Después de un momento, se sentó en su regazo y comenzó a acariciar su cabello mientras apretaba su cara contra la de ella, en un acto de pura desesperación.

Jacobs podía sentir que empezaba a endurecerse, y pronto, Polly también podía sentir su miembro ascendente a través del endeble material de su falda de trabajo.

Empezó a girar con sus caderas y, por un momento, Jacobs tuvo miedo de que pudiera eyacular en sus pantalones.

Entonces Polly se detuvo y se bajó de él.

Sin decir una palabra, tomó un par de tijeras para carne del banco que tenían delante y deslizó una de las cuchillas entre la cuerda y las manos de Jacob.

Jacobs sintió una repentina ola de alivio. Antes de dormirse, había rezado para que alguien lo encontrara y lo liberara, antes de que Thad llevara a cabo su amenaza de convertirlo en el platillo especial de la noche siguiente.

Se dio cuenta de cuánto debía estar arriesgando Polly al ayudarle, y su gesto no se le escapó. Se estaba volviendo contra su propia familia. ¿Pero por qué?

A juzgar por el comportamiento de Thad, no se mostraba como un tipo clemente. Jacobs no tenía dudas de que gobernaba a su familia absolutamente, y si alguno de ellos se pasaba de la raya, la justicia sería dictada por él.

El hombre estaba evidentemente loco. Después de todo, se ganaba la vida matando y comiendo seres humanos.

Jacobs se detuvo en ese pensamiento. Sabía que él también era culpable de participar en consumir carne humana, pero al menos lo había hecho sin darse cuenta. La ley no podía culparle, como tampoco podía hacerlo el resto de los clientes de la posada.

Jacobs podía sentir la hoja de la cuchilla deslizándose hacia atrás y hacia delante detrás de él, pero parecía estar tomando mucho tiempo y era una agonía para sus muñecas, que ya estaban doloridas por sus movimientos.

Podía oír a Polly gruñendo y haciendo un esfuerzo, pero desde donde él estaba sentado, no parecía estar haciendo mucho progreso.

"¿Tienes algo más afilado?" preguntó, manteniendo la voz baja.

Polly asintió con la cabeza y comenzó a registrar los bancos del matadero para buscar un implemento más adecuado. Pero, en la oscuridad le era difícil ver a dónde iba, o qué había disponible.

Pasó por delante de varias partes del cuerpo desmembrado, lo que Jacobs se complació en notar que la hizo retorcerse. Había esperanza para esta chica todavía, claramente no se sentía cómoda rodeada de carne humana en descomposición.

Finalmente, Polly extendió la mano y se cortó con la hoja volteada de una sierra de huesos.

Gritó de dolor, pero pudo mantener su voz baja control para evitar que sus padres la escucharan desde arriba.

Polly llevó la sierra en forma de media luna de vuelta a Jacobs, y esta vez se sintió más confiado de que ella sería capaz de hacer el trabajo.

Teniendo cuidado de no atrapar la piel de Jacobs con los dientes de la sierra, Polly la anguló para poder cortarle las cuerdas de las muñecas.

Jacobs podía sentir que sus esfuerzos progresaban. Las cuerdas estaban empezando a aflojarse. En cualquier momento.

Ambos escucharon la puerta de la cocina abriéndose.

Polly detuvo su trabajo, y volvió a la oscuridad detrás de Jacobs, para que no pudiera ser vista.

En ese momento, las luces de arriba se encendieron, iluminando las principales mesas de corte en el centro de la sala.

Jacobs se tensó contra las cuerdas manteniendo su cabeza en su lugar, para ver a Mavis Beanie bajando por las escaleras, llevando una cubeta de agua en una mano, y lo que parecía una cubeta vacía en la otra.

Sobre sus hombros, había varios trapos de tela de diversos tamaños, y colgando de su muñeca por un lazo de cinta había un cepillo de fregar, como los que la gente usa a menudo en el baño.

Mavis parecía estar bastante relajada mientras bajaba las escaleras hasta donde Jacobs estaba cautivo. Colocó sus pertenencias en el suelo delante de él y sonrió.

"Verá," comenzó, "Este tipo de tarea normalmente se la doy a una de mis hijas, pero por alguna razón, parece que no puedo encontrar a ninguna de ellas, así que me temo que tendrá que conformarse conmigo."

Mavis agarró un taburete de madera de debajo del banco, y se sentó sobre él. Su enorme estructura se veía ridícula posada en el pequeño asiento de madera, pero parecía sostener su peso. Luego procedió a desabrochar los pantalones de Jacob antes de forzarlos a bajar alrededor de sus rodillas. Antes de que él pudiera reaccionar, ella había deslizado sus dedos dentro de la cintura de sus calzoncillos, y esos también fueron arrastrados por sus piernas.

"Ahora bien," dijo ella, agarrando la cubeta vacía y sosteniéndola entre sus piernas. "Me atrevo a decir que necesitas hacer pis ahora mismo, así que adelante, no seas tímido."

De hecho, estaba desesperado por orinar, ahora que ella lo mencionaba, pero si podía o no hacerlo en esta posición, en estas circunstancias, era otra cosa totalmente distinta.

"Vamos," le dijo Mavis, "no tengo todo el día." Luego se rió a carcajadas. "De hecho, tu tampoco lo tienes."

Parecía encontrar su propia broma histérica, y Jacobs sabía muy bien el significado de la misma.

De alguna manera, se las arregló para soltar un chorro, y miró hacia otro lado mientras escuchaba el eco de su orina dentro de la cubeta.

Una vez que terminó, Mavis movió la cubeta a un lado y sacó una de las franelas que había traído. La sumergió en el agua y la escurrió antes de proceder a lavar los genitales de Jacobs.

Mientras trabajaba, la mujer tarareaba una melodía para sí misma, como si la tarea fuera la cosa más natural del mundo.

Una vez satisfecha, Mavis dejó la franela y recogió el cepillo. Una vez más, lo sumergió en el agua, y sacudió el residuo, antes de fregar el área entre las piernas de Jacob, hasta sus rodillas.

Las cerdas se rastrillaron contra su carne, haciendo que Jacobs se estremeciera y luchara contra sus ataduras.

Aparentemente ajena a su incomodidad, Mavis continuó con su tarea, cuidando que no se le escapara ni una mancha.

La tensión constante de luchar contra sus ataduras hacía que le dolieran los músculos, así que Jacobs relajó su postura momentáneamente.

De forma bastante inesperada, sintió que las cuerdas que aseguraban sus manos empezaban a soltarse. Flexionó los dedos para mantener la circulación, y luego cuidadosamente, sin querer alertar a su captor, trató de liberar sus muñecas.

Funcionó.

Todavía estaba sujeto a la tubería, pero al menos ahora con las manos sueltas, podía intentar desatarse.

Jacobs no quería imaginar lo que pasaría después de que Mavis Beanie se convenciera de que estaba limpio. Pero sospechaba que esta podría ser su única oportunidad de liberarse.

Luchó contra la cuerda que rodeaba su cuerpo, y se las arregló para mover las manos a su cintura antes de que Mavis se diera cuenta de lo que estaba haciendo.

"¡Ya está!" gritó, pero era demasiado tarde.

Jacobs se agarró a los lados de su silla, y se las arregló para levantar ambas piernas lo suficientemente alto como para apuntar al torso de la mujer.

Sin detenerse a apuntar, disparó sus pies hacia adelante y golpeó a Mavis en el pecho, empujándola hacia atrás. Los brazos de la mujer salieron volando a sus lados, molinando mientras el taburete se derrumbaba, haciendo que se estrellara contra el banco que estaba detrás de ella.

Jacobs se detuvo un momento, seguro de que el ruido de la mujer que caía haría que su marido bajara las escaleras para investigar.

Pero nadie vino.

Jacobs miró a Mavis. Parecía haberse golpeado y quedó inconsciente y, por la posición de su cabeza, parecía como si se hubiera roto el cuello en la caída.

Detrás de él, apareció Polly, corrió hacia la forma inmóvil de su madre y puso su mano a un lado de su cuello.

Después de un momento, se volvió hacia Jacobs. "Todavía está viva, puedo sentir el pulso."

Parecía aliviada, y Jacobs no podía culparla. Después de todo, Mavis era su madre, a pesar de las terribles cosas que había intentado hacerle.

Polly volvió con Jacobs y le ayudó a sacar los brazos de sus ataduras. En lugar de perder el precioso tiempo tratando de cortar las ataduras con sus tijeras aparentemente sin filo, Polly sostuvo su silla con firmeza mientras Jacobs se paraba en ella y salía de sus ataduras.

Una vez libre, Jacobs se vistió de nuevo antes de envolver con sus brazos a su salvadora. Mientras se abrazaban, escucharon un leve gemido que se escapó de los labios de Mavis.

Ambos miraban a la mujer, cada uno esperaba que abriera los ojos y empezara a gritar para dar la alarma.

Pero en vez de eso, sus ojos permanecieron cerrados, y ella permaneció en la misma posición.

"Rápido," instó Polly, "debemos tratar de escapar por la cocina antes de que mi papi vea lo que está pasando."

Polly agarró a Jacobs de la mano y lo llevó por la estrecha escalera.

Jacobs consideró volver a bajar por un arma. Había varias herramientas y sierras esparcidas por el matadero, que harían armas finas en un instante. Después de todo, Jacobs sabía que no sería rival para Thad si los atrapaba.

Pero antes de que tuviera la oportunidad de mencionar su idea, Polly ya había abierto la puerta una rendija, y estaba mirando a través de ella para ver si el lugar estaba despejado.

Apretó la mano de Jacobs. "Vamos," susurró, "quédate cerca de mí."

Se movieron por la puerta hacia una antesala, justo al lado de la cocina.

Desde su posición, podían oír el sonido de platos y cubiertos colocados en bandejas, mezclados con llamadas del personal dominical anunciando quién necesitaba qué y en qué mesa.

Para fines prácticos, parecía como una noche normal en un restaurante concurrido.

Pero saber la verdad de lo que se servía a tantos comensales inconscientes hizo que el estómago de Jacob se revolviera.

En ese momento, ambos escucharon la voz estruendosa de Thad Beanie diciendo que había clientes hambrientos esperando ser alimentados.

El par de ellos se agachó automáticamente, como si temiera que el gran hombre los viera a través de las paredes.

Aún agarrando la mano de Jacobs, Polly lo llevó alrededor de la gran mesa que dominaba la habitación, y hacia un cubículo al final de la habitación.

Una vez allí, abrió la puerta, y los dos se las arreglaron para meterse dentro lo suficiente para mantener la puerta cerrada.

Esperaron en silencio, ambos tratando desesperadamente de mantener el sonido de su respiración bajo. Se congelaron al escuchar el inconfundible estruendo de la voz de Thad al entrar en la antesala, llamando a su esposa.

"Mavis, ¿dónde estás, mujer?"

Ambos podían sentir que estaba a pocos metros de distancia.

Jacobs trató de prepararse para saltar, por si acaso el gran hombre decidía abrir la puerta del cubículo, pero sus piernas ya empezaban a acalambrarse por estar en un espacio tan estrecho, así que sabía que cualquier esfuerzo de su parte sería de poco o nada.

"¿Dónde diablos están todos esta noche?"

Las palabras del gran hombre fueron seguidas por el sonido de la puerta que conducía abajo a la apertura del matadero. "¡Mavis!" Thad gritó, "¿estás ahí abajo?"

Ambos aguantaron la respiración hasta que le oyeron empezar a bajar las escaleras.

Sin hablar, Polly abrió la puerta del cubículo y se arrastró hasta la puerta del matadero, cerrándola suavemente y deslizando el cerrojo en su lugar.

Una vez asegurado, se inclinó hacia abajo para introducir el segundo perno en su soporte, y finalmente cerró el candado.

Justo cuando la cerradura se cerró, hubo un furioso golpe en la puerta desde el otro lado.

"¿Qué demonios está pasando ahí fuera? ¡Déjame salir!"

Ignorando el despotrique de su padre, Polly extendió la mano de Jacobs y lo llevó fuera de la antesala y a la cocina.

Hicieron caso omiso de las miradas que recibieron de los sorprendidos miembros del personal, mientras Polly les guiaba hacia la puerta exterior.

Una vez fuera, Polly se volvió hacia Jacobs y lo miró profundamente a los ojos.

"Corre," ordenó, "aléjate de aquí y no vuelvas nunca, no será seguro."

Jacobs la miró con asombro. "¿Y qué hay de ti?" exigió. "Sabrán que me dejaste escapar, ¿qué te pasará?"

Polly se encogió de hombros. "No me matarán, sigo siendo su familia. Me golpearán mucho, pero viviré. Lo más importante es que estás vivo. Necesitas alejarte, antes de que vengan por ti, o que el clan te ataque."

Jacobs la miró. Correr era lo único cuerdo en estas circunstancias, pero algo dentro de él le dijo que si dejaba a Polly atrás, sin importar sus afirmaciones, nunca la volvería a ver con vida.

En ese momento, ella le pareció más importante que cualquier otra cosa. Él tenía sus dos manos en las suyas. "No voy a ir a ninguna parte sin ti; ¿me oyes?"

Karen revisó su móvil de nuevo, no había nuevos mensajes de Jerry. ¿Por qué tardaba tanto? Se preguntaba si quizás había pasado por la entrada de la cueva y ya estaba a medio camino de la ciudad sin darse cuenta.

Consideró enviarle otro mensaje, pero luego se detuvo.

Las criaturas parecían estar acercándose, a juzgar por sus sombras en la pared opuesta, y eso sólo podía significar una cosa. Estaban listos para otro asalto. Karen cerró sus rodillas inconscientemente, su instinto de auto-preservación se activó automáticamente. Sabía en verdad que ni ella ni su compañera estaban en condiciones de luchar contra las criaturas, y como ya se había sometido a algunas de ellas, sabía que sobreviviría a otro ataque.

Pero eso no detuvo su necesidad interior de luchar. ¿Por qué se les permitiría tomar lo que quisieran, sólo por su tamaño y fuerza?

Su posición se hizo aún más insostenible por el hecho de que, debido a su falta de capacidad de comunicación, no podía ni siquiera intentar razonar con ellos.

Fuera lo que fuera, parecían poseer sólo las necesidades funda-mentales más básicas: refugio, comida y sexo. Y aunque nunca negaría a ningún ser vivo las primeras dos, Karen no podía evitar detestarlos por la forma en que parecían ignorar la consideración de los demás cuando buscaban la tercera.

Karen se preguntaba cuánto tiempo su compañera de cautiverio había estado retenida aquí, y por cierto, cuántas veces había tenido que permitirse ser sometida a su trato inhumano.

La pobre mujer parecía no responder en absoluto. Sus ojos oscuros miraban al frente todo el tiempo, sin importar lo que le estaba pasando. Karen había hecho varios intentos de hablar con ella, pero ninguno había dado el más mínimo resultado.

De hecho, la única señal de vida que había visto de ella desde que llegó a la cueva fue cuando Jodie la alimentó.

La idea de Jodie le devolvió la mente de Karen a su bebé. Su única gracia salvadora fue que, fuera cual fuera el tipo de persona que fuera, Jodie no había demostrado nada que pudiera sugerir que haría daño a su hija, o que dejaría que le hicieran daño.

Karen sólo esperaba vivir para ver la hermosa sonrisa de Charlotte una vez más.

Cuando la primera criatura apareció, Karen se sacudió de su pensamiento.

Se limpió una lágrima de su mejilla, y se mantuvo firme para lo que temía que estaba a punto de suceder.

Una por una, las bestias doblaron la esquina, hasta que las seis se presentaron ante las dos mujeres postradas.

Al formar un semicírculo alrededor de las mujeres, sus ojos amarillos parecían brillar con la luz parpadeante del fuego.

La más grande de las criaturas estaba parada directamente frente a Karen. Su enorme pecho parecía expandirse varios centímetros cada vez que respiraba.

De alguna manera, Karen sabía que se estaba comunicando con los demás, aunque no parecía que hubiera gruñidos o señales entre ellos. Parecía haber una comprensión no hablada, como si estuvieran de alguna manera unidos por ondas mentales telepáticas.

De cualquier manera, Karen se preparó para lo que estaba a punto de suceder.

Lucy comprobó la hora en el reloj del tablero. Habían pasado casi 15 minutos desde que había hablado con la policía. ¿Dónde diablos estaban?

Una vez que convenció al oficial por teléfono de que enviara una patrulla, le envió un mensaje a Jerry para informarle que la ayuda estaba en camino. Odiaba la idea de que se aventurara solo en medio de la nada, pero sabía que no había nada que pudiera haber dicho o hecho para detenerlo. Karen estaba en problemas, no había duda de ello, y aunque su historia de haber sido cautiva de "bestias" sonaba más que un poco implausible, necesitaba ayuda, y Jerry no era de los que se quedan sentados sin hacer nada.

Si tan sólo hubieran podido convencer a la policía de que se reunieran con ellos allí cuando llegaron. Entonces, al menos, ellos serían los que liderarían la carga para encontrar la cueva, no Jerry.

Lucy se dio la vuelta para ver cómo estaba Charlotte. La bebé dormida no se había movido desde que Jerry la colocó en el asiento trasero. Al menos se las arreglaron para encontrarla y alejarla de esa extraña jovencita antes de que le pasara algo malo.

Había aparcado el coche de Jerry a unos cientos de metros en la calle, lo suficientemente lejos de la posada para que no se viera, pero lo suficientemente cerca para que pudiera dirigir a la policía hacia el camino por el que Jerry se fue.

Lucy se había salido del camino, lo que permitió que el coche se refugiara en las ramas colgantes de los árboles. Esperaba que la policía entrara a la aldea desde la dirección que ella estaba mirando, para poder encender sus faros para atraer su atención antes de que llegaran a la posada.

Si llegaban del otro lado, ella tendría que dar la vuelta al coche y conducir para encontrarse con ellos. Por mucho que Lucy odiara la idea de volver a la posada, al menos con la policía allí, debería de estar protegida.

Mientras esperaba, Lucy siguió revisando su teléfono, esperando una respuesta de Jerry, pero cuando no llegó ninguna, supuso que probablemente se estaba concentrando en el trabajo que tenía entre manos, lo que significaba que al menos estaba siendo cauteloso.

Mientras cruzaban el estacionamiento hacia el coche de Jacobs, de repente escucharon gritos que emanaban de algún lugar en la oscuridad detrás de ellos.

Los dos se miraron el uno al otro en estado de shock.

Seguramente, Thad no había logrado derribar la puerta tan rápidamente.

Quizás uno de los sirvientes había oído sus gritos y lo dejó salir.

Polly agarró el brazo de Jacob con terror. La mirada de miedo que vio en sus ojos era palpable y, bajo las circunstancias, completamente razonable.

Aún así, se detuvieron un momento y miraron hacia la posada.

No había señales de Thad, corriendo hacía ellos con un hacha ensangrentada en el aire.

Jacobs se esforzó por escuchar de dónde venía el ruido.

En ese momento, un movimiento a su derecha le llamó la atención. Era uno de los cobertizos exteriores que se encontraba justo fuera del área de refugio en la parte trasera de la posada.

Parecía estar balanceándose, pero no como resultado del viento, sino de la fuerza de algo dentro que se movía.

Los gritos enmudecidos definitivamente venían de adentro también.

Jacobs sacó las llaves de su coche y se las dio a Polly. "Toma, llévate esto y ve a esperarme en el coche," le dijo.

Polly sacudió la cabeza. "No, me quedo contigo, no puedes dejarme."

331

"Sólo necesito ver quién está encerrado en ese cobertizo, sólo será un segundo," le aseguró Jacob. "Podría ser alguien que necesita ayuda."

Polly echó un vistazo al edificio de plástico. Sabía muy bien que el clan a veces dejaba los restos de sus últimas víctimas allí para que Thad los recuperara más tarde. Pero, aún así, no podía entender cómo alguien vivo podía estar atrapado dentro.

Gobal y los demás nunca dejarían una ofrenda viva, no tenía ningún sentido.

Polly miró hacia Jacobs. "Voy contigo," dijo insistentemente.

Jacobs pudo ver que ella estaba decidida, y no había tiempo para discusiones, así que la agarró de la mano y la llevó de vuelta a la posada.

Una vez que llegaron al cobertizo, ambos pudieron escuchar los gritos mucho más claramente. El movimiento desde el interior parecía ser causado por alguien que pateaba las paredes interiores con una fuerza determinada.

Viendo que la palanca era lo único que mantenía la puerta cerrada, Jacobs rápidamente revisó sobre su hombro para asegurarse de que Thad no se le acercaba. Una vez satisfecho, Jacobs se agarró a la barra y se preparó para enfrentarse a lo que fuera que estuviera a punto de atacarle una vez que abriera el cobertizo.

Cuando sacó la palanca de la cerradura, la puerta se abrió.

En el interior, ambos se sorprendieron al ver la figura atada de Jodie, tendida en el suelo.

Tenía una tira de cinta adhesiva cubriéndose la boca y gritaba a pesar de ella, usando sus ojos para transmitir su ira por haber sido dejada en esa posición.

Polly se apresuró a entrar primero y, aún agarrando las llaves del coche con una mano, se agachó y quitó la cinta adhesiva con todo el cuidado que pudo, tratando de no causar a su hermana menor ningún dolor indebido.

Una vez que se quitó la cinta, pudieron ver que la boca de Jodie estaba llena de algún tipo de tela, por lo que Polly metió la mano y la retiró con cuidado mientras Jacobs colocaba la palanca en el suelo, y comenzó a desatar las a la joven.

"¡Rápido, tenemos que atraparlos, antes de que se escapen!" fueron las primeras palabras que salieron de la boca de Jodie.

Polly frunció el ceño. "¿De qué estás hablando, chica? ¿Quién te encerró aquí?"

Jodie luchó contra sus ataduras, haciendo más difícil que Jacobs las desatara.

"No tenemos tiempo para eso," gritó. "¡Sólo suéltenme, se han llevado a mi bebé!"

Tanto Jacobs como Polly se miraron el uno al otro, perplejos.

"¿Qué bebé?" preguntó Jacobs, mientras finalmente se las arreglaba para deshacer el nudo que mantenía los pies de Jodie juntos.

Sin responder, Jodie se arrastró, exponiendo sus manos atadas. "Quítame esto, necesito ir tras ellos, antes de que sea demasiado tarde."

Jacobs avanzó y comenzó a soltar las cuerdas.

"¿Qué demonios te ha pasado, chica?" preguntó Polly, aún sorprendida por la revelación anterior de su hermana.

Jodie gruñó y se esforzó, haciendo de nuevo más difícil el trabajo de Jacobs.

Cuando el nudo finalmente cedió, Jodie se puso de pie, haciendo a Polly a un lado. Jacobs sólo logró alcanzarla y agarrarla antes de que se cayera.

Ajena a la situación de su hermana, Jodie cogió la palanca del suelo y salió corriendo hacía la noche.

"¡Jodie!" Polly gritó, detrás de ella, claramente molesta por las acciones de su hermana.

Jacobs llevó a Polly de vuelta al exterior. Miró rápidamente hacia la entrada trasera de las cocinas para ver si Thad había salido pero, para su alivio, la costa aún estaba despejada.

Polly estaba de pie junto a él, con las manos plantadas firmemente en sus caderas, mientras veía a Jodie desaparecer por el camino que llevaba al lago.

"¿Qué demonio se le ha metido en esta noche?" preguntó.

Jacobs sacudió la cabeza. "Ni idea, ¿qué fue todo eso de un bebé?"

Polly se volvió hacia él y se encogió de hombros. "No tengo ni idea de lo que pasa por la mente de esa chica, a veces," admitió. "¿Nos vamos?"

"¿Quieres decir, ir tras ella?" Preguntó Jacobs.

Polly sacudió la cabeza. "No," contestó. "Quiero decir que nos alejemos de aquí, a algún lugar seguro, sólo tú y yo".

Ella extendió la mano y la sostuvo, colocando las llaves de su auto en la palma de su mano.

Entre los despotriques de Jodie y los padres de Polly tratando de asesinarlo, Jacobs no tenía ni idea de lo que estaba pasando en ese maldito lugar. Todo lo que sabía con seguridad era que Polly era hermosa y cariñosa y que le había salvado la vida esa noche, así que al menos por ahora, todo lo demás podía esperar.

"Bien," dijo. "Vámonos."

36

Jerry se abrió camino entre la maleza, usando su linterna para iluminar la ruta. Las luces del estacionamiento estaban demasiado lejos de él como para ofrecer alguna ayuda, y con los árboles acercándose por encima de su cabeza, incluso el mínimo brillo que proporcionaba la luz de las estrellas era de poca o ninguna ayuda.

Había recibido el mensaje de Lucy, así que al menos sabía que la ayuda estaba en camino. Si llegaría o no a tiempo para ser de utilidad era otra cuestión.

Jerry estaba molesto por perder su palanca de hierro, pero dadas las circunstancias era un sacrificio que valía la pena hacer. Esa chica loca que habían encerrado en el cobertizo parecía capaz de cualquier cosa, y lo último que quería era que escapara y fuera tras Lucy y la bebé.

Esperaba que Lucy hubiera logrado encontrar un lugar seguro para aparcar donde la chica no los encontrara si lograba liberarse de alguna manera. Si lo hubiera pensado en ese momento, le habría dejado a Lucy su cuchillo de caza, por si acaso. Él estaba bien, todavía tenía la escopeta de la chica loca pero deseaba no haber dejado a Lucy desprotegida.

Aún así, era demasiado tarde para volver ahora. Todavía tenía que pensar en Karen. Si quienquiera, o lo que sea, la tenía cautiva, de repente decidió que su utilidad ya no era necesaria, podrían atacarla y matarla en cualquier momento.

Puede que no logre llegar a tiempo. Puede que ya esté muerta.

Pero tenía que saber que se esforzó al máximo.

Por mucho que tratara de evitarlas, las ramas caídas crujían bajo sus botas mientras se abría camino por el sendero, anunciando su acercamiento a cualquiera que estuviera a su alcance.

De vez en cuando, Jerry se detenía y se quedaba quieto el tiempo suficiente para tratar de averiguar si había algún movimiento en el oscuro bosque que lo rodeaba.

Pero el único sonido que escuchó fue el viento que crujía a través de los árboles.

Sospechaba que el grupo que retenía a Karen en la cueva proba-blemente habría puesto un guardia en algún lugar cerca de la entrada. Si era así, se dio cuenta de que sus posibilidades de acercarse sigilosa-mente a ellos sin avisar eran virtualmente imposibles.

Pero ayudaría si tuviera alguna idea de lo cerca que estaba de la cueva. De esa manera, podría desplegar algún tipo de estrategia para tal vez acercarse sigilosamente al guardia y someterlo antes de que pudiera dar una advertencia a los demás dentro.

Jerry sospechaba que su caminata a través de la maleza, o al menos la luz de linterna, probablemente delataría su acercamiento mucho antes de que viera la entrada.

Era una misión imposible, pero ¿qué otra opción tenía?

De repente, hubo un crujido de hojas secas a su derecha. Jerry se hundió inmediatamente hasta sus ancas, y apuntó su linterna en la dirección del sonido.

Se quedó allí por un momento, conteniendo la respiración, sus dedos se agarraron al mango de su cuchillo. El sonido volvió, esta vez más cerca.

Jerry movió el rayo de luz lentamente de un lado a otro, esca-neando el área ante él para cualquier movimiento.

Finalmente, algo surgió en el camino delante de él, y se escabulló a su izquierda.

Fuera lo que fuera, no era más grande que un tejón.

Jerry se relajó y se puso de pie lentamente. Se sintió ridículo por reaccionar como lo había hecho, especialmente porque, aquí, tales criaturas nocturnas abundarían. Pero, por la misma razón, también le recordaba lo vulnerable que era a la intemperie.

Respirando profundamente, Jerry siguió. Más adelante, vio un montículo de lo que parecía tierra, o un viejo tronco de árbol, justo al lado del camino a su derecha.

Inclinó su luz hacia ella, y se esforzó por ver si había alguna señal de movimiento a su alrededor. No había ninguno. Desde esta distancia, no parecía una cueva, pero hasta ahora era lo más cercano que había visto que se parecía a cualquier forma de entrada oculta.

Revisando el área alrededor de él una vez más, Jerry se movió en dirección al montículo, manteniendo su linterna apuntando directamente a él para cualquier señal de vida.

A medida que se acercaba, su corazón se aceleró. Era una entrada, seguro.

¡Tenía que ser esta!

Sin previo aviso, una de las criaturas se movió hacia adelante y agarró a Karen por el brazo. Ella se resistió instintivamente, pero no fue rival para el asombroso poder de la cosa.

Creía sinceramente que si no sucumbía, le arrancaría el brazo.

Cuando la levantaron, Karen sintió que su teléfono se deslizaba por la frágil correa que lo mantenía en su lugar. Antes de que tuviera la oportunidad de reaccionar, el móvil se deslizó sobre su vientre y aterrizó en el suelo de lado, destrozando la pantalla.

Por un momento, nadie se movió. La criatura que sostenía a Karen la balanceó por el brazo y la tiró al suelo detrás de ella.

Una de las otras bestias se agachó y recuperó el teléfono destrozado, mirándolo de cerca como si fuera un objeto alienígena aún no descubierto.

Una vez que estuvo satisfecho de que el móvil no era de particular interés, lo arrojó a un lado en la oscuridad, donde Karen lo escuchó romperse sobre una roca.

De repente se le ocurrió a Karen que por primera vez desde que Jodie la había llevado a la cueva, no había nadie entre ella y el corredor por el que entró. Todas las criaturas parecían estar momentáneamente ocupadas por el teléfono roto, y Karen sabía que esta podría ser su única oportunidad de escapar.

Sintió una punzada de culpa por dejar atrás a la otra mujer, pero sabía que su compañera cautiva no estaba en condiciones de intentar escapar. Y, lo que es más, si Karen lograba escapar, al menos podría alertar a las autoridades y enviar un grupo de búsqueda para ayudarla.

No había tiempo para pensar. Karen movió cuidadosamente su peso hasta que sus pies estuvieron debajo de ella, entonces saltó hacia adelante y comenzó a correr.

Por detrás, Karen podía oír que su aventura no había pasado desapercibida.

Las criaturas comenzaron a rugir y chillar entre sí en un frenesí de, lo que Karen presumía era ira y frustración, que fue seguido de cerca por el sonido de ellas persiguiéndola.

El resplandor de la luz del fuego le permitió a Karen el lujo de ver lo suficientemente lejos como para ver la siguiente curva del túnel, pero una vez que entró en el espacio reducido, se sumergió inmediatamente en la oscuridad total.

Karen mantuvo la cabeza baja mientras corría hacia adelante. Realmente no podía recordar si lo había necesitado cuando Jodie la trajo, pero eso parecía hace mucho tiempo, aunque sabía que era sólo cuestión de horas, en realidad.

Se preguntó cómo las criaturas, con su enorme tamaño, podrían hacer frente a los estrechos confines de esta parte de la cueva, y rezó para que hubiera una posibilidad de que tuvieran que abandonar la persecución por completo.

Pero, la proximidad de la respiración profunda detrás de ella pronto hizo que Karen se diera cuenta de que, lejos de darse por vencida, se estaban acercando a ella.

Karen mantuvo una mano a su lado para poder sentir la roca sólida de la pared de la cueva, usándola como guía para asegurarse de que no había llegado a un espacio abierto. Con la otra mano trató de mantenerse estirada frente a ella, para evitar encontrarse con un callejón sin salida.

Estaba tan oscuro que, por mucho que se esforzara, era imposible ver el camino a seguir.

Por un momento horrible, se preguntó si iba en la dirección correcta.

Después de todo, no había prestado atención al camino que Jodie le había indicado; y ¿quién sabía cuántos giros y vueltas había en este laberinto subterráneo?

Una cosa que Karen sabía con certeza, era que no había ninguna señal de luz adelante.

En ese momento, la pared a su derecha que estaba usando como guía de repente no estaba allí.

Karen se detuvo un momento y se giró a la derecha, dando unos pasos inestables hacia adelante mientras trataba de sentir una superficie sólida a cada lado de ella.

No había nada allí.

¿Había llegado a un hueco?

Ciertamente se sentía lo suficientemente amplio, aunque todavía no había ninguna señal de ninguna luz adelante.

Karen deslizó su pie hacia adelante a lo largo del suelo, para probar que no había entrado en un área con una caída pronunciada. Pero el suelo bajo su zapato se sentía lo suficientemente sólido.

La conmoción de sus cazadores se hacía cada vez más fuerte a cada segundo.

Karen sabía que sus opciones eran limitadas, y que no había

ningún lugar donde esconderse dentro de las profundidades cavernosas de esta estructura, ya que, suponía, esas criaturas probablemente podían ver tan bien aquí abajo como fuera, si no mejor.

Respirando profundamente, Karen extendió sus manos frente a ella y corrió hacia adelante, esperando que en la siguiente curva descubriera la luz del día y, con suerte, la libertad.

Se dio la vuelta momentáneamente cuando oyó a las criaturas llegar a la última vuelta.

Karen quiso gritar su frustración, pero decidió guardar su energía para su escape.

Su frente chocó contra un techo bajo con tanta fuerza, que Karen estaba en el suelo antes de saber lo que había pasado.

En segundos, las criaturas estaban sobre ella, agarrándola de sus miembros y arrastrándola a sus pies, una vez más.

Esta vez Karen no estaba dispuesta a caer sin pelear.

Sin tener en cuenta el dolor de cabeza por la colisión, Karen comenzó a patear y gritar a todo pulmón. Aunque no era rival para la fuerza de las bestias, sus frenéticos golpes y luchas hacían su tarea aún más difícil.

Eventualmente, uno de ellos logró agarrar las muñecas de Karen, mientras que otro le aseguró los tobillos.

Karen continuó gritando mientras la llevaban de vuelta por los túneles hacia su guarida.

Jerry no se equivocó. Ese era definitivamente el grito de una mujer que podía oír desde algún lugar en lo profundo de la cueva.

Tenía que ser Karen.

Sonaba a kilómetros de distancia, pero sabía que podía ser sólo por la densidad de las paredes exteriores de la cueva.

De cualquier manera, tenía que investigar.

¿Dónde diablos estaba la policía?

Jerry se acercó a la entrada de la cueva, y encendió su linterna en el interior. El rayo iluminó el área directamente frente a él, pero no se extendió lo suficiente como para permitirle una mirada adecuada.

Tendría que entrar, no había nada más para ello.

"¡Aaahhhhrrrr!"

El grito vino de la nada, haciendo eco a través de los árboles, y antes de que tuviera la oportunidad de reaccionar, Jodie estaba sobre él.

Mientras Jerry intentaba darse la vuelta, Jodie le pegó fuerte en los hombros con la palanca.

El acolchado de su chaqueta le proporcionaba poca protección contra la barra de hierro sólido, y Jerry instintivamente levantó las manos para desviar el siguiente golpe.

Esta vez Jodie lo golpeó por el lado del cuello, y la fuerza del golpe hizo que perdiera el equilibrio, y Jerry cayó de nuevo por la orilla hacia el camino.

Su linterna y la escopeta salieron volando de su alcance al caer, y aterrizó en la maleza a unos pocos metros de distancia.

Jerry apenas tuvo tiempo de recuperarse cuando vio a Jodie corriendo hacia él, la palanca sostenida sobre su cabeza con ambas manos, preparándose para atacar una vez más.

Jerry buscó a tientas en el suelo y logró localizar una rama robusta. La agarró y la sostuvo sobre él justo cuando Jodie bajó la palanca para hacer otro golpe.

La rama se mantuvo, aunque la vibración del golpe hizo temblar las manos de Jerry, casi causando que la dejara caer. Pero se agarró fuerte, dándose cuenta de que era lo único que se interponía entre él y la barra de hierro.

Jodie fue implacable en su asalto.

Ella movió la barra de arriba a abajo como una cosa poseída, estrellándola contra la indefensa figura de Jerry mientras se acobardaba bajo su rama.

El ceño fruncido de su cara era como el de un maníaco demente.

"¡¿Dónde está mi bebé?!" exigió, casi sin aliento por el continuo ataque. "¿Qué has hecho con mi bebé? ¡Te mataré si la has tocado!"

Jerry no tenía ninguna duda de que ella decía en serio cada palabra. Pero aunque le hubiera dado un segundo para responder, no había forma de que le dijera la verdad y la enviara de vuelta a buscar a Lucy.

A lo lejos, escucharon un grito.

Jodie se detuvo un momento, y se paró sobre Jerry, la palanca aún colocada amenazantemente en ambas manos.

"Tú ahí," llegó la llamada. "¡Alto, es la policía!"

Aliviado como estaba, Jerry no se atrevió a quitarle los ojos de encima a Jodie para ver que su caballería se acercaba.

Jodie soltó un grito de pura frustración.

Ella miró a Jerry, todavía encogido en el suelo a sus pies. Su cabello se le enganchó en la cara, pegado con el sudor causado por su implacable ataque. Sus ojos estaban muy abiertos y llenos de odio por el hombre que creía que le había ocultado a Charlotte. Jodie levantó la palanca sobre su cabeza, lista para hacer llover otro fuerte martillazo sobre su desafortunada presa, pero justo cuando estaba a punto de soltarlo, sonó otro grito, esta vez desde más cerca.

"¡Baja el arma, ahora!" El comando fue acompañado por los rayos de un par de linternas, que bailaron sobre la cara y el cuerpo de Jodie.

Jerry podía oír el paso de los pies que corrían crujiendo a través de la vegetación a lo largo del camino.

Jodie volvió a mirar hacia arriba una vez más y, viendo lo cerca que estaban los oficiales uniformados, se dio la vuelta y subió la pendiente, desapareciendo por la entrada de la cueva.

Jerry dio un gran suspiro de alivio.

Echando su escudo a un lado, se giró hacia un lado y se empujó al suelo para ayudar a recuperar sus pies.

Se giró justo cuando los dos policías lo alcanzaron.

"¿Está usted bien, señor?" preguntó el más viejo de los dos, respirando pesadamente por sus esfuerzos.

Jerry asintió. "He estado mejor, pero todavía en una sola pieza."

"Supongo que usted es el Sr. Grayson," preguntó el más joven, también tratando de recuperar el aliento.

Jerry lo miró, con curiosidad, y se dio cuenta de que Lucy le había dado los detalles.

Asintió con la cabeza.

El oficial mayor señaló hacia la entrada de la cueva. "¿Y esa joven?"

Jerry sacudió la cabeza. "No escuché su nombre, es la que encontramos encerrada en un cobertizo en la posada, ¿Lucy le habló de ella?"

El oficial mayor asintió con la cabeza. "Pensamos que estaba amordazada y atada por usted."

"Lo estaba," coincidió Jerry. "Ella debe haber logrado liberarse, de alguna manera." Señaló la cueva. "Pero nuestra amiga Karen probablemente está todavía ahí cautiva por..." Jerry se calló, no estaba seguro de cómo llamar a los carceleros de Karen.

Los dos oficiales intercambiaron miradas. Luego el mayor habló, otra vez. "Sí, la joven nos contó lo que su amiga dijo sobre ser prisionera, y por qué."

"Mire," dijo Jerry, empezando a sentirse irritado por el tono condescendiente del hombre. "Sea cual sea la situación, tenemos que tomarnos esta amenaza en serio."

El oficial más joven se adelantó, levantando la mano. "No se preocupe, señor, ya estamos aquí, así que por favor déjenos esto a nosotros."

Los tres se quedaron en silencio por un momento.

"¿Y bien?" exigió Jerry. "¿Van a entrar o piensan esperar a que la liberen por voluntad propia?"

"Los refuerzos están en camino, señor," respondió el oficial mayor, tratando de mantener su voz tranquila. "Tan pronto como lleguen, el oficial a cargo decidirá la mejor manera de proceder."

Jerry miró hacia atrás a lo largo del camino."

No había señales de ningún refuerzo a la vista.

Esperó, mientras los dos oficiales hablaban entre sí.

Jerry podía sentir que su ira aumentaba. Se dio cuenta, por supuesto, de que tenían su protocolo a seguir, y sin duda tenían órdenes de esperar a que su oficial superior llegara antes de intentar explorar la cueva.

Sin duda, también tendrían que esperar a los equipos de iluminación y a los cuidadores de perros, y quién sabe qué más.

Mientras tanto, Karen estaba ahí abajo a merced de Dios sabe quién o qué.

Además, ahora tenía que lidiar con la desquiciada Jodie y, si el bebé era de Karen, entonces Jodie podría sumar dos y dos y decidir en su propia mente retorcida que Karen de alguna manera se las había arreglado para arrebatársela.

"¡Al diablo con esto!" Jerry exclamó, en voz baja.

Antes de que los oficiales tuvieran la oportunidad de reaccionar, corrió por la ladera y se zambulló por la entrada.

En lo que a él respecta, podían seguirlo o no.

De cualquier manera, iba a entrar a buscar a Karen.

3 7

Karen luchó con todo lo que tenía, pero no sirvió de nada. El agarre de las criaturas sobre ella era demasiado fuerte para que se rompiera.

Cuando llegaron a la zona donde ella y Matilda estaban retenidas, Karen estaba demasiado agotada para ofrecer más resistencia.

La llevaron a donde Matilda todavía se sentaba en silencio y la tiraron al suelo sin ceremonia.

La más grande de las criaturas se movió hacia adelante y se elevó sobre las dos mujeres, mirando de una a otra y luego de nuevo. Sus amenazantes ojos amarillos se sentían como si penetraran hasta el corazón de Karen, e instintivamente se acercó a su compañera prisionera para consolarla.

Después de un tiempo, el líder de las criaturas se dirigió al resto de la manada y les transmitió sus órdenes a través de una serie de gruñidos y gestos.

Como antes, los otros se acercaron a las desventuradas mujeres, hasta que se agruparon a su alrededor, cerrando cualquier posible vía de escape.

A Karen no le quedaban fuerzas.

Sabía que cualquiera que fuera el plan que tenían para ella y su compañero, podía cumplirlo o morir luchando.

De cualquier manera, ella aceptó silenciosamente que no volvería a ver a su bebé.

De una forma u otra, ella iba a morir en esta cueva, de eso estaba segura.

Las únicas cosas que no sabía eran cómo y cuándo.

Cuando dos de las bestias se inclinaron hacia ella, no se resistió. Levantó su cuerpo cansado del suelo y se puso entre ellos mientras la agarraban por las muñecas.

Dos de los otros caminaron para levantar a Matilda.

De repente, Matilda se enfureció y comenzó a gritar y a dar golpes a las bestias.

Era como si un interruptor se hubiera activado dentro de su cerebro.

Esta fue la primera vez desde que la llevaron allí que Karen vio a Matilda moverse, ni hablar de luchar.

¿Dónde estaba esta chica cuando intentó escapar anteriormente?

Las dos bestias que sostenían a Karen apretaron su agarre sobre ella, sintiendo tal vez que podría estar inspirada para luchar después de ver a Matilda.

Pero Karen todavía estaba demasiado agotada por su intento anterior.

Vio como Matilda atacó con manos y pies, balanceándose salvaje e incontrolablemente, mientras las criaturas hacían lo posible por tratar de agarrar uno de sus miembros.

El más grande de ellos claramente no estaba contento por su fracaso, y comenzó a gruñirles órdenes, mientras sacudía sus enormes puños en el aire.

En ese momento, Karen escuchó el sonido de pies corriendo a la vuelta de la esquina.

Su corazón se aceleró al pensar que Jerry había descubierto su ubicación y había traído a la policía con él.

Las criaturas dejaron de luchar con Matilda y todos se volvieron para ver quién se acercaba desde la siguiente curva.

El corazón de Karen se hundió cuando Jodie apareció, blandiendo una palanca, y pareciendo como si estuviera lista para matar a alguien.

La joven se dirigió a Karen, ignorando a las bestias.

Levantó la palanca y empujó el gancho curvo de su extremo extremo bajo la barbilla de Karen, forzando su cabeza hacia atrás.

"¿Dónde está Charlotte?" gruñó, poniendo su cara a centímetros de la de Karen.

Por un momento, Karen quedó aturdida por la pregunta. Si Jodie no tenía a su bebé, entonces ¿quién lo tuvo?

Jodie forzó la palanca un poco más, lo suficiente para que Karen se sofocará.

"Dije, ¿qué has hecho con la bebé Charlotte?"

"¡Te la llevaste!" Karen balbuceó, tratando de torcer su cara para aliviar la presión en su garganta.

Jodie se acercó hasta que sus narices casi se tocaron.

La siguiente vez que habló, Karen pudo sentir gotas de saliva golpeando su barbilla mientras Jodie hablaba a través de los dientes apretados.

"Sí, lo sé, pero entonces hiciste que esos dos me la quitaran, ¿no es así? Ahora, ¿dónde se la llevaron?"

Karen miró fijamente a la chica, desconcertada. No tenía ni idea de lo que estaba hablando, pero ahora estaba aún más preocupada por la seguridad de su hija.

Su única gracia salvadora a lo largo de esta prueba, fue que Jodie al menos se aseguraría de que no le ocurriera ningún daño.

Ahora, parecía que alguien más la tenía. ¿Pero quién?

"Dime," exigió Jodie, "o te romperé la cabeza, justo aquí y ahora."

"No lo sé," respondió Karen, "He estado atrapada aquí desde que te fuiste."

Jodie consideró la explicación de Karen por un segundo, pero sus ojos le dijeron a Karen que no estaba preparada para ser racional.

Jodie quitó la palanca de debajo de la barbilla de Karen, pero su alivio duró poco.

Karen vio con horror cómo Jodie levantaba la barra sobre su cabeza, lista para dar el golpe fatal.

"¡Karen!"

El grito vino de algún lugar alrededor de la siguiente curva. Hizo eco a través de las cámaras laberínticas haciendo que el dueño de esa voz sonara relativamente cerca.

Karen se preguntaba si Jerry la había encontrado, después de todo. No reconoció inmediatamente la voz. Sólo lo había visto una vez, y sólo brevemente.

Jodie giró en la dirección de la voz; la palanca aún manteniéndola en alto.

Karen no esperó, se dio cuenta de que esta podría ser su única oportunidad.

"¡Ayuda!" gritó. "¡Estoy aquí, por favor ayúdame!"

En un segundo, Jodie estaba sobre ella. Le dio una bofetada con su mano libre a Karen, agitando la palanca en la otra para que se callara.

"Estamos aquí, por favor, ven y ayúdanos, ¡nos tienen cautivos!"

El segundo grito vino de Matilda.

Por la expresión de su cara, Jodie se sorprendió tanto como Karen al oír hablar a la mujer.

Todas las criaturas se volvieron hacia la dirección de la llamada, y luego se volvieron hacia su líder como si estuvieran buscando instrucciones.

Parecía haber una sensación general de pánico entre ellos, lo que le dio a Karen la fuerza que necesitaba para empezar a luchar de nuevo.

Abrió la boca lo más posible y luego mordió con fuerza la mano de Jodie.

La joven gritó y dejó caer la palanca mientras intentaba liberar su mano. Pero Karen mantuvo la boca cerrada, empezando a probar la sangre de la chica en sus labios.

Las dos criaturas que la sostenían habían aflojado lo suficiente el agarre como para que Karen se liberara.

Abrió la boca, soltando a Jodie, y en un rápido movimiento empujó a la joven hacia atrás, derribándola de espaldas, y en el mismo momento Karen se inclinó y agarró la palanca caída.

Mientras se daba la vuelta para enfrentarse a las criaturas, Karen giró la barra delante de ella, a izquierda y derecha. No logró hacer contacto con las bestias, pero se acercó lo suficiente para hacerlas retroceder unos pasos, para evitar su siguiente ataque.

"Karen, ¿dónde estás?" la voz llamó de nuevo. Pero esta vez definitivamente sonó más cerca.

"Estamos aquí, por favor, date prisa!" Era Matilda otra vez, gritando a todo pulmón.

El enfrentamiento entre todos ellos le pareció ridículo a Karen. No tenía dudas de que cualquiera de las criaturas podía desarmarla, y probablemente doblar la palanca en forma de herradura.

Pero, por alguna razón, se quedaron ahí parados, mirando.

Era casi como si ahora que Jodie había llegado, tenían un nuevo líder, y esperaran instrucciones de ella antes de actuar.

Al darse cuenta de la posible amenaza, Karen se giró para enfrentarse a Jodie. La caída obviamente le había quitado el aliento, y todavía estaba acostada de espaldas, agarrando su mano sangrante, y obviamente con un dolor considerable.

El leve sentimiento de culpa que invadió la conciencia de Karen, pronto se borró cuando se recordó a sí misma quién la había traído aquí en primer lugar.

Karen se dio la vuelta y miró a Matilda.

Las dos mujeres compartieron una mirada que le dijo a la otra que esta podría ser su única oportunidad de escapar. El principal problema era que las seis enormes bestias que se interponían entre ellas.

Matilda respiró profundamente y asintió con la cabeza, casi como si le diera a Karen el visto bueno para que se escapara de nuevo y la dejara atrás.

Pero ahora que Matilda había encontrado su voz, parecía menos una causa perdida para Karen. Antes de eso, ella era la mujer que había perdido la cabeza como resultado de su situación - y quién podría culparla?

Ahora, sin embargo, estaban juntas en esto.

Karen volvió justo a tiempo para ver a Jodie intentando volver a ponerse de pie.

Karen saltó hacia adelante y giró a Jodie antes de que tuviera la oportunidad de recuperar su equilibrio. Karen agarró la palanca en ambos extremos y, poniéndose de pie detrás de ella, la sostuvo con fuerza contra la garganta de la chica.

Todas las criaturas habían empezado a moverse, pero en el momento en que vieron que Jodie era vulnerable, instintivamente se retiraron.

Jodie se agitó salvajemente, con sus manos tratando de alcanzar la barra. Pero cada vez que lo hacía, Karen apretaba un poco más, hasta que ahora Jodie empezó a ahogarse con la presión.

Cuando Jodie dejó de resistir, Karen se inclinó para que su boca estuviera sobre la oreja de Jodie.

"Ahora, sé que puedes comunicarte con ellos," siseó Karen, "así que diles que retrocedan, ahora mismo, o de lo contrario te voy a exprimir la vida."

"No, no lo harás," respondió desafiante Jodie. "¡No lo tienes en ti!"

Karen apretó la barra en su garganta. "Oh, ¿no?"

Jodie empezó a balbucear y a atragantarse. "¡Muy bien!" jadeó.

Karen liberó la barra, lo suficiente para permitir a Jodie hablar sin ahogarse.

"¡Karen!"

Esta vez la llamada sonó más lejos.

¿Cómo puede ser eso?

"¡Estamos aquí!" Matilda gritó.

"Ya voy. Tengo a la policía conmigo, no te preocupes."

"¿Y bien?" preguntó Karen, esperando que Jodie no se diera cuenta de que la persona que llamó parecía estar más lejos esta vez.

Jodie soltó un exagerado grito de frustración. "¡Váyanse!", ordenó. "Váyanse, antes de que llegue la policía."

Todas las criaturas se volvieron para mirarse.

"¡VAYAN!" Jodie gritó.

La más grande de las criaturas no parecía dispuesta a irse, sin importar la orden. Mientras que los otros se empujaban entre ellos, acercándose a la siguiente curva, el más grande aún se mantenía firme, mirando a Karen.

Karen podía sentir que sus rodillas comenzaban a doblarse bajo la mirada intimidante de la criatura, pero se mantuvo firme, manteniendo la palanca en su lugar.

Después de un momento agonizante, Karen le preguntó a Jodie. "¿Por qué no están obedeciendo tus instrucciones?"

"No quieren irse sin mí," respondió Jodie, furiosa. "Pero no quieren arriesgarse a que me mates antes de que te destrocen."

Karen tragó saliva. Pudo ver que la explicación de Jodie tenía sentido.

Pero al mismo tiempo, eso no la dejaba con una opción alternativa. Karen decidió que este enfrentamiento no iba a terminar bien. Incluso si sus rescatadores aparecieran en los próximos dos segundos, a menos que estuvieran fuertemente armados, no había muchas posibilidades de que sobrevivieran a un enfrentamiento con las bestias.

Tenía que actuar rápido. Era una apuesta, pero sus opciones eran limitadas.

Karen quitó la palanca del cuello de Jodie y la empujó con fuerza por la espalda, hacia las criaturas.

El más grande de ellos se lanzó hacia adelante y atrapó a la chica, antes de que tuviera la oportunidad de caer.

Por un momento, hubo silencio.

Ahora que Karen ya no tenía cautiva a su líder, todas las criaturas volvieron su atención hacia Karen, como si esperaran instrucciones para converger en ella y destrozarla, como Jodie había amenazado.

Karen sostuvo la palanca frente a ella, preparándose para un asalto final, si la situación lo requería.

"¡Karen!"

Ahora la voz sonaba cerca, otra vez. Quienquiera que fuera, estaba haciendo progreso.

La mirada en la cara de Jodie le dijo a Karen que ella también se había dado cuenta.

Agarrando a la bestia que la había agarrado de la mano, la llevó lejos, a la vuelta de la esquina hacia el fuego; seguida de cerca por los otros.

Aunque había mucho espacio, Karen se movió a un lado para dejarlos pasar, su agarre de la palanca era tan fuerte que se veía el blanco de sus nudillos.

Karen contuvo la respiración hasta que la última de las criaturas desapareció de la vista.

Cuando se fueron, Matilda se acercó a ella y la rodeó con sus brazos, abrazándola fuertemente.

"Gracias," dijo, sinceramente. "Me has salvado la vida."

Karen sostuvo la palanca con una mano, pero la dejó colgada a su lado. Colocó su otro brazo alrededor de los hombros de Matilda y la besó en la parte posterior de la cabeza.

"No podría haberlo hecho sin ti," le dijo.

Las dos mujeres se quedaron allí un rato, agarrándose la una a la otra.

El siguiente grito que escucharon sonó más lejos de nuevo.

Respondieron al unísono, y siguieron respondiendo de la misma manera a cada llamada posterior, hasta que finalmente, la cabeza de Jerry apareció a la vuelta de la esquina.

3 8

Incluso después de ser encontradas, ambas mujeres temían que en cualquier momento las criaturas aparecieran de la oscuridad y las atacaran, o peor aún, las arrastraran con ellas a otra parte de la cueva, donde nadie las encontraría.

Incluso cuando finalmente salieron de la cueva y se encontraron rodeados por una docena de oficiales, en el fondo de sus mentes sabían que los presentes no podrían protegerlos si las criaturas decidían atacar.

Con mantas alrededor de sus hombros, ambas fueron llevados a los vehículos policiales que esperaban.

Lucy estaba allí para encontrarse con ellos, con la bebé Charlotte dormida en sus brazos.

En el momento en que vio a su hija, Karen corrió hacia adelante y lloró mientras Lucy la colocaba suavemente en sus brazos. Matilda se acercó por detrás de ellos, y abrazó a la madre y a la bebé juntos.

Lucy corrió a los brazos de Jerry, y los dos no se soltaron durante mucho tiempo. Cuando finalmente se separaron, Lucy golpeó a Jerry varias veces en el pecho y los hombros, antes de volver a abrazarlo.

Ella sabía el riesgo que había corrido, y sabía por qué sentía que tenía que hacerlo. Ella lo amaba por ambas cosas.

De vuelta a la comisaría, después de que se les diera café caliente y galletas, Karen y Matilda dieron sus informes sobre lo que habían sufrido durante su cautiverio.

Ambos notaron que los oficiales tomaban sus declaraciones mirando a sus colegas con las cejas levantadas, cada vez que las criaturas eran mencionadas o descritas.

Pero a ninguna de las dos mujeres le importaba.

A la mañana siguiente, Jacobs volvió al trabajo y se puso al día en la operación. Puso como excusa que había perdido su móvil cuando le informaron que la estación había intentado varias veces la noche anterior contactar con él.

Al hacerse cargo de la investigación, dispuso como procedimiento que dos oficiales fueran a la posada a interrogar a los propietarios, ya que parecía que su hija Jodie estaba involucrada en el secuestro de un bebé, así como en el secuestro y encarcelamiento de Karen y Matilda.

Jacobs le había prometido a Polly que no le diría a nadie de su confinamiento en el matadero, ni de lo que había visto allí. Le explicó que si, en el curso de la investigación, los oficiales descubrían el secreto de sus padres, él tendría que actuar en consecuencia con esa información, y ella lo entendió.

Como Polly no había tenido ninguna participación activa ni en el secuestro de la bebé Charlotte ni en el de las dos mujeres, Jacobs se las arregló para mantenerla al margen.

Se ordenó una excavación completa de la cueva, y se trajeron especialistas de tres fuerzas diferentes para el trabajo.

Pero, después de seis semanas todavía no había ninguna señal de Jodie, o de las llamadas criaturas que habían mantenido a Karen y Matilda como rehenes.

Nadie en el equipo de búsqueda creyó que estaban buscando monstruos.

Después de expresar su conmoción y preocupación cuando fueron informados de las hazañas de su hija, Thad y Mavis Beanie desaparecieron. Ninguno de sus empleados tenía idea de adónde habían ido, ni por cuánto tiempo y, como no había ninguna investigación oficial sobre sus actividades en esa etapa, se decidió que simplemente se habían ido para recuperarse de la pérdida de su hija.

Los restos de Dan nunca fueron encontrados, pero el caso permaneció abierto, y Jacobs prometió a Karen que le haría saber si alguna vez encontraban algo.

Nunca esperó o recibió tal llamada.

Karen y Matilda recibieron una oferta de asesoramiento psiquiátrico para ayudarlas a superar su terrible experiencia.

Ambas se negaron.

Sin embargo, se las arreglaron para asegurar la representación de un agente prominente, y vendieron sus historias a la prensa por una suma considerable.

Karen se mudó a la casa de su madre. Con su parte del dinero del periódico, tenía suficiente para un depósito en un pequeño departamento propio pero, sin ingresos, decidió que prefería quedarse en casa y ver crecer a Charlotte, mientras su madre cuidaba y mimaba a ambas.

Jodie abrió los ojos.

Las llamas parpadeantes de la fogata bailaban frente a ella, y se dio cuenta de que necesitaba añadir más leña para que siguiera funcionando.

Mientras se bañaba en el calor, podía oír a los demás regresando de su última expedición nocturna.

Su estómago ya retumbaba con anticipación.

Como era de esperar, cuando Gobal apareció, arrastraba tras de sí el cadáver de un hombre. Las ropas ya estaban destrozadas y desgarradas, en parte por el ataque inicial y en parte por haber sido arrastradas por el duro suelo de la cueva.

Los otros siguieron detrás, con dos cuerpos más.

Ambos estaban ya desnudos, y Jodie pudo ver que algunos de los otros habían estado demasiado impacientes antes de empezar su festín.

Jodie miraba ansiosamente mientras Gobal se sentaba frente a ella y comenzaba a destripar su presa.

Los demás se unieron con sus contribuciones. Los sonidos de trituración y resquebrajamiento de los huesos al ser arrancados se mezclaron con el chisporroteo de la leña para formar una sinfonía de instrumentos macabros.

Jodie se lamió los labios mientras Gobal arrancaba un enorme trozo de carne del torso de su víctima y le entregaba la masa sangrienta.

Jodie mascó la suculenta carne, dejando que la sangre bajara por su barbilla y goteara sobre su desnudo e hinchado vientre.

Sabía que no tardaría mucho.

Fin

Querido lector,

Esperamos que hayan disfrutado de la lectura de *Carnívoros*. Por favor, tómate un momento para dejar una crítica, aunque sea corta. Tu opinión es importante para nosotros.

Descubre más libros de Mark L'extrange en https://www.nextchapter.pub/authors/mark-lestrange

¿Quieres saber cuándo uno de nuestros libros es gratis o con descuento? Únete al boletín de noticias en http://eepurl.com/bqqB3H

Saludos cordiales,

Mark L'extrange y el equipo de Next Chapter

CPSIA information can be obtained
at www.ICGtesting.com
Printed in the USA
LVHW110251031120
670480LV00005B/103

9 781715 698737